DuMont's Kriminal-Bibliothek

Charlotte MacLeod wurde 1922 in Kanada geboren und wuchs in Massachusetts, USA, auf. Sie studierte am Boston Art Institute und arbeitete danach kurze Zeit als Bibliothekarin und Werbetexterin. 1964 begann sie, Detektivromane für Jugendliche zu veröffentlichen, 1978 erschien der erste »Balaclava«-Band, 1979 der erste aus der »Boston«-Serie, die begeisterte Zustimmung fanden und ihren Ruf als zeitgenössische große Dame des Kriminalromans festigten.

Von Charlotte MacLeod sind in DuMont's Kriminal-Bibliothek bereits erschienen: »Schlaf in himmlischer Ruh'« (Bd. 1001), »… freu dich des Lebens« (Bd. 1007), »Die Familiengruft« (Bd. 1012), »Über Stock und Runenstein« (Bd. 1019), »Der Rauchsalon« (Bd. 1022), »Der Kater läßt das Mausen nicht« (Bd. 1031), »Madam Wilkins' Palazzo« (Bd. 1035), »Der Spiegel aus Bilbao« (Bd. 1037), »Kabeljau und Kaviar« (Bd. 1041), »Stille Teiche gründen tief« (Bd. 1046), »Ein schlichter alter Mann« (Bd. 1052), »Wenn der Wetterhahn kräht« (Bd. 1063), »Eine Eule kommt selten allein« (Bd. 1066) und »Teeblätter und Taschendiebe« (Bd. 1072).

Herausgegeben von Volker Neuhaus

Charlotte MacLeod

Miss Rondels
LUPINEN

DUMONT

Für Lida Wentworth

Die Deutsche Bibliothek – CIP-Einheitsaufnahme

MacLeod, Charlotte:
Miss Rondels Lupinen / Charlotte MacLeod. [Aus dem Englischen von Beate Felten]. – Köln : DuMont, 1999
(DuMont's Kriminal-Bibliothek ; 1078)
ISBN 3-7701-4819-3

Umschlagmotiv von Pellegrino Ritter
Aus dem Englischen von Beate Felten
Die der Übersetzung zugrundeliegende Originalausgabe erschien 1994 unter dem Titel *Something in the Water* bei The Mysterious Press, Warner Books New York

Satz: Greiner & Reichel, Köln
Druck und Verarbeitung: Clausen & Bosse, Leck

Printed in Germany ISBN 3-7701-4819-3

Die riesigen Gletscher der Eiszeit und der mächtige Atlantik haben so viele malerische kleine Buchten und Spitzen in den Küstensaum von Maine genagt, daß es eigentlich überflüssig ist, sich weitere Orte auszudenken und sie zum Schauplatz von Verbrechen zu machen. Doch da dies der einzige Landbesitz am Meer ist, den sich die Autorin je wird leisten können, hat sie nach Hocasquam und Sasquamahoc auch noch Pickwance und Rondel's Head erfunden und mit imaginären Personen bevölkert. Meer, Felsen und Muscheln sind echt, alles andere ist gesponnenes Seemannsgarn.

Kapitel 1

Wie zum Kuckuck schafft es diese Frau bloß, daß sie hier überhaupt wachsen?«

Professor Peter Shandy, berühmter Experte für Nutzpflanzenzucht am renommierten Balaclava Agricultural College im ländlichen Massachusetts, der momentan seine Zelte im Bright's Inn in Pickwance irgendwo an der schroffen, felsigen Küste Maines aufgeschlagen hatte, war mehr als verblüfft. Er war aus zwei Gründen hierher gekommen. Der eine war, daß seine Frau es sich in den Kopf gesetzt hatte, verschiedene Jugendfreundinnen einzuladen, um mit ihnen so etwas wie eine verspätete Pyjama-Party zu veranstalten. Nach seinem kleinen Auftritt als Hahn im Korb hatte Peter seiner Gattin und ihren Gästen den Gefallen getan, sich aus dem Staub zu machen, um das gemütliche Beisammensein nicht weiter zu stören, und sich eine passende Bleibe für seine Interimsexistenz als einsamer Gockel gesucht.

Der zweite Grund seines Hierseins war jene Dame, auf die sich die eben gestellte Frage bezog. Helens Busenfreundin Catriona McBogle, die als erste komplett mit Schlafsack und puscheligen Katzenkopfpantoffeln zur Party angereist war, hatte ihn auf die glorreiche Idee gebracht, einen kleinen Abstecher zu Miss Rondels Lupinen zu machen. Währenddessen wollte sie sich mit seiner geliebten, wenn auch mitunter etwas zu geselligkeitsliebenden Helen und weiteren etwas in die Jahre geratenen ›Mädchen‹ vergnügen.

Frances Hodgson Rondel, um die Lupinenexpertin in den Genuß ihres vollen Namens kommen zu lassen, war Professor Shandy freundlich gesonnen und hatte sich sofort bereit erklärt, ihn zu empfangen. Er hatte sie am Morgen getroffen, beinahe völlig verdeckt von den hochmütigen Blütenrispen, die kerzengerade vier, fünf, sechs Fuß oder höher aus einem Meer von feingefingerten, geheimnisvoll grünen Blättern emporschossen. Die Farben der Blüten einfach nur atemberaubend zu nennen, schien Peter so respektlos, als würde man eine Stradivari als Fiedel bezeichnen. Die Skala reichte von strahlendem Weiß, das Peter an die Flügel eines Engels denken ließ, über zarte Rosatöne, unschuldiges Babyblau und ein verwirrend flüchtiges Blaßgelb wie aus dem Federkleid eines Myrtenwaldsängers im Frühling bis hin zu sanftem Apricot, aufdringlich glänzendem Gold, königlichem Lila und wunderbaren Rottönen, zu denen vielleicht ein Tizian fähig gewesen wäre, hätte er seine Farben in dieses nördliche Licht tauchen können.

Peter besaß ein hervorragendes Auge für Farben. Er hatte in seinen Gewächshäusern Hybriden gezüchtet, die ihn als Nutzpflanzenexperten ziemlich berühmt gemacht und ihm eine Menge Geld eingebracht hatten. Doch hier, an diesem kargen, felsigen Teil der Küste von Maine, wurde ihm schlagartig bewußt, daß er Mutter Natur niemals das Wasser würde reichen können.

Doch die ungewöhnlichen farbenprächtigen Riesen wußten noch nicht, mit wem sie es zu tun hatten. Morgen würde er so früh, wie es die Höflichkeit eben erlaubte, mit einsatzbereiten Sammeltaschen zurückkehren. Es war bereits Mitte Juli. Peter waren die stattlichen Leguminosen, für die bestimmte Straßenabschnitte Maines zu recht berühmt waren, schon während der Fahrt aufgefallen. Jetzt war genau der richtige Zeitpunkt, um aktiv zu werden. Und dies war zweifellos der ideale Ort. Mrs.

Rondel verstand zwar nicht ganz, was ihn derart in Begeisterung versetzte, hatte ihm jedoch gestattet, nach Herzenslust zu sammeln, nachdem sie sich vergewissert hatte, wer er war, woher er kam und wer ihn zu ihr geschickt hatte.

Mit Erlaubnis der leicht amüsierten Mrs. Rondel hatte Peter bereits mehrere Bodenproben entnommen. Er wollte sie am nächsten Tag so früh wie möglich seinem Freund Professor Ames schicken, damit dieser sie im Collegelabor untersuchen konnte. Als er Mrs. Rondel gefragt hatte, welchen Dünger sie benutze, hatte er als Antwort nur ein rätselhaftes Lächeln erhalten. Er selbst konnte sich übrigens gut vorstellen, daß es sich um ein Gebräu aus gut abgelagertem Hühnermist handelte. Bisher hatte er zwar nur drei Hennen in Rondel's Head entdeckt, doch die waren so groß wie junge Truthähne gewesen, mit flammendroten Kämmen, Federn, die wie die der goldenen Gans aus dem Märchen glänzten, und dem Ausdruck blasierter Arroganz auf ihren selbstgefälligen Schnabelgesichtern. Er war sogar bereit, jede Wette zu halten, daß sie ausnahmslos Rieseneier mit doppeltem Dotter legten.

Auch Miss Rondel war äußerst bemerkenswert. Sie war schätzungsweise ein Meter fünfundsiebzig groß, trug abgelaufene Turnschuhe und hielt sich kerzengerade. Nur die tiefen Falten in ihrem Gesicht und die dicken Venen auf ihren Handrücken ließen auf ein fortgeschrittenes Alter schließen, wofür es allerdings auch noch einen anderen Hinweis gab. Als er gestern am späten Nachmittag angekommen war, hatte er sich bei Elva Bright, der Besitzerin des Gasthofes, erkundigt, ob sie zufällig die Dame kenne, die hier Lupinen züchtete.

»Selbstverständlich kenne ich sie«, hatte Mrs. Bright erwidert. »Schließlich ist sie mit meiner Großmutter zur Schule gegangen.«

Dabei war Elva, wie sie anscheinend von jedem im Ort genannt wurde, selbst schon mehrfache Großmutter. Dies hatte Peter aus diversen Bemerkungen geschlossen, die sie in seinem Beisein anderen Gästen gegenüber gestern beim Abendessen und heute morgen beim Frühstück gemacht hatte, sowie aus den Fotos, die an der Rezeption standen. Ein weiterer Beweis war die hübsche junge Dame, die etwa sechzehn Jahre zählen mochte und in grellrosa Steghose und dezenter Bluse mit Blumenmuster die Gäste bediente und die Gastwirtin »Gran« nannte.

Miss Rondel mußte daher schon recht betagt sein, auch wenn sie sich noch so gerade hielt und voller Energie steckte. Möglicherweise heiratete man hier ausgesprochen früh. Vielleicht vermischten die Familien sich hier so begeistert, daß jemand bereits *in utero* Großonkel oder Großtante sein konnte. Vielleicht lag es auch am Wasser. Peter genoß den letzten Bissen seines köstlichen Hühnerfrikassee und hielt hoffnungsvoll Ausschau nach Kaffee und Maismehlpudding, die er bereits vor einiger Zeit bestellt hatte, wie er sich vage zu erinnern glaubte.

Er war erst spät zum Gasthof zurückgekehrt, da er nach dem Besuch bei Miss Rondel einen weiten Umweg an der Küste entlang gemacht und immer wieder angehalten hatte, um die heimische Vogelwelt zu beobachten. Als er endlich eingetroffen war, hatten die Gäste schon fast fertig gegessen beziehungsweise gespeist – je nach sozialer Schicht. Außer ihm befanden sich nur noch zwei Männer im Speisesaal. Einer war der gepflegt wirkende alte Herr, der Peter bereits gestern abend aufgefallen war und wieder am selben Tisch in der Ecke saß, der andere, ein ausgesprochen großspuriger Mensch, war kurz nach Peter auf der Bildfläche erschienen. Die Unmengen von benutztem Geschirr auf den Tischen zeugten allerdings davon, daß der Großteil des Abends weit weniger ruhig verlaufen war.

Das Großmaul hatte Peter einen hoffnungsvollen Blick zugeworfen, den dieser jedoch eiskalt hatte abprallen lassen, und sich daraufhin damit zufrieden gegeben, die junge Kellnerin, die den bemerkenswerten Namen Thurzella oder so ähnlich trug, mit seinen Witzen zu beglücken. Sie hatte seine plumpen Späße kommentarlos über sich ergehen lassen und in aller Seelenruhe einen Tisch in seiner Nähe abgeräumt. Schließlich teilte sie ihm mit, daß es in der Küche nur noch eine einzige Portion Hühnerfrikassee gebe und Mr. Flodge sich mit seiner Bestellung beeilen müsse, falls ihm der Sinn nach diesem Gericht stehe, da sie es ansonsten gern selbst essen wolle. Flodge hatte sich daraufhin auf der Stelle das Frikassee bestellt und schlang es jetzt so gierig hinunter, als befürchte er, Thurzella würde es ihm doch noch in letzter Minute unter der Nase wegreißen und selbst verzehren, was Peters Meinung nach einiges über seine Persönlichkeit aussagte.

Der alte Herr in der Ecke hatte seine Kaffeetasse abgesetzt und beobachtete mit offensichtlichem Respekt, wie Flodge Hühnchenfleisch und Erbsen mit der Geschwindigkeit und Effektivität eines gut geölten Roboters in sich hineinschaufelte. Die Portionen im Bright's Inn waren so großzügig, daß man sie fast schon überwältigend hätte nennen können, und Flodge hatte gerade etwa die Hälfte in sich hineingestopft, als er urplötzlich, ohne auch nur einen Laut oder irgendein Zeichen von sich zu geben, nach vorn kippte und mit dem Gesicht im Teller landete.

Mit einer ruckartigen Handbewegung warf er sein Glas auf den Boden. Thurzella ließ ein volles Tablett mit aufeinandergestapelten Tellern fallen, stieß einen schrillen Schrei aus, der einer Opernsängerin Ehre gemacht hätte, und griff beherzt nach dem Haarschopf des unglückseligen Essers, den sie daraufhin prompt in der Hand hielt.

»Granny! Granny! Komm schnell! Jasper Flodge ist mit dem Gesicht in die Sauce gefallen und jetzt hab' ich ihm auch noch alle Haare ausgerissen!«

»Meine Güte, Thurzella, mach nicht so ein Geschrei, es ist doch bloß ein Toupet. Komm schon, Jasper, reiß dich zusammen, sonst ertrinkst du noch in der Sauce. Und du hör auf, ihn anzustieren, Thurzella. Lauf in die Küche und hol einen Lappen, damit wir die Schweinerei aufwischen können.«

Mrs. Bright ließ das Toupet angewidert auf einen leeren Stuhl fallen, griff nach Flodges Hemdkragen, riß ihn nach oben, so daß sein Träger eine sitzende Position einnahm, und begann, das Gesicht ihres Gastes mit einer Serviette abzutupfen. »Professor, ich möchte Sie wirklich nicht belästigen, aber –«

»Das ist doch selbstverständlich, Mrs. Bright.« Peter war bereits aufgestanden und stand kurze Zeit später neben ihr. »Lassen Sie mich mal sehen.«

Er hatte seine eigene Serviette und sein Wasserglas mitgebracht, feuchtete die Serviette an und strich damit über das saucenverschmierte Gesicht. Die Augen des Mannes waren halbgeöffnet, doch die Lider bewegten sich nicht. Peter versetzte dem ohnmächtigen Flodge einen Schlag zwischen die Schulterblätter und versuchte, mit dem Heimlich-Handgriff einen etwaigen Fremdkörper aus den Luftwegen zu entfernen. Schließlich griff er nach einem der rostfreien Messer, die Mrs. Bright spiegelblank poliert hatte, und hielt es an den offen stehenden Mund. Nicht der kleinste Hauch trübte die glänzende Oberfläche. Peter schaute die Gastwirtin an, und sie erwiderte seinen Blick.

»Ich sollte wohl besser einen Arzt rufen, meinen Sie nicht auch, Professor?«

»Am besten verständigen Sie gleich auch den Constable, falls es hier im Ort einen gibt.«

Während Peter neben dem leblosen Körper stand und überlegte, was in Dreiteufelsnamen er wohl als nächstes tun solle, eilte Mrs. Bright bereits zur Rezeption, wo sich ihr Telefon befand. Thurzella kehrte mit Schrubber, Wassereimer, Besen, Kehrblech sowie einer Rolle Küchenpapier aus der Küche zurück und hatte aus unerfindlichen Gründen auch ein kleines Spülbürstchen mit rosa Griff mitgebracht.

»Ist Ihnen das Frikassee nicht bekommen, Mr. Flodge?«

Sie machte Anstalten, nach seinem nicht sehr appetitlich aussehenden Teller zu greifen, doch Peter hielt sie am Arm fest.

»Fassen Sie den Teller bitte nicht an, Thurzella.«

»Aber warum denn nicht? Von dem vermatschten Ding will er doch bestimmt nicht mehr essen.«

»Nein. Nein, da haben Sie sicher recht, Thurzella. Aber vielleicht sollten Sie sich lieber als erstes um die Glasscherben kümmern, bevor jemand hineintritt.«

Das Mädchen schien ihn weder zu sehen noch zu hören, sie starrte nur auf den Mann, der ihr das Hühnerfrikassee weggegessen hatte. »Er ist tot, oder?« sagte sie schließlich. »Ich habe noch nie jemanden sterben sehen. Es ist schrecklich, finden Sie nicht?«

»Ja, es ist wirklich schrecklich.« Schließlich war sie noch ein halbes Kind. »Vielleicht sollten Sie kurz in die Küche gehen und sich eine Tasse Tee oder so etwas machen? Ich kümmere mich in der Zwischenzeit um die Scherben. Die Tische rühren wir am besten nicht an, bevor die Polizei da war.«

»Aber wieso denn nicht, Professor? Man kann ihn doch nicht einfach so –«

»Ich weiß, was Sie meinen«, sagte Peter, »aber leider dürfen wir nichts – ach du liebe Zeit!«

Es gelang ihm, das Mädchen aufzufangen, bevor sie mitten in die Scherben fiel, und zu einem Stuhl am Nebentisch zu führen, wo sie die unheimliche Gestalt, die bis vor kurzem noch Jasper Flodge gewesen war, nicht mehr sehen konnte. Dann wandte er sich an den schweigenden Herrn in der Ecke.

»Könnten Sie sich bitte einen Moment um die junge Dame kümmern, Sir, während ich die Scherben aufkehre? Sie fühlt sich etwas unwohl.«

»Mir geht es genauso.«

Der Mann stand trotzdem auf, stützte sich schwer auf einen dicken Stock aus Schwarzdornholz und setzte sich mühsam in

Bewegung. Peter tat es leid, daß er den armen alten Kauz belästigt hatte. Doch als der Mann Thurzella schließlich erreicht hatte, stellte er sich als recht kompetent heraus. Er ließ sich langsam auf den Stuhl neben ihrem sinken, zog von allen denkbaren Objekten ausgerechnet ein zierliches kleines viktorianisches Riechfläschchen aus blauem Glas hervor und hielt es dem jungen Mädchen, das offensichtlich im Begriff war, jeden Moment ohnmächtig zu werden, unter die Nase.

»Es hat meiner Mutter gehört«, erklärte er ein wenig verlegen. »Und vorher ihrer Mutter. Da ich selbst zu gelegentlichen Schwindelattacken neige, mit deren Ursachen ich Sie lieber nicht langweilen möchte, trage ich es immer bei mir. Tief einatmen, Thurzella, dann haben Sie gleich wieder einen klaren Kopf.«

Die junge Frau gehorchte, hustete, nieste und begann zu weinen. Der Mann reichte ihr ein Taschentuch aus feinem Leinen, sorgfältig gebügelt und blütenweiß wie die Brust einer Schneegans. »Immer mit der Ruhe, bald fühlen Sie sich besser. Vielleicht holt Ihnen der freundliche Herr ein Glas Wasser?«

Auf den Tisch an der Kasse hatte jemand einen Aluminiumkrug und ein Tablett mit sauberen Kelchgläsern gestellt. Peter eilte zu dem Tisch und schüttelte vorsichtig den Krug, um festzustellen, ob sich noch Wasser darin befand. Es war zwar nicht mehr viel, aber es würde ausreichen. Er füllte eines der Gläser und brachte es Thurzella.

Sie schluchzte immer noch in das wunderschöne Taschentuch. Der ältere Herr verhielt sich vernünftigerweise ruhig und ließ sie weinen. Er nahm das Glas in Empfang und reichte es der jungen Frau mit der gleichen altmodischen Förmlichkeit, die er bereits mit dem Taschentuch und dem Riechsalz an den Tag gelegt hatte. Thurzella schluckte mehrere Male, putzte sich die Nase, wischte sich die Tränen ab, nahm das Wasserglas und führte es ungeschickt an die Lippen. Doch es schien zu funktionieren. Als Elva Bright ihre Telefonate beendet hatte und wieder zu ihnen stieß, war ihre Enkelin bereits damit beschäftigt, unter Flodges Tisch umherzukriechen und den letzten verirrten Scherben mit Staubfeger und Kehrblech zu Leibe zu rücken, während Peter beherzt den Besen schwang.

Die Gastwirtin war entsetzt. »Geben Sie mir bitte sofort den Besen, Professor! Es ist zwar reizend von Ihnen, daß Sie uns helfen wollen, aber als zahlender Gast ist es wirklich nicht Ihre Aufgabe, hier an meiner Stelle den Boden zu kehren! Es war übrigens gar nicht so einfach, jemanden zu erreichen, aber gleich kommt der Krankenwagen von The Narrows und holt ihn ab. Dr. Bee hat versprochen, daß er sich Jasper sofort ansieht, wenn er dort eintrifft. Der Doktor meint, daß es höchstwahrscheinlich ein Herzinfarkt war, was mich bei Jaspers Lebenswandel nicht sonderlich überraschen würde. Daher denke ich, wir können ihn ruhig soweit herrichten, daß er wieder halbwegs präsentabel aussieht. Er fände es bestimmt furchtbar, mit total verschmiertem Gesicht und Erbsen in den Ohren ins Krankenhaus gebracht zu werden.«

»Und ohne Haare«, fügte der alte Herr mit todernster Miene hinzu. »Haben Sie Flodges – äh – Haushälterin schon erreicht?«

»Oh, er hatte schon seit mindestens fünf Monaten keine mehr. Die letzte fand es dort zu ruhig, besonders im Winter, was man ihr meiner Meinung nach kaum verdenken kann. Deshalb hat Jasper auch regelmäßig hier bei uns gegessen. In der letzten Zeit ist er ziemlich vom Pech verfolgt worden. Ach, was rede ich da überhaupt, wo der arme Mann hier tot auf seinem Stuhl sitzt. Thurzella, möchtest du nicht lieber nach Hause gehen? Deine Mutter macht sich bestimmt schon Sorgen, wo du bleibst.«

»Nein, bestimmt nicht. Sie ist mit Dad bei Tante Sara Ann. Onkel Ira hat nächste Woche Geburtstag, weißt du, und Tante Sara hat für ihn einen Stapel Kassetten mit Greta Garbo-Filmen gekauft. Heute abend ist er mit den Jungs aus der Fabrik kegeln, daher hat Tante Sara Ann meine Eltern zur Sneak Preview eingeladen. Sie ärgern sich bestimmt schwarz, wenn sie rausfinden, was sie verpaßt haben. Kann ich nicht heute nacht hier bei dir schlafen, Grammy?«

»Nein, Thurzella. Du weißt genau, daß dein Vater sich immer wahnsinnig aufregt, wenn du nicht in deinem Bett liegst, wenn er mit deiner Mutter nach Hause kommt.«

»Aber ich hab' Angst, im Dunkeln allein nach Hause zu gehen.«

»Eh –« Peter räusperte sich. »Hat sie weit zu laufen? Ich könnte sie schnell mit dem Wagen heimbringen.«

»Kommt gar nicht in Frage, Professor, es ist wirklich nur ein Katzensprung. Wenn einer von Ihnen so freundlich ist, hier zu warten, bis der Krankenwagen kommt, hole ich einfach schnell meine Taschenlampe und begleite sie.«

»Das kann ich übernehmen«, sagte der ältere Herr. »Ich tauge inzwischen ohnehin nur noch zum Warten. Vielleicht möchte Professor – entschuldigen Sie bitte, Sir, aber ich habe Ihren Namen nicht verstanden.«

»Shandy. Ich unterrichte am Balaclava Agricultural College in Massachusetts. Gehen Sie ruhig, Mrs. Bright, ich bleibe hier und leiste dem Herrn Gesellschaft. Falls Sie überhaupt Wert auf Gesellschaft legen, Mr. –«

»Withington. Claridge Withington. Ich habe früher auch eine Weile unterrichtet. Gehe ich recht in der Annahme, daß Sie der Professor Shandy sind, der die Portulica Purple Passion gezüchtet hat? Ganz zu schweigen von der berühmten Riesenrübe, dem Balaclava Buster.«

»Hmja, das könnte man wahrscheinlich sagen, obwohl eigentlich mein Freund Professor Ames den größten Teil der Arbeit geleistet hat. Aber sind Sie vielleicht zufällig der Claridge Withington, der für den *Lupinenboten* schreibt?«

»Ach herrje, Sie wollen doch damit nicht etwa sagen, Sie hätten schon einmal etwas von mir gelesen?«

»Natürlich, ich lese stets Ihre Artikel. Meine Frau übrigens auch, ich glaube, Sie haben sie sogar schon ein oder zweimal zitiert. Sie ist die Kuratorin der Sammlung Buggins in Balaclava und hat bereits eine Menge über die Familie Buggins veröffentlicht.«

»Helen Marsh Shandy, aber natürlich! Eine Frau, die ich zutiefst bewundere, wenn Sie mir die Bemerkung erlauben. Aber wie man so schön sagt, die Welt ist klein. Ihre Gattin ist nicht zufällig ebenfalls hier zu Besuch?«

»Nein, sie vergnügt sich mit ein paar alten Freundinnen, und ich habe Order, mich rar zu machen.«

Peter verspürte wenig Lust, in Gegenwart einer langsam steif werdenden Leiche ein belangloses Gespräch zu führen, auch wenn die Situation in seinen Morgenseminaren bisweilen durchaus vergleichbar war. Er überlegte, ob man Jasper Flodge nicht lieber auf den Serviertisch legen solle, um etwaige Schwierigkeiten beim Transport in den Krankenwagen zu vermeiden. Doch es hatte wenig Zweck, diese Bedenken jetzt zu äußern, da er ohnehin nichts tun konnte, es sei denn, Mr. Withingtons Stock entpuppte sich als Falttrage. Was Peter nach allem, was bereits passiert war, nicht sonderlich überraschen würde.

Auf jeden Fall schien The Narrows, wo immer es sich auch befand, nicht weit vom Gasthof entfernt zu sein, wenn Mrs. Bright davon ausging, daß der Krankenwagen noch vor ihrer Rückkehr hier eintreffen würde. Es sei denn, sie hatte vor, noch kurz bei Sara Ann vorbeizuschauen und sich einen der Filme anzusehen. Peter hatte bei einem früheren Besuch die Erfahrung gemacht, daß die Bevölkerung von Maine ein klein wenig unberechenbar war.

»Und was hat Sie zu uns geführt, Professor Shandy?« erkundigte sich Withington. »Pickwance hat zwar einige treue Fans, zu denen auch ich zähle, aber man kann den Ort wohl kaum als Touristenmagnet bezeichnen.«

»Was an sich schon Grund genug für einen Besuch wäre«, sagte Peter. »Aber eigentlich bin ich hergekommen, weil unsere gemeinsame Freundin Catriona McBogle meinte, ich könnte mich vielleicht für Miss Rondels Lupinen begeistern.«

»Aber natürlich, die Lupinen! Ich konnte sie mir zwar während der letzten Jahre aus naheliegenden Gründen nicht mehr ansehen, aber ich erinnere mich lebhaft daran, wie wunderschön sie waren. Sind sie immer noch genauso großartig wie früher?«

Woher zum Henker sollte Peter Shandy das wissen? »Es sind die schönsten Exemplare, die ich je im Leben zu Gesicht bekommen habe. Wissen Sie zufällig, welches Düngemittel Miss Rondel benutzt?«

»Keine Ahnung, da kann ich Ihnen leider nicht weiterhelfen. Düngemittel gehören nicht zu meinen Spezialgebieten. Vermutlich ist es irgendeine Art von tierischem Dung. Frances Rondel hält nicht viel von Substanzen, die nicht von Mutter Naturs Gabentisch stammen. Wenn ich mich recht erinnere, hatte sie früher immer eine Kuh. Frederica, so hieß das Tier, war ein ausgesprochen hübsches Exemplar und konnte erstaunlich melodiös muhen. Ich habe sogar einmal etwas über Frederica zu Papier gebracht, allerdings ging es dabei nicht um die – äh – Enderzeugnisse, wenn ich es einmal so ausdrücken darf. Das erinnert mich übrigens an Wordsworth. ›Im Leben ist alles wohl bestellt, selbst was nutzlos scheint, befruchtet die Welt‹. Sind Sie vertraut mit den Werken von Wordsworth, Professor?«

Peter war mit den Werken von Wordsworth recht gut vertraut. Darüber hinaus kannte er auch die Werke von Henry Wadsworth Longfellow. Es wäre grausam gewesen, dem armen Withington zu gestehen, daß er und Helen seine kleinen Ergüsse nur lasen, weil es ihnen diebischen Spaß machte, herauszufinden, wer von ihnen die meisten geklauten oder falsch angewandten Zitate und Anspielungen fand.

»Ich habe noch nie mit einer Narzisse getanzt, falls Sie das meinen. Ich nehme an, Sie leben schon lange hier in Pickwance, Mr. Withington?«

»Eigentlich lebe ich nicht wirklich hier, ich bin eher so etwas wie ein Sommerleiden, um es einmal im wenig schmeichelhaften Idiom der Einheimischen auszudrücken. Ich kann die Winter von Maine inzwischen nicht mehr ertragen und reise daher normalerweise wieder ab, wenn der Herbst sich dem Ende neigt. Elva Bright sorgt stets dafür, daß ich mich wohlfühle, sie hat mir sogar ihr Empfangszimmer zur Verfügung gestellt, um mir das Treppensteigen zu ersparen. Ansonsten vertreibe ich mir die Zeit mit den Klatschgeschichten der Leute. Wahrscheinlich weiß ich inzwischen mehr über Pickwance als die Einheimischen. Ich möchte Ihnen nicht zu nahetreten, Professor Shandy, aber wußten Sie, daß man hier in diesem Gebäude einst Menschen isoliert hat?«

Kapitel 2

Peter unterdrückte ein Gähnen. »Sie meinen, hier wurden zänkische Hausdrachen und aufsässige Schulkinder eingesperrt?«

Withington quittierte den schlaffen Witz mit einem leisen Lachen. »Nicht ganz. Sie befinden sich vielmehr im ehemaligen Seuchenhaus von Pickwance. In der sogenannten guten alten Zeit wurden hier die infizierten Dorfbewohner untergebracht. Seeleute brachten exotische Krankheiten aus fremden Häfen mit, wissen Sie, kehrten heim und steckten ihre Frauen und Freundinnen an. Und auf einmal bekamen dann alle möglichen Leute Mumps und Masern oder dergleichen. Die Pocken waren besonders gefürchtet, aber die meisten Todesopfer forderte die Tuberkulose. Eine Zeitlang diente das Seuchenhaus auch als Sanatorium, bis man die Krankheiten schließlich durch Impfen in den Griff bekam. Die Luft hier soll angeblich besonders gut für Menschen mit Lungenleiden sein, und in der Hoffnung auf ein Wunder kamen viele Patienten den weiten Weg von Boston und New York. Manchmal wurden ihre Hoffnungen sogar erfüllt, wie ich gehört habe.«

Withington streckte sein lahmes Bein aus, was ihm einige Schmerzen zu bereiten schien. »Jetzt wo einige der alten Krankheiten, die man bereits für ausgerottet hielt, wieder zurückkehren, was wir vor allem der Tatsache zu verdanken haben, daß

Kinder sich vor dem Essen und nach dem Besuch des stillen Örtchens nicht ordentlich die Hände waschen, bitte verzeihen Sie mir den etwas schulmeisterlichen Ton, könnte es durchaus sein, daß man früher oder später an Elva herantritt und sie bittet, wieder Patienten aufzunehmen. Worauf sie sicher nicht sonderlich erpicht sein wird, wenn man bedenkt, welches Martyrium sie mit ihrem verstorbenen Ehemann durchgemacht hat.«

Peter nahm an, daß sein Gegenüber an dieser Stelle ein höfliches Geräusch von ihm erwartete, ließ es dann jedoch bei einer fragend hochgezogenen Braue bewenden. Für seinen Gesprächspartner war dies Ermunterung genug.

»Eine tragische Geschichte. Jean-Luc war Franzose, ein echter Held der Resistance, der von den Nazis verhaftet und gefoltert, aber, soweit ich gehört habe, nie gebrochen wurde. Irgendwie ist es seinen Freunden gelungen, ihn zu befreien und ins Ausland zu schmuggeln, und zwar in einem amerikanischen Truppentransporter, der verwundete und verstümmelte Soldaten zurück in die Heimat brachte. Ich habe zwar keine Ahnung, was ihn nach Pickwance verschlagen hat, ob er vielleicht hoffte, hier Verwandte zu treffen – Sie wissen ja, daß hier in Maine viele französischstämmige Menschen leben. Vielleicht hat er auch nur ein Versteck gesucht, in das er kriechen konnte, um seine Wunden zu lecken.«

Wieder veränderte der alte Herr die Lage seines Beines, diesmal nahm er dazu beide Hände zu Hilfe. »Lange Rede, kurzer Sinn: Eines Tages tauchte er also in Pickwance auf. Damals hatten die Brights das alte Seuchenhaus schon seit geraumer Zeit zu einem Gasthof umgebaut. Elva gehört bereits zur vierten Generation von Gastwirtinnen. Zu dieser Zeit war sie ungefähr so alt wie Thurzella heute und verrichtete auch in etwa die gleiche Arbeit, half ein bißchen beim Servieren und wischte hin und wieder Staub an den besonders auffälligen Stellen. Sie war ein ausgesprochen hübsches Mädchen, und Jean-Luc Mercier de L'Avestant Portallier, hoffentlich habe ich nichts vergessen, war ein recht gutaussehender Mann, auch wenn er etwas hager und ausgemergelt war. Er war fünfunddreißig, und sie kam frisch von der High School, daher ist es kaum verwunderlich, daß die beiden sich ineinander verliebten. Auch wenn Jean-Luc nach seinen Erlebnissen in der Folterkammer offensichtlich nur noch eins kannte, nämlich Kinder zeugen, was er dann auch binnen kurzem tat.«

»Ach herrje«, sagte Peter aus purer Verlegenheit und weil er nicht unhöflich erscheinen wollte.

»So schlimm war es nun auch wieder nicht. Jean-Luc hatte nämlich Geld, vermutlich stammte es aus einer Erbschaft, vielleicht war es auch eine Art Rente. Entweder hatte er zu Hause in Frankreich keine Verpflichtungen oder die Brights zogen es vor, lieber keine Nachforschungen über sein Vorleben anzustellen. Jedenfalls heirateten die beiden gerade noch rechtzeitig und lebten genauso glücklich und zufrieden miteinander wie die meisten anderen Paare auch. Vielleicht sogar noch glücklicher, aber genau weiß ich es auch nicht. Jean-Luc hatte ein Händchen für Finanzen, er las regelmäßig das *Wall Street Journal* und spekulierte an der Börse.«

»Erfolgreich?«

»Könnte man sagen. Nach ein paar Jahren war er bereits in der Lage, seine Schwiegereltern in bar auszuzahlen, sehr zum Kummer von Elvas Bruder, der zwar nie einen Finger gekrümmt hatte, jedoch in der freudigen Erwartung lebte, den Gasthof nach dem Dahinscheiden der Eltern zu erben. Aber die beiden alten Leutchen machten ihm einen Strich durch die Rechnung und gönnten sich in Florida eine schöne Zeit, indem sie Jean-Lucs Geld wieder unter die Leute brachten. Und als sie schließlich hochbetagt starben, wurden sie von Petrus sicher freundlich aufgenommen.«

»Hmja. Und was wurde aus Jean-Luc?«

»Er schaffte es, eine zweite Tochter zu zeugen und für seine Frau und die beiden Mädchen ein hübsches Nest zu bauen, bevor seine Gebrechen ihm den Garaus machten. Er hinterließ Elva den Gasthof schuldenfrei und sicherte damit ihren Lebensunterhalt. Ich kann mir nicht vorstellen, daß die Unterhaltung und Führung eines so kleinen Betriebes übermäßig viel Zeit oder Geld kostet.«

Aber hoppla, dachte Peter, sah jedoch keinen Grund, Withington aufzuklären, solange er noch so in Fahrt war.

»Wahrscheinlich hat Elva im großen und ganzen gar kein schlechtes Leben. Beide Mädchen haben gut geheiratet und meines Wissens auch relativ wohlgeratene Kinder. Michele, die älteste, lebt ganz in der Nähe. Ihr Mann leitet eine Sägemühle, und sie webt Stoffe, die sich, soweit ich gehört habe, in diversen Kunstgewerbeläden inklusive ihrem eigenen ganz gut verkaufen. Wahrscheinlich wird Michele das Gasthaus irgendwann übernehmen, aber genau kann man so etwas natürlich nie wissen. Therese, die jüngere, ist daran sicher nicht interessiert. Sie ist Psychologin, hat einen bekannten Anwalt geheiratet und lebt in Portland. Die beiden kommen recht häufig her. Wenn Sie das Wochenende hier verbringen, lernen Sie Therese und ihren Mann vielleicht sogar noch kennen.«

Withington legte noch einen Zahn zu, wahrscheinlich, weil er verhindern wollte, daß Peter sagte, er werde schon früher abfahren. »Aber vielleicht übernimmt auch Thurzella oder sonst jemand aus der Enkelgeneration den Gasthof. Wer es auch ist, er wird den Namen Bright bestimmt fortleben lassen, genau wie es auch Elva getan hat. Das gehört einfach dazu.«

Peter fand die Familiensaga der Brights allmählich ein klein wenig ermüdend. »Ich frage mich, warum sie so lange braucht«, meinte er schließlich. »Ich dachte, es sei nur ein Katzensprung von hier.«

»Bitte fühlen Sie sich nicht verpflichtet, meinetwegen hier zu bleiben.«

Withington klang dabei so, als sei Professor Shandy der herzloseste Rüpel, den man sich überhaupt vorstellen konnte, wenn er es fertigbrächte, einen armen gehbehinderten redseligen alten Mann mutterseelenallein mit einer langsam erstarrenden Leiche zurückzulassen. Womit der alte Langweiler im Grunde sogar recht hatte. Peter war zutiefst erleichtert, als die Türe endlich aufging und Mrs. Bright in den Speisesaal eilte.

»Tut mir leid, daß es so lange gedauert hat. Thurzella war völlig außer sich, sie nimmt sich immer alles furchtbar zu Herzen. Ich mußte Sara Ann anrufen und sie bitten, Michele und Bob heimzuschicken. Ich brauche wohl nicht zu erwähnen, daß sie genau hören wollten, was passiert war, Sie wissen ja, wie so etwas ist. Ich bin Ihnen beiden wirklich sehr dankbar, daß Sie hiergeblieben sind. Ich komme jetzt ganz gut allein zurecht, wenn Sie möchten, können Sie sich also ruhig zurückziehen. Hier haben Sie Ihr Riechfläschchen wieder, Claridge. Thurzella hat vergessen, es Ihnen zurückzugeben. Ihr Taschentuch wasche ich morgen.«

Sie verstaute die Taschenlampe in der Schublade unter der Theke und griff nach dem Telefon. »Ich rufe die lahmen Enten in The Narrows nochmal an und versuche herauszufinden, warum sie immer noch nicht hier sind. Immerhin bezahlt Pickwance jedes Jahr eine Menge Geld für den Notdienst. Möchte einer von Ihnen vielleicht eine Tasse heiße Schokolade oder einen Ingwertee? Für Kaffee ist es wahrscheinlich ein bißchen spät.«

»Für mich nichts, danke«, sagte Peter, bevor Withington wieder loslegen konnte. »Aber ich setze gern Wasser auf, wenn Sie etwas trinken möchten.«

»Nein, Michele hat darauf bestanden, daß ich mich hinsetze und eine Tasse Tee trinke, um mich wieder zu beruhigen, aber leider hat es nicht viel geholfen. Ich fürchte, ich werde eine schlaflose Nacht verbringen. Ah, da kommen sie ja endlich. Jetzt habe ich mich die ganze Zeit umsonst aufgeregt, aber so geht das ja meistens. Tut mir leid, daß ich Sie mit hineingezogen habe, aber wie gesagt, ich bin Ihnen wirklich dankbar für Ihre Unterstützung.«

»Wir haben doch gar nichts getan«, meinte Peter.

»Aber wir haben uns näher kennengelernt«, fügte Mr. Withington höflich hinzu. »Bleibt nur zu hoffen, daß unser nächstes Gespräch unter weniger makabren Umständen stattfindet, Professor Shandy.«

Peter unterdrückte den unfeinen Wunsch, daß es kein nächstes Mal geben möge, und beschloß, sich aus dem Staub zu machen. Doch dies war leichter gesagt als getan. Inzwischen war eine stämmige junge Frau mit einem kleinwüchsigen älteren Mann hereingekommen. Beide trugen saubere weiße Kittel über einem Overall und T-Shirt, blockierten die Tür zum Speisesaal mit einer fahrbaren Trage, einem Sauerstoffgerät und allerlei anderen Apparaten, für die es in diesem Fall allerdings keinerlei Verwendung mehr gab, da inzwischen außer Zweifel stand, daß Jasper Flodge auch mit größter Anstrengung nicht mehr wiederzubeleben war und seine unsterbliche Seele sich längst auf dem Weg in ein besseres Leben befand. Oder auch nicht, man konnte schließlich nie wissen.

Dennoch ließ sich das ungleiche Paar nicht davon abhalten, dem Dahingeschiedenen die Manschette des Blutdruckmeßgerätes um den schlaffen Arm zu legen und eine Sauerstoffmaske aufs Gesicht zu stülpen. Währenddessen ließen sie sich von Mrs. Bright genau schildern, was vorgefallen war. Die Gastwirtin beschrieb den Vorfall so detailliert wie möglich, wobei Mr. Withington mehrfach seine Beobachtungen beisteuerte. Nachdem beide Sanitäter den Toten mit dem Stethoskop abgehorcht und das Blutdruckmeßgerät genau überprüft hatten und weder eine Herztätigkeit noch einen Puls feststellen konnten, entfernten sie beides wieder und erklärten den alten Jas für mausetot.

»Wir können nichts mehr tun, außer ihn zu Dr. Bee bringen, damit der ihn auseinandernehmen kann«, sagte der Mann, dessen Name Albert Soundso war. »War Jas nicht irgendwie mit den Rondels verwandt?«

»Soweit ich weiß, war er das nicht«, sagte Mrs. Bright. »Aber er hat es andere gern glauben gemacht. Sie kannten Jasper besser als ich und wissen daher, wie sehr er immer damit angegeben hat, sobald sich die Gelegenheit bot. Bei mir hat er diesen Unsinn wohlweislich gar nicht erst versucht. Außerdem lebt von den Rondels nur noch Miss Fran, und man kann kaum erwarten, daß sie sich an den Kosten der Beerdigung beteiligt, falls Sie darauf hinaus wollten.«

»Er sieht schrecklich blau im Gesicht aus«, sagte die junge Frau, deren Namen Cynthia Irgendwas war. »Findest du nicht auch, Al? Er ist doch nicht etwa an seinem Essen erstickt, Elva? Sie sagten eben, er hätte ziemlich schnell gegessen.«

Claridge Withington unterbrach sie. »Elva war zu dem Zeitpunkt in der Küche. Aber ich war hier und saß an einer Stelle, von der aus ich Mr. Flodge recht gut sehen konnte. Ich kann Ihnen versichern, daß er sein Essen tatsächlich erstaunlich schnell heruntergeschlungen hat. Thurzella könnte Ihnen dies auch bestätigen, wenn sie hier wäre, und vielleicht auch Professor Shandy, obwohl er möglicherweise gerade in dem Buch las, das er bei sich hatte.«

»Dann ist Jas vielleicht tatsächlich erstickt. Haben Sie den Heimlich-Handgriff angewendet?«

»Professor Shandy hat ihn angewendet, aber ich glaube, daß Jas zu diesem Zeitpunkt bereits tot war.«

»Stimmt das, Professor? War er da schon tot?«

»Er hatte keinen Puls und atmete nicht mehr. Ich habe übrigens zufällig von meinem Buch aufgesehen, als Mr. Flodge noch aß, und gesehen, wie er vornüber fiel. Doch ich habe nichts bemerkt oder gehört, was darauf hinweisen würde, daß er erstickt sein könnte. Er hat nur eine heftige Handbewegung nach rechts gemacht und sein Wasserglas heruntergeschlagen. Alles geschah innerhalb weniger Sekunden.«

»Also ich würde sagen«, meinte Elva, »wenn Jasper wirklich erstickt wäre, hätte er sich bestimmt an den Hals gefaßt und irgendein Geräusch von sich gegeben, meinen Sie nicht auch? Aber Thurzella sagt, er sei urplötzlich nach vorn gekippt, mit dem Gesicht mitten im Teller gelandet und habe sich danach nicht mehr geregt. Wir mußten ihm die Sauce vom Gesicht wischen.«

»Dann war es wahrscheinlich ein Aneurisma oder eine von diesen plötzlichen massiven Koronarblutungen«, meinte Albert. »Hat vielleicht eine Zeitbombe mit sich in der Brust herumgeschleppt und nichts davon gewußt. Doch es gibt schlimmere Todesarten als mit vollem Magen mitten im Leben abzutreten.«

»Sie glauben doch wohl nicht, daß ihn jemand vergiftet hat?« Cynthia wollte dem Vorfall anscheinend unbedingt eine dramatische Note verleihen, vielleicht als Kompensation dafür, daß sie das Sauerstoffgerät nicht hatte einsetzen können. »Ich habe neulich abends mit meinem Mann einen Spionagefilm in der ›Late Show‹ gesehen, und der Kerl, der von den anderen Typen geschnappt wurde, hat zum Schluß eine Zyanidkapsel geschluckt, die er die ganze Zeit hinter einem seiner Weisheitszähne versteckt hatte. Er fiel sofort tot um, genau wie Sie es bei Jasper beschrieben haben.«

»Jasper hatte keine Backenzähne mehr und auch nicht mehr allzu viele Schneidezähne. Der Dummkopf hat sie alle verloren, weil er so große Angst vor dem Zahnarzt hatte.«

Peter war erstaunt, wie emotional die Stimme der Gastwirtin mit einem Mal klang. Aber vielleicht erinnerte sich Mrs. Bright gerade an Jean-Luc in der Folterkammer und stellte sich vor, was wohl passiert wäre, wenn ihr zukünftiger Gatte damals eine tödliche Kapsel hinter einem seiner Weisheitszähne versteckt gehabt hätte.

»Außerdem hatte er keinen Grund«, fuhr Mrs. Bright fort, »sich hier oder sonstwo umzubringen.«

»Darüber hinaus stellt sich die Frage«, fügte Withington hinzu, der ebenso wie Cynthia mit seinen Hypothesen noch nicht am Ende war, »wie Jasper Flogde an eine derartige Kapsel hätte gelangen können. Die Dinger hat man schließlich nicht ohne weiteres im Medizinschränkchen herumliegen. Meinen Sie nicht auch, Elva?«

»Ich pflege meine Nase nicht in die Medizinschränkchen meiner Mitmenschen zu stecken, daher kann ich dazu nichts sagen.« Die Gastwirtin war anscheinend am Ende ihrer Geduld angelangt, was man ihr kaum verübeln konnte. »Al, können Sie und Cynthia Jasper nicht einfach auf die Trage packen und wegschaffen? Ich weiß nicht, wie es den übrigen geht, aber ich bin fix und fertig. Haben Sie alles, was Sie für die Nacht brauchen, Professor?«

»Ja, vielen Dank. Gute Nacht, alle miteinander.«

Peter hatte zwar noch keine Lust, sich zurückzuziehen, beschloß aber dennoch zu gehen. Er hoffte nur, daß Withington Takt genug besaß, sich ebenfalls zu verabschieden, bevor der armen erschöpften Frau gänzlich die Nerven durchgingen. Er ertappte sich dabei, daß er eine Art Solidarität mit Mrs. Bright zu verspüren begann. Sie erinnerte ihn ein wenig an seine Großmutter Shandy, obwohl er natürlich viel zu höflich war, ihr dies zu sagen. Er war gerade die halbe Treppe hochgestiegen, als ein Mann mit beträchtlichem Bierbauch das Foyer betrat. Er trug eine billige dünne Nylonjacke und eine Baseballkappe, die nicht ganz ausreichte, um seine Glatze zu verbergen und mit dem in diesen Breiten anscheinend allgegenwärtigen Logo eines Tierfutterherstellers bedruckt war.

»Hallo, sind Sie das, Elva?«

Peter wäre sich unhöflich vorgekommen, wenn er nicht reagiert hätte. »Mrs. Bright ist momentan – eh – ziemlich eingespannt.«

Der Mann sah nicht aus, als sei er auf Zimmersuche, und gehörte auch wohl kaum zu den Hotelgästen. Wenn man Withington Glauben schenkte, war es Elva erst vor kurzem gelungen, eine sechsköpfige Gruppe loszuwerden, und bis zum übernächsten Wochenende erwartete sie anscheinend keine neuen Gäste. Die Zimmervermietung, so hatte Withington ihm mitgeteilt, war für sie ohnehin nur eine kleine Nebeneinnahme. Das meiste Geld verdiente sie anscheinend mit dem gutgehenden Restaurant, daher konnte es ihr auch ziemlich gleichgültig sein, ob die Zimmer belegt waren oder nicht. Ständig Betten neu zu beziehen und anspruchsvolle Touristen mit den unterschiedlichsten Bedürfnissen zufriedenzustellen, brachte einen beträchtlichen Arbeitsaufwand mit sich und kaum etwas ein. Jedenfalls hatte ihr geschwätziger Stargast genau dies während des letzten Teils seines Gesprächs mit Peter Shandy behauptet, kurz bevor Cynthia und Albert erschienen und ihm allmählich der Gesprächsstoff ausging.

Der Mann mit der Kappe gab sich mit Peters Antwort nicht zufrieden. »Ach ja? Man hat mir aber erzählt, sie wolle mich sprechen.«

»Oh. Dann sind Sie wohl der Sheriff. Oder der – eh –«

»Constable. Wo ist sie denn?«

»Im Speisesaal.«

Warum Peter sich verpflichtet fühlte, wieder nach unten zu gehen und den Constable persönlich zum Schauplatz des Geschehens zu führen, konnte er später immer noch herausfinden. Dabei war die Erklärung eigentlich ganz einfach. Vor einigen Jahren hatte er seine unangenehmste Nachbarin als Folge eines furchtbaren Streiches, den er unglückseligerweise selbst eingefädelt hatte, in seinem Haus tot hinter dem Sofa vorgefunden. Auf inständiges Bitten von Balaclavas noch furchtbarerem College-Präsidenten Thorkjeld Svenson hin hatte er versprochen, den Mörder von Jemima Ames zu fangen, ohne das College in die Schlagzeilen zu bringen oder noch schlimmeren Folgen auszusetzen, und hatte den Befehl des Präsidenten notgedrungen ausgeführt, um nicht in der Luft zerrissen und danach zu Tode getrampelt zu werden. Seitdem sah man in ihm so etwas wie den inoffiziellen, unbezahlten, häufig überarbeiteten und jederzeit einsetzbaren Meisterdetektiv von Balaclava Junction.

Mit einem Mal schoß ihm ein furchtbarer Gedanke durch den Kopf. War Jasper Flodges Tod wirklich durch ein unschuldiges kleines geplatztes Gefäß verursacht worden? Oder war er etwa die Folge eines tödlichen Komplotts, in den jetzt auch P. Shandy irgendwie hineingeraten war, nur weil er zu lange auf seinen Maismehlpudding gewartet hatte, den er übrigens nie bekommen hatte, wie ihm gerade bewußt wurde.

Während er den Constable in den Speisesaal führte, erwog Peter in Windeseile alle denkbaren Methoden, die dazu führen konnten, daß ein Mann mittleren Alters, der sich offensichtlich bester Gesundheit erfreute, urplötzlich tot über einer halben Portion köstlichen Hühnerfrikassees zusammenbrach. Pflanzliche Gifte konnte man getrost ausschließen, entschied er. Dank ihrer tückischen Angewohnheit, unbemerkt im Verdauungstrakt zu lauern, bis keine Hoffnung auf Rettung mehr bestand, wirkten sie zwar zuverlässig und ließen kaum Rückschlüsse auf den Täter zu, doch bevor sie ihrem Opfer den Garaus machten, verursachten sie meist diverse äußerst auffällige und ebenso abscheuliche Symptome. Wenn der Tod schließlich eintrat, dann eher infolge einer langsamen Lähmung als eines plötzlichen Zusammenbruchs.

Vielleicht hätte eine durch das Ohr oder die Nase in das Gehirn eingeführte Stricknadel eine ähnliche Wirkung haben können, wenn man sie heftig genug hineingestoßen und wieder herausgezogen hätte, doch wer hätte dies bewerkstelligen können? Auf keinen Fall der gehbehinderte Withington, der mehrere Tische entfernt gesessen hatte. Und auch der zwar geschmeidigen, aber empfindsamen Thurzella war so etwas kaum zuzutrauen. Shandy selbst kam nicht in Frage, und Mrs. Bright auch nicht, da sie den Speisesaal erst betreten hatte, als Flodge bereits tot war.

Ob möglicherweise eine Kugel aus einem Luftgewehr durch ein offenes Fenster in unmittelbarer Nähe des Opfers in den Raum und dann in Flodges Körper eingedrungen war? Für einen erstklassigen Scharfschützen war so etwas sicher ein Kinderspiel, doch die Kugel hätte bestimmt zuerst ein Loch im Fliegenfenster und dann ein zweites in Flodge hinterlassen. Vielleicht ein Todesstrahl aus dem All? Höchst unwahrscheinlich, obwohl man sich heutzutage eigentlich nie ganz sicher sein konnte. Oder ein Fluch? Vielleicht war Miss Rondel eine mächtige Dorfhexe und Flodge ein verhaßter Verwandter, der versucht hatte, sich das alte Haus unter den Nagel zu reißen. Ganz zu schweigen von dem bemerkenswerten Lupinensamen, den Shandy einzuheimsen gedachte, allerdings nur, wenn er die Erlaubnis von Miss Rondell erhielt und damit nichts Gesetzwidriges tat. Die Angelegenheit schien wirklich höchst kompliziert zu sein.

Doch sicher konnte der bisher mehrfach erwähnte, wenngleich immer noch durch Abwesenheit glänzende Dr. Bee auf alle Fragen eine klare, eindeutige Antwort geben, sobald er die Leiche untersucht hatte. Dann wäre Mrs. Bright wieder aller Sorgen ledig; irgend jemand würde die Aufgabe übernehmen, Jasper Flodges Hab und Gut aufzuteilen, und Peter Shandy konnte endlich zu seiner Helen zurückkehren, eine Auswahl Lupinensamen im Handschuhfach und ein fröhliches Lied auf den Lippen. Wahrlich die beste Lösung, die man sich nur wünschen konnte.

Kapitel 3

Doch noch stand Peter im Speisesaal und betrachtete nachdenklich die verhüllte Gestalt auf der Trage, während der Constable, dessen Name Frank Soundso war, sich von Elva Bright schildern ließ, wie es zu dem traurigen Zwischenfall gekommen war, mit zahlreichen Fußnoten von Claridge Withington, Ausschmückungen von Cynthia und Albert und einigen wenigen Erklärungen von Peter selbst. Frank quittierte jede Äußerung mit einem Knurren, dann zog er das Laken fort und sah sich die Leiche genau an.

»Affenschande. Jammerschade um das Frikassee.« Er legte das Laken wieder zurück. »Er gehört dir, Al. Am besten nimmst du ihn gleich mit.«

»Ist das alles?« Cynthia hielt offenbar nicht viel von Franks Vorstellung, die im Vergleich zu allem, was sie bisher in der »Late Show« zu Gesicht bekommen hatte, wenig eindrucksvoll ausfiel. »Wollen Sie denn nicht nach Spuren suchen?«

»Wozu?«

»Woher soll ich das wissen? Alle ungeklärten Todesfälle müssen genau untersucht werden. Und das ist doch wohl Ihre Aufgabe, oder?«

»Nur wenn es sich nicht vermeiden läßt. Vielleicht schalte ich ja auch die Staatspolizei ein.«

»Und die Stadt kann mal wieder dafür aufkommen«,

schnaubte Al. »Du erinnerst dich ja wohl noch, was passiert ist, als der letzte Constable sein Budget überzogen hat.«

»Ist mir schnurzegal.« Cynthia ließ sich nicht beirren. »Sie müssen unbedingt was unternehmen, Frank.«

»Ich weiß, was ich tun muß, aber zuerst muß ich herausfinden, woran er gestorben ist.«

»Aber bis dahin sind alle Spuren weg.«

»Falls es überhaupt je welche gegeben hat.« Albert verlor allmählich die Geduld, was Peter ihm irgendwie nicht verdenken konnte. »Cynthia hat sich in den Kopf gesetzt, daß Jas an einer Zyanidkapsel gestorben ist – wie irgendein Heini, den sie im Film gesehen hat.«

»Das hab' ich überhaupt nicht gesagt«, brauste seine Kollegin auf. »Ich hab' nur gesagt, daß es verdammt merkwürdig ist, wenn jemand urplötzlich einfach tot umfällt, und das hat mich an den Spion in dem Film erinnert.«

»Es gibt nur eine Methode, um das herauszufinden.« Frank zog erneut das Laken fort und öffnete den Mund des Toten, so weit es ging. »Schnuppern Sie einfach mal.«

»Was, ich?«

»Allerdings. Sie wollen es ja schließlich auch wissen.«

»Da hat er recht, Cynthia«, Withington war ganz aufgeregt. »Zyanid riecht wie Bittermandeln, zumindest steht es immer so in den Kriminalromanen. Ich habe neulich noch gelesen, daß –«

Niemand hörte ihm zu. Peter, Elva, Albert und Frank starrten alle auf Cynthia. Sie errötete, warf das Haar nach hinten und beugte sich über den Toten.

»Meine Güte!« Sie richtete sich auf und machte einen Schritt nach hinten. Ihr Gesicht war jetzt kalkweiß. »Es riecht wirklich nach Bittermandeln. Versuch du mal, Al.«

»Ich glaube, du spinnst.« Trotzdem beugte sich auch Al über Flodge. »Herr des Himmels, Frank, sie hat recht. Nenn mich einen verdammten Lügner, wenn es nicht stimmt.«

»Das warst du doch immer schon.« Doch der Constable wußte, worin seine Pflicht bestand, jedenfalls bis zu einem gewissen Punkt, und erfüllte sie auch. »Stimmt tatsächlich. Will sonst noch jemand schnuppern?«

Claridge Withington war der einzige, der noch wollte. Er machte eine Riesenshow daraus, fuchtelte mit seinem Stock herum und stolperte über die Räder der fahrbaren Trage. Der Constable mußte über die Leiche hinweggreifen und ihm mit starker Hand behilflich sein, und als sich der alte Herr schließlich über den Toten beugte, fiel Peter auf, daß seine Bewegungen merkwürdig steif waren. Wahrscheinlich trug der arme Teufel irgendeine Art Korsett. Als er sich schließlich über den Toten beugte, wirkte sein Schnuppern recht halbherzig, und während er sich wieder aufrichtete, spiegelte sein Gesicht ausgesprochenen Ekel wider.

»Ich glaube, ich bin nicht ganz der Richtige für diese Art von Spurensuche. Riecht tatsächlich nach Mandeln, daran besteht gar kein Zweifel. Meinen Sie, man sollte – ähm – nein, vielleicht doch lieber nicht.«

»Was sollte man nicht?«

»Hinter seinen Zähnen nach den Resten einer Kapsel suchen, wollte ich nur sagen. Tut mir leid, daß mir die Idee überhaupt gekommen ist.«

»Mir auch.« Cynthia hatte eindeutig das Interesse an der Spurensuche verloren. »Falls« – sie schluckte – »es irgendwas in ihm drin geben sollte, wird Dr. Bee es bestimmt finden, meinst du nicht auch, Al?«

»Ist anzunehmen. Jetzt wird der gute alte Jas jedenfalls todsicher nichts mehr schlucken. Komm, wir wollen schließlich nicht, daß Elva die ganze Nacht auf den Beinen ist.«

»Eh –« Peter hatte ebensowenig Lust wie die übrigen Anwesenden, die Angelegenheit weiter in die Länge zu ziehen, doch eine wichtige Frage war noch ungeklärt. »Ich möchte Ihre Geduld nicht unnötig strapazieren, aber halten Sie es für möglich, daß Mr. Flodge vielleicht Amaretto getrunken oder Salzmandeln gegessen hat, bevor er ins Restaurant kam?«

Elva Bright schien mit einem Mal durchzudrehen. Vielleicht war ihr schallendes Gelächter vorwiegend hysterischer Natur, und nach allem, was sie an diesem Abend durchgemacht hatte, konnte man ihr ein oder zwei kleine Aussetzer kaum verdenken. Als sie keinerlei Anstalten machte, sich wieder zu beruhigen, zog Withington erneut das Riechsalz seiner Großmutter hervor und hielt ihr das offene Fläschchen unter die Nase, woraufhin sie beinahe einen Erstickungsanfall bekam.

»Nehmen Sie endlich das blöde Ding weg«, keuchte sie, als sie wieder einigermaßen Luft bekam. »Wenn Sie schon etwas tun wollen, dann sollten Sie lieber Jasper in die Hosentasche greifen. Am besten übernehmen Sie das, Frank, Sie sind schließlich unser Constable.«

»Momentan tut es mir verdammt leid, daß ich gewählt worden bin. Ein zweites Mal lasse ich mich bestimmt nicht aufstellen.«

»Ihr Problem, wenn Sie zu feige sind, die Hosentaschen eines Toten zu durchsuchen.«

Sie ging zur Trage, blieb stehen, schob zunächst ihre Hand unter das Kinn des Verblichenen, schloß seinen weit offen stehenden Mund und begann dann mit ihrer Suche. Genau dreißig Sekunden später zog sie eine kleine Glasflasche aus einer der Taschen. »So, das hätten wir. Hier habt ihr eure Zyanidkapsel.«

Cynthia faßte sich als erste wieder. »Na sowas! Mandelextrakt, nicht? Meine Mutter braucht das Zeug immer für ihre Makronen. Sie wollen doch damit nicht etwa sagen, daß Jasper Flodge das Zeug getrunken hat?«

»Warum nicht? Soweit ich weiß, haben während der Prohibition viele Männer literweise Konzentrat getrunken. Frauen übrigens auch. Vanille, Zitrone, Pfefferminz, alles, was ihnen in die Hände fiel. Klar, daß Jasper Bittermandelextrakt nehmen würde, er war verrückt nach allem, was nach Mandeln schmeckte.«

Die Lippen der Gastwirtin verzogen sich zu einem grimmigen Lächeln. »Als Jasper nach dem Tod meines Mannes herausfand, daß ich keine mittellose, hungernde Witwe sein würde, wie viele vermutet hatten, hat er versucht, mir ein bißchen den Hof zu machen. Ich habe ihn dazu nicht ermutigt, aber leider kann man es sich als Gastwirtin nicht leisten, unhöflich zu sein. Ich erinnere mich noch genau, wie er eines Abends mit einer Schachtel Marzipankonfekt vor der Tür stand. Es sah aus wie verschiedene Gemüsesorten und war auch so gefärbt, sie wissen bestimmt, was ich meine. Angeblich sollte es für mich und die Mädchen sein, aber Jasper ließ sich einfach aufs Sofa fallen, schaute sich irgendeine dumme Fernsehsendung an und aß dabei alles auf, bis auf eine Marzipankartoffel, die ihm unser alter Rex irgendwie aus der Hand stiebitzte. Rex hat immer geklaut wie ein Rabe, wenn er die Gelegenheit dazu hatte. Aber sentimental wie ich bin, vermisse ich ihn natürlich trotzdem.«

Diesmal galt der Anflug eines Lächelns auf Elva Brights Gesicht ihrer eigenen Schwäche und der Erinnerung an ihren Hund, der schon vor langer Zeit in die ewigen Jagdgründe eingegangen war.

»Kurz und gut, als Jasper mal wieder wegen Trunkenheit am Steuer verhaftet worden war, stellte ihn der Richter vor die Wahl, entweder nüchtern zu bleiben oder ins Gefängnis zu wandern. Woraufhin Jasper ein Riesentheater machte und angeblich schlagartig mit dem Trinken aufhörte.«

»Trotzdem hat er immer noch die halbe Zeit gut getankt«, warf Albert ein. »Ich hab' mich oft gefragt, wie er das wohl hingekriegt hat.«

»Ganz einfach. Er hatte ständig die kleine Flasche mit Mandelextrakt in der Tasche und hat immer wieder einen Schluck daraus getrunken, wenn er sich unbeobachtet fühlte. Ich habe es oft genug gesehen, aber natürlich nie etwas gesagt. Würde mich nicht wundern, wenn Jasper auch heute abend davon getrunken hätte, als Thurzella in der Küche war und sein Essen holte. Ich weiß selbst nicht, warum ich nicht schon früher darauf gekommen bin. Wahrscheinlich werde ich allmählich alt. Momentan fühle ich mich so elend, daß ich nichts dagegen hätte, wenn ihr mich zusammen mit Jasper wegtragen würdet.«

»Aber wer würde dann das Frühstück für Professor Shandy und mich machen?« Withington besaß trotz seiner Falten ein ausgesprochen charmantes Lächeln. »Sie sind schlicht und einfach erschöpft, Elva. Morgen früh sieht die Welt wieder ganz anders aus.«

Im Speisesaal würde höchstwahrscheinlich gähnende Leere herrschen, dachte Peter zynisch, es sei denn, Dr. Bee schrieb in den Totenschein, daß Jasper eines natürlichen Todes gestorben war. Die Leute aßen verständlicherweise nicht gern in einem Restaurant, in dem Gäste aus unerklärlichen Gründen tot über ihrem Teller zusammenbrachen.

Es wäre wirklich jammerschade, wenn Mrs. Brights Restaurant durch Jasper Flodges Tod ruiniert würde, doch Peter Shandy sah keine Möglichkeit, ihr zu helfen. Er war nur zufällig hier und verspürte nicht die geringste Lust, sich in den Fall hineinziehen zu lassen. Er verabschiedete sich ein letztes Mal und begab sich nach oben.

Als der Tag anbrach und die ersten Sonnenstrahlen ins Zimmer fielen, schlief Peter noch. Als er sich schließlich aus dem Bett gehievt, geduscht, rasiert, sich eine Freizeithose und ein sauberes blaues Hemd angezogen hatte und in den Speisesaal hinunterging, war es schon fast halb neun. Den Tellerbergen auf den inzwischen verlassenen Tischen nach zu urteilen, mußte der Raum während der letzten zwei Stunden brechend voll gewesen sein.

Thurzella war wieder in Aktion, heute trug sie eine schwarze Steghose und eine schlichte weiße Bluse mit dazu passendem zurückhaltenden Gesichtsausdruck. Die wenigen noch verbliebenen Gäste, samt und sonders Männer mit den Mützen des Tierfutterkonzerns, bombardierten sie mit Fragen. Doch Thurzella antwortete nur: »Es tut uns wirklich sehr leid«, füllte unermüdlich Kaffeetassen und räumte das schmutzige Geschirr ab. Als sie Peter die bestellten Pfannkuchen brachte und ihm unter ehrerbietigem Schweigen den Sirupkrug reichte, spürte er wieder Hoffnung für die junge Generation in sich aufkeimen.

Im Gegensatz dazu hätten der älteren Generation ein oder zwei Stunden Unterweisung in gutem Benehmen sicher gut getan. Die Teilnehmer an der spontanen Totenwache, wenn man die Versammlung denn so nennen konnte, wollten offensichtlich Jasper begraben, nicht ihn preisen. Da Peter die Feinheiten des ländlichen Maine-Dialektes nicht beherrschte, entgingen ihm zwar viele Nuancen, doch er verstand recht gut, worum es ging. Flodge konnte regelrecht mit Geld um sich werfen, wenn es um sein Vergnügen und seine persönliche Bequemlichkeit gegangen war, sobald es sich jedoch um die Bezahlung normaler Rechnungen und Dienstleistungen handelte, bot sich ein gänzlich anderes, ausgesprochen düsteres Bild. »Ein richtiger Geizhammel« lautete das einhellige Urteil, das man über den gerade erst Verschiedenen fällte. Als Peter schließlich seine Pfannkuchen gegessen hatte, war er der festen Überzeugung, daß jeder in diesem Dorf, mit Ausnahme des Pastors vielleicht, es als seine Bürgerpflicht ansah, Jasper Flodge abgrundtief zu hassen.

Zwei Männer, die entweder Brüder waren oder zumindest hätten sein können, fielen ihm besonders auf. Der eine schimpfte wie ein Rohrspatz, während der andere düster über seiner leeren Tasse brütete. Der Redselige warf schließlich Geld auf den Tisch und schob seinen Stuhl nach hinten.

»Mach schon, Ev, das ganze Gerede bringt uns ohnehin nicht weiter. Wir müssen versuchen, an das Erbe heranzukommen.«

»Hoffentlich hat der Kerl sich nicht vorher noch irgendeinen miesen Trick ausgedacht, seinen Zaster doch noch mitzunehmen«, sagte ein dritter Mann, der anscheinend keine Lust verspürte, schon zu gehen. »Ich würde dem Schwein sogar zutrauen, daß er alles in Asbesttüten gestopft und fertiggestellt hat. Okay, Jungs, wir sehen uns dann bei der Beerdigung. Würde mich nicht wundern, wenn verdammt viele Leute kämen.«

»Die alle sicher gehen wollen, daß er auch wirklich in seinem Sarg liegt«, sagte ein weiterer Mann.

»Pah! Der Mistkerl braucht überhaupt keinen Sarg. Der war so tief gesunken, daß er schon halb in der Grube steckte.«

Damit war das allgemeine Signal zum Aufbruch gegeben, und die Begräbnisgäste verschwanden einer nach dem anderen. Peter lehnte eine weitere Tasse Kaffee dankend ab und legte das Geld für sein Frühstück auf den Tisch. Von dem üblichen Unsinn, alles auf die ins Unendliche wachsende Zimmerrechnung setzen zu lassen, hielt man hier vernünftigerweise nichts. Elva Brights Motto lautete »bar auf die Theke«, und damit hatte sie verdammt recht. Als Peter in Richtung Tür ging, gesellte sich Thurzella zu ihm.

»Professor, tut mir leid, daß Sie sich das ganze üble Gerede über einen Toten anhören mußten, auch wenn es Jasper Flodge war. Nur gut, daß meine Großmutter in der Küche war, sie hätte sich sonst bestimmt geärgert. Obwohl es wirklich die reine Wahrheit war.«

Thurzella schien sich ein wenig von ihrem Schock erholt zu haben. Sie begann sogar zu kichern, fing sich jedoch rasch wieder, griff nach ihrem Tablett und eilte aus dem Speisesaal. Nettes Mädchen, dachte Peter wieder. Er kramte in seinen Taschen, um sicherzugehen, daß er weder Brieftasche, Autoschlüssel noch die Tütchen für den Lupinensamen oben im Zimmer vergessen hatte, und wollte sich gerade auf den Weg machen, als Elva Bright mit einem riesigen gläsernen Deckelkrug in jeder Hand durch die Schwingtüren auf ihn zustürzte.

»Professor, ich belästige Sie wirklich nur ungern, aber wenn Sie ohnehin zu Fran Rondels Haus fahren, wären Sie dann vielleicht so nett, diese beiden Krüge mitzunehmen? Sie brauchen ihr nur zu sagen, sie möge sie bitte mit Brunnenwasser füllen, dann weiß sie Bescheid. Und – äh – bevor Sie gehen, legen Sie ihr bitte unauffällig diesen Umschlag hier auf den Küchentisch oder an irgendeine andere Stelle, wo sie ihn nicht übersehen kann. Versuchen Sie aber bitte auf keinen Fall, ihn ihr so zu geben, dann würde sie ihn nämlich gar nicht erst annehmen. Ich hoffe, ich mache Ihnen damit keine allzu großen Umstände.«

»Ganz im Gegenteil, Mrs. Bright, ich freue mich, daß ich Ihnen den Gefallen tun kann. Ich wußte gar nicht, daß es auf Miss Rondels Grundstück eine Quelle gibt.«

»Sie ist auch nicht ohne weiteres zu sehen. Die Quelle liegt zwischen Büschen versteckt irgendwo hinter dem Haus. Miss Fran wird darauf bestehen, die Krüge selbst zu füllen, Sie können sich also die Mühe sparen, ihr Ihre Hilfe anzubieten. Sie ist wahnsinnig stur, wenn es um ihre Quelle geht, was man ihr natürlich kaum verdenken kann.«

Elva Bright ging nicht weiter auf die Gründe für Miss Frans ungewöhnliches Verhalten ein. »Vielen Dank, Professor Shandy, ich weiß Ihre Hilfe zu schätzen. Und vergessen Sie bitte den Umschlag nicht.«

»Auf gar keinen Fall, Mrs. Bright. Meine Frau hat mich in dieser Hinsicht hervorragend erzogen.«

Peter nahm die leeren Krüge und fragte sich im Stillen, warum die Gastwirtin wohl soviel Aufhebens um ein paar Liter von Miss Rondels Quellwasser machte. Ihren Gästen wollte sie es bestimmt nicht servieren, die Menge reichte nicht einmal für eine einzige Runde im Speisesaal. Vielleicht wußte Mrs. Bright etwas über ihren eigenen Brunnen, das sie den Gästen lieber verschwieg, und wollte sichergehen, daß sie zum persönlichen Gebrauch nur wirklich gutes Wasser benutzte.

Aber vielleicht wollte sie gar kein Wasser, sondern etwas ganz anderes, was möglicherweise auch erklärte, warum Miss Rondel so verdammt viel Wert darauf legte, keine Fremden in die Nähe der angeblichen Quelle zu lassen. In dem Umschlag befanden sich außer Papiergeld auch einige Münzen, das konnte Peter genau fühlen. Andererseits ging es ihn wirklich nichts an, wenn zwei ältere Damen auf dem Lande nebenbei ihre eigene kleine Schwarzbrennerei betrieben. Er verstaute die Krüge sicher hinten im Wagen, sorgte dafür, daß sie nicht gegeneinander klirren würden, wenn er die Landstraße verließ, und legte den Umschlag so neben sich auf den Beifahrersitz, daß er ihn beim Aussteigen auf keinen Fall übersehen konnte.

Als er seinem Wagen ein wenig Zeit zum Warmwerden gönnte, sah er seinen redseligen Freund vom Vorabend aus dem Gasthof humpeln. Da Withington erwähnt hatte, daß er Miss Rondels Lupinen seit Jahren nicht mehr gesehen hatte, hielt Peter es zwar für einen Akt der Nächstenliebe, den alten Mann einfach mitzunehmen, hatte jedoch keine Lust, den edlen Gedanken in die Tat umzusetzen. Erstens war der Pfad, den Miss Rondel als ihre Auffahrt bezeichnete, so uneben und steil, daß er beschlossen hatte, den Wagen unterhalb des Hauses zurückzulassen und lieber zu Fuß hochzugehen, als einen seiner Stoßdämpfer zu ruinieren oder eine gebrochene Feder zu riskieren. Withington war gar nicht in der Lage, die Steigung zu schaffen, und Peter Shandy verspürte keinerlei Bedürfnis, die menschliche Plaudertasche huckepack hügelauf zu tragen.

Zudem hatte er eine äußerst wichtige Mission zu erfüllen. Samen von den unterschiedlich gefärbten Lupinensorten zu sammeln, die Tütchen zu beschriften und Miss Rondel Informationen darüber zu entlocken, wie es ihr gelungen war, die üppigen

Pflanzen unter so ungünstigen Bedingungen zu züchten, würde sicher den ganzen Morgen in Anspruch nehmen – vielleicht sogar noch länger. Und er konnte sich lebhaft vorstellen, daß die Quasselstrippe Withington jede Unterhaltung im Keim erstickte. Daher winkte er lediglich freundlich, fuhr los und beruhigte sein Gewissen damit, daß er Miss Rondel auf jeden Fall bitten konnte, ihm einige Blüten zu geben, die er dem alten Herrn mitbringen könne.

Den Gedanken, einen Strauß für Helen mitzunehmen, mußte er leider verwerfen, auch wenn Miss Rondel wahrscheinlich nichts dagegen gehabt hätte. Die Lupinen waren einfach schon viel zu weit und hätten ihre Blüten bestimmt längst abgeworfen, bevor er zu Hause angekommen war, zumal er keine Ahnung hatte, wie lange das gänzlich weibliche Bacchanal in seinem Heim noch dauern würde. Er hatte bei seinem gestrigen Besuch zahlreiche Farbfotos gemacht und beabsichtigte, heute noch weitere Schnappschüsse zu machen, damit Helen wenigstens einen Eindruck von der Blütenpracht bekam, die ihr entgangen war.

Außerdem würde er bestimmt irgendwann wieder herkommen. Helen und er fuhren ziemlich regelmäßig nach Maine, seit sie die Freundschaft mit Helens alter Freundin Catriona McBogle und seinem ehemaligen Kommilitonen Guthrie Fingal wieder aufgefrischt hatten. Pickwance lag genau wie Sasquamahoc an der Küste, nur ein wenig weiter nördlich. Er würde Helen nach seiner Rückkehr anrufen und versuchen, auf möglichst taktvolle Weise herauszufinden, wie weit die Party gediehen war. Falls die Prognose ungünstig ausfiel, hatte er einen guten Grund, den Gasthof morgen früh zu verlassen und sich ein oder zwei Nächte bei Guthrie einzuquartieren.

Er wußte selbst nicht genau, warum er sich so merkwürdig fühlte. Vielleicht lag es daran, daß er von Helen getrennt war. Vielleicht aber auch daran, daß Jasper Flodge gestern abend tot zusammengebrochen war, kurz nachdem Peter gerade genau das gleiche Gericht gegessen hatte. Vielleicht war es eine Mischung aus beidem.

Peter war wirklich alles andere als zimperlich. Er war auf dem Land aufgewachsen und hatte mitangesehen, wie Tiere geschlachtet wurden. Er war dabei gewesen, als ein Onkel von ihm unter einen Traktor geriet und zu Tode gequetscht wurde, er war sogar unter das Fahrzeug gekrochen, um die Leiche herauszuziehen, während Männer, die älter und stärker waren als er, die schwere Maschine hochgestemmt hatten, um ihm genug Bewegungsfreiheit zu geben. Als ein Knecht einen Teil seines Beins verlor, weil seine Motorsäge außer Kontrolle geraten war, hatte er sein Hemd zerrissen und daraus einen Knebelverband gemacht. Seit er die Rolle des inoffiziellen Privatdetektivs von Balaclava Junction übernommen hatte, waren ihm diverse Leichen in den unterschiedlichsten Situationen begegnet. Selbst wenn man die Sauce mit in Betracht zog, gehörte der Fall Jasper Flodge eindeutig zu den unblutigsten und war aller Wahrscheinlichkeit nach nicht einmal auf eine Gewalttat zurückzuführen.

Dr. Bees Urteil müßte eigentlich vorliegen, wenn Peter ins Gasthaus zurückkam. Seine Diagnose lautete höchstwahrscheinlich Alkoholleber, Arterienverkalkung und ausgeprägte Widerlichkeit. Was es auch sein mochte, Peter Shandy würde es nicht geheuer sein. Er würde seinen Lupinensamen holen, Elva Brights Krüge zurückbringen, möglicherweise zum Abendessen und Frühstück bleiben, damit sie nicht dachte, er hätte Angst vor ihrer Kochkunst, aber das war dann auch alles. Er hatte nicht die Absicht, noch einen weiteren Tag in Pickwance zu verbringen, nein, das wollte er auf gar keinen Fall.

Kapitel 4

Peter war froh, daß er hart geblieben und Withington nicht mitgenommen hatte, denn der Weg hinauf zu Miss Rondels Haus war weit schlimmer, als er ihn in Erinnerung hatte. Wahrscheinlich war er gestern viel zu sehr von den unglaublichen Lupinen fasziniert gewesen, um alles richtig zu registrieren. Heute bestand sein Hauptinteresse darin, den versprochenen Lupinensamen so professionell wie möglich zu sammeln und anschließend nach Sasquamahoc und in andere südliche Orte zu schaffen. Er parkte den Wagen an der nächstbesten Stelle, die sich ihm bot, achtete sorgsam darauf, daß er niemanden behinderte, denn vielleicht war er ja nicht der einzige, der hier seine Krüge mit Quellwasser füllen wollte, überprüfte, ob er seine Samentütchen, einen Filzstift und den Umschlag seiner Gastwirtin bei sich trug, und griff nach der Umhängetasche aus Leinen, die ihm schon auf vielen Expeditionen gute Dienste geleistet hatte.

Inzwischen sah die Tasche arg ramponiert und ziemlich widerlich aus, denn sie war über und über bedeckt mit Schmutzspritzern, Grasflecken und Spuren von Substanzen, über die er lieber nicht genauer nachdachte. Doch das störte ihn nicht weiter. Ein Mann der Rübenfelder stand über diesen Bagatellen. Wenn er sich recht erinnerte, hatte Miss Rondels sackartiges Gewand gestern auch nicht allzu verführerisch ausgesehen. Er ergänzte seine Ausrüstung durch Elva Brights Krüge und wappnete sich für das anstrengende Erklimmen des felsigen Hangs.

Er konnte von Glück sagen, daß er den Wagen unten abgestellt hatte, denn ein Stückchen weiter stieß er auf einen geparkten Pickup, ein relativ großes blausilbernes Gefährt, dessen Rücksitz eine Kappe mit Tierfutterreklame zierte. Genau das richtige Fahrzeug für das unebene Terrain, doch Peter konnte sich nicht vorstellen, daß es Miss Rondel gehörte, und schloß daher messerscharf, daß sie bereits Gesellschaft hatte. Seltsamerweise verstimmte ihn die Vorstellung, daß er nicht in den Genuß ihrer vollen Aufmerksamkeit kam.

Quod erat absurdum. Erwachsene Männer ließen sich nicht von so unwichtigen Kleinigkeiten aus der Fassung bringen. Oder doch? Irgendwo über ihm ertönte ein tiefer Baß, vielleicht war es auch ein sprechendes Walroß, und ließ das Himmelsgewölbe erzittern.

»Schon gut, dann werde ich es eben tun. Aber es wird Ihnen todsicher nicht gefallen!«

Das Gebrüll war ein Affront gegen die Lupinen, die friedlich von Blüte zu Blüte summenden Bienen und das ferne Meeresrauschen, an einem Tag, der eigentlich paradiesisch ruhig hätte sein sollen. Wer drohte da mit was? Und warum würde es Miss Rondel todsicher nicht gefallen?

Eine Lawine aus eiergroßen Kieselsteinen prasselte den Hang hinab. Peter brachte sich ohne lange Überlegungen hinter einem Felsbrocken in Sicherheit. Gerade noch rechtzeitig, um einem Kieselsteingeschoß zu entgehen, das ihn sicher getroffen hätte, wenn er auch nur eine Sekunde länger gezögert hätte. Stattdessen prallte es auf eine Birke, die etwa 20 Fuß entfernt stand, und verursachte dabei ein Geräusch, das Peter schmerzhaft zusammenzucken ließ. Es folgten weitere Steine und Geräusche in Schnellfeuermanier, dann stürmte ein Elchbulle von einem Kerl vorbei, eine fleckige Kappe auf dem Kopf, die ursprünglich einmal rot gewesen sein mochte und das allgegenwärtige Tierfutterlogo trug. Es war genau derselbe übellaunige Bursche, den er noch vor kurzem in Elva Brights Speisesaal zusammen mit dem Mann gesehen hatte, der Jasper Flodges Eigentum einklagen wollte.

Es ging ihn nichts an, und er wollte auch nicht in irgendeine Sache hineingezogen werden, die möglicherweise mit dem mandelduftenden Abgang des besagten Jasper Flodge zu tun hatte, doch seine Gedanken machte er sich natürlich trotzdem. War Frances Hodgson Rondel vielleicht wirklich mit Flodge verwandt und erbberechtigt, falls es denn überhaupt etwas zu erben gab? Hatte der verärgerte Besucher versucht, sie zu überreden, Flodges Schulden unter vier Augen zu begleichen, um dadurch die Gerichtskosten zu sparen? Und hatte sie ihm mitgeteilt, er solle sich seinen Prozeß sonstwo hinstecken, und ihn hochkant aus dem Haus geworfen?

Peter rief sich noch einmal ins Gedächtnis, daß er persönlich nichts, aber auch gar nichts mit der Sache zu tun hatte, und kletterte weiter, wobei er mit Genugtuung feststellte, daß zahlreiche Pflanzen bereits so weit verblüht waren, daß man die Samenstände leicht entfernen konnte, und hin und wieder stehenblieb, um dies auch zu tun. Angeblich bevorzugten Lupinen einen kompostreichen Boden, daher konnte er sich einfach nicht erklären, wie derart verwöhnte Pflanzen, die noch dazu eine gigantische Größe erreicht hatten, auf diesem kargen Boden überhaupt wachsen, geschweige derart gedeihen konnten. Die einzig logische Erklärung bestand darin, daß Miss Rondel sie wie verrückt düngte, doch dafür konnte er keinerlei Anzeichen entdekken. Jammerschade, daß Timothy Ames nicht hier war!

Als Peter schließlich die Anhöhe bezwungen hatte, fühlte er sich wie der Jüngling, der mitten in Schnee und Eis ein Banner mit einem merkwürdigen Emblem vor sich hertrug und das Bedürfnis verspürte, laut »Excelsior!« zu rufen.

Peter gelang es, dieses Bedürfnis mannhaft zu unterdrücken. Erstens konnte er nicht höher steigen, zweitens stand Miss Rondel direkt vor ihm auf ihrer Türschwelle und hängte gerade ein Handtuch an die Wäscheleine. Vielleicht hätte sie sein Verhalten befremdlich gefunden und ihre Erlaubnis zum Lupinensamensammeln daraufhin kurzerhand widerrufen. Während er langsam auf sie zuging, griff sie nach der alten Wäscheklammer, die sie bis jetzt zwischen den Lippen gehalten hatte – genau wie es Peters Großmutter früher immer getan hatte, wie er sich zu seiner eigenen Überraschung mit schmerzhafter Sehnsucht erinnerte – und begrüßte ihn mit der Gelassenheit einer geborenen Aristokratin.

»Guten Morgen, Professor. Wie ich sehe, hat Elva Ihnen die Krüge zum Auffüllen mitgegeben. Sind Sie wohl so nett und stellen sie einfach im Haus auf den Küchentisch? Ich brauche nur noch ein paar Minuten.«

Sie nickte in Richtung der offenen Tür und bückte sich, um das nächste feuchte Wäschestück aus dem Korb zu nehmen. Der Korb war aus rosa Plastik, stellte Peter mißbilligend fest. Ein handgefertigter Weidenkorb wäre ihm lieber gewesen, abgenutzt und dunkel geworden im Laufe der Zeit. Es gelang ihm, beide Krüge mit seiner linken Hand festzuhalten, während er mit der rechten in seiner Hosentasche nach dem Umschlag fischte, den Mrs. Brights ihm für Miss Rondel mitgegeben hatte.

Im Inneren des Hauses fand er jedoch sämtliche Erwartungen bestätigt. Miss Rondels Küche sah zwar nicht haargenau so aus wie die seiner Großmutter, aber der allgemeine Eindruck war identisch. Peter hätte schwören können, daß er das Muster wiedererkannte, das immer noch leicht durch die in fünfzig Jahren angesammelte Bohnerwachsschicht des gut gepflegten Linoleums durchschimmerte. Er wußte noch genau, wie sich die flachen, harten Sofakissen anfühlten, die auf dem arg mitgenommenen Eisengestell in der Ecke lagen, wenn man sich dagegen lehnte. Die handgestrickte alte Wolldecke, die darauf lag, hatte allerdings die falsche Farbzusammenstellung, und auch die dreifarbige Glückskatze, die es sich darauf bequem gemacht hatte und sich hin und wieder geistesabwesend den linken Hinterlauf leckte, paßte nicht zu seinen Erinnerungen.

Der alte Rascal war ein brauner Tigerkater gewesen, und sein Lieblingsplatz war die geflochtene Matte vor der schwarzen Specksteinspüle gewesen. Die gesamte Familie Shandy war immer vorsichtig um ihn herumgegangen. Peter hatte schon seit Ewigkeiten nicht mehr an Rascal gedacht. Doch er hatte den zerzausten alten Tyrannen geliebt. Eigentlich liebte er ihn immer noch, wie er sich eingestehen mußte. Im Grunde war es natürlich absurd, Gefühle an ein Tier zu verschwenden, das bereits vor vierzig oder mehr Jahren das letzte seiner neun Leben ausgehaucht hatte.

Der Tisch stimmte mehr oder weniger, stand genau mitten im Zimmer, so daß eine Farmersfrau von allen Seiten bequem daran arbeiten konnte. Die stämmigen, an einigen Stellen etwas lädierten Beine waren in einem ehemals apfelgrünen Farbton lakkiert, die unbehandelte Arbeitsplatte war sauber geschrubbt, mit Dellen und Hubbeln. Hin und wieder konnte man kleine abgerundete Knötchen in der Maserung erkennen. Der gußeiserne Herd übertraf sogar Peters Erwartungen. Den elektrischen Toaster und den Wasserkocher auf dem Regal daneben empfand er zwar als ziemlichen Stilbruch, doch er konnte Miss Rondel nicht verdenken, daß sie keine Lust hatte, selbst während der heißen Sommertage ihren Herd anzuwerfen.

Peter stellte Mrs. Brights Krüge wie versprochen auf den Tisch und schob den Umschlag unter den ersten Krug, wo Miss Rondel ihn unmöglich übersehen konnte. Er wollte gerade wieder nach draußen gehen, als er ein neu wirkendes aufgezogenes Stück Malerleinwand bemerkte, das auf dem Sitz eines grün gestrichenen Holzstuhls direkt am Tisch stand.

Peter Shandy war auf seine Weise durchaus kulturbeflissen. Er wußte eine Menge über die unterschiedlichsten Arten von Kultur, solange diese Vorsilben wie Agri-, Horti- oder auch Eß- und Trink- besaßen. Kultur in Reinform allerdings ließ ihn normalerweise kalt, besonders wenn sie in Galerien hing, man wie ein Schaf in einer Herde daran vorbeigeführt wurde und so tun mußte, als fände man alles überaus faszinierend. Meistens fand Peter das, was er sah, wenig interessant. Er war kein Fan der Minimalisten, Kubisten, Post-post-Impressionisten oder sonst irgendwem mit der Endung -isten, er mochte nicht einmal die Realisten. Wenn er nicht wußte, was der Künstler mit seinem Werk ausdrücken wollte, langweilte er sich. Und wenn er erkannte, was er sah, fragte er sich meist, warum der Künstler sich überhaupt die Mühe gemacht hatte. Bisher hatte er einen positiven Eindruck von Miss Rondel, warum also sollte er dieses angenehme Gefühl zerstören? War sie etwa eine Amateurmalerin, die ihr Herz der Freizeitmalerei verschrieben hatte?

Nein, das paßte eigentlich nicht zu ihr. Peter wußte zwar, daß es unfein war, seine Nase in die Angelegenheiten fremder Leute zu stecken, doch mit einem Mal war der Geist von Rikki-Tikki-Tavi in ihm erwacht und gewann die Oberhand. Er brauchte doch nur den Stuhl ganz vorsichtig ein klein wenig nach hinten zu kippeln, um nur ja nicht zu riskieren, daß das Bild – Grundgütiger! Er warf den letzten Rest von Anstand über Bord, zog den Stuhl so weit zurück, daß er einen guten Blick auf das Bild werfen konnte, und stand da wie ein hypnotisiertes Kaninchen. Er war immer noch völlig sprachlos, als Miss Rondel hereinkam, um nach ihm zu sehen.

»Professor, ist Ihnen vielleicht – oh!«

Sie war wütend, auch wenn sie versuchte, es nicht zu zeigen. Peter ließ sogar das völlig kalt. Et in arcadia Shandy. Auch er hatte in Arkadien geweilt und weilte immer noch dort. Nur leider noch nicht lange genug. Er hatte das Gefühl, irgend etwas sagen zu müssen.

»Dieses –« Nein, so ging es nicht. Er machte einen neuen Anlauf. »Ich – eh – haben Sie dieses Bild gemalt?«

»Nein.« Inzwischen konnte man ihr die Wut deutlich anmerken.

»Wer hat es denn gemalt?«

»Das darf ich Ihnen nicht sagen.«

»Aber es ist ein richtiges – meine Güte!«

»Wollen Sie damit etwa sagen, daß Ihnen dieses Bild gefällt?«

»Ja, genau das wollte ich damit sagen.« Peter hatte sich wieder ein wenig gefangen. »Ich möchte mich für meine Indiskretion entschuldigen, Miss Rondel, obwohl es mir ehrlich gesagt nicht leid tut, daß ich einen Blick auf dieses Kunstwerk riskiert habe. Dieses Bild – es ist – ich weiß auch nicht, was es ist, aber es – es drückt etwas aus, das mich sehr berührt.«

»Sie überraschen mich, Professor Shandy.«

»Ich bin selbst völlig verblüfft. Normalerweise bemerke ich Bilder überhaupt nicht. Alles, was ich über Kunst weiß, paßt auf einen Stecknadelkopf. Warum mich dieses Bild hier so fasziniert, kann ich mir auch nicht erklären. Ich weiß nur eines: Ich muß es unbedingt haben.«

»Tatsächlich?« Miss Rondel hatte sich wieder etwas beruhigt und betrachtete ebenfalls interessiert die Leinwand. Nach einer geraumen Weile antwortete sie ihm. »Tja, vielleicht läßt sich da doch etwas machen. Zufällig befinden sich momentan noch einige andere Bilder des Künstlers hier in meinem Haus. Ich habe sie noch niemandem gezeigt und hatte dies auch nicht vor, aber wenn Sie möchten, mache ich bei Ihnen eine Ausnahme. Unter einer Bedingung allerdings: Sie dürfen mit niemandem in der Stadt oder im Gasthof darüber sprechen.«

»Großes Ehrenwort, Miss Rondel. Ich habe ohnehin vor, wieder abzufahren, sobald ich die Lupinensamen eingesammelt habe, die Sie mir freundlicherweise überlassen wollen.«

»So schnell schon? Das ist aber schade. Dann werfen Sie am besten gleich einen Blick auf die Bilder. Wenn Sie mir bitte folgen würden.«

Sie öffnete die Tür zu einem kleinen Eßzimmer, das aussah, als würde es nur selten genutzt, und zog die Jalousie hoch, die den Raum vor dem grellen, vom Meer widergespiegelten Sonnenlicht schützte. »So, da sind sie. Was halten Sie davon?«

Peter betrachtete völlig fasziniert die ungerahmten Gemälde, die an den Wänden lehnten. Insgesamt waren es vielleicht zehn, und auf allen waren einfache Szenen dargestellt, Meer, Felsen, Himmel, Felder, Lupinen. Nein, keine Lupinen. Irgend etwas anderes. Farben. Formen. Nein, auch keine Formen. Peter konnte sich einfach keinen Reim auf das machen, was er sah, doch er konnte den Blick einfach nicht davon abwenden.

Keines der Bilder war wirklich hübsch. Einige vermittelten Peter ein Gefühl der Verstörung, besonders das mit den kräftigen langen Farbstrichen, die aus dem starrem Granit emporschossen. Durch eine Art optische Magie erinnerten einige Lupinen in den unterschiedlichsten Rottönen, die in einem kleinen Fleckchen Erde hoch oben auf dem felsigen Rand einer Klippe wuchsen, an ein Portrait von Thorkjeld Svenson, nicht wie er aussah, sondern wie er sich gefühlt haben mußte, als er vor einigen Wochen wieder einmal mit seinen mächtigen Arbeitspferden, den Balaclava Blacks, beim jährlichen Wettbewerb für Gebrauchtpferde von Balaclava County einen seiner Triumphe gefeiert hatte.

Dies war ein Bild für junge Menschen, entschied Peter, daher sollte es auch im College hängen. Wenn ein Bild tatsächlich mehr sagte als tausend Worte, dann sagte dieses Vexierbild mehr als viele Millionen. Allein dadurch, daß sie täglich daran vorbeigingen, konnten Studenten verdammt viel mehr lernen als vom Gefasel einiger ihrer umständlichen Dozenten. Zu Miss Rondels und seiner eigenen Verwunderung brach er in herzliches Lachen aus.

Falls es stimmte, daß Miss Rondel und Elva Brights Großmutter tatsächlich zusammen zur Schule gegangen waren, war sie vielleicht alt genug, um einiges von der seligen Königin Victoria gelernt zu haben. Momentan war sie offensichtlich, um einen vielzitierten Ausspruch der verstorbenen Monarchin zu verwenden, keineswegs erfreut.

»Wenn ich mir die Bemerkung erlauben darf, Professor Shandy, ich kann zwar in einigen der Bilder einen gewissen künstlerischen Wert erkennen, aber lächerlich habe ich bisher noch keines davon gefunden. Sie sehen anscheinend etwas, das mir verborgen bleibt.«

»Umso erstaunlicher, daß Sie die Bilder dann überhaupt in Ihrem Haus aufbewahren.«

»Eigentlich nicht. Ich habe einfach nur genügend Platz, das ist alles. Es wäre schade, wenn die Bilder irgendwo in einer Scheune vergammeln würden.«

»Das wäre sogar ein Verbrechen. Hat der Künstler denn nie in Erwägung gezogen, in einer Galerie auszustellen?«

»Oh nein, ganz bestimmt nicht. Er würde sich wahrscheinlich freuen, wenn sie irgendwo verkauft werden könnten, nehme ich an, aber dann fänden die Leute sicher heraus, wer sie gemalt hat, was wiederum zu Schwierigkeiten führen würde. Sie wissen ja, wie die Menschen sind. In Ihrem Fall gehe ich natürlich davon aus, daß Sie –«

Miss Rondels Stimme erstarb. Peter überlegte, ob er noch einen zweiten Umschlag hätte mitbringen sollen, und nahm den Faden vorsichtig wieder auf.

»Eh – angenommen, der Künstler wäre tatsächlich bereit, die Bilder zu verkaufen, welche – eh – Preisvorstellung hätte er – eh – wohl Ihrer Meinung nach?«

»Ach Gott, darüber habe ich mir noch nie Gedanken gemacht. Der Künstler wahrscheinlich auch nicht. Vielleicht könnten Sie einen Vorschlag machen?«

»Hmja, nehmen wir beispielsweise das Bild in der Küche. Nehmen wir einmal an, mein Anfangsgebot beliefe sich auf tausend, danach könnten wir immer noch weiter verhandeln. Ich wäre auch bereit, etwas mehr zu zahlen, wenn –« Auch er beherrschte die Kunst, einen Satz wirkungsvoll auszublenden.

Wenn es sein mußte, war Peter sogar bereit, noch beträchtlich höher zu gehen. Seine berühmte preisgekrönte Rübenart, die in allen kühleren Klimazonen als Balaclava Riesenprotz bekannt war, brachte ihm immer noch genügend Tantiemen ein, genau wie die hübsche Petunienart Helen's Fancy, die Veilchenart Muntere Sieglinde und diverse andere gärtnerische Triumphe, zu der vielleicht bald auch die Rondel Lupine gehören würde. Sollte sein Experiment glücken, würde er Francis Rondel selbstverständlich am Gewinn beteiligen. Sie sah aus, als würde sie bestimmt noch lange genug leben, um ein kleines Zubrot genießen zu können, auch wenn sie laut Elva Bright auf die hundert zuging.

Was das Bild betraf, das ihn derart verzaubert hatte, konnte sich Peter vorstellen, daß er bereit war, ziemlich lange zu feilschen. Außerdem begann er allmählich, sich auch für einige der anderen Bilder zu erwärmen, und hatte keine Lust, sich direkt am Anfang selbst zu überbieten. Doch er hatte sich offenbar bereits verraten, denn Miss Rondel schaute ihn aus leicht zusammengekniffenen Augen an.

»Haben Sie eben tausend *Dollar* gemeint, Professor? Tausend *amerikanische* Dollar?«

»Ja, genau das habe ich gemeint. Ich habe zwar noch nie ein Gemälde gekauft, aber ich war mit meiner Frau auf einigen Ausstellungen, und die Preisspanne zwischen tausend und zweitausend Dollar scheint durchaus – eh – üblich zu sein. Es tut mir wirklich leid, daß ich Sie in die Sache mit hineinziehe.«

»Oh, es macht mir nicht das geringste aus, Ihnen behilflich zu sein, falls es Ihnen wirklich ernst ist. Sind Sie wirklich sicher, daß Sie die Bilder kaufen wollen?«

»So sicher, daß ich Ihnen auf der Stelle eine Anzahlung dalasse, wenn Sie möchten. Ich kann Ihnen zwar nur einen Scheck schreiben, aber ich kann ihn als Barscheck ausstellen, wenn Sie mir sagen, wo ich hier eine Bank finde. Oder ich könnte meine Frau anrufen und sie bitten, einen bankbestätigten Scheck, eine Geldanweisung oder sogar Bargeld mitzubringen, falls Ihr – eh – Protegé dies vorzieht. Sie kennen unsere Freundin Catriona McBogle aus Sasquamahoc? Sie ist momentan bei uns zu Besuch, wie ich Ihnen, wenn ich mich recht erinnere, gestern schon mitgeteilt habe. Helen kann mit ihr zusammen nach Maine kommen. Ich hätte gern, daß meine Frau sich die Bilder auch ansieht, wenn es Ihnen nichts ausmacht, sie uns ein zweites Mal zu zeigen.«

»Und was passiert, wenn Mrs. Shandy sie nicht schön findet?«

»Sie wird sie schön finden.«

Grundgütiger, jetzt gab es kein Zurück mehr. Vergessen war der ganze Unsinn, den er sich noch vor kurzem selbst weisgemacht hatte. Von wegen nichts wie weg von Pickwance, sobald er die Lupinen ihres Samens beraubt hatte! Was war bloß in ihn gefahren? Normalerweise machte es Peter wenig Freude, Gegenstände zu erwerben. Die Dekoration ihres gemeinsamen Heims überließ er, wenn möglich, am liebsten Helen. Aber Teufel noch eins, dieses unglaubliche Bild mußte er einfach haben, und vielleicht auch noch zwei weitere, selbst wenn er, was für ein furchtbarer Gedanke, hier für den Rest des Sommers herumhängen mußte, bis dieses neurotische Genie, wer immer es auch sein mochte, sich endlich entschloß, mit ihm über seine Kunstwerke zu verhandeln.

Kapitel 5

Also nichts wie auf zu den Lupinen und zum Teufel mit den pessimistischen Gedanken. Peter warf sich die Umhängetasche über die Schulter, griff nach seinen sammelbewährten Plastiktütchen und machte sich an die Arbeit. Er hatte noch nie in seinem Leben eine solche Farbenvielfalt gesehen, allerdings waren die Unterschiede oft so subtil, daß er ein völlig neues Farbschema erfinden mußte, während er von einer stattlichen Pflanze zur nächsten ging und sich jede Nuance sorgfältig notierte. Er konnte nur hoffen, daß er sich auch später im Treibhaus noch in seinen umfangreichen Improvisationen zurechtfinden würde.

Einige Exemplare waren völlig verblüht, so daß er die ursprüngliche Farbe der Blüten nicht mehr feststellen konnte und die kleinen Tütchen mit einem Fragezeichen versehen mußte, nachdem er den Samen vorsichtig darin verstaut hatte. Er war nicht sonderlich in Eile, legte hin und wieder ein Päuschen ein, um sich einen kleinen Revierkampf mit einer Biene oder einem Schmetterling zu liefern oder sich die Zeit mit Miss Rondels übergewichtiger Katze zu vertreiben, die herausgekommen war, um nachzusehen, was vor sich ging. Ein Blauhäher veranstaltete einen Riesenspektakel, weil jemand gewagt hatte, in sein Territorium einzudringen, hielt jedoch den für Blauhäher typischen Sicherheitsabstand ein. Ein Zaunkönig, der mehr als dreimal so klein war, verhielt sich bedeutend kühner, indem er auf der Spitze eines Dornenstrauchs herumturnte und weniger als sechs Fuß von der Nase der fetten Katze entfernt lautstark seinen Unmut kundtat. Irgendwie fühlte sich Peter an die Nachbarin erinnert, die zu Hause auf dem Crescent Tür an Tür mit ihnen wohnte.

Er verlor jedes Zeitgefühl, was ihn jedoch nicht weiter störte. Irgendwann aß er die Sandwiches, die Mrs. Bright ihm mitgegeben hatte, und spülte sie mit einem großen Glas Quellwasser hinunter, das Miss Rondel ihm nach draußen gebracht hatte. Es war in der Tat Wasser, wie er interessiert feststellte, und ganz hervorragendes dazu. Peter kannte die unterschiedlichsten Arten von Quellwasser, er war inzwischen sogar eine Art Fachmann geworden, und verlieh dem Rondel's Head-Produkt spontan die Bestnote und noch fünf Sterne zusätzlich für perfekte Ausgewogenheit.

Irgendwie bestand ein Zusammenhang zwischen dem Wasser und dem Gemälde, das wohl für alle Zeiten sein Lieblingsbild sein würde, selbst wenn er es, was der Himmel verhüten möge, niemals mehr zu Gesicht bekam. Das Wasser war nicht nur von bester Qualität, sondern enthielt außerdem etwas schwer Faßbares, das man zwar nicht schmecken, aber eindeutig spüren konnte. Er bedauerte, nicht ebenfalls einen Krug zum Auffüllen mitgebracht zu haben, denn er ahnte, daß Mrs. Bright nicht bereit sein würde, ihm von ihrem Wasser etwas abzugeben, und konnte es ihr nicht einmal verdenken.

Nachdem er seine Kehle sozusagen im Sinne der neuenglischen Transzendentalisten geölt und seine Kräfte wieder aktiviert hatte, sammelte er weiter Lupinensamen. Er hatte Childe Hassams idyllisches Bild von Celia Thaxter in ihrem Garten am Meer gesehen und sich gewünscht, einen ähnlich angenehmen, entspannten Nachmittag zu verbringen. Doch nun fragte er sich, ob Hassam wohl auch das Bedürfnis verspürt hätte, einen Mann zu malen, der kopfüber, mehr oder weniger an den Zehennägeln hangelnd, an der Spitze einer zwanzig Fuß hohen steilen Granitklippe baumelte, unter der ein felsiger Abgrund gähnte. Und alles nur, um von ein paar Lupinen, die es irgendwie geschafft hatten, sich in einer Handvoll Erde in einer Felssspalte einzunisten, die braun gewordenen Blütenstände abzubrechen. Diese band er dann aus Sicherheitsgründen in seinen Hemdzipfel, um beim Hinaufklettern auch mit den Händen nach Halt suchen zu können.

Inzwischen kam die Flut und warf ihre Gischtvorhänge gegen die Felsen. Peters Hosenbeine waren ziemlich durchnäßt, als er endlich den steilsten Teil der Klippe überwunden hatte. Doch auch das störte ihn nicht im geringsten. Er wäre ohne zu zögern sofort wieder hinuntergestiegen, um noch mehr Samen zu sammeln, wenn es noch mehr gegeben hätte. Er konnte sich immer noch nicht erklären, wie es möglich war, daß die Pflanzen hier so hervorragend wuchsen und gediehen, obwohl die Lebensbedingungen auf den ersten Blick extrem ungünstig erschienen. Er deutete dies auch Miss Rondel gegenüber an, als er ihr dafür dankte, daß sie ihm erlaubt hatte, den Tag in ihrem Garten zu verbringen, und schaffte es sogar, als kleine Stärkung für die Heimfahrt noch ein Glas Wasser zu schnorren.

Sie lächelte nur und dankte Professor Shandy ihrerseits für die vielen Tütchen mit gemischtem Lupinensamen, die er ihr mitgebracht hatte. Sie hatte ausdrücklich gesagt, er könne sich die Mühe sparen, sie zu ordnen, da sie ohnehin nur vorhabe, sie am Straßenrand auszusäen, genau wie es die inzwischen fast legendäre Hilda »Lupine« Hamlin vor so vielen Jahren erstmals in der Umgebung von Christmas Cove getan hatte. Sie erwarte zwar nicht, daß ihre Pflanzen so prächtig würden wie die der berühmten Hilda, doch im Frühjahr würden sie sicher hübsch aussehen. Was die Bilder betraf, versprach sie, von sich hören zu lassen.

Damit ließ sie ihn auf höfliche, aber bestimmte Weise wissen, daß es Zeit war zu gehen. Peter rückte den Riemen seiner Umhängetasche so zurecht, daß er etwas bequemer auf seinem Schlüsselbein ruhte, nahm die beiden gefüllten Wasserkrüge, die Miss Rondel ihm reichte – wie erwartet hatte er die Quelle nicht einmal von fern zu Gesicht bekommen – und stapfte zurück zu seinem Wagen.

Der blausilberne Pickup war verschwunden. Peter hatte ihn völlig vergessen, er fiel ihm erst wieder ein, als er den leeren Parkplatz sah, das gleiche galt für den finsteren Gesellen, der vorhin den Weg hinuntergestürmt war und Miss Rondel etwas zugerufen hatte, das sehr nach einer Drohung geklungen hatte.

Peter wäre es lieber gewesen, wenn er sich gar nicht erst erinnert hätte. Der Tag war so schön und friedlich verlaufen, daß es ihm leid tat, ihn mit der Erinnerung an das melodramatische Gebrüll eines reizbaren Hinterwäldlers zu verderben. Er hatte gestern abend im Gasthof schon genug Melodram erlebt und fragte sich, ob Mrs. Bright inzwischen erfahren hatte, woran Jasper Flodge nun tatsächlich gestorben war, ärgerte sich jedoch gleichzeitig über seine Neugier. Er verstaute den Lupinensamen vorsichtshalber im Kofferraum und stellte die nun verschlossenen Wasserkrüge hinten im Wagen auf den Boden, wobei er sie sorgsam in mehrere Ausgaben des *All-woechentlichen Gemeinde- und Sprengelanzeygers für Balaclava* einwickelte, damit sie nicht aneinanderstießen und auf der katastrophalen Straße, die jetzt vor ihm lag, zerbrachen.

Er hatte sich schon die ganze Zeit gefragt, wie er Miss Rondel auf angemessene Weise für ihren Lupinensamen danken konnte. Am besten ließ man wahrscheinlich einen Bagger und ein paar Fuhren Sand kommen und den Weg zum Haus ordentlich planieren. Doch vielleicht gefiel der alten Dame alles genau so, wie es war? Zumindest hielt es Schaulustige ab, die sonst vielleicht zum Haus hochgefahren wären und dort im Garten campiert hätten. Hier auf dem Land pflegte man sicher nicht ohne Grund zu sagen: »Was nicht kaputt ist, soll man auch nicht reparieren.«

Peter erinnerte sich an seinen ersten Besuch in Maine. Damals hatte er das echte Maine erlebt, wie es die Touristen, die zum Einkaufen nach Kittery und Freeport kamen, niemals kennenlernten. Er hatte das Gefühl gehabt, an einem völlig anderen Ort zu sein, und obwohl er damals wie heute nicht in der Lage war, die Unterschiede genau zu definieren, spürte er sie ganz deutlich. Das Bild, für das er sich so brennend interessierte, hatte genauso damit zu tun wie der unbekannte Künstler, der es geschaffen hatte, und das Wasser aus Miss Rondels geheimnisvoller Quelle. Es war ein unbekanntes Terrain für Peter, kein feindliches, so hoffte er, es war einfach – ein besseres Wort fiel ihm nicht ein – anders. Er mußte höllisch aufpassen, daher fuhr er vorsichtig um die Felsen und durch die Querrinnen, bis seine Reifen wieder auf den vertrauten, langweiligen Asphalt rollten und er der gelben Linie bis zum Gasthof folgen konnte.

An der Rezeption war weit und breit niemand zu sehen, was Peter nicht verwunderte, denn es war fast Abendbrotzeit und Mrs. Bright war sicher in der Küche und hatte alle Hände voll zu tun. Da er sie jetzt auf keinen Fall stören wollte, begab er sich hinter die Empfangstheke und stellte die beiden Krüge darunter, damit niemand darüber stolperte. Seine Hosenbeine waren von dem inzwischen getrockneten Salzwasser ganz steif, und wahrscheinlich hatte sein vollbrachtes Tagwerk dazu geführt, daß er aussah und roch wie ein alter Wikinger. Trotzdem fühlte er sich merkwürdigerweise kein bißchen müde, doch aus Hygienegründen und Rücksicht auf seine Mitmenschen wollte er auf jeden Fall möglichst schnell unter die Dusche und seine Kleidung wechseln, bevor er sich in den Speisesaal wagte.

Peter nahm sich zum Umkleiden viel Zeit. Das Gefühl des Andersseins hatte er verloren oder zumindest vorübergehend verlegt. Als er sich schließlich halbwegs gesäubert hatte und in eine einigermaßen vorzeigbare Freizeithose, ein sauberes kurzärmeliges Hemd und ein leichtes Jackett geschlüpft war – auf eine Krawatte hatte er bewußt verzichtet, da dies ihm nun wirklich zu vornehm erschien – fühlte er sich wieder frisch und präsentabel. Genau der richtige Moment, um Helen anzurufen.

In den Zimmern gab es kein Telefon, doch die kluge Mrs. Bright oder vielleicht auch der verstorbene Jean-Luc hatte statt dessen in der Lobby eine Nische mit einem öffentlichen Fernsprecher eingerichtet, der zweifellos auch den Zweck erfüllte, die Gäste davon abzuhalten, das Telefon in der Rezeption zu benutzen. Peter zog die Tür hinter sich ins Schloß und fischte eine Handvoll Münzen aus der Tasche. Innerhalb von Sekunden hatte er seine Gattin am Apparat.

»Oh, Peter, ich hatte gehofft, daß du anrufen würdest. Hast du die Lupinen schon gesehen?«

»Ich kam, sah und siegte. Die Lupinen sind noch viel überwältigender als Catriona behauptet hat. Und ich habe von jeder verflixten Farbvariante Samen gesammelt.«

»Liebling, du bist einfach unschlagbar.«

»Dem kann ich kaum widersprechen. Nett, daß du es auch bemerkt hast. Was ich noch sagen wollte, geliebte Psyche aus den Regionen, die man auch Feenreich nennt, hast du Lust zweitausend Dollar in deine Strumpfhose zu stopfen und so schnell wie möglich mit Catriona herzuschweben?«

»Peter, du meinst doch nicht etwa jetzt auf der Stelle?«

»Morgen würde auch noch reichen. Oder vielleicht sogar übermorgen, wenn es sich nicht anders machen läßt.«

»Aber was ist denn los? Peter Shandy, du willst mir doch wohl nicht etwa schonend beibringen, daß man dich wegen Diebstahls von Lupinensamen ins Gefängnis geworfen hat und ich die Kaution für dich hinterlegen soll?«

»Beruhige dich, Liebste. Mein Gewissen ist rein wie frisch gefallener Schnee. Wahrscheinlich noch reiner, wenn man bedenkt, wieviele Schadstoffe sich heute in einer einzigen Schneeflocke befinden. Ich kann getrost der ganzen Welt ins Gesicht blicken, denn ich habe niemandem, weder Mann noch Frau, Unrecht getan. Meinen Informanten zufolge ist Miss Rondel zwar uralt, aber ich habe trotzdem den Eindruck, daß sie mir in einem fairen Zweikampf haushoch überlegen wäre. Wir haben uns übrigens auf Anhieb blendend verstanden. Sie hat mir nicht nur freie Hand mit ihren Lupinen gelassen, sondern mir außerdem Wasser aus ihrer unsichtbaren Quelle zu trinken gegeben und mir einen vertraulichen Blick auf das erlaubt, das ich mit dem eben erwähnten Geld zu erstehen und dir zu schenken gedenke.«

»Ist es eine alte Kutschlaterne?«

»Nein, und auch kein eiserner Rehbock für unseren Rasen. Du wirst es noch früh genug sehen. Tu mir bitte nur den Gefallen und sag niemandem, auch nicht Catriona, etwas davon, bis du Gelegenheit hattest, dir selbst ein Urteil zu bilden. Ich kann dir nach bestem Wissen und Gewissen versichern, daß der Handel absolut korrekt ist, aber die Umstände scheinen etwas merkwürdig, und ich möchte nichts unnötig gefährden.«

»Das klingt ja wunderbar spannend! Und was soll ich Cat erzählen?«

»Sag einfach, daß ich dahinsieche, weil ich meine Gattin so lange nicht gesehen habe, und zu schwach bin, allein nach Hause zu fahren. Oder daß ich dich unbedingt hier haben möchte, damit du dir die Lupinen noch ansehen kannst, bevor sie völlig verblüht sind. Die zweite Erklärung klingt möglicherweise plausibler.«

»Die erste schmeichelt dafür dem weiblichen Ego mehr. In Ordnung, Schatz. Ich komme, sobald ich kann. Audrey ist übrigens bereits fort, sie hat heute morgen einen Anruf bekommen und erfahren, daß Maud Silver wieder einen ihrer Anfälle hatte. Maud Silver ist ihre Katze. Sie leidet fürchterlich unter verschluckten Haarballen, weil sie immer wieder versucht, das alte Bärenfell von Audreys Mann zu verschönern, indem sie es nach Kräften putzt. Das Ding haart wie der Teufel, aber Sam erlaubt nicht, daß Audrey es ausrangiert. Sein Großonkel Otis hat nämlich anno irgendwann das Leben seiner Großtante Margaret gerettet, indem er das Biest erlegte, als sie zusammen mit Mary Roberts Rinehart im Glacier Park campierten. Das grauenhafte Ding ist sozusagen ein Familienerbstück. Die arme Maud kann einem leid tun, aber du weißt ja, wie diese Familien sind.«

»Die einzige Familie, von der ich nichts erfahre, ist die unsere«, nörgelte Peter ein wenig. »Hast du schon eine Vorstellung, wie wir das kleine Problem lösen können, über das wir sprachen, bevor unser Gespräch zu Maud Silvers Haarballen abdriftete?«

»Aber selbstverständlich. Verzeih mir, Liebling. Momentan sind Cat und Iduna Stott gerade im Garten und pflücken Beeren für das Erdbeerfest, das Iduna morgen für die Freunde und Förderer der Bibliothek veranstaltet, und ich stehe hier in der Küche und bereite das Abendbrot vor. Dan Stott kommt am Freitag von seiner Schweinezüchterkonferenz zurück, wo er einen Vortrag zu halten hat. Ich nehme stark an, daß Iduna es kaum erwarten kann, das gemästete Kalb für die Heimkehr des verlorenen Gatten zu rösten, sobald sie ihrer Pflicht beim Erdbeerfest Genüge getan hat. Wäre dir Donnerstag früh genug?«

»Donnerstag paßt mir hervorragend.«

Ein Tag Verschnaufpause sollte Miss Rondel genügend Zeit geben, um ihrem mysteriösen Protegé für den Verkauf der Bilder zu erwärmen, dachte Peter. Wahrscheinlich aß sie gerade zu Abend, daher ließ er sie besser momentan in Ruhe und rief sie als erstes morgen früh an. Was er mit dem Rest des Tages anfing, würde sich noch zeigen.

Die Plauderei über Essen erinnerte ihn daran, daß es höchste Zeit für die nächste Nahrungsaufnahme war, doch er konnte sich einfach nicht vom Telefon loseisen und unterrichtete Helen zuerst noch kurz über Jasper Flodges Dahinscheiden, da sie ohnehin davon erfahren würde, wenn sie herkam, bis ein Geräusch am anderen Ende der Leitung darauf schließen ließ, daß besagte Freundinnen nebst Erdbeeren heimgekehrt waren. Er wünschte ihnen alles erdenklich Gute für den hoffentlich erfolgreichen Abend und legte den Hörer auf.

Die Telefonzelle war von einem Schreiner gebaut worden, der sein Handwerk verstand, denn Peter konnte sich nicht erinnern, auch nur einen Ton von außen gehört zu haben, nachdem er die Tür geschlossen hatte. Irritierend war allerdings, daß er immer noch nichts hörte, denn inzwischen befand er sich wieder draußen. Es war doch längst Zeit zum Abendessen, die Gäste mußten eigentlich schon eingetrudelt sein. Oder war es möglich, daß er viel länger telefoniert hatte, als ihm bewußt war, und sie schon gegangen waren? Er beschleunigte seine Schritte und betrat den Speisesaal.

Höchstwahrscheinlich ging seine Uhr falsch. Sie zeigte bereits zehn nach sieben. Am Sonntag war er ungefähr um die gleiche Zeit hergekommen, und der Speisesaal war brechend voll gewesen. Gestern abend war er beinahe eine Stunde später eingetroffen, die Gäste waren bereits fort gewesen, doch an den noch nicht abgeräumten Tischen hatte man deutlich gesehen, daß ebensoviel Betrieb wie am Vorabend geherrscht hatte. Heute dagegen saß nur ein einziger Gast einsam und allein an einem Tisch in der Ecke, es war Withington, wie konnte es auch anders sein. Alle anderen Tische waren nicht nur leer, sondern sogar in Erwartung etwaiger Gäste frisch gedeckt. Besagte Gäste mußten entweder erstaunlich früh dagewesen sein oder waren gar nicht erst erschienen. Thurzella empfing Peter, als sei er ihr seit langem verloren geglaubter reicher Erbonkel.

»Oh, Professor Shandy, wir hatten schon Angst, Sie würden nicht mehr kommen. Dabei hat Großmutter Unmengen von Roastbeef mit Yorkshire Pudding vorbereitet und –« Sie atmete lange und tief ein. »Möchten Sie ihr Fleisch blutig oder medium? Oder möchten Sie vielleicht lieber etwas anderes essen?«

»Roastbeef klingt hervorragend. Und Yorkshire Pudding habe ich schon seit Ewigkeiten nicht mehr gegessen. Irgendwie zwischen blutig und medium wäre mir am liebsten, wenn es sich machen ließe.«

»Kein Problem«, versicherte Thurzella. »Wir richten uns da ganz nach den Wünschen unserer Gäste. Bis jetzt hat sowieso noch keiner – es ist noch genug da, wollte ich sagen. Dazu gibt es Röstkartoffeln, frische Erbsen und Salat mit Dressing nach Wunsch. Und wie wär's mit einem Teller Fischsuppe als Vorspeise? Außerdem haben wir auch noch Schokoladenkuchen als Nachtisch. Wenn Sie möchten, können Sie auch Eiscreme dazu haben. Ich selbst mag ihn allerdings am liebsten ohne alles.«

»Ich auch.«

Peter war nicht sonderlich überrascht über den akuten Gästemangel, doch Thurzella tat ihm verdammt leid, ganz zu schweigen von Elva Bright. Die Neuigkeit von gestern abend hatte sich also inzwischen herumgesprochen. Und verständlicherweise aß kaum jemand gern in einem Restaurant, in dem ein Nachbar tot über seinem Teller zusammengebrochen war.

Daran würde sich so lange nichts ändern, bis aus offizieller Quelle verlautet war, woran Jasper Flodge gestorben war. Ob man der Erklärung Glauben schenken würde, war eine andere Sache. Falls er eines natürlichen Todes gestorben war, würde es sicher trotzdem ein paar Leute geben, die behaupteten, der Bericht sei aus dunklen und eigennützigen Beweggründen gefälscht worden. Falls es kein natürlicher Tod gewesen war, konnte Elva Bright ihr Restaurant genausogut schließen und nach Florida umsiedeln, wenn kein Wunder geschah.

Peter beschloß, das sinkende Schiff nicht zu verlassen. »Dann nichts wie los, Thurzella. Allerdings hätte ich statt des Tellers lieber nur eine Tasse Fischsuppe. Eine Sauce Vinaigrette für den Salat, und den Kuchen bitte ohne Eiscreme. Meine Frau behauptet, ich sei viel zu dick.«

»Das stimmt doch gar nicht, Professor. Ich finde, Sie sind genau richtig.«

Wenigstens sah die junge Kellnerin nicht mehr ganz so verloren aus. Sie rannte in die Küche und kam in Windeseile zuerst mit der Fischsuppe und einem Korb mit heißen Brötchen und kurz darauf mit Peters Salat zurück. Als sie das dritte Mal erschien, um seine leere Tasse abzuräumen und das bestellte Roastbeef nebst zusätzlicher Sauce in einer etwas angestoßenen, aber ansonsten hübschen kleinen bayrischen Sauciere brachte, hatte ein weiterer Gast den Weg ins Restaurant gefunden.

Diesmal trug der Mann keine rote Kappe, außerdem hatte er sich anscheinend gewaschen und trug ein sauberes Hemd mit Schottenkaro. Dennoch hätte Peter sein düsteres Gesicht sogar im vollsten Bazaar Kairos und im unwirtlichsten Teil Tasmaniens sofort wiedererkannt. Es erfüllte ihn daher nicht gerade mit Freude, daß sich der Miesepeter ausgerechnet an den Nebentisch setzte, so daß Peter seinen finsteren Blicken schutzlos ausgeliefert war. Thurzella jedoch schien überglücklich, daß noch ein weiterer Tisch besetzt war.

»Hallo, Evander. Wo hast du denn heute abend deinen Bruder gelassen?«

Der Mann hatte also tatsächlich einen Namen. Evanders Antwort war eine Kombination aus Achselzucken und Knurren. »Was gibt's denn zu essen?«

»Roastbeef?«

»In Ordnung.«

Thurzella begab sich ohne weitere Fragen in die Küche und versorgte auch den neuen Gast mit Fischsuppe und einem Korb mit frischen Brötchen. Der Salat wurde weder erwähnt noch gebracht. Evander, wer immer er auch sein mochte, widmete sich seiner Fischsuppe, verstaute sie zügig, aber ohne unnötige Hast oberhalb seines kurzen, buschigen Bartes und legte zwischendurch immer wieder eine Pause ein, um ein Brötchen mit Butter zu bestreichen, sich eine Gräte aus dem Mund zu fischen oder um Peter Shandy finster anzustarren. Gegen seine Tischmanieren war nichts einzuwenden, im Vergleich mit denen des verstorbenen Jasper Flodge waren sie sogar geradezu makellos, selbst wenn Evander bei größerer Konkurrenz möglicherweise nicht ganz so gut abgeschnitten hätte.

Seit Peter in den Speisesaal gekommen war, hatte er deutlich gespürt, daß Claridge Withington darauf brannte, mit ihm zu sprechen. Ihre Blicke hatten sich ein oder zweimal getroffen, und Peter hatte dem alten Herrn zwar freundlich zugenickt, jedoch bewußt einen Tisch gewählt, der so weit entfernt stand, daß jede Unterhaltung mühsam gewesen wäre, doch ein simples Nicken genügte dem alten Herrn offenbar nicht. Dabei verhielt sich Peter immer noch bedeutend freundlicher als Evander, wie er den Fremden inzwischen notgedrungen nannte, da Thurzella seinen Nachnamen nicht erwähnt hatte.

Evander saß mit dem Rücken zu Withingtons Tisch, doch möglicherweise strafte er ihn nicht bewußt mit Mißachtung. Vielleicht wollte er den Eingang des Restaurants im Auge behalten, weil er erwartete, daß sein Bruder früher oder später auftauchen und nach ihm suchen würde. Vielleicht blickte er Peter auch nur deshalb so finster an, weil er zufällig genau gegenüber saß und in diesem Raum das einzige Ziel darstellte, auf das er seine finsteren Blicke lenken konnte. Diese Vorstellung tröstete ihn ein wenig.

Das Roastbeef mundete wirklich vortrefflich. Peter spießte das letzte Stückchen Yorkshire Pudding auf seine Gabel und teilte Thurzella mit, daß er zu seinem Schokoladenkuchen eine

Tasse Kaffee zu trinken gedenke. Wahrscheinlich würde er keinen Bissen mehr essen können, wenn er ihn nicht mit etwas Flüssigem herunterspülen konnte. Vielleicht sollte er sich auf den Kuchen vorbereiten, indem er aufsprang und mehrfach um den Tisch joggte, damit das Roastbeef sich etwas setzen konnte, doch aus irgendeinem Grund hatte er wenig Lust, den Gedanken in die Tat umzusetzen.

Aus Gründen der Höflichkeit hätte Peter sich eigentlich mit seiner Kaffeetasse an Withingtons Tisch begeben müssen, um ihm Gesellschaft zu leisten. Die unermüdliche alte Plaudertasche hatte vielleicht tatsächlich Neuigkeiten zu verkünden oder zumindest eine Vermutung, was Jasper Flodges plötzliches Ableben betraf. Und da Peter ohnehin ein oder zwei Tage hier festsaß, sprach nichts dagegen, sich in Maßen gesellig zu verhalten. Doch nach der Entdeckung der unglaublichen Bilder war er nicht mehr in der Stimmung für Trivialitäten und stocherte in seinem Kuchen herum, um den Moment der Wahrheit noch ein bißchen vor sich herzuschieben. Trotzdem gab es ihm einen Stich, als er plötzlich feststellen mußte, daß er überflüssig geworden war.

Kapitel 6

Eine große, breitschultrige, brünette Frau, die nach Peters Schätzung zwischen vierzig und fünfzig Jahre alt sein mochte, stürmte ins Restaurant. Sie war gekonnt zurechtgemacht und elegant gekleidet, ganz in Schwarz, mit einigen belebenden Rotakzenten. Sie trug eine Handtasche aus Wildleder von der Größe einer Aktentasche, vielleicht war es sogar eine Aktentasche, und eilte schnurstracks auf Withingtons Tisch zu.

»Hallo, Claridge, lange nicht gesehen. Ich dachte mir schon, daß ich dich hier finden würde. Was kannst du mir denn heute abend Feines empfehlen?«

»Wie wäre es mit meiner bescheidenen Gesellschaft? Wie geht es dir, Lucivee? Du siehst wie immer aus wie das blühende Leben. Setz dich doch zu mir. Ich rufe die Kellnerin.«

»Nur keine Hektik, die kommt schon von selbst. Ich habs nicht eilig mitm Essen. Ich habe in Bangor noch Kaffee getrunken. Warum ist es denn hier so gähnend leer?«

»Gute Frage. Wenigstens wirst du problemlos ein Zimmer bekommen.«

»Warum sollte ich mir ein Zimmer suchen? Ich habe schließlich den Schlüssel zu meinem Haus in der Tasche.«

»Zu deinem – du meinst sicher Jaspers Haus?«

»Wenn ich ›mein Haus‹ sage, dann meine ich es auch. Du glaubst doch wohl nicht, daß ich dämlich genug war, mir das

Haus entgehen zu lassen? Alles notariell festgelegt. Weiß Gott, in welchem Zustand es sich inzwischen befindet. Ich wollte mir nur vorsichtshalber ein ordentliches Essen gönnen, bevor ich hingehe und es mir ansehe.«

Die Frau machte nicht einmal den Versuch, leise zu sprechen, sie stellte ihre Ansprüche und wollte, daß es die ganze Stadt hörte. Kein Problem. Peter bemerkte, daß die Küchentür einen Spalt weit offen stand. Elva Bright ließ sich anscheinend kein Wort entgehen. Selbst der finstere Evander wirkte mit einem Mal weniger finster, und als sein Bruder auftauchte, verzerrte sich sein Mund sogar zu einer Art Grinsen.

Der Abend schien sich zu einer richtigen Wiedersehensparty zu entwickeln. Der Bruder ließ sich sogar zu einer persönlichen Begrüßung hinreißen. »N'abend, Lucivee. Muß 'ne Ewigkeit her sein, daß wir uns gesehen haben.«

»Wie schade aber auch. Nur keine Angst, du wirst mich in nächster Zeit noch oft genug sehen, Fred. Wenn Jasper erst tief genug unter der Erde ist, daß er sich nicht wieder hochgraben kann, mach ich mich dran, den Nachlaß zu regeln. Wer ist denn die Kleine? Eine von Elvas Kindeskindern?«

»Genau. Ihre Enkelin. Sie heißt Thurzella.«

»Das paßt zu ihr. Okay, Thurzy, falls das der Duft von Roastbeef ist, der mir da in die Nase steigt, könntest du mir dann bitte das blutigste Stück bringen, das ihr habt, und zwar mit der üblichen Beilage. Bring es hier an Claridges Tisch. Komm doch auch her, Fred, und leiste uns Gesellschaft.«

»Danke für das freundliche Angebot, aber ich möchte bei Evander bleiben. Für mich bitte auch eine Portion Roastbeef, Thurzella.«

Urplötzlich herrschte wieder Hochbetrieb. In einem Ort von der Größe Pickwances breitete sich offenbar jede Neuigkeit aus wie ein Lauffeuer. An der Tür tauchten immer neue Gesichter auf. Nachdem man sich vergewissert hatte, daß keiner der Anwesenden nach dem Genuß des Essens vornüberkippte, wagten sich ein paar Neugierige herein und bestellten Kaffee und Kuchen. Einige wenige riskierten sogar ein ganzes Abendessen. Wahrscheinlich als Entschuldigung, um länger bleiben zu können, mutmaßte Peter. Lucivee Flodge, wenn dies wirklich ihr voller Name war, schien ein richtiger Magnet zu sein.

Auch Peter interessierte sich dafür, wie das kleine Drama wohl weitergehen würde. Er bedauerte sehr, daß er so lange gezögert hatte, sich zu Withington an den Tisch zu setzen und ihn über Jaspers Tod und die Rolle, die der Mandelextrakt dabei möglicherweise gespielt hatte, auszuhorchen. Er ließ sich von Thurzella Kaffee nachgießen und lehnte sich zurück, um ihn ein wenig abkühlen zu lassen. Lucivee war alles andere als schüchtern, und das gespannte Schweigen, das über der ganzen Versammlung lag, schien ihr genauso wenig auszumachen wie die zahlreichen Blicke, die unablässig zu ihrem Tisch wanderten. Auch Withington genoß es, im Mittelpunkt der Aufmerksamkeit zu stehen, und stand der trauernden Witwe in nichts nach.

»Und was hast du die ganze Zeit gemacht, seit wir uns das letzte Mal gesehen haben, Lucivee?«

»Ach, alles mögliche. Du kennst mich doch, Claridge. Ich bring' es nicht fertig, zu Hause herumzuhocken und Däumchen zu drehen. Eine Frau mit einem Diplom in Betriebswirtschaft und einem abgeschlossenen Jurastudium hat das heutzutage nicht mehr nötig. Eins muß man Jasper lassen, er hat nie einen Hehl daraus gemacht, daß ich bedeutend mehr auf dem Kasten hatte als er, wenn es ums Geschäftliche ging. Er ist immer zu mir gekommen und hat mich um Rat gefragt. Und jetzt gehört sein ganzer Krempel mir, und du kannst mir getrost glauben, daß sich daran auch nichts ändern wird.«

Da Elva Bright keine Ausschankgenehmigung hatte, nahm Peter an, daß Lucivee sich anderswo hatte vollaufen lassen, bevor sie hergekommen war. Falls sie wirklich eine so clevere Anwältin war, wie sie behauptete, hätte sie eigentlich wissen müssen, daß es unklug war, in der Öffentlichkeit derart den Mund aufzureißen. Entweder war sie betrunkener, als sie aussah, oder sie wollte, daß jeder hörte, was sie zu sagen hatte. Falls dem so war, hatte sie zweifellos ihr Ziel erreicht, denn sämtliche Anwesenden saßen mit gespitzten Ohren da, ließen sich keine einzige Silbe entgehen und warteten nur darauf, die Beine in die Hand zu nehmen und schleunigst jedem, der sich dafür interessierte, das gerade Gehörte brühwarm mitzuteilen. Heute abend würde es in dem alten Städtchen hoch hergehen, darauf hielt er jede Wette.

Ah, jetzt kam die große Szene. Endlich war man bei den letzten Momenten in Jasper Flodges Leben angelangt. Peter, der es sich auf seinem Zuschauerplatz gemütlich gemacht hatte, hörte zu seinem Entsetzen, daß Claridge Withington vielsagend seinen Namen erwähnte. Der alte Herr beabsichtigte anscheinend, ihn in der Schlußzene mitwirken zu lassen.

»Frag doch Professor Shandy, er hat alles mitangesehen, von Anfang bis Ende. Er hat sogar die Sauce von Jaspers Gesicht gewischt. Das stimmt doch, nicht wahr, Professor? War das nicht eine grausame Art, die Welt zu verlassen?«

»Eh –« Verflixt und zugenäht, warum mußte dieser Kerl ihn unbedingt mit hineinziehen? »Wir wissen doch noch gar nicht, woran er gestorben ist. Oder liegt schon ein – eh – Bericht vor?«

»Allerdings. Sie werden Ihren Ohren nicht trauen, wenn sie das hören. Erinnern Sie sich noch an den Geruch von Bittermandeln, den Sie auf den Mandelextrakt in Jaspers Tasche zurückführten, während ich die Theorie vertrat, es könne auch Zyanid gewesen sein? Dr. Bee glaubt, daß es in der Tat eine Zyanidvergiftung war.«

Und Peter stand vor versammelter Mannschaft da wie ein Idiot. Dieser selbstgefällige alte Mistkerl! Peter verspürte den plötzlichen Drang, Withingtons Gesicht in seine Schokoladencremetorte zu drücken. Den Tod eines Menschen zu benutzen, um sich selbst in Szene zu setzen, war einfach geschmacklos, wirklich egal, was für ein Mistkerl Flodge auch gewesen sein mochte.

Aber warum regte er sich überhaupt so auf? Sollte sich der alte Claridge ruhig aufblasen wie ein Truthahn. Wahrscheinlich hatte er dazu nicht oft Gelegenheit. Peter sagte, was er zu sagen hatte.

»Wie in Dreiteufelsnamen ist er denn an Zyanid gekommen?«

»Dr. Bee behauptet, Jasper habe in eine dieser Kapseln gebissen, die Agenten immer hinter ihren Backenzähnen verstecken, für den Fall, daß sie enttarnt werden. Woher die Kapsel stammte, können wir nur vermuten.«

Peter konnte sich ziemlich genau vorstellen, wie Withingtons Vermutungen aussahen, denn der alte Schnüffler hatte nicht nur ein äußerst selbstgefälliges Grinsen aufgesetzt, sondern noch dazu den Kopf vielsagend in Richtung von Elva Brights Küche gedreht. Jetzt wurde der arme Jean-Luc aus dem Grab geholt und abgestaubt, damit die Klatschmäuler weiter die Köpfe zusammenstecken konnten.

Eigentlich konnte man sich einen ähnlichen Plot durchaus vorstellen: Alter Widerstandskämpfer bewahrt Zyanidkapseln als Erinnerung an die guten alten Zeiten auf, schließlich hatten ja auch viele Soldaten scharfe Handgranaten aus dem Krieg mit nach Hause gebracht und auf ihren Kaminsims gestellt, damit ihre Verwandten sie bewundern und die Kinder damit spielen konnten. Die Geschichte machte sogar irgendwie Sinn, wenn man bedachte, in welcher Verfassung Jean-Luc laut Withington zu der Zeit gewesen war, als er der schönen Wirtstochter den Hof gemacht und ihr Herz gewonnen hatte. Er mußte gewußt haben, wie schlimm es um ihn stand. Wahrscheinlich hatte er oft unter schlimmsten körperlichen und seelischen Qualen gelitten.

Vielleicht hatte er wenigstens ein kleines bißchen Trost aus dem Wissen geschöpft, daß er zumindest die Möglichkeit hatte, freiwillig aus dem Leben zu scheiden, falls die Schmerzen unerträglich wurden.

Doch ein Mann, der stark genug gewesen war, sogar grausamste Foltern zu ertragen, hätte sicher keinen Außenstehenden in sein tödliches Geheimnis eingeweiht. Aber vielleicht hatte Elva Bright irgendwann nach dem Tod ihres Mannes die Kapsel erwähnt? Möglicherweise hatte sie das übermächtige Bedürfnis verspürt, sich einem verständnisvollen Zuhörer mitzuteilen, und Withington war zufällig ihr einziger Ansprechpartner gewesen. Falls die Kapsel je existiert hatte, mutmaßte Peter, konnte Withington im Grunde nur davon wissen, weil er auf eigene Faust ein wenig herumgeschnüffelt hatte. Da der Mann seit Jahren hier Stammgast war, hatte er inzwischen vielleicht den Status eines Verwandten auf Besuch angenommen. Möglicherweise ließ man ihn daher gelegentlich auch bedenkenlos längere Zeit allein, beispielsweise wenn Elva Besorgungen zu erledigen hatte, und niemand da war, um für sie einzuspringen. Ein geborener Schnüffler wie Withington hatte so einer Versuchung sicher nicht widerstehen können.

Außer Withington schien sich niemand übermäßig dafür zu interessieren, wie Jasper Flodge an das tödliche Gift gekommen war. Statt dessen wollte jeder wissen, warum er beschlossen hatte, sich ausgerechnet zu diesem Zeitpunkt und an diesem Ort das Leben zu nehmen. Fred sprach schließlich das aus, was offenbar alle Anwesenden beschäftigte.

»Teufel noch eins, wenn ich gewußt hätte, daß er vorhatte, sich umzubringen, wär' ich hergekommen und hätte ihm geholfen. Was hat der Mistkerl sich bloß dabei gedacht?«

»Das kann ich euch sagen!«

Lucivee Flodge war aufgesprungen, ihre Augen funkelten und ihre Wangen waren so rot wie das Revers ihrer Kostümjakke. »Er hat es nur getan, um mir eins auszuwischen. Jasper wollte immer hoch hinaus. Er hat sich mit Verbrechern angelegt und versucht, sie übers Ohr zu hauen, aber dabei ist er aufgeflogen. Urplötzlich dämmert es ihm, daß die Typen ihn über kurz oder lang umlegen werden. Und was macht unser lieber Jasper? Er weiß, daß er geliefert ist und keinen Ausweg mehr hat, also beschließt er, ihnen zuvorzukommen. Und zwar mit einem dramatischen Abgang an einem Ort, wo es todsicher Zeugen gibt und das Urteil von vorneherein feststeht.«

»Aber was hat das alles mit dir zu tun, Lucivee? Menschenskind, schließlich ist es doch bestimmt schon – laß mal überlegen – sechs oder sieben Jahre her, seit Jasper dich hat sitzenlassen.«

»Von wegen sitzenlassen! Jetzt hör mir mal gut zu, Fred Wye: Ich habe Jasper verlassen, nicht er mich. Und zwar als er angefangen hat, seine Flittchen mit nach Hause zu bringen und bei uns übernachten zu lassen, und ich sollte dann morgens auch noch aufstehen und Frühstück machen. Ich habe ihn immer vor diesen Verbrechern gewarnt, aber er wollte ja nicht hören. Als der dämliche Kerl endlich gemerkt hat, daß er wirklich in der Klemme saß, hat er sich eingeredet, alles wäre meine Schuld. Und deshalb muß ich jetzt die Sache ausbaden.«

»Wie das?«

»Der Kerl hat mich reingelegt, du begriffsstutziger Hinterwäldler. Am Tag unserer Hochzeit habe ich Jasper dazu gebracht, eine Lebensversicherung über hunderttausend Dollar abzuschließen. Mit mir als Begünstigter, versteht sich. Zuerst hat er noch zwei- oder dreimal eingezahlt, aber als die erste Verliebtheit verflogen war, hat er aufgehört. Aber ganz so dämlich, wie er dachte, war ich nun auch nicht. Von da an habe nämlich ich die Beiträge eingezahlt, weil ich mir denken konnte, daß ihn früher oder später jemand umbringen würde. Genau aus diesem Grund habe ich mich auch nicht von ihm scheiden lassen. Und jetzt hat sich der verfluchte Hurensohn dünne gemacht und mich um meine hunderttausend Dollar gebracht, weil Versicherungsgesellschaften bei Selbstmord nicht zu zahlen brauchen. Gott, das ist so widerlich, daß ich am liebsten ausspucken würde!«

»Aber bitte nicht hier in meinem Lokal.« Elva Bright war so schnell aus der Küche geeilt, daß sie nicht einmal genug Zeit gehabt hatte, die Schürze auszuziehen. »Wir führen hier einen vorbildlichen Gasthof, wie Sie sehr wohl wissen, und ich wäre Ihnen dankbar, wenn Sie mir helfen würden, daß dies auch weiterhin so bleibt. Jasper Flodge war vielleicht kein besonders netter Mensch, aber ich habe ihn seit meiner Kindheit gekannt, wir sind sogar zusammen zur Schule gegangen, und ich sehe keine Veranlassung, warum man sein Andenken nach seinem Tod in den Schmutz ziehen sollte. Ich muß zugeben, daß er auch hier nicht sonderlich beliebt war, trotzdem war er unser Gast, und wenn Sie unbedingt schlecht über ihn sprechen wollen, dann tun Sie es bitte woanders. Falls noch jemand etwas essen möchte, sollte er besser schleunigst bestellen. Die Küche schließt in fünfzehn Minuten. Möchten Sie morgen Ihr Frühstück etwas früher, Professor Shandy? Sie wollten doch morgen abreisen, nicht wahr?«

»Eh – ja, ursprünglich wollte ich das tatsächlich, aber ich habe meine Pläne geändert und würde gern noch bleiben, wenn ich Ihnen nicht zu sehr zur Last falle. Nach meinem Besuch bei Miss Rondel habe ich mit meiner Frau telefoniert. Sie waren, glaube ich, zu dem Zeitpunkt gerade in der Küche und hatten alle Hände voll zu tun. Meine Frau möchte mit Catriona McBogle herkommen und eine Nacht hier verbringen. Die beiden haben für morgen schon etwas vor, daher können sie erst Donnerstag kommen, wenn es Ihnen recht ist.«

»Haben Sie ihr von Jasper erzählt? Ich möchte nicht, daß Mrs. Shandy herkommt, es von irgendeinem Fremden erfährt und sich fragt, was ich meinen Gästen wohl ins Essen mische.«

Deutlicher hätte sie es den Anwesenden nicht zeigen können. Peter versuchte erst gar nicht, sein Lächeln zu unterdrücken. »Keine Sorge, Mrs. Bright. Helen ist über alles im Bilde. Sie spricht Ihnen ihr Mitgefühl aus und freut sich darauf, Sie kennenzulernen. Falls Sie mich also noch ein paar Tage lang ertragen können –«

»Ich würde mich freuen, wenn Sie beide so lange wie möglich bleiben könnten. Wahrscheinlich habe ich eben ein bißchen barsch geklungen, aber wie Sie sich vorstellen können, waren die letzten beiden Tage ziemlich anstrengend für mich. Ich fürchte, ich bin am Ende meiner Kraft. Ich weiß wirklich nicht, wie ich es ohne Thurzella geschafft hätte. Sie kann wirklich sehr fleißig sein, wenn sie will, das muß man ihr lassen.«

»Werden Sie trotzdem morgen Frühstück servieren?« erkundigte sich jemand.

»Ich denke schon. Sie dürfen bloß nichts Ausgefallenes erwarten.«

»Ach ja? Dann gibt es also keinen Schinken mit Papierhöschen und keine Doughnuts mit Kaviarfüllung?« Fred schob seinen Stuhl nach hinten und gab der Gastwirtin einen herzlichen Klaps auf die Schulter. »Ich denke, wir sind ausnahmsweise auch mit der einfachen Version zufrieden. Komm, Evander, laß uns nach Hause gehen, damit Elva endlich die Beine hochlegen kann. Dann bis morgen früh, Elva.«

Fred Wye schien ein ganz netter Kerl zu sein, dachte Peter. Nur schade, daß sein Bruder ihm so unähnlich war. Aber wenigstens starrte Evander nicht mehr so düster vor sich hin, als er sein Essen bezahlte und Fred nach draußen folgte. Er rang sich sogar ein kurzes Nicken ab, auch wenn man unmöglich erkennen konnte, wem es galt.

Die Brüder schienen beträchtlichen Einfluß zu besitzen, denn jetzt standen auch andere auf und verabschiedeten sich. Elva begab sich zu ihrer Kasse, legte die Schürze ab und machte sich daran, Geld in Empfang zu nehmen und Wechselgeld herauszugeben. Thurzella räumte im Eiltempo die Tische ab. Die einzigen, die sich an dem Massenexodus nicht beteiligten, waren Claridge Withington und Lucivee Flodge. Besagte Dame hatte sich wieder zu ihm gesetzt, verdrehte sich gerade den Hals nach Thurzella und verlangte frischen Kaffee von der ohnehin überforderten jungen Kellnerin.

Wäre Peter dreißig Jahre jünger und ungebunden gewesen, hätte er Thurzella angeboten, ihr beim Abräumen zu helfen, doch da dies nicht der Fall war, reihte er sich in die Schlange vor der Kasse ein, bezahlte seine Rechnung wie alle anderen auch, begab sich nach oben und vermied bewußt, Blickkontakt mit Withington aufzunehmen, damit dieser sich nicht etwa ermutigt fühlte, ihm mit einem Verdauungsschwätzchen auf die Nerven zu gehen.

Lucivee Flodge hatte Peter mehrere interessierte Blicke zugeworfen, als er noch am Tisch gesessen hatte, so daß er heilfroh war, als er endlich laut und deutlich die baldige Ankunft seiner Gattin ankündigen konnte. Er hoffte inständig, nie in die Fänge einer Pantherfrau zu geraten, schon gar nicht an einem Tag, den er kopfüber von den Klippen hängend mit dem Sammeln von Lupinensamen verbracht hatte. Nicht, daß er je eine Pantherfrau getroffen hatte, doch der große P. J. Wodehouse hatte einem seiner leidgeprüfteren Helden ein Weib auf den Hals gehetzt, das Lucivee Flodge auf geradezu frappierende Weise ähnelte, wie er sich schaudernd erinnerte.

Er war durchaus bereit, Wodehouses Negativurteil zu akzeptieren, was die Gefährlichkeit von Pantherfrauen betraf. Doch an Mrs. Flodges Mär von Jaspers angeblichen Selbstmord glaubte er keine Sekunde. Daß jemand beim Herunterschlingen seines Hühnerfrikassees Selbstmord beging, weil er die Auszahlung seiner Lebensversicherung verhindern wollte, deren Beiträge seine angebliche Gattin bezahlt hatte, schien ihm allzu weit hergeholt.

Auch der wissenden Miene von Claridge Withington war nicht zu trauen, entschied Peter, als er endlich in seinem Zimmer war und genügend Muße hatte, über alles nachzudenken. Es schien einfach absurd, daß ein Mann mit zwei kleinen Töchtern, die er über alles liebte, das Risiko eingegangen war, ein tödliches Gift offen im Haus herumliegen zu lassen. Aber vielleicht hatte sich der verstorbene Jean-Luc einfach nicht von seinem Kriegssouvenir trennen können? Peter hatte keine Ahnung, was die Haltbarkeit von Zyanidkapseln anging, doch er fragte sich ernsthaft, ob ein Gift, das ein halbes Jahrhundert alt war, noch so schnell und effektiv wirkte.

Er konnte verstehen, warum die romantische Geschichte vom heldenhaften Franzosen vor allem Withington so faszinierte. Ein Mann mit seiner Intelligenz, der in seiner Bewegungsfreiheit derart eingeschränkt war, mußte sicher häufig auf seine Phantasie zurückgreifen, um sich nicht zu langweilen. Jean-Luc war aus vielerlei Gründen ein idealer Held für den geistig beweglichen, aber körperlich behinderten Stammgast. Außerdem bestand natürlich die Möglichkeit, daß Withington einfach nur ein gemeiner alter Mistkerl war, dem es Freude machte, anderen Schwierigkeiten zu bereiten. Körperbehinderte waren schließlich nicht automatisch Heilige, warum sollten sie also nicht genau so viele menschliche Schwächen aufweisen wie ihre oft höchst unangenehmen gesunden Mitmenschen?

Peter zog das Hemd aus, das er zum Dinner getragen hatte, und hing es vorsichtig auf einen Bügel. Da er einen Tag länger blieb als geplant, würde er es einfach morgen noch einmal tragen. Vielleicht sollte er kurz nach Sasquamahoc fahren und versuchen, sich von Guthrie ein oder zwei frische Hemden zu borgen. Die Fahrt dauerte weniger als zwei Stunden, und auf die Weise hatte er wenigstens etwas zu tun, während er auf Helen wartete. Er konnte Guthrie zum Mittagessen einladen, und zwar in das Restaurant, in dem man Tacos mit Muschelfüllung bekam, und wäre dann pünktlich zum Abendessen wieder im Gasthof.

Doch bevor er losfuhr, wollte er noch schnell Miss Rondel anrufen und ihr mitteilen, daß er Donnerstag nachmittag seine Gattin mitbrachte, damit auch sie einen Blick auf die Bilder werfen konnte. Noch besser wäre es allerdings, auf dem Weg zu Guthrie einen kurzen Abstecher nach Rondel's Head zu machen, der alten Dame ein kleines Geschenk zu bringen und sich sein Lieblingsbild noch einmal anzusehen. Vielleicht konnte Mrs. Bright ihm verraten, was Miss Rondel gut gefiel und wo er es kaufen konnte, falls sie nicht gerade zu sehr mit den Frühstücksbestellungen beschäftigt war. Vielleicht hatten Elvas Gäste ja inzwischen eingesehen, daß es völlig ungefährlich war, in diesem Gasthof zu essen. Nach Lucivees Behauptung, ihr Gatte habe sich das Leben genommen, und der Rückendeckung, die Elva von Fred Wye und seinem Bruder erhalten hatte, ganz zu schweigen von Peters eigenem bescheidenem Beitrag und der Tatsache, daß heute abend niemand ums Leben gekommen war, hatten die Gäste vielleicht eingesehen, daß es völlig ungefährlich war, im Gasthof zu essen.

Zumindest bestand die Hoffnung. Als Peter sich die Schlafanzughose anzog, hatte er eine Vision, wenn auch keine sonderlich angenehme. Er sah eine Frau mittleren Alters in der Küche eines Restaurants stehen. Sie hatte eine Pinzette in der Hand, mit der sie vorsichtig einen kleinen runden Gegenstand festhielt. Zuerst betupfte sie ihn mit einem Wattestäbchen, das sie vorher in grüne Lebensmittelfarbe getaucht hatte, dann blies sie ihn trocken. Schließlich ließ sie das Kügelchen, das nun einer frischen grünen Erbse zum Verwechseln ähnlich sah, in einer Portion Hühnerfrikassee verschwinden.

Kapitel 7

Das Gift konnte tatsächlich nur im Frikassee gewesen sein. Peter versetzte seinem Kopfkissen einen verärgerten Knuff und legte sich ins Bett. Eigentlich hätte sich die Lebensmittelfarbe in der Sauce auflösen müssen. Vielleicht hatte sie das sogar, aber da Flodge sein Essen so hastig hinuntergeschlungen hatte, war ihm die merkwürdig gefärbte Erbse natürlich nicht aufgefallen.

Was für eine hirnverbrannte, idiotische Idee. Peter knuffte sein Kopfkissen noch ein bißchen, versuchte verzweifelt, sich vorzustellen, wie Dan Stott mit seinem grünen flachen Filzhut eine nicht enden wollende Schweineherde durch ein Gatter trieb, zählte vierhundertsiebenunddreißig Ferkel, ging dann über zu Schafen, langweilte sich, versuchte sein Glück mit Kühen, stellte sich vor, er müsse sie melken, füllte zweihundertdrei imaginäre Milchkannen. Er schlummerte schließlich sanft ein, als er gerade überlegte, was in Dreiteufelsnamen er mit der ganzen Milch anfangen sollte, und träumte von einer merkwürdig gefärbten Erbse, die eine komplizierte Reise durch die Windungen von Jasper Flodges Eingeweiden machte.

Erst zu der Zeit, als er eigentlich schon hatte aufstehen wollen, schlief er endlich richtig tief. Er wachte ungefähr eine Stunde später als geplant wieder auf, ein wenig gereizt und mit verquollenen Augen. Selbst nach dem Duschen und Rasieren fühlte er sich kaum besser. Er ärgerte sich, daß er vergessen hatte, noch ein Ersatzhemd einzupacken. Sein linker Schuh hielt ihn eine Weile zum Narren, weil er sich dummerweise unter dem Patchworkquilt versteckt hielt, das Peter während der anstrengenden Nacht irgendwann mit dem Fuß auf den Boden befördert hatte. Schließlich ging er nach unten, in der sicheren Erwartung, den Speisesaal geschlossen und keinen Tropfen Kaffee mehr vorzufinden.

Falsch geraten. Thurzella war schon mit Kaffeekanne und Saftkrug zur Stelle, bevor er überhaupt Zeit gehabt hatte, sich zu setzen. Einen Moment lang bedauerte Peter, daß sie ihm keinen Grund gegeben hatte, finster vor sich hin zu starren. Doch als die belebende Wirkung des Kaffees einsetzte, fühlte er sich wieder besser und beschloß, sich außer den Eiern mit Speck auch noch ein oder zwei Pfannkuchen zu gönnen. Zum Teufel mit den Kalorien, er würde einfach den Wagen noch weiter von Miss Rondels Haus entfernt parken und alles wieder abarbeiten, indem er zu Fuß zum Haus hochkletterte. Vielleicht entdeckte er unterwegs sogar die magische Quelle und konnte sich ein Schlückchen von dem köstlichen Wasser gönnen.

Das Frühstück war im übrigen keineswegs vorüber, mehrere Tische waren noch besetzt, und allmählich erkannte er auch die einzelnen Gesichter. Einige Gäste nickten ihm zu, ein oder zwei grüßten ihn auf die traditionelle Weise der Bürger von Maine.

»Mo'n.«

»Mo'n.«

Fred bedachte ihn mit einem herzlichen »Mo'n«, Evander dagegen warf ihm einen finsteren Blick zu und setzte sich so hin, daß er genau in Peters Sichtlinie saß. Peter nickte kurz in ihre Richtung, um anzudeuten, daß er sich freute, wenn man ihn grüßte, aber keinen Deut darum scherte, wenn man es nicht tat, und widmete sich seinen Spiegeleiern. Als Thurzella zurückkam, um seine Kaffeetasse aufzufüllen, erkundigte er sich, ob ihre Großmutter zu beschäftigt sei, um ihm eine Minute ihrer kostbaren Zeit zu schenken.

»Im Moment brät sie gerade mit einer Hand Speck und Pfannkuchen mit der anderen«, lautete die entmutigende Antwort des Mädchens. »Handelt es sich um etwas Wichtiges?«

Peter schüttelte den Kopf. »Eigentlich nicht. Ich dachte nur, es sei vielleicht eine gute Idee, Miss Rondel ein kleines Geschenk mitzubringen, um ihr auf diese Weise dafür zu danken, daß sie mir gestern erlaubt hat, ihren Lupinensamen zu sammeln. Aber ich habe nicht den leisesten Schimmer, worüber sie sich wohl freuen würde.«

»Oh, da gehen Sie am besten zu meiner Mutter in den Laden. Mum weiß bestimmt was, sie hat eine Menge toller Sachen und ist eine gute Freundin von Miss Fran. Miss Fran hat ihr übrigens das Weben beigebracht. Ich schau mal rasch nach, ob Ihre Pfannkuchen schon fertig sind.«

Thurzella trug heute eine pflaumenblaue Strumpfhose und ein lavendelfarbenes Sweatshirt, das vorn mit rosa und blauen Lupinen bestickt war. Die Trauerphase war offensichtlich vorbei – sic transit Jasper Flodge. Peter fragte sich, ob die Lustige Witwe heute morgen wohl ebenfalls zum Frühstück erschienen war. Doch die einzige Person, die er gut genug kannte, um sie danach zu fragen, war Claridge Withington, und Peter verspürte so früh am Tag keine Lust auf eine Lektion in Dorfgeschichte. Die exzentrischen Taten von Mrs. Flodge gingen ihn ohnehin nichts an, daher hielt er den Blick starr auf seinen Teller gerichtet, um dem von Withington auszuweichen, aß sein Frühstück relativ schnell und verließ den Speisesaal.

Den Laden fand er mühelos, denn in einem kleinen Ort wie Pickwance gab es nicht viele Straßen, in denen man suchen konnte. »Michele Cluny, Weberin« stand auf einer nicht sonderlich großen, aber geschmackvoll gestalteten Karte im Schaufenster, und die Besitzerin schien ein echtes Talent zu sein. Peter hatte im Native Arts Department in Balaclava schon viele handgewebte Stoffe gesehen und war daher durchaus in der Lage, die Qualität der wunderschönen Tunika zu erkennen, die Mrs. Cluny über ihrer Steghose trug, die an die ihrer Tochter erinnerte. Die Hose stand ihr hervorragend, sie und Thurzella waren annähernd gleich groß und ähnelten sich wie ein Ei dem anderen. Oder wie zwei Erbsen.

Verflixt und zugenäht, warum mußte er ausgerechnet an Erbsen denken? Weder Mutter noch Tochter wiesen die geringste Ähnlichkeit mit Erbsen auf. Beide hatten dunkles Haar, dunkle Augen, rosige Wangen, die kein bißchen geschminkt aussahen, und waren so rank und schlank, wie man es sich nur wünschen konnte, wenn man mit der Kochkunst von Elva Bright aufgewachsen war. Beide hatten keine Ähnlichkeit mit der Gastwirtin, wahrscheinlich kamen sie eher auf Jean-Luc.

Peter eiste seine Gedanken von Jean-Lucs Nachkömmlingen los und versuchte sich vorzustellen, wie die Tunika, die ihre Besitzerin so hervorragend kleidete, seiner Frau wohl stehen würde. Wahrscheinlich paßte sie nicht so gut zu Helens blondem Haar, blauen Augen und blassem Teint. Doch er ging jede Wette ein, daß Helen hier trotzdem mühelos Sachen finden würde, die ihr gefielen. Sehr viele Sachen. Teure Sachen. Aber es lag ihm fern, der Dame seines Herzens einen Besuch in diesem Laden zu mißgönnen, immerhin hatte er selbst auch etwas gefunden, das er unbedingt kaufen wollte. Aber momentan ging es um Miss Rondel. Er begab sich zur Theke.

»Eh – mein Name ist –«

»Professor Shandy! Meine Tochter hat mir schon von Ihnen erzählt, sie sagt, Sie seien der netteste Gast, den sie je bedient hat.«

Michele Clunys Lächeln wirkte herzlich und offen, das von Peter dagegen schüchtern und verlegen. »Dann übt sie diesen Beruf sicher noch nicht sehr lange aus. Sie hat mich zu Ihnen geschickt, damit Sie mir helfen – eh – ein Geschenk für eine

Dame auszuwählen. Miss Rondel war so nett, mir gestern zu erlauben, Lupinensamen auf ihrem Grundstück zu sammeln, wie Thurzella Ihnen sicher bereits mitgeteilt hat. Ich möchte mich gern mit einem kleinen Geschenk erkenntlich zeigen, habe aber keine Ahnung, was ihr gefallen könnte. Thurzella meinte, Sie könnten mir vielleicht weiterhelfen.«

In dem kleinen Laden schien es unzählige hübsche Dinge zu geben, in der Hauptsache handgewebte Kleidungsstücke, Schals, Schürzen, Tischtücher und Objekte, die Peter nicht genau identifizieren konnte – Helen hätte dies sicher kein Problem bereitet. Es gab auch eine Auswahl geschmackvoller kleiner Gegenstände und Töpferwaren, die auf anspruchsvolle Touristen mit Kreditkarten zugeschnitten waren, außerdem diverse Gläser mit Konfitüren, Gelees, eingelegten Früchten sowie eine Auswahl an Plätzchen. Letztere gehörten möglicherweise zu Elva Brights lukullischen Kreationen, vermutete Peter, vielleicht sicherte sie sich damit einen kleinen Nebenverdienst, wenn das Gasthaus einmal nicht ganz so gut lief. Während Peter sich noch über die Preise wunderte, dachte Michele über seine Frage nach.

»Etwas Handgewebtes kommt für Miss Fran nicht in Frage, sie hat nämlich die meisten dieser Sachen selbst gemacht. Auf Schnickschnack legt sie keinen Wert, und was ihre Ernährung betrifft, ist sie äußerst wählerisch. Aber sie hat eine ausgesprochene Schwäche für Mutters Plätzchen und Konfitüren. Was halten Sie davon, wenn ich Ihnen einen hübschen Korb zusammenstelle? Wieviel wollten Sie denn ausgeben?«

Peter zuckte mit den Achseln. »Darüber habe ich noch gar nicht nachgedacht. Suchen Sie einfach etwas Nettes aus. Da fällt mir gerade ein, daß ich gestern, als ich in Miss Rondels Küche ging, weil ich einen kleinen – eh – Auftrag Ihrer Mutter zu erfüllen hatte, einen zerbrochenen Krug auf dem Tisch liegen sah. Meinen Sie, sie würde sich über einen neuen freuen? Vielleicht einen von denen, die Sie im Schaufenster stehen haben?«

»Wie hat der Krug ausgesehen?«

Michele Cluny schien mühsam nach Worten zu suchen, und Peter wunderte sich, daß eine so unwichtige Mitteilung eine derart heftige Reaktion auslösen konnte. Er versuchte verzweifelt, sich zu erinnern, wie die Scherben ausgesehen hatten.

»Hmja, die Scherben wirkten – eh – eher unauffällig. Der Krug muß aus Ton gewesen sein, Porzellan war es jedenfalls nicht, und er war auch nicht sonderlich groß. Die Farbe war ein ziemlich häßliches Gelb, mit einem dunkelbraunen Streifen, wenn ich mich recht erinnere. Schade, daß meine Frau nicht dabei war, sie kennt sich in diesen Dingen besser aus als ich.«

»Thurzella hat mir erzählt, daß Mrs. Shandy morgen nachkommt. Wie schön.«

Mrs. Cluny lächelte immer noch, doch es war ihr nicht ernst. Sie ging zum Schaufenster und nahm einen etwa zwanzig Zentimeter großen Krug heraus, der nach oben hin schmal zulief, in einem weichen, hellen Braunton glasiert war und ein zart eingeritztes Muster aus Lupinenblättern und Blüten aufwies. »Ist die Größe ungefähr richtig? Er gehört zu meinem Betsy Love-Sortiment und kostet fünfundsiebzig Dollar zuzüglich Steuern.«

Michele Clunys Stimme klang irgendwie vorwurfsvoll. Fiel es ihr schwer, sich von dem Krug zu trennen? Peter beschloß, sich nicht aus der Ruhe bringen zu lassen.

»Ja, genau so etwas hatte ich mir vorgestellt, ich glaube, er wird Miss Rondel auch gefallen.«

»Bei dem Preis sollte er es besser auch. Na ja, vielleicht ist es wirklich Zeit, daß sie endlich einen neuen bekommt. Man sagt schließlich, daß ein Krug so lange zum Brunnen geht, bis er bricht –« Mrs. Cluny zuckte mit den Achseln. »Betsy Love ist wirklich eine wunderbare Künstlerin.«

»Würde es Ihnen etwas ausmachen, mir den Krug netterweise auch noch – eh – einzupacken?«

»Ganz und gar nicht.«

Das war eine Lüge, oder zumindest nicht ernst gemeint. Warum machte es der Frau nur soviel aus, ihm diesen Krug zu verkaufen? Konnte Betsy Love etwa keinen neuen machen? Man hätte eigentlich erwarten sollen, daß eine Geschäftsfrau sich freute, so früh am Tag schon einen so guten Schnitt zu machen. »Dann möchten Sie sicher den Korb mit den Plätzchen und Konfitüren nicht mehr, Professor?«

»Doch, doch.« Hatte sie Angst, daß er nicht genug Geld dabei hatte? »Vielleicht haben Sie ja noch einen größeren Korb, in den wir einfach alles – eh – hineinstopfen? Falls der Krug Miss Rondel nicht gefällt, kann sie sich wenigstens an den Plätzchen freuen.«

»Oh, ich bin sicher, daß er ihr sehr gut gefallen wird.« Michele Cluny fand langsam ihre Fassung wieder, wickelte die diversen Objekte sorgsam in meerblaues Seidenpapier und legte sie vorsichtig in den Korb, den Krug stellte sie in die Mitte. »Ich habe Miss Fran zu Weihnachten ein paar Becher mit dem gleichen Muster geschenkt, und sie benutzt sie dauernd. Wie lange werden Sie und Ihre Frau hier bleiben?«

»Bis jetzt haben wir vor, lediglich eine Nacht hier zu verbringen. Aber das kann ich noch nicht mit Sicherheit sagen. Ich könnte mir vorstellen, daß meine Frau große Lust hat, Ihrem Geschäft einen kleinen Besuch abzustatten, bevor wir wieder fahren. Ist der Laden morgen geöffnet?«

»Oh ja, den ganzen Tag von neun bis halb sechs. Freitags und samstags haben wir bis sieben auf, das sind hier die wichtigsten Tage. Sonntags ist das Geschäft allerdings geschlossen. Es ist der einzige Tag, den mein Mann und ich ungestört allein miteinander verbringen können. Früher war es unser Familientag, aber inzwischen gehen die Kinder meist eigene Wege.«

»Ist das Restaurant im Gasthof geöffnet?«

»Oh ja. Normalerweise ist es Mutters bester Tag. Eine Witwe aus der Nachbarschaft kommt sonntags, montags und dienstags und hilft ihr beim Kochen. Anfang der Woche nimmt sie sich immer ein oder zwei Tage frei, um ein bißchen Luft zu haben und Einkäufe zu erledigen. Normalerweise hat Mutter mehrere Kellnerinnen, auf die sie zurückgreifen kann, aber eine verbringt momentan ihre zweiten oder dritten Flitterwochen, ich weiß es auch nicht genau, und die andere hat sich vorige Woche das Handgelenk gebrochen, als sie versucht hat, ihren Rasenmäher anzuwerfen. Daher muß die arme Thurzella mehrere Schichten übernehmen und hat überhaupt keine Freizeit mehr, aber wir haben vor, eine ihrer Cousinen aus Portland herzuholen, damit sie ihr ein bißchen Arbeit abnimmt. Man kann noch lange nicht jeden als Bedienung in einem Landgasthaus nehmen, wissen Sie. Die Leute hier mögen es nicht, wenn Fremde ihr Essen anfassen.«

Michele merkte sofort, daß sie etwas Falsches gesagt hatte, preßte die Lippen zusammen, konzentrierte sich auf ein kleines grünes Ästchen, das sie am Henkel des Korbes befestigte, und schob den Korb schließlich über die Theke zu ihrem Kunden hin. »Das macht achtundneunzig Dollar und vierzig Cents, inklusive Steuer.«

Peter trug für eventuelle Notfälle stets eine gefaltete Hundertdollarnote in einem Geheimfach seiner Brieftasche bei sich. Ein wenig verunsichert durch die wechselhafte Behandlung, die ihm hier zuteil wurde, kramte er in seiner Brieftasche und reichte ihr den Geldschein. Michele händigte ihm schweigend das Restgeld von einem Dollar sechsundachtzig aus und zwang sich zu einer letzten höflichen Geste.

»Vielen Dank für Ihren Besuch, Professor. Genießen Sie den Rest Ihres Aufenthaltes und bestellen Sie Miss Fran viele Grüße von mir.«

»Mach ich. Vielen Dank für Ihre Hilfe.«

Peter kam sich ein bißchen vor wie der Osterhase persönlich, als er Miss Rondels Geschenke zu seinem Wagen trug. Er stellte den bändergeschmückten Korb neben sich auf den Boden und ließ den Motor an, immer noch reichlich verwirrt über Miss Clunys merkwürdige Reaktion bei der Erwähnung des zerbrochenen Kruges. Nun ja, schließlich ging es ihn nichts an, er hoffte nur, daß sein Geschenk der alten Dame gefiel. Es war nur verständlich, daß man an einigen Gegenständen hing, wenn man seit Jahren an sie gewöhnt war.

Michele hatte von Miss Rondel Weben gelernt, und ihre ehemalige Lehrerin fertigte sogar Waren für ihren Laden an. Höchstwahrscheinlich standen die beiden sich also sehr nahe. Vielleicht war der Krug ein altes Familienerbstück, das der letzte Überlebende in Ehren gehalten hatte. Vielleicht hatte die alte Dame es sogar Michele versprochen? Oder Michele sah in dem zerbrochenen Krug das erste Anzeichen dafür, daß ihre alte Freundin allmählich abzubauen begann. Oder sie fürchtete, daß jemand oder etwas den Krug mutwillig zerstört hatte.

Peter hatte nicht vergessen, was Evander gestern morgen gerufen hatte: »Dann werde ich es eben tun. Aber es wird Ihnen todsicher nicht gefallen!« Es war dem finsteren Kerl bestimmt nicht entgangen, daß Peter den Satz, der sehr wie eine Drohung geklungen hatte, mitangehört hatte. Hatte er deshalb im Restaurant so düster vor sich hingestarrt? Bedeuteten die Scherben eine Warnung und verhießen noch bedeutend Schlimmeres? Peter trat aufs Gaspedal und fragte sich sorgenvoll, was er wohl am Ziel seiner Fahrt vorfinden würde.

Doch er traf nur auf eine quicklebendige Miss Rondel, die vor ihrem Haus auf einem Mäuerchen saß und sich mit den drei größten und hübschesten Hennen unterhielt, die Peter je zu Gesicht bekommen hatte. Ihre Kämme und Kehllappen leuchteten scharlachrot, und ihr Gefieder glänzte rotgolden in der Sonne. Die Augen in ihren freundlichen Hühnergesichtern blitzten wie Edelsteine mit Cabochonschliff. Peter war als kleiner Junge beim Eiersammeln oft genug in die Knöchel gepickt worden, so daß er die Gattung nicht allzusehr schätzte, doch hier hatte er

Exemplare vor sich, die kennenzulernen sich lohnte, wie er sich eingestehen mußte.

Miss Rondel hatte drei Eier in ihrer Schürze, alle ähnlich gefärbt wie der Krug, den er ihr mitgebracht hatte. Sie hatten ungefähr die Größe von Adlereiern, zumindest stellte sich Peter Adlereier so vor, auch wenn er wahrscheinlich nie die Möglichkeit haben würde, in einen Horst zu klettern, um seine Hypothese zu verifizieren. Jammerschade, daß Dan Stott nicht hier war. Dan war zwar kein großer Geflügelfreund, doch die drei Superhennen hätten sicher sogar den leidenschaftlichsten Schweinefan beeindruckt. Nachdem er mit den Lupinensamen soviel Glück gehabt hatte, überlegte Peter, ob er nicht auch noch versuchen sollte, die alte Dame zu überreden, ihm ein paar Eier zu überlassen. Einen Hahn konnte er nirgends entdecken, offensichtlich gehörten Miss Rondels Hennen nicht zu dieser Sorte Mädchen. Schließlich verwarf er die Idee wieder, da ihm die Frage nach den Bildern auf der Seele brannte.

Ah, Miss Rondel hatte ihn entdeckt und war nicht angewidert zurückgewichen. Ganz im Gegenteil, sie schien sich sogar über seinen Besuch zu freuen.

»Guten Morgen, Professor Shandy.«

»Guten Morgen, Miss Rondel. Ich komme nur vorbei, um Ihnen ein – eh – kleines Dankeschön für Ihre Freundlichkeit zukommen zu lassen und Ihnen mitzuteilen, daß ich morgen meine Frau mitbringen werde. Sie kann es kaum erwarten, sich die Bilder anzusehen.«

Die alte Dame reagierte auf diese Neuigkeit mit einem kurzen Nicken. »Ich habe gestern abend mit dem Künstler Kontakt aufgenommen. Es hat eine Weile gedauert, bis er begriffen hat, wovon ich sprach, aber es sieht ganz so aus, als sei er mit dem Verkauf einverstanden, falls Sie Ihre Meinung inzwischen nicht geändert haben. Wann würde es Mrs. Shandy Ihrer Meinung nach denn zeitlich passen?«

»Meine Frau und Catriona wollen so früh wie möglich aufbrechen und müßten eigentlich zwischen zwölf und eins in Sasquamahoc eintreffen. Ich werde sie dort erwarten und sofort herbringen. Was halten Sie von halb vier, damit wir noch ein wenig Luft haben, falls doch noch etwas dazwischenkommt?«

»Das paßt mir ausgezeichnet, ich habe ohnehin keine anderen Pläne für den Nachmittag. Aber es ist Ihnen hoffentlich klar, daß ich keinerlei Befugnis habe, Ihnen etwas zu verkaufen, bis ich dem Künstler Ihr Angebot unterbreitet habe und er sich einverstanden erklärt hat?«

»Selbstverständlich, das ist völlig in Ordnung. Wir haben ohnehin vor, die Nacht hier zu verbringen, der Künstler hat also genug Zeit, sich zu entscheiden.«

»Ein Tag mehr oder weniger macht mir ohnehin nichts aus, Professor. Vielen Dank für den wunderschönen Korb, verzeihen Sie bitte, daß ich ihn mir jetzt noch nicht anschaue. Ich würde mir die Überraschung gern bis zum Abendessen aufsparen.«

Miss Rondel hatte das Seidenpapier nicht einmal berührt, und Peter war klar, daß er entlassen war. Er verabschiedete sich, ging zu seinem Wagen und machte sich auf nach Sasquamahoc.

Gar kein schlechter Tag für einen Ausflug. Es gab genügend Federwolken am Himmel, die das gleißende Sonnenlicht abmilderten. Er freute sich darauf, Guthrie zu sehen, aber noch mehr freute er sich, daß das unbekannte Genie einverstanden war, mit ihm zu verhandeln. Peter war etwas enttäuscht, daß er heute keine Gelegenheit gehabt hatte, einen Blick auf sein Bild zu werfen, doch morgen war schließlich auch noch ein Tag, und es wäre zweifellos unhöflich, wenn nicht sogar unverschämt, Miss Rondel schon wieder um einen Gefallen zu bitten.

Eigentlich gab es keinen Grund, warum Peter nicht einfach seine Zahnbürste einpackte und die Nacht bei Guthrie verbrachte, statt an zwei aufeinanderfolgenden Tagen den ganzen Weg hin und zurück zu fahren, doch er hatte einfach keine Lust dazu.

Guthries Junggesellenhaushalt war alles andere als einladend, sein Haus sah nicht nur unaufgeräumt, sondern auch furchtbar leer aus, nachdem der ganze unglaubliche Kitsch verschwunden war, von dem Guthrie sich schleunigst getrennt hatte, nachdem seine Ehe, wenn man sie denn als solche bezeichnen konnte, sich mit einem Riesenknall in Luft aufgelöst hatte. Catriona versuchte zwar ständig, ihn zu überreden, sich eine Putzfrau zuzulegen, die ein- oder zweimal die Woche vorbeischaute, doch Guthrie konnte immer noch nicht ertragen, daß ein weibliches Wesen sein Haus betrat, was man ihm nach allem, was er durchgestanden hatte, nicht verdenken konnte.

Peter hätte sich liebend gern bei Catriona einquartiert, doch da sie nicht da war, um ihm ein üppiges Frühstück mit Eiern und Bratkartoffeln zuzubereiten, kehrte er lieber zu Elva Bright zurück und ließ sich im Restaurant verwöhnen. Das war ohnehin das Beste, was er tun konnte, vorausgesetzt, es brach nicht wieder jemand tot im Speisesaal zusammen, und es gelang ihm, den Fängen von Claridge Withington zu entgehen, was nach Lucivee Flodges Rückkehr in die Stadt leichter als vorher war.

Die Fahrt verlief reibungslos, und Peters Stimmung war hervorragend. Er freute sich auf seinen alten Freund Guthrie Fingal, mit dem er während des ganzen Studiums an der Landwirtschaftsschule das Zimmer geteilt hatte. Als das Abschlußexamen näherrückte, war Peter mehr denn je der festen Überzeugung, daß Guthrie irgendwelche Tolkienschen Ents in der Ahnenreihe haben mußte. Guthrie hatte sich im Hauptfach auf Waldbau und Forstkultur spezialisiert, war nach Maine zurückgekehrt und hatte eine Dozentenstelle in der Forsthochschule von Sasquamahoc angenommen. Da es ihm in Sasquamahoc gefiel, hatte er die Angebote von anderen, bedeutend berühmteren Institutionen abgelehnt. Jetzt war er seit einiger Zeit Präsident des ehrwürdigen Colleges. Und dies würde er zweifellos so lange bleiben, bis der himmlische Förster ihn mit den

Wurzeln aus dem Leben zog und in seine ewigen Wälder einpflanzte.

Es war gerade Mittag, und Peter begann trotz des üppigen Frühstücks allmählich wieder hungrig zu werden, als er in den Hof des Colleges fuhr. Guthrie war sicher entweder in seinem Büro oder draußen im Wald und unterhielt sich mit irgendeinem Baum. Ersteres stellte sich als richtig heraus. Guthrie sprang von seinem Präsidentenstuhl auf, dessen gepolsterte Armlehnen seit Peters letztem Besuch mit Isolierband geflickt worden waren, und schloß seinen alten Freund herzlich in die Arme.

»Was zum Teufel machst du denn hier, du Fleck in der Landschaft? Ich dachte, du würdest unser College erst morgen heimsuchen. Wo ist Helen? Und wo ist Cat?«

»Da bin ich leider überfragt. Helen hat angedeutet, daß sie mit dem Bus nach Boston wollten. Angeblich trachten sie danach, eine dieser schrecklichen Lasterhöhlen wie Filene's Basement oder Aquarium auzufsuchen, vielleicht sogar beide. Oder keine von beiden. Die Wege der Frauen sind unerforschlich.«

Peter verkniff sich den Zusatz »Wer wüßte das besser als du«, doch Guthrie nahm ihm das Wort aus dem Mund. »Das brauchst du mir wirklich nicht zu sagen. Wie kommt es übrigens, daß Helen dich frei herumlaufen läßt?«

»Ich bin sozusagen geschäftlich hier. Gestern habe ich den ganzen Tag mit dem Entsamen der Lupinen in Rondel's Head verbracht. Weißt du, wo das ist?«

»Und ob ich das weiß, Teufel noch eins. Cat hat mich oft genug mit ihren Geschichten von der geheimnisvollen Alten genervt, die seit zweihundert Jahren mutterseelenallein in ihrem Haus zusammen mit drei französischen Hennen und einem Rebhuhn in einem Birnbaum lebt und keinen Tag älter wird. Sie hat mich gebeten, mit ihr hinzufahren, wenn die Lupinen blühen, aber irgendwie schaffe ich es nie rechtzeitig. Vermutlich hat Cat dich auf diese Miss Rondel angesetzt?«

»Hat sie, und du kannst dir gar nicht vorstellen, was du bisher verpaßt hast. Die Tatsache, daß Cats Tip ungefähr zur selben Zeit kam wic Helens Wink mit dem Zaunpfahl, daß ich mich besser verdünnisieren sollte, bevor sich die Adlerinnen sammelten, war möglicherweise Zufall, vielleicht aber auch nicht. Ich wohne zur Zeit in einem hübschen kleinen Gasthof namens Bright's Inn. Schon mal dagewesen?«

»Hab' davon gehört. Soll angeblich ein tolles Restaurant besitzen. Übrigens tauchte der Name gestern abend irgendwo auf, wenn ich mich recht erinnere. Ich glaube, es war in der Zeitung. Ich hatte keine Zeit, mich näher damit zu befassen, weil wir hier ein Sommerakademie eingerichtet haben und ich einen albernen Vortrag mit dem Titel ›Der Ohrenkneifer – Unser Freund und Helfer‹ oder so ähnlich halten mußte. Ich habe schon so viel darüber geschwafelt, daß ich die halbe Zeit vergesse, worüber ich eigentlich reden soll. Hast du Lust, heute abend einen Gastvortrag zu halten?«

»Um nichts in der Welt, mein Lieber. Ich fahre lieber zurück zu meinem Gasthof und lasse mir mein Abendessen schmecken. Apropos Essen, was hältst du davon, wenn wir uns so schnell wie möglich in das Restaurant begeben, in dem man diese köstlichen Tacos mit Muschelfüllung bekommt?«

»Heißt das, ich bin eingeladen?«

»Allerdings, es ist mir sozusagen eine große Freude.«

»Was ist denn mit dir los? Bist du plötzlich religiös geworden oder so?«

»Erspar mir deine infantilen Scherze, Dummkopf. Du verbringst eindeutig zuviel Zeit mit Ohrenkneifern. Nehmen wir deinen oder meinen Wagen?«

Kapitel 8

Nachdem sie den offiziellen Teil des Wiedersehens hinter sich gebracht hatten, gingen die beiden geistreichen Gelehrten zur Diskussion ihrer jeweiligen Fachgebiete über. Präsident Fingal sprach voll Leidenschaft über die gefräßigen Larven des Nordamerikanischen Fichtenwicklers, während die Fadenwürmer oder Nematoden Professor Shandy redselig machten. An der Holzameise und dem Japanischen Käfer hingegen ließen beide kein gutes Haar und an dem berüchtigten Rüsselkäfer schon gar nicht.

Wie so oft weckte der intensive geistige Austausch den Appetit auf solidere Nahrung. Als sie in Edna's Diner ankamen, einem urigen kleinen Bistro in Squamasas, malerisch auf einem Kai direkt über dem Wasser gelegen, bestellten sich beide eine Riesenportion von Ednas Tacos mit Muscheln, dazu hausgemachtes Rootbeer und eine Extraportion Krautsalat.

Edna hatte ihre eigenen Vorstellungen, wie anständige Tacos zu schmecken hatten. Sie gab ein wenig Sauce tartare in den Teig, ersparte damit dem Gast die Mühe, selbige später auf die Muscheln zu gießen, und schenkte sich den üblichen exotischen Firlefanz wie kleingeschnittene Salatblätter und Tomaten. Ihre Gäste wollten Muscheln essen, und genau die bekamen sie auch: tagesfrische Bivalven, gerade erst ausgelöst und saftig, mit Maismehl bestäubt und anschließend nicht zu kurz und nicht zu lange in hochwertigem Öl gebacken und heiß aus der Friteuse serviert. Guthrie und Peter unterbrachen ihren faszinierenden wissenschaftlichen Disput, bis ihr Hunger gestillt war und eine freche Silbermöwe sich mit den traurigen Resten ihrer Mahlzeit davongemacht hatte. Dann bestellten sie Kaffee, nahmen ihn mit nach draußen auf die Felsen, streckten die Beine aus und machten es sich bequem.

Die Vorstellung, es sich auf einem Felsen bequem zu machen, mag zunächst befremdlich erscheinen, doch die Felsen an der Küste Neuenglands sind freundliche Felsen, zumindest zu den Sitzflächen der Neuengländer. Einst von den Gletschern der Eiszeit fallen gelassen, im Laufe der Zeit von Wind und Wellen geschliffen und poliert, zerklüftet, verwittert und von der Sonne gewärmt, schienen sie Peter und Guthrie zum Räkeln und Entspannen nach dem Essen geradezu ideal. Doch der Genuß würde wohl nicht sehr lange vorhalten, wenn die dunklen Wolken, die Peter während der ganzen Fahrt hierher verfolgt hatten, sich weiter so bedrohlich zusammenballten.

»Verflixt noch mal!« Peter zerdrückte seinen Kaffeebecher, beschwerte ihn mit einem Stein und warf ihn geschickt in einen etwa fünf Meter entfernt stehenden Abfallbehälter. »Hoffentlich bekommen wir morgen keinen Regen. Helen und Cat wollen morgen früh ziemlich zeitig aufbrechen.«

»Tatsächlich? Cat hat sich noch gar nicht bei mir gemeldet. Ich fahr gelegentlich zu ihr rüber und sehe nach, ob Andrew die Monster auch vorschriftsmäßig versorgt.«

Mit Monster meinte Guthrie Carlyle und Emerson, zwei imposante Maine Coon-Katzen, die ungefähr so groß waren wie Luchse, mit ihren üppigen Halskrausen, buschigen Schwänzen und dem langen Fell aber noch größer wirkten. Andrew, Catrionas streitsüchtiges altes Faktotum, gab zwar vor, die Biester zu hassen – er haßte grundsätzlich alles, egal ob Mensch, Tier, Mineral oder das Leben im allgemeinen – doch in Wirklichkeit liebte er die beiden abgöttisch. Er konnte es nicht ausstehen, wenn ihm jemand ins Gehege kam, machte allerdings bei Professor Fingal eine Ausnahme, da dieser ihm gegenüber nie arrogant auftrat und sich sogar bereitwillig für ein Schwätzchen zu ihm gesellte, wenn Andrews angebliche Chefin nicht da war.

Andrews Stellung zu der Person, die ihn eingestellt hatte und bezahlte, konnte man zwar in seinen Grundzügen als Lehnsverhältnis bezeichnen, doch es war nicht immer ungetrübt. Die beiden gerieten sich häufig in die Haare, und die angebliche Lehnsherrin ging aus den Streitereien mit ihrem alten Gefolgsmann längst nicht immer siegreich hervor.

Was Guthrie Fingals Beziehung zu Catriona betraf, fragten sich sowohl Peter als auch Helen, ob wohl in absehbarer Zukunft etwas passieren würde, da Guthrie inzwischen wieder ein Junggesellendasein führte. Momentan schien er zwar erfreut zu sein, daß Cat früher als erwartet zurückkam, aber auch verärgert darüber, daß sie sich nicht die Mühe gemacht hatte, ihm rechtzeitig Bescheid zu sagen. Was immer sich auch zwischen den beiden entwickelte, die Shandys waren ziemlich sicher, daß bestimmt nicht nur eitel Sonnenschein herrschen würde.

Catriona, die inzwischen eine recht bekannte Verfasserin von Kriminalromanen geworden war, hatte sich angewöhnt, phasenweise mutterseelenallein mit ihrer Schreibmaschine in ihrem alten Backsteinhaus zu hausen und spannende Geschichten zu erfinden, konnte aber ebensogut wochenlang rastlos umherreisen, um ihrem Verlag einen Gefallen zu tun und den Verkauf ihrer Werke noch mehr anzukurbeln. Ein- oder zweimal im Jahr besuchte sie eine der vielen sogenannten Mystery Writers Conventions, auf denen sich Krimiautoren ihren Fans präsentierten und mit anderen schreibenden Leidensgesnossen und -genossinnen austauschten. In der letzten Zeit hatte sie außerdem mehrere kleine Privatreisen mit Freundinnen unternommen, beispielsweise mit Helen Shandy, Iduna Stott und einigen anderen Damen, die sie seit Jahren kannte und schätzte.

Guthrie Fingal war das genaue Gegenteil. Er blieb am liebsten zu Hause oder in seinem Wald, hatte wenig Phantasie und fuhr nur weg, wenn es sich zu beruflichen Zwecken nicht vermeiden ließ, doch selbst dann versuchte er immer noch, sich irgendwie herauszuwinden. Aufgrund ihrer unterschiedlichen Lebensstile hatte Catriona nicht die geringste Ahnung, was in ihrer Heimatstadt vor sich ging, während Guthrie durch seine Buschtrommeln so hervorragend auf dem Laufenden gehalten wurde, daß er immer genau über alles informiert war, was sich in seinem unglaublich großen Territorium abspielte. Peter war daher ziemlich erstaunt, als er feststellte, daß er der Überbringer und nicht der Empfänger der schockierenden Neuigkeiten aus Pickwance war.

Er hatte jedoch kaum den Namen des Toten ausgesprochen, als Guthrie ihn bereits unterbrach. »Jasper Flodge? Ein echter Kotzbrocken, herausgeputzt wie ein Pfau, mit Pomadenhaar und stechenden kleinen Schweinsäuglein? Der hat hier in den letzten siebendunddreißig Jahren oder so jedes Wettessen gewonnen.«

»Das klingt sehr nach ihm«, sagte Peter. »Er schaufelte gerade Mrs. Brights Hühnerfrikassee in sich hinein, als wäre er ein Heizer auf einem Mississippidampfer, als er urplötzlich vornüber kippte und mit dem Gesicht in seinem Essen landete. Und das war's dann, er war sofort tot.«

»Dem verdammten Kerl weine ich keine Träne nach«, schnaubte sein Freund. »Du weißt ja selbst, daß ich normalerweise kein rachsüchtiger Mensch bin, Pete, aber in diesem Fall freut es mich, daß der Mistkerl seine gerechte Strafe bekommen hat. Flodge war das gottverdammte Stinktier, das mich und das College in den völlig unsinnigen Streit um das Waldstück verwickelt hat, das uns die Nichte der Tochter unseres Gründers vererbt hatte – ich glaube jedenfalls, daß es seine Nichte war. Nette alte Dame, ist fast hundert Jahre alt geworden. Ich habe ab und zu bei ihr vorbeigeschaut und ein paar Kleinigkeiten für sie erledigt, ihr Zeitschriften gekauft, Obst von den Collegebäumen gebracht, manchmal auch ein paar Süßigkeiten oder eine Flasche Portwein, wenn es ihr nicht gut ging. Ein bißchen mit ihr zusammengesessen und ihrer Katze die Kletten aus dem Schwanz geschnitten, vielleicht auch hin und wieder im Haus etwas repariert. Du kennst ja diese alten Häuser, ständig ist irgendwas kaputt.«

Guthrie betrachtete nachdenklich mehrere Krähenscharben, die nebeneinander auf einer felsigen, von der Flut noch nicht erreichten Landzunge hockten. Peter wartete geduldig darauf, daß er mit seiner Geschichte fortfuhr.

»Jedenfalls ist sie dann irgendwann gestorben. Als es Zeit war, die Hinterlassenschaft zu regeln, ist plötzlich dieser bescheuerte Flodge mit einem gefälschten Familienstammbaum aufgekreuzt und hat getönt, er sei der Großneffe ihres Cousins und der rechtmäßige Erbe, was natürlich erstunken und erlogen war. Er behauptete einfach, ich hätte die alte Dame unter Druck gesetzt, sie besoffen gemacht, als sie nicht ganz bei sich war, und sie dann gezwungen, das Testament zu schreiben, was ich natürlich nie im Leben getan hätte, wie du dir vorstellen kannst. Er hat nur Schlechtes über mich erzählt und versucht, mich überall madig zu machen. Er ist sogar zur Collegeverwaltung gegangen, weil er mich beruflich ruinieren wollte. Natürlich war kein Wort von dem ganzen Mist wahr. Bei der Vorverhandlung hatte er keine Chance, aber zufällig war der Richter ein entfernter Verwandter von mir, ein Vetter um sechs Ecken oder so ähnlich. Wie du weißt, bin ich mit der Hälfte der Bevölkerung hier irgendwie verwandt. Daher gab es anschließend Gerede. Ich brauche wohl kaum zu betonen, daß es weder dem College noch mir sonderlich dienlich war.«

»Du hättest den Mistkerl wegen Rufmordes drankriegen sollen.«

»Ach was. Das hätte bestimmt auch nichts genützt. Du weißt doch genausogut wie ich, Peter, daß immer etwas hängen bleibt, wenn jemand mit Dreck beworfen wird. Und wir waren beileibe nicht die einzigen, die er mit seinen Gemeinheiten erfreut hat. Du wirst es kaum glauben, aber manchmal hatte er mit seiner Masche sogar Erfolg.«

»Dann hatte Flodge sicher eine Menge Feinde.«

»Worauf du dich verlassen kannst. Jeder, der den Kerl kannte, hat ihn gehaßt wie die Pest. Würde mich nicht wundern, wenn bei seiner Beerdigung Cheerleader antanzen. Wenn ich das Gefühl habe, daß es den ganzen Energieaufwand wert ist, kreuze ich vielleicht auch auf und brülle mit. Falls jemand auf die Idee kommen sollte, anläßlich der Beerdigung einen Bus zu chartern, könnte er ihn sicher mühelos füllen.«

Jetzt war Guthrie nicht mehr zu stoppen. Er unterhielt Peter mit der Schilderung diverser Schandtaten, die Jasper verbrochen hatte. Einige grenzten ans Lächerliche, andere waren ausgesprochen bösartig, und alle vergrößerten den Personenkreis, der mehr als genug Gründe hatte, mit dem Namen Jasper Flodge nur Unangenehmes zu verbinden. Soweit Guthrie wußte, befanden sich weder Elva Bright noch ihr verstorbener Gatte oder sonst jemand aus ihrer Familie auf der Liste der Opfer und Geschädigten. Vielleicht war Flodge clever genug gewesen, wenigstens seine direkten Nachbarn mit seinen dunklen Machenschaften zu verschonen. Catriona hatte bei Guthrie den Eindruck erweckt, daß Miss Frances Rondel, die mit weltlichen Gütern nicht sonderlich gesegnet war, in der Gegend seit langem großen Einfluß besaß und daß nicht einmal Flodge riskiert hätte, sich mit ihr anzulegen. Peter dachte nach.

»Vielleicht weißt du auch etwas über zwei Männer, möglicherweise Brüder, die in der Stadt ebenfalls eine wichtige Rolle zu spielen scheinen. Ich habe sie im Restaurant des Gasthofs gesehen, wahrscheinlich gehören sie zu den Stammgästen. Ich erinnere mich zwar nicht an den Nachnamen, aber einer heißt Fred und der andere Evander.«

»Von den beiden habe ich tatsächlich schon gehört. Sie besitzen eine Turmalinmine. Du weißt ja, daß es in Maine erstklassiges Turmalin gibt. Fred ist der Intelligentere, glaube ich, außerdem ist er politisch ziemlich engagiert und einflußreich hier in Maine, auch wenn man ihm das auf den ersten Blick gar nicht zutraut. Ich habe übrigens noch nie gehört, daß jemand ein schlechtes Wort über Fred Wye gesagt hat, und das will schon was heißen. Über den anderen Knaben weiß ich nicht sehr viel. Wahrscheinlich arbeitet er auch in der Mine. Er scheint seinem Bruder sehr nahe zu stehen, aber das ist auch schon alles, was ich dir sagen kann. Fred ist überall sehr beliebt, aber wenn der Name Evander fällt, zucken die Leute nur mit den Achseln und wechseln das Thema. Jemand aus dem Ort hat mir erzählt, daß Evander bei Auseinandersetzungen leicht aufbraust und man ihn besser nicht provoziert, weil man nie weiß, wie er reagiert. Aber ich glaube kaum, daß du von ihm irgend etwas zu befürchten hast.«

Peter schüttelte bedauernd den Kopf. »Er scheint etwas gegen mich zu haben, obwohl ich selbst nicht weiß, was ich ihm getan habe. Wenn er ins Restaurant kommt, setzt er sich immer so hin, daß ich ihn unmöglich übersehen kann, und starrt mich während des ganzen Essens wütend an.«

»Ach herrje. Hast du denn irgendwas gesagt, was ihn sauer gemacht haben könnte?«

»Absolut gar nichts. Es könnte höchstens sein, daß Wye wütend ist, weil ich gestern morgen auf dem Weg zu Miss Rondels Haus gesehen habe, wie er den Abhang herunterstürmte und dabei schrie, er würde etwas tun, was ihr bestimmt nicht gefallen würde. Vielleicht ist es ihm unangenehm, daß ich den Satz mitangehört habe, obwohl ich natürlich keine Ahnung habe, worum es ging.«

»Tja, bei so jemandem kann man nie wissen. Vielleicht bleibst du heute nacht besser hier. Möglicherweise finde ich irgendwo im Haus noch ein paar saubere Laken.«

»Danke für die Einladung, aber ich habe Mrs. Bright versprochen, daß ich nach dem Abendessen zurück sein werde. Ich komme morgen wieder her, um Helen abzuholen, und dachte, wir könnten vielleicht gemeinsam zu Mittag essen, bevor ich mit ihr zum Gasthof fahre. Sie will sich unbedingt die Lupinen ansehen – oder wenigstens das, was von ihnen noch übrig ist. Außerdem haben wir uns für den Tag einiges vorgenommen«, erwiderte Peter ein wenig ausweichend.

Er brachte es nicht übers Herz, Guthrie zu beichten, daß er sich unsterblich in ein Gemälde verliebt hatte. Außerdem hatte er die abergläubische Befürchtung, daß sich die Bilder auf der Stelle in Luft auflösen würden, sobald er sie erwähnte.

»Wir wollen nur eine Nacht bleiben«, fuhr er fort. »Aber vermutlich werden wir auf dem Rückweg bei Catriona vorbeischauen. Vielleicht könnten wir uns dann treffen?«

»Oh, ich kann mir durchaus vorstellen, euch ein paar Minuten meiner kostbaren Zeit zu opfern.« Guthrie schaute auf seine Uhr und sprang plötzlich auf, als habe sich der Felsen in glühendheiße Lava verwandelt. »Tut mir leid, Pete, aber ich muß unbedingt zurück. Ich habe in haargenau zwölfeinhalb Minuten irgendeinen blödsinnigen Termin. Dann sehen wir uns also morgen?«

»Ich denke schon, aber es hängt alles davon ab, wie früh Helen und Catriona aufbrechen und wie oft sie während der Fahrt Rast machen. Ich werde wahrscheinlich gegen Mittag hier eintreffen. Miss Rondel erwartet uns gegen halb vier, daher kann es sein, daß ich Helen einfach nur ins Auto packe und sofort wieder losbrause. Würde mich nicht wundern, wenn wir auf der Rückfahrt eine Nacht in Sasquamahoc verbringen, es sei denn,

Catriona hetzt uns Carlyle und Emerson auf den Hals. Wir könnten zu deinem Seminar kommen und Stimmung für die Ohrenkneifer machen.«

»Das hast du dir wohl so gedacht. Ich dulde in meinen Seminaren keine derben Zoten. Außerdem ist der Kurs bis dahin sowieso zu Ende, und der nächste fängt Gott sei Dank erst übernächste Woche an.«

Sie erreichten das College in der vorletzten Minute. Peter stieg in seinen Wagen und machte sich auf den Heimweg nach Pickwance. Er hatte es nicht sonderlich eilig und legte daher einen kleinen Zwischenstopp ein, als er an einer umgebauten Scheune ein Schild mit der Aufschrift »Antiquariat« erspähte, und erlaubte sich, nach Herzenslust in den Regalen zu stöbern. Peter interessierte sich für Romane des frühen zwanzigsten Jahrhunderts, hatte für moderne Lyrik nicht viel übrig, dafür aber eine ausgesprochene Schwäche für altmodische Verse, je kitschiger, desto besser. Eine gute Stunde später verließ er die Scheune siebenundsechzig Dollar ärmer mit einer Tragetasche voller Schätze.

Außer zwei Büchern von Holman Day, nach denen er schon lange gesucht hatte, besaß er nun auch die gesammelten Mr. Glencannon-Erzählungen von Guy Gilpatric und einige weitere unbezahlbare Wälzer, zudem hatte er eine Art Sammelalbum ausgegraben, das eine edle Seele aus den ausgeschnittenen Lyrikseiten zusammengestellt hatte, die regelmäßig auf der letzten Seite des *Boston Sunday Globe Magazines* erschienen waren, als Boston noch das kulturelle Zentrum des Universums war, und die Bürger Neuenglands sich an unsterblichen Epen wie »Des Diakons Meisterwerk« und »Ein kleiner Käfer findet seinen Weg« ergötzen konnten. Peters Großmutter Shandy hatte einen ganzen Schuhkarton mit solchen Gedichten besessen, war jedoch leider nie dazu gekommen, sie zu ordnen und einzukleben. Als die Farm verkauft und der Haushalt aufgelöst wurde, war irgendeine übereifrige Person hingegangen und hatte die Schuhschachtel einfach weggeworfen, bevor Peter es hatte verhindern können. Er hatte insgeheim immer seine Großtante Bedelia in Verdacht, diese Untat begangen zu haben. Sie war eine wahre Ordnungsfanatikerin und faßte eine Zeitung nur an, um damit ein Feuer im Herd anzuzünden oder die Seiten auf ihrem frisch gebohnerten Linoleum auszubreiten, damit niemand darauf herumtrampeln konnte. Er fragte sich, wo Großtante Bedelia wohl jetzt ihre Zeitungen ausbreitete. Höchstwahrscheinlich auf dem Weg, der mit guten Vorsätzen gepflastert war, entschied er.

Als Peter den Buchladen verließ, sahen die Wolken, die sich bereits zusammengebraut hatten, als er und Guthrie sich die Sitzflächen auf den sonnenbeschienenen Felsen gewärmt hatten, wirklich bedrohlich aus. Er hatte kaum genug Zeit, seinen neuesten Fund neben dem Lupinensamen im Kofferraum zu verstauen, als der Himmel auch schon seine Schleusen öffnete. Dies war kein typisches Sommergewitter, bei dem der Regen eine Weile niederprasselte, eine Pause einlegte und dann wieder prasselte, sondern ein wirklich starker Dauerregen, so daß sich Peter zu sorgen begann, ob die Bauern in der Gegend wohl ihr Heu bereits eingebracht hatten.

Es war lange her, daß Peter selbst an einem dieser verzweifelten Wettläufe gegen die Naturgewalten hatte teilnehmen müssen, die das Leben auf einer kleinen Farm mit ein wenig zusätzlichem Pfeffer und Ingwer würzten. Er hatte momentan nicht übel Lust, mit der Mistgabel draußen auf irgendeinem Feld zu stehen und sich nützlich zu machen, doch entweder war das erste Heu hier in der Gegend bereits eingefahren, oder man war bisher noch nicht dazu gekommen, es zu mähen. Außerdem benutzte heutzutage sicher niemand mehr Mistgabeln. Er schaltete die Scheibenwischer an und fuhr nach Pickwance, dankbar, daß er nicht auf einer ungepflasterten Straße hinter einem mit Holz beladenen Laster herzockeln mußte, der auf dem Weg in eine Sägemühle war, und hinten einen dieser schrecklichen großen Stammgreifer trug, die ihn immer an die Überreste eines *Tyrannosaurus rex* erinnerten.

Peter fuhr ganz gern im Regen, besonders auf wenig befahrenen Nebenstrecken, wenn er die Straße mehr oder weniger ganz für sich allein hatte. Es dauerte tatsächlich ziemlich lange, bis er einen anderen Wagen zu Gesicht bekam, und der stand mit geöffneter Kühlerhaube am Straßenrand und wurde von einem Mann, von dem momentan nur das jeansbekleidete Hinterteil zu sehen war, eingehend inspiziert. Der Ort war für eine Panne denkbar ungünstig. Das letzte Haus, an das Peter sich erinnern konnte, hatte er kurz nach der Bücherscheune gesehen, und es schien auch so bald kein anderes zu kommen. Er hielt neben dem Wagen an und drehte das Fenster herunter.

»Kann ich Ihnen irgendwie helfen?«

Der gestrandete Fahrer richtete sich auf und schüttelte sich den Regen aus den Augen. »Sie haben nicht vielleicht zufällig 'ne Benzinpumpe übrig?«

»Nein, aber ich kann Ihnen gern eine besorgen, wenn Sie mir sagen, wo.«

»Ich will Ihnen aber keine Umstände machen.«

Das war mal wieder typisch für die Leute aus Maine, dachte Peter. Der Mann wollte auf keinen Fall in der Schuld eines anderen stehen. Peter konnte ihn sogar recht gut verstehen, denn auch er fühlte sich anderen gegenüber nicht gern zu Dank verpflichtet. Trotzdem schlüpfte er in seinen Regenmantel und setzte sich den ausgebeulten Tweedhut auf, den er für alle Fälle auf den Rücksitz geworfen hatte, stieg aus seinem Wagen und beugte sich über den Motor, wie es das Protokoll verlangte. »Darf ich mir Ihr Fahrzeug mal ansehen?«

»Machen Sie mit der Karre, was Sie wollen, Mister.« Der Mann starrte Peters Auto mit einer Mischung aus Ehrfurcht und Verachtung an. »Sind Sie etwa Automechaniker?«

»Nein, aber ich habe schon ziemlich viele kranke Traktoren behandelt.«

Die Kiste befand sich in einem bedauernswerten Zustand. Peter sichtete auf Anhieb mindestens vier mögliche Ursachen für die Panne, ohne auch nur besonders gesucht zu haben, und es gab bestimmt noch mehr. Der Wagen war nicht etwa vernachlässigt, er war auch innen nicht sonderlich schmutzig, sondern litt schlicht und einfach an Altersschwäche. Peter hatte zwar einen Werkzeugkasten in seinem Auto, wollte sich jedoch nicht auf gut Glück an der Rostlaube zu schaffen machen, denn er befürchtete, der ganze Schrotthaufen könnte unter seinen Händen in sich zusammenfallen. Er richtete sich auf und wischte sich die Hände an einem der großen bunten Stofftaschentücher ab, die er aus alter Gewohnheit immer bei sich trug, selbst bei Hochzeiten und Beerdigungen, es sei denn, Helen filzte ihn vorher und zwang ihn, ein weißes mitzunehmen.

»Ich sehe zwar das Problem, aber in diesem Regen können wir leider nichts ausrichten. Wohin wollten Sie denn?«

»Nur ein Stück weiter nördlich, an die Küste. Der Ort heißt Pickwance.«

»Das trifft sich ja hervorragend, genau dahin will ich nämlich auch. Ich wohne im Bright's Inn. Ich habe heute einen Freund in Sasquamahoc besucht und bin jetzt auf dem Rückweg.«

»Na sowas! Als ich das Nummernschild aus Massachusetts gesehen habe, dachte ich schon, Sie wären einer von den Touristen. Dann haben Sie also Verwandte in Sasquamahoc?«

Peter entschied, daß sein alter Zimmerkumpan aus Collegetagen durchaus als Familienmitglied durchgehen konnte. »Kennen Sie vielleicht zufällig Guthrie Fingal von der Forstwirtschaftsschule?«

»Ja, wir sind uns mal begegnet. Ich habe einen Neffen, der dort studiert hat. Scheint'n guter Mann zu sein. Ich heiße übrigens Tilkey.«

»Und mein Name ist Shandy. Sie sind doch wohl nicht zufällig verwandt mit Eustace Tilkey aus Hocasquam, dem Kapitän der *Ethelbert Nevin*?«

»Bin ich, aber es erfüllt mich nicht gerade mit Stolz. Kennen Sie Eustace?«

»In gewisser Weise ja. Meine Frau hat an einer seiner Bootstouren teilgenommen und Wale beobachtet.« Und wäre Teufel noch eins beinahe nicht lebend wiedergekommen, dachte er und wand sich bei der schmerzlichen Erinnerung.* »Sollten wir Ihren Wagen nicht besser irgendwohin bringen, wo er sicher ist? Haben Sie so etwas wie ein Abschleppseil dabei?«

»Nein, aber einen Vetter mit Abschleppwagen. Wenn Sie mich zu einem Telefon fahren, kann ich ihn anrufen. Dann kommt er und holt die Karre ab, sobald er Zeit hat. Ich hole nur schnell noch die guten Kleider aus dem Kofferraum, sonst gibt es in dem Auto nichts, was man stehlen könnte. Die Karre selbst ist völlig wertlos. Nur ein Schrotthaufen, den mein Junge zusammenmontiert hat. Ich wollte meine Frau nicht ohne Wagen zurücklassen, deshalb hat sie jetzt unseren Pick-up. Sie hätte mitkommen können, aber sie wollte nicht. Kann ich ihr nicht mal verdenken, wenn ich ehrlich sein soll, aber ich wollte mir das Spektakel auf keinen Fall entgehen lassen.«

»Dann sind Sie auf dem Weg zu irgendeiner – eh – Veranstaltung?«

»Kann mal wohl sagen. Und ich habe vor, jede Minute davon zu genießen. Ich will Ihnen aber nicht Ihre schönen Sitze naß machen.«

»Machen Sie sich da mal keine Sorgen, meine Frau sorgt immer dafür, daß wir ein paar alte Handtücher im Wagen haben. Ich mache mich nämlich auch häufig schmutzig. Hier, legen Sie

* »Wenn der Wetterhahn kräht«, DuMont's Kriminalbibliothek Bd. 1063

das einfach auf den Sitz. Was gibt es denn so Aufregendes in Pickwance?«

Die Frage erübrigte sich eigentlich. Guthrie Fingals Idee mit dem gecharterten Bus war vielleicht gar nicht so dumm. Wenn Jasper Flodge erst sicher unter die Erde gebracht worden war und der Jubel nachgelassen hatte, konnte Mr. Tilkey sich einen Platz reservieren und mit dem Bus nach Hause fahren.

Kapitel 9

Der Mann konnte wirklich von Glück sagen, daß Peter angehalten hatte. Sie mußten fast vier Meilen fahren, bis sie endlich eine Tankstelle sichteten, an der es einen öffentlichen Fernsprecher gab, der auch funktionierte. Tilkey faßte sich kurz, denn er hatte nur einen Vierteldollar und war verständlicherweise nicht erpicht darauf, seinem Retter unnötig auf der Tasche zu liegen. Zudem sah der Tankwart nicht so aus, als würde er jemandem, der nicht zu seinen Stammkunden zählte, auch nur eine Dollarnote wechseln. Peter beschloß, seinen Tank ein wenig aufzufüllen, obwohl es gar nicht nötig war, und zwar nicht nur, um dem griesgrämigen Kerl zu zeigen, daß sie keine Geizhälse waren, sondern auch, um ihn zu zwingen, hinaus in den Regen zu gehen, wozu er offensichtlich nicht die geringste Lust hatte. Nachdem sie ihre Mission soweit erledigt hatten, machten sich Shandy und sein neuer Bekannter wieder auf den Weg.

Tilkey war auf seine Art kein schlechter Begleiter, gesellig genug, um die Eintönigkeit der langen Fahrt vergessen zu machen, aber kein Schwätzer. Wenn er sprach, dann vor allem über Traktoren und Hackfrüchte. Beide Themen stießen verständlicherweise bei Peter auf großes Interesse. Als sie schließlich Pickwance erreichten, war Peter ziemlich in Fahrt und beschrieb gerade in den glühendsten Farben den Anbau von Rüben. Erst in diesem Moment wurde Tilkey bewußt, neben wem zu sitzen er die Ehre hatte.

»Ach du liebes Lottchen! Sie sind doch wohl nicht etwa der berühmte Professor Shandy vom Balaclava Agricultural College? Von Ihnen habe ich schon viel gehört.«

Peter zuckte mit den Schultern. »Was immer man Ihnen auch erzählt hat, glauben Sie bloß kein Wort davon. Beabsichtigen Sie auch, die Nacht im Bright's Inn zu verbringen?«

»Nicht, wenn ich meine Verwandten ausnutzen kann. Ich habe zwei Vettern um ein oder zwei Ecken, die allein im Haus ihrer Vorfahren leben. Kennen Sie zufällig die beiden Wye-Brüder?«

»Ja, aber ich wußte nicht, daß sie Brüder waren, bis Guthrie Fingal es mir heute mittag eröffnete. Sie meinen doch Fred und Evander, nicht wahr? Ich habe sie im Speisesaal gesehen, ich glaube, sie gehören zu Mrs. Brights Stammgästen.«

»Wundert mich gar nicht. Wahrscheinlich werde ich heute abend auch dort essen, wenn ich bis dahin nicht verhungert bin. Die beiden Jungs brauchen dringend eine Frau im Haus. Meine Frau predigt ihnen alle Nase lang, daß sie sich eine Haushälterin zulegen sollen, aber Evander befürchtet, daß sie auf die Idee kommen könnte, ihn heiraten zu wollen, obwohl das bestimmt keiner halbwegs vernünftigen Frau einfallen würde. Und Fred hat immer noch nicht verwunden, daß ihn seine Frau sitzengelassen hat. Sie hat außer seinem Bruchband alles mitgehen lassen, und alles bloß wegen diesem verdammten Scheißkerl – aber was rede ich mir da wieder zusammen, ich höre mich ja schon an wie ein altes Klatschweib. Nur gut, daß meine Frau das nicht gehört hat, sie behauptet nämlich immer, Männer würden viel mehr tratschen als Frauen.«

»Das behauptet meine Frau auch«, meinte Peter. »Möchten Sie lieber sofort zu Ihren Vettern fahren oder zum Gasthof und dort auf sie warten?«

»Die wissen noch gar nichts von ihrem Glück, weil ich vergessen habe, anzurufen und Bescheid zu sagen. Wahrscheinlich wäre es wohl wirklich das Beste, sofort zum Haus zu fahren.«

»Und was tun Sie, wenn die beiden nicht da sind?«

»Das wäre nicht weiter tragisch, ich weiß ja, wo der Schlüssel versteckt ist. Lassen Sie mich einfach irgendwo hier raus, Professor. Ich habe Ihnen schon genug Umstände gemacht. Von hier aus kann ich gut zu Fuß gehen.«

»Es macht mir wirklich nicht das geringste aus, Mr. Tilkey. Ich habe ohnehin nichts Besonderes vor. Im Grunde versuche ich nur, die Zeit totzuschlagen, während ich auf meine Frau warte, und die kommt erst morgen. Es wäre doch Blödsinn, wenn Sie draußen im Regen herumliefen und klatschnaß würden. Wo wohnen die beiden denn?«

»Tja, wenn Sie sicher sind, daß es Ihnen auch wirklich keine Umstände macht, dann fahren Sie jetzt am besten geradeaus bis zur Kirche und dann rechts ab den Hügel hoch. Es ist das große gelbe Haus mit dem Kuppeldach. Keine Sorge, die Straße ist gepflastert.«

Peter nickte. Wenn jemand in Maine ein großes gelbes Haus mit Kuppeldach besaß, bedeutete dies, daß die Familie einst recht betucht gewesen sein mußte. Heutzutage baute niemand mehr solche Häuser, und damals, als die aufwendigen Dächer bei den Reichen in Mode waren, konnten sich nur wenige derartige Extravaganzen leisten. Früher war man in Maine vor allem durch Holzhandel und Schiffsbau reich geworden. Peter hatte keine Ahnung, wieviel der Abbau von Turmalin brachte, und er hielt es für unhöflich, sich näher danach zu erkundigen.

Der Regen hatte kein bißchen nachgelassen, als sie schließlich das Städtchen Pickwance erreichten. Jetzt begann der Verkehr wieder stärker zu werden. Fußgänger, die sich unter ihre Schirme duckten, überquerten die Hauptstraße und schienen eher darauf bedacht, den Pfützen auszuweichen, als von einem

Auto plattgefahren zu werden, dessen Fahrer durch einen Schwall schmutzigen Wassers, das von einem entgegenkommenden Fahrzeug gegen die Windschutzscheibe geschleudert wurde, vorübergehend seiner Sicht beraubt wurde. Peter hatte die Scheibenwischer auf Höchststufe geschaltet und fuhr im Schrittempo, bis er die Kirche entdeckte. Es war ein für die Gegend typisches weiß gestrichenes Gebäude aus Holzschindeln mit einem bescheidenen Turm, der nicht nur eine Glocke enthielt, sondern auch noch Platz bot für eine Turmuhr mit schwarzem Ziffernblatt und goldenen Zahlen, sowie für eine Wetterfahne in Form eines Banners.

»Hier müssen wir abbiegen«, erinnerte ihn Tilkey reichlich spät, doch Peter fuhr ohnehin sehr langsam, weil er auf einen völlig durchnäßten Spaniel wartete, der sich nicht entscheiden konnte, ob er trotz der vielen Pfützen die Straße überqueren sollte. Zuguterletzt hob der genervte Mensch am anderen Ende der Leine den Hund auf und trug das zappelnde, jaulende Wesen auf die andere Straßenseite, so daß Peter endlich abbiegen konnte.

Im Geschäftsviertel standen die Häuser eng zusammen, doch als sie die steil ansteigende Straße hochfuhren, wurde der Abstand zwischen den Gebäuden zusehends größer. Schließlich erreichten sie ein großes gelbes Haus mit einem Kuppeldach, das einsam und stolz auf der Spitze des Hügels thronte, umgeben von einigen Hektar Rasen oder etwas, das zumindest so aussah und aus irgendwelchen Grünpflanzen bestand, die durch Mähen kurz gehalten werden konnten. Hier und da standen Ziersträucher, die dringend einen Rückschnitt benötigten, bedauerlicherweise aber keinen bekamen.

Das Haus der Familie Wye mochte zwar nicht ganz dem Status eines Herrenhauses entsprechen, doch es fehlte nicht viel. Die früheren Eigentümer hatten das Gebäude anscheinend gut in Schuß gehalten, doch inzwischen waren erste Zeichen des Verfalls kaum zu übersehen. Eine verfluchte Schande für so ein schönes Haus. Peter konnte nichts sehen, das darauf schließen ließ, daß die Brüder Wye zu Hause waren, doch Tilkey ließ sich dadurch nicht aus der Ruhe bringen. Er dankte Peter dafür, daß er ihn mitgenommen hatte, nahm seinen in Plastikhaut gehüllten Sonntagsanzug vom Rücksitz, verabschiedete sich mit einer Kopfbewegung und begab sich zielstrebig zum Nebeneingang des Hauses. Wahrscheinlich versteckten sie dort den Schlüssel. Peter wartete lange genug, um sicherzugehen, daß sein Passagier nicht mehr im Regen stand, und fuhr zum Gasthof.

Die Temperatur war gefallen, zwar nicht drastisch, aber anscheinend genug für jemanden wie Mrs. Bright, die in dem kleinen Raum, der als Lobby, Rezeption und Wohnzimmer diente, im offenen Kamin ein Holzfeuer angezündet hatte. Für die Gäste, die keine Lust hatten, sich schon in ihre möglicherweise allzu kühlen Zimmer zurückzuziehen, hatte sie die Korbstühle einladend in die Nähe des Kamins gerückt. Peter ging nach oben, um sich den Regenmantel auszuziehen, sich ein wenig frisch zu machen und ein oder zwei kleine therapeutische Schlückchen aus der Scotchflasche zu nehmen, die er aus medizinischen Gründen auf die Reise mitgenommen hatte. Wie erwartet wirkte das Schlafzimmer, das er bisher als angenehm und gemütlich empfunden hatte, heute eher deprimierend und feucht. Er nahm ein Buch zur Hand, das er endlich zu lesen gedachte, obwohl er ahnte, daß es todlangweilig sein würde, und ging wieder hinunter in die Lobby.

Eigentlich hätte er es wissen müssen. Kaum hatte er es sich in einem der Korbsessel gemütlich gemacht, die winzige Tischlampe angeknipst und den Schirm so gedreht, daß er sehen konnte, was er las, als er von einem menschlichen Wesen angesprochen wurde, das er für eine Wolldecke gehalten hatte, die jemand achtlos aufs Sofa geworfen hatte.

»Seien Sie gegrüßt, Professor Shandy. Elva hat mir erzählt, daß Sie in Sasquamahoc waren, um dort Freunde zu besuchen. Ich hoffe, der Regen hat Ihnen nicht den ganzen Tag verdorben.«

Peter war nicht gerade erfreut über die Störung, aber was zum Teufel sollte er tun? Wahrscheinlich war es immer noch angenehmer, sich von Claridge Withington zu Tode langweilen zu lassen, als von einem Autor, der in der Lage war, noch kompliziertere Sätze zu bauen als sie Mark Twain so genial in seiner Erzählung »Die Schrecken der deutschen Sprache« aufs Korn nahm. Er legte das gerade erst geöffnete Buch wieder fort, stählte sich für das kleinere Übel und beantwortete so höflich wie ohne Überwindung möglich die ihm gestellte Frage.

»Nein, der Regen hat erst angefangen, als ich schon auf dem Heimweg war. Ich habe mit einem Freund zu Mittag gegessen, der an der Forstwirtschaftsschule arbeitet.«

Withingtons Augen blitzten auf. Er schälte sich aus seiner Wolldecke und zwang sich mühsam, so aufrecht wie möglich zu sitzen. »Das wird doch wohl nicht zufällig Präsident Fingal gewesen sein? Ich hatte vor einigen Jahren anläßlich eines Kolloquiums über Nutzung und Mißbrauch der Wälder von Maine, an dem auch ein Freund von mir mitwirkte, die Ehre, mich mit ihm unterhalten zu dürfen. Ich brauche nicht eigens zu erwähnen, daß ich selbst lediglich als interessierter Zuhörer dort war, aber anschließend gab es Kaffee und die üblichen Erfrischungen, was mir die Möglichkeit gab, den Präsidenten wissen zu lassen, wie sehr mich seine scharfsinnigen, sachlichen Bemerkungen beeindruckt hatten.«

Die in Wirklichkeit wahrscheinlich kurz, bissig und gelegentlich vielleicht sogar höhnisch gewesen waren, nahm Peter an. Er gab zu, daß besagter Freund in der Tat Guthrie Fingal sei, woraufhin er von Withington detailreich über alles unterrichtet wurde, was dieser seinerzeit zu Fingal gesagt und jener geantwortet hatte, auch wenn dies sicher bedeutend weniger gewesen war, als Withington sich jetzt zu erinnern glaubte. Der alte Herr äußerte wortreich die Hoffnung, daß Peter doch bitte Präsident Fingal beim nächsten Treffen seine besten Grüße ausrichten und ihm zu verstehen geben möge, daß er, Withington, zu seinen größten Bewunderern zähle, und erkundigte sich dann eingehend und angelegentlich danach, ob die beiden geschätzten Wissenschaftler ihr gemeinsames Mahl denn auch genossen hätten und vielleicht vorhätten, sich in Bälde erneut zu treffen.

»Davon gehe ich aus.« Peter beschloß, Withington die gewünschte Information lieber sofort zu geben, damit er sie ihm nicht umständlich aus der Nase ziehen mußte. »Vielleicht sehe ich ihn sogar schon morgen. Meine Frau kommt nämlich mit ihrer Freundin Catriona McBogle nach Sasquamahoc. Ich werde sie gegen Mittag bei Catriona abholen und dann mit ihr herkommen. Vielleicht hat Mrs. Bright Ihnen gegenüber bereits erwähnt, daß Mrs. Shandy die Nacht hier im Gasthof verbringen wird.«

»Damit sie sich Miss Rondels Lupinen ansehen kann«, ergänzte Withington. »Ich hoffe sehr, daß der Sturm sie nicht gänzlich zerstört hat. Wenn die Wettervorhersage stimmt, soll das Unwetter bis morgen früh aufs Meer gezogen sein, Sie müßten also eigentlich für die geplante Fahrt schönes Wetter haben. Und Mrs. Shandy und ihre berühmte Freundin ebenfalls.«

Withington lächelte gnädig, als habe er persönlich das Wetter für die besonderen Bedürfnisse seiner neuen Bekannten maßgeschneidert. »Ich hatte letzten Sommer die große Freude, Miss McBogle in Orono im Rahmen eines Symposiums sprechen zu hören, zu dem mich ein anderer Gast dieses Gasthofs mit dem Wagen mitgenommen hatte. Ein ziemlich prominenter Gast, wenn ich mir die Bemerkung erlauben darf. Vielleicht hatten Sie und Mrs. Shandy bereits das Vergnügen, Alexandria Baxter kennenzulernen? Sie spielte die Rolle der Lizzie Borden in dem Stück *Die Mörderin*. Ich werde nie den atemberaubenden Moment vergessen, als sie die Axt packte und mit der Fingerkuppe das frischgeschliffene Blatt berührte. Ich bekomme noch heute eine Gänsehaut, wenn ich an das kaum merkliche geheimnisvolle Lächeln auf ihrem Gesicht denke. Miss Baxter ist natürlich incognita nach Orono gefahren, sie wollte Miss McBogle nicht die Show stehlen, obwohl der lange schwarze Schleier, der ihr Gesicht verbarg, so manchen neugierigen Blick auf sich zog.«

»Kann ich mir vorstellen«, sagte Peter. »Eh – Miss Baxter hatte nicht zufällig ihre Axt dabei?«

Mrs. Brights Stargast ließ sich die Frage durch den Kopf gehen und beantwortete sie mit einem kurzen leisen Lachen. »Nein, hatte sie nicht, sehr zu meinem Bedauern, wie ich gestehen muß. Ich würde mich allerdings nicht wundern, wenn bei dem großen Ereignis morgen früh ein oder zwei Äxte mit von der Partie wären.«

»Ach ja?« Peter versuchte erst gar nicht, sein Gähnen zu unterdrücken. Die lange Fahrt, das gleichmäßige Trommeln des Regens gegen die Fenster und die hypnotische Wirkung der brennenden Holzscheite im Kamin hatten sich eindeutig gegen ihn verschworen und taten alles, um ihn zum Einschlafen zu verführen. »Welches große Ereignis denn?«

Ihm war es eigentlich schnurzegal, doch Withington war völlig fassungslos. »Gütiger Himmel, Professor, jetzt sagen Sie bloß, Sie wissen noch nicht, daß Jasper Flodge morgen beerdigt wird? Seine ihm angetraute Gattin, damit meine ich Lucivee, hat dafür gesorgt, daß er schnellstmöglich unter die Erde kommt. Angeblich soll sie bereits einen tonnenschweren Grabstein erstanden haben, der halb so groß wie der Cadillac Mountain ist, um auch ganz sicherzugehen, daß er nicht wieder herauskommt. Die Beerdigung findet morgen früh um Punkt neun statt. Da Sie sozusagen dabei waren, als er gestorben ist, möchten Sie sicher auch an der Trauerfeier teilnehmen, bevor Sie wieder nach Sasquamahoc fahren.«

Peter fragte sich inzwischen ernsthaft, warum in Dreiteufelsnamen er eben noch geglaubt hatte, ein kleiner Plausch am Kamin mit dem geschwätzigen alten Unhold sei gemütlicher als ein einsamer, kalter Abend allein oben in seinem Zimmer. Er fand die Vorstellung, bei der besagten Trauerfeier aufzutauchen, höchst abstoßend. Das wenige, das er von Jasper Flodge gesehen hatte, als dieser noch unter den Lebenden weilte, hatte ihm nicht sonderlich zugesagt, ihm beim Sterben zuzusehen war ein Schock gewesen, und alles, was danach passiert war, der reinste Alptraum.

Jasper hatte sich mit seinen Schandtaten so viele Feinde gemacht, daß einige seiner Opfer ihm sicher liebend gern eine Zyanidkapsel unters Essen gemischt hätten. Doch wer außer Elva Bright oder ihrer hübschen Enkelin hätten Zugang zu so einer Kapsel gehabt? Aber wären sie wirklich dumm genug gewesen, den Mord ausgerechnet in ihrem eigenen Haus in Szene zu setzen?

Daß Flodge sich selbst umgebracht hatte, um die Pläne seiner Frau zu durchkreuzen und sie um die Lebensversicherung zu bringen, schien Peter allzu unglaubwürdig. Es sei denn, Flodge hatte gewußt, daß er ohnehin bald sterben mußte, doch so hatte er absolut nicht ausgesehen. Oder er war so verwirrt gewesen, daß er sich für unsterblich gehalten hatte und davon ausgegangen war, er könne sich mit Zyanid umbringen und danach wieder von den Toten auferstehen. Die Möglichkeit, daß der Mann völlig durchgeknallt war, konnte man natürlich nicht so einfach von der Hand weisen. Peter erinnerte sich an einen Zwischenfall während seiner Collegezeit, als ein Kommilitone zuerst eine Handvoll Barbiturate geschluckt hatte und sich dann für den Nachmittag mit einem Mädchen im Kino verabredet hatte.

Vielleicht hatte Flodge die gleiche Unfähigkeit besessen,

Handlungen und deren Folgen miteinander zu verknüpfen, was seine Neigung zu Gemeinheiten anderen gegenüber erklären würde. Offenbar war ihm völlig gleichgültig gewesen, wer dabei zu Schaden kam, er selbst inbegriffen. Falls er sich wirklich in eine ausweglose Situation manövriert hatte, wie seine Frau behauptete, hatte er vielleicht ähnlich wie Tom Sawyer nur den Wunsch gehegt, *vorübergehend* tot zu sein. Oder die geniale Idee gehabt, sich eine Substanz unter sein Essen zu mischen, die ihn krank machen sollte, um anschließend Elva Bright nach Herzenslust verklagen zu können, und dabei das falsche Gift erwischt.

Zum Teufel mit all den aberwitzigen Theorien. Was brachte es schon, über eine Situation nachzudenken, die Peter Shandy nicht das geringste anging? Es war schon schlimm genug, daß dieser abscheuliche Withington versuchte, ihm die Beerdigung schmackhaft zu machen. Falls er nur darauf aus war, mit dem Auto mitgenommen zu werden, tat er gut daran, sich einen anderen Dummen zu suchen.

»Tut mir leid, Mr. Withington.« Peter wußte, daß er kurzangebunden und unhöflich klang, aber es war ihm egal. »Meine Pläne für morgen kann ich leider nicht mehr ändern, um die Zeit werde ich bereits unterwegs sein.«

Wenn er den Gasthof vor neun verließ, war er zwar schon gegen halb elf in Sasquamahoc, aber eine bessere Entschuldigung fiel ihm momentan nicht ein. Zumindest verstand er jetzt, warum der gestrandete Tilkey sich so diebisch darauf freute zuzusehen, wie man Jasper Flodge unter die Erde brachte. Vielleicht hatte auch er zu den Opfern gehört. Peter beschloß, Guthrie danach zu fragen. Andererseits sprach einiges dafür, sich die Frage zu verkneifen. Peter hatte inzwischen die Nase gestrichen voll von Flodge und seinen Gemeinheiten.

Höchste Zeit, das Thema zu wechseln. Da ihm sonst nichts einfiel, begann Peter, lang und breit seine Fahrt nach Sasquamahoc und wieder zurück zu schildern und mit so vielen Ausschmückungen zu versehen, daß Withington gar nicht erst zu Wort kam. Er begann mit dem kurzen Besuch bei Miss Rondel, ging über zu den Tacos mit Muschelfüllung, arbeitete sich durch die Bücherscheune bis zu seinem Treffen mit Tilkey und zum Wye-Haus vor und landete schließlich im Bright's Inn.

Falls irgendein zufälliger Bekannter gewagt hätte, Peter in dieser Manier vollzuquatschen, wäre er entweder in einen Stupor gefallen oder hätte sich bereits vor zwei Kapiteln aus dem Staub gemacht. Doch Withington hing völlig fasziniert an seinen Lippen, sog jedes Wort in sich auf und konnte anscheinend nicht genug bekommen. Ab und zu gab er sogar ein aufgeregtes Wimmern von sich, wie ein Terrier auf der Jagd nach einer besonders saftigen Ratte, hin und her gerissen zwischen der Angst, auch nur eine Silbe zu verpassen, und der Enttäuschung, keine Gelegenheit zu haben, selbst den ein oder anderen Satz einzuwerfen.

Da Peter daran gewöhnt war, vor Studenten zu reden, konnte er die Geschichte ziemlich in die Länge ziehen. Doch irgendwann hat alles ein Ende. Er hatte gerade seinen letzten Satz zu Ende gesprochen, als Withingtons großer Moment gekommen war.

»Der Mann, den Sie mitgenommen haben, kann nur Schuyler Tilkey gewesen sein. Er hat schon mehrfach mit den Wye-Brüdern hier im Gasthof gegessen. Sie sind Vettern.«

»Zweiten Grades«, ergänzte Peter.

»Ach ja? Das überrascht mich aber. Das war mir gar nicht bekannt. Zweiten Grades, sind Sie da wirklich sicher?«

Warum diese triviale Information, die einen zufälligen Bekannten betraf, Withington derart aus dem Konzept brachte, konnte Peter sich beim besten Willen nicht erklären. Er versuchte, sich vorzustellen, wie Withington sämtliche Einzelheiten auf eine rosa oder vielleicht auch eine grüne Karteikarte eintrug, die er dann sorgfältig in einer Schublade seines Unterbewußtseins verstaute, um sie bei Gelegenheit hervorzuziehen und während eines seiner langweiligen Redemarathons einem bedauernswerten Menschen um die Ohren zu hauen. Peter empfand tiefes Mitleid mit Withingtons nächstem Opfer, wer immer diese Person auch sein mochte.

Doch sein Inkubus war immer noch nicht bereit, klein beizugeben. »Ich nehme an, daß Sky, wie ihn hier jeder nennt, wegen der Beerdigung gekommen ist. Nach allem, was Jasper seinem Vetter zweiten Grades angetan hat, will er sich das große Ereignis bestimmt auf keinen Fall entgehen lassen. Ich spreche natürlich von Fred.«

»Nicht von Evander?« Peter warf den Namen des anderen Bruders nur ein, um nicht vor Langeweile einzuschlafen. Eine Unbedachtheit, die er sofort bereute, denn jetzt war Withington natürlich nicht mehr zu stoppen.

»Oh, sogar Jasper Flodge hätte nicht den Mumm gehabt, sich mit Evander anzulegen. Vielleicht sollte ich Sie warnen, Professor Shandy, mit Evander Wye ist nämlich nicht gut Kirschen essen. Ich weiß nicht, ob Präsident Guthrie es bereits erwähnt hat –«

»Ja, hat er.«

Schon wieder ein falscher Zug. Falls Peter Shandy gehofft hatte, dem endlosen Redeschwall seines Gegenübers über einen Mann, mit dem er bisher nicht ein einziges Wort gewechselt hatte und den er auch in Zukunft nicht anzusprechen gedachte, zu entgehen, hatte er sich gewaltig geirrt. War Withington in Wirklichkeit der alte Seefahrer aus der Ballade von Coleridge, dem niemand entrinnen konnte, oder vielleicht sogar der tote Albatros, mit dem der besagte Seefahrer für den Rest seines Lebens geschlagen war? Peter wünschte sich, der Bursche mit dem überlauten Instrument käme vorbei, damit er sich wenigstens über etwas anderes ärgern konnte.

Kapitel 10

»Oh, dann hat er Ihnen sicher auch erzählt, wie Evander versucht hat, Jasper mit dem Wiesenmäher zu überfahren?«

»Nun ja, das kann man ihm ja wohl kaum verdenken, finden Sie nicht?«

Peter hätte liebend gern gewußt, wovon Withington und er im Moment sprachen. Er konnte sich übrigens tatsächlich vorstellen, daß es unter gewissen Umständen reizvoll sein konnte, jemanden mit einem Motormäher zu jagen. Sein Gesprächspartner schien die Begebenheit von einem anderen Standpunkt aus zu betrachten.

»Nur weil Jasper ihn als Waschlappen bezeichnet hat? Ich will nicht kleinlich erscheinen, Professor, aber wenn ich ehrlich sein soll, finde ich Evanders Reaktion wirklich ein wenig überzogen.«

»Ein jeder nach seiner Fasson«, sagte Peter. »Man sollte nicht vergessen, daß man mit einem Wiesenmäher kaum große Geschwindigkeiten erreichen kann, es sei denn, man fährt einen steilen Abhang hinunter, was eher für den bedauernswerten Fahrer unangenehm wäre. Ich widerspreche Ihnen nur ungern, Mr. Withington, aber Mr. Wyes kleiner Scherz scheint mir kaum mehr als eine – eh – symbolische Geste gewesen zu sein.«

Das brachte Withington ziemlich aus der Fassung. Der Mann war so verdattert, daß er dreißig Sekunden lang keinen Ton von sich gab. Alles, was er danach noch herausbringen konnte, war die Frage: »Ist Präsident Fingal ebenfalls dieser Ansicht?«

»Ich werde versuchen, morgen eine offizielle Stellungnahme von Guthrie einzuholen. Grundgütiger, ist es schon so spät?« Peter hievte sich aus seinem Korbsessel. »Ich muß unbedingt meine Frau anrufen, bevor sie sich Sorgen macht, wo ich wohl abgeblieben bin.«

Helen war nicht zu Hause, was Peter nicht sonderlich überraschte. Er versuchte sein Glück bei den Stotts und fand sie tatsächlich dort. Dem ohrenbetäubenden Lärm im Hintergrund nach zu urteilen, half sie gerade ihrer Freundin Iduna, Catriona und etwa zweihundert weitere weibliche Wesen mit Tee zu versorgen. Helen versicherte ihm, daß es nur einige große, starke, selbstbewußte Damen aus der Nachbarschaft seien und die unmäßige Schwelgerei bald zu Ende sein werde, so daß sie und Catriona pünktlich ins Bett kämen und bereits in ihr Fahrzeug klettern konnten, wenn die erste Lerche sich jubilierend in die Lüfte erhob. »Und falls dich wieder nach Tortillas mit Muschelfüllung gelüsten sollte, laß bitte eine Nachricht an Cats Tür, damit wir wissen, wo wir dich finden können.«

Peter versprach dies hoch und heilig, fügte noch einige liebevolle Gattenworte hinzu und legte auf. Als er von der Telefonzelle aus die ersten Gäste ins Restaurant gehen sah, gab ihm sein Magen zu verstehen, daß er gegen ein kleines Abendessen nicht das geringste einzuwenden habe. Peter trug das Buch, in das er immer noch keinen Blick geworfen hatte, zurück in sein Zimmer, nahm einen Zahnputzbecher aus dem winzigen Bad und mixte sich einen kleinen Aperitif, den er so langsam wie möglich trank, um Withington genug Zeit zu lassen, sich in seine Stammecke zurückzuziehen.

Eigentlich hatte Peter vorgehabt, sich allein an einen der kleineren Tische zu setzen, doch zu seinem großen Bedauern mußte er feststellen, daß Schuyler Tilkey und die Wye-Brüdern bereits dort Platz genommen hatten und sein ehemaliger Reisegefährte ihn mit einer freundlichen Handbewegung aufforderte, auf dem vierten Stuhl Platz zu nehmen. Es wäre unhöflich gewesen, die Einladung abzulehnen, vielleicht sogar gefährlich, denn es hätte Evander möglicherweise in Wut versetzt und entsprechende Aktionen nach sich gezogen. Also fügte er sich demütig in sein Schicksal.

»Guten Abend, Professor, nett, Sie zu sehen«, wurde er von Tilkey begrüßt. »Meine Vettern kennen Sie ja schon. Ich heiße übrigens Sky, für den Fall, daß ich es noch nicht erwähnt habe. Das hier ist Fred, und das Evander.«

»Guten Abend«, sagte Peter. »Ich bin Peter Shandy.«

»Er ist Professor am Balaclava Aggie«, ergänzte Tilkey.

»Tatsächlich?« Fred Wye schien echtes Interesse an näheren Einzelheiten zu haben, doch da tauchte bereits Thurzella mit gezücktem Blöckchen auf und gab eine dramatische Rezitation der aktuellen Spezialitäten zum Besten, die in der Hauptsache aus verschiedenen Varianten fangfrischen Schellfischs bestand, den man gedünstet, ausgebacken, mit Käse und Tomaten, fritiert oder zerkleinert in Form von Fischsuppe bestellen konnte. Peter entschied sich für die gedünstete Variante, Fred für die gebackene und Schuyler für die fritierte, da seine Frau, die ständig behauptete, daß er zu dick sei, glücklicherweise nicht da war, um ihn daran zu hindern. Außerdem bestellten alle drei Fischsuppe als Vorspeise.

Evander sagte zwar kein Wort, doch Thurzella brachte auch ihm eine Portion Fischsuppe in einer dicken weißen Tasse, deren oberen Rand ein blauer Streifen zierte. Dann flitzte sie los, um einen Korb mit warmem Maismehlbrot und eine Riesenschüssel mit Salat zu holen, aus der sie sich nach Belieben bedienen konnten, und versicherte ihnen, das Hauptgericht sei sozusagen bereits auf dem Weg. Der immer noch schweigsame Evander aß alles auf, was er vorgesetzt bekam, legte hin und wieder eine kleine Pause ein, um Peter einen düsteren Seitenblick zuzuwerfen, zeigte aber ansonsten weder Zeichen von Feindseligkeit noch von Angriffslust. Nach einer Weile entschied Peter, sich auf ein Gespräch mit ihm einzulassen.

»Ich habe gehört, daß Sie eine Turmalinmine besitzen.«

Evanders Blick wurde wieder finster, doch Fred war durchaus geneigt, ein wenig über das ungewöhnliche Familiengeschäft zu plaudern. Seine Informationen waren so klar und präzise, daß Peter fragte, ob er wohl regelmäßig Führungen für Schulklassen veranstaltete. Fred gab zu, daß dies in der Tat zutreffe, und ging so weit vorzuschlagen, der Professor möge doch auch einmal vorbeikommen und sich die Mine anschauen, falls er nichts Besseres zu tun habe, auch wenn es dort nicht allzuviel zu sehen gebe.

Peter reagierte mit einer ausgewogenen Mischung aus Interesse und Bedauern, dankte Fred für seine freundliche Einladung und gestand, daß er dummerweise nicht wisse, ob ihm dazu noch genügend Zeit bliebe, da er seiner Frau bereits versprochen habe, mit ihr Miss Rondel zu besuchen und in Michele Clunys Lädchen vorbeizuschauen, und da sie leider nur bis morgen abend bleiben würden.

»Das ist aber schade.« Doch Fred Wye hatte die Enttäuschung bald verschmerzt und wandte sich an seinen Vetter. »Ich habe neulich Ed Whitbread von der Staatsanwaltschaft an der Tankstelle getroffen. Er sagt, es sei wirklich Zyanid gewesen.«

»Tatsächlich? Hat Ed auch gesagt, wo das Zeug herkam?«

»Teufel auch, natürlich nicht. Ed Whitbread würde es sowieso nicht wissen. Und wenn er es wüßte, würde er es bestimmt niemandem verraten. Meine Güte, was schneit uns denn da ins Haus?«

Anscheinend war der Blitz in den Speisesaal eingeschlagen, jedenfalls war dies Peters erster Eindruck, und er hatte das Gefühl, daß es den anderen Gästen ebenso ging. Lucivee Flodge rauschte mit beschwingten Schritten und glänzenden Augen in den Speisesaal, unter jedem Arm eine Flasche Champagner. Sie war von Kopf bis Fuß in Schwarz gehüllt. Bekanntlich gibt es verschiedene Arten von Schwarz, und Lucivee trug die ausgefallenste Variante. Eine schwarze Seiden-Stretchhose, ein Top aus schwarzem Satin, das mit glänzenden Ziermünzen besetzt war und einen Ausschnitt besaß, den man nur als jenseits des äußerst Gewagten bezeichnen konnte. Ihr tizianrotes Haar schmückte ein riesiger schwarzer Reif mit unzähligen falschen Diamanten. Alles in allem konnte man sich des Eindrucks nicht erwehren, die lustigste Witwe der Welt vor Augen zu haben.

Peters zweiter Eindruck war, daß die ausladend gebaute Dame entweder eine wahre Meisterin des positiven Denkens sein mußte oder aber daß sie vergessen hatte, den Spiegel zu Rate zu ziehen, als sie sich in ihre Stretchhose gezwängt hatte. Doch das war eindeutig ihr Problem und ging ihn nichts an. Er wandte den Blick ab und widmete sich ganz seinem Salat.

»Die sieht nicht aus, als ob es viel Sinn machte, ihr eine Beileidskarte zu schicken, wenn ihr mich fragt«, knurrte Sky. »Das ist doch wohl die trauernde Witwe, oder?«

»Behauptet sie jedenfalls«, meinte Fred. »Sagt, sie hätten sich nie scheiden lassen, obwohl sie seit sechs Jahren nicht mehr zusammengelebt haben und Jasper nach ihr noch diverse andere Frauen hatte. Unter anderem auch meine, der verdammte Mistkerl.« Er wurde rot, warf Peter einen verlegenen Blick zu und rammte seine Gabel in ein Stück Gurke.

Bright's Inn hatte zwar keine Ausschankgenehmigung, aber anscheinend hatte niemand etwas dagegen, wenn die Gäste selbst Wein oder Bier mitbrachten. Lucivee Flodge war inzwischen an Claridge Withingtons Tisch angelangt und bestellte mit Riesentamtam Eis für ihren Champagner und genügend Gläser für sämtliche Gäste. Der grüne Plastikeimer und die ziemlich gewöhnlichen kleinen Saftgläser, die von einem jungen Mädchen gebracht wurden, das wohl die Enkelin aus Portland sein mußte, da sie genauso aussah wie Thurzella und eine rosa Steghose trug, schienen allerdings nicht ganz dem zu entsprechen, was Lucivee sich erträumt hatte, doch sie mußte sich wohl oder übel damit abfinden.

Wie es aussah, versprach die Party eher ein Reinfall als ein rauschendes Fest zu werden, denn es war ziemlich offensichtlich, daß die meisten Anwesenden es reichlich geschmacklos fanden, eine Champagnerparty in einem Raum zu feiern, in dem vor gerade einmal zwei Nächten der Mann, den sie morgen früh unter die Erde bringen würden, dahingeschieden war.

Das neue Mädchen ging mit einem Tablett voller Gläser durch den Saal und bot den etwa zwanzig anwesenden Gästen Champagner an. Die Wye-Brüder lehnten ab, Peter ebenso. Sky Tilkey wäre vielleicht schwach geworden, wenn er allein gewesen wäre, dachte Peter, doch er wollte offenbar seine Verwandten nicht blamieren. Auch wenn die Leute Jasper Flodge nicht gemocht hatten und den Grund für die kleine Feier nicht kannten, waren sie eindeutig der Meinung, daß es unschicklich sei, auf einem Grab zu tanzen, in dem der Tote noch nicht einmal lag. Als das Mädchen das Champagnertablett zu Lucivees Tisch zurückbrachte, standen fast genauso viele Gläser darauf wie zuvor.

Von seinem Platz aus konnte Peter zufällig genau sehen, wer den Raum betrat. Als er eine Frau undefinierbaren Alters hereinkommen sah, die früher einmal hübsch gewesen sein mochte und ein blaues Jackenkleid trug, das ebenfalls schon bessere Tage erlebt hatte, reagierte er zunächst gleichgültig, begann sich jedoch schon bald für die Unbekannte zu interessieren. Sie wirkte unsicher und schaute sich suchend nach der Kellnerin um, damit diese ihr einen Platz zuweisen konnte.

»Grundgütiger«, rief er. »Ich kenne diese Frau! Sie führt Nachbarn von uns in Balaclava den Haushalt.«

»Ach ja? Und was tut sie sonst noch?«

Fred Wye, der die Frau ebenfalls genau beobachtete, hatte ihm diese Frage gestellt. Doch seine Stimme und sein Gesichtsausdruck besaßen eine Intensität, die Peter irgendwie beunruhigend fand.

»Ich glaube, sie war anfangs für die Schlafsäle im College zuständig und hat in ihrer Freizeit für einige Fakultätsmitglieder geputzt, unter anderem auch für die Enderbles. Die beiden sind nicht mehr die Jüngsten und leben genau gegenüber von uns auf dem sogenannten Crescent. Als Mary sich vor einigen Monaten das Handgelenk brach und jemanden suchte, der als Vollzeitkraft bei ihr einspringen konnte, ist Mrs. Howard bei ihnen eingezogen. Sehr ruhige Person, aber äußerst fleißig, Mary und John lassen nichts auf sie kommen. Außerdem kann sie hervorragend mit Tieren umgehen – Johns Spezialgebiet ist die hiesige Fauna. Die beiden haben eine Menge Tiere, unter anderem ein uraltes Kaninchen, das besonders sorgsam betreut werden muß. Soweit ich weiß, hat sie auch noch einen Nebenjob in einem Hundesalon, wäscht und trimmt Hunde, und hat neulich sogar der Gattin unseres Präsidenten geholfen, die Mähnen der Balaclava Blacks für den jährlichen Wettbewerb der Arbeitspferde zu flechten, sozusagen das wichtigste Ereignis des Jahres in Balaclava County. Ich glaube, ich sollte sie begrüßen.«

»Dann bestellen Sie ihr mal viele Grüße von Fred.«

Die Worte des Minenbesitzers klangen wie ein Zischen. Thurzella führte Mrs. Howard gerade zu einem kleinen Tisch ganz in der Nähe der vier Männer. Peter fiel auf, daß die Frau den Kopf gesenkt hielt. Ihr Gesicht war blaß, und ihre Lippen waren so fest aufeinandergepreßt, daß sie aussah, als würde sie jeden Moment in Tränen ausbrechen. Er fragte sich, ob er sie in diesem Zustand nicht lieber in Ruhe lassen sollte, doch dann wäre er sich wie ein Schurke vorgekommen. Er stand auf und ging hinüber zu ihrem Tisch.

»Guten Abend, Mrs. Howard.«

»Na sowas, Professor Shandy, was für eine Überraschung. Wohnen Sie hier im Gasthaus?«

»Ja, ich bin wegen der berühmten Lupinen hergekommen. Ich bin schon seit Sonntagabend hier. Meine Frau kommt morgen mit Catriona McBogle nach, einer Freundin, die gerade bei uns zu Besuch ist. Kennen Sie Catriona schon?«

»Nur ganz flüchtig, aber sie scheint wirklich nett zu sein. Ich hatte in der letzten Zeit im Hundesalon eine Menge zu tun. Flohsaison, wissen Sie.«

Ihre Stimme war hell und ziemlich sanft, doch das kurze Lachen, das sie ausstieß, klang hart wie der Schrei eines Raben. Peter begann sich schon zu fragen, ob er ihr vielleicht lästig war, doch dann fiel ihm ein, daß er ihr eine Botschaft übermitteln sollte. »Eh – Fred Wye hat mich gebeten, Sie von ihm zu grüßen. Er sitzt dort drüben.«

»Ja, ich habe ihn schon gesehen. Würden Sie ihm bitte sagen –« Oh Gott, sie würde doch nicht etwa zu weinen anfangen? »Sagen Sie ihm – sagen Sie ihm einfach, daß ich ihm alles verzeihe, was er mir – oh Gott, steh mir bei! Warum bin ich bloß hergekommen?«

Die Frau sah aus, als würde sie jeden Moment in Ohnmacht fallen oder in einen hysterischen Schreikrampf ausbrechen, daher beschloß Peter, sie besser allein zu lassen. Als er zurück zu seinem Tisch ging, warf ihm Fred Wye einen Blick zu, den er nicht ignorieren konnte. Peter sagte, was er zu sagen hatte.

»Sie hat mir – eh – aufgetragen, Ihnen zu sagen, daß sie Ihnen alles verzeiht.«

»Das darf doch wohl nicht wahr sein!« Fred sprang mit blitzenden Augen von seinem Stuhl auf. »Dann bestellen Sie ihr gefälligst von mir –«

»Eh – ich scheine uns alle in eine peinliche Lage gebracht zu haben. Darf ich vorschlagen, daß ich mich einfach wieder zurückziehe und Sie persönlich mit Mrs. Howard – eh –«

»Sie können ruhig sitzen bleiben. Wenn diese Hexe mir etwas zu sagen hat, soll sie gefälligst rüberkommen und es mir ins Gesicht sagen. Rück auf, Evander, und organisiere uns noch einen Stuhl. Wenigstens wir sollten uns wie erwachsene Menschen verhalten, auch wenn sie vergessen zu haben scheint, wie man sich benimmt. Bitte holen Sie sie zu uns an den Tisch, Professor.«

Was für eine unangenehme Situation! Peter dämmerte allmählich, daß die unscheinbare graue Maus Fred Wyes verschwundene Frau sein mußte, die damals mit Ausnahme seines Bruchbandes alles mitgenommen hatte, was nicht niet- und nagelfest gewesen war, und sich mit Jasper Flodge davongemacht hatte. Wie in Dreiteufelsnamen war es möglich, daß sie ausgerechnet in Balaclava Junction gelandet war und dort Spaniels und Setter von Flöhen befreite und hinter dem alten inkontinenten Kaninchen der Enderbles herputzte? Im Grunde geschah es ihm ganz recht, warum hatte er auch unbedingt den Gentleman spielen müssen? Er ging also zu Mrs. Howard und überbrachte ihr die Einladung ihres Gatten in einer etwas gemäßigteren Version.

Mrs. Howard, falls dies tatsächlich ihr richtiger Name sein sollte, hielt sich wacker. Wie ein Roboter ging sie mit totenbleichem versteinertem Gesicht zu Freds Tisch und nahm auf dem Stuhl Platz, den Evander für sie geholt hatte. Keiner regte sich, keiner sprach ein Wort, bis endlich Thurzella erschien und wie üblich artig die Spezialitäten des Hauses aufsagte.

»Nur Fischsuppe, bitte.«

Und selbst die würde sie bestimmt nicht aufessen können. Peter bedauerte, daß er seine Whiskeyflasche oben gelassen hatte, und er erkundigte sich, ob Mrs. Howard vielleicht vorher Lust auf eine Tasse Tee oder Kaffee habe. Sie votierte für Tee, was er für einen kleinen Schritt in die richtige Richtung hielt.

Vielleicht glomm immer noch ein Fünkchen Liebe in Freds Herz. Zumindest war er rücksichtsvoll genug, die Frau mehrmals an ihrem heißen Tee trinken zu lassen, bevor er zum Angriff überging. »Okay, Iolanthe, vielleicht bist du so nett und erzählst mir, was genau du mir verzeihen willst, nachdem du mein Konto leergeräumt hast und mit Jasper Flodge durchgebrannt bist.«

»Wie kannst du es wagen, so etwas zu sagen!«

Jetzt war sie wütend. Ihre Wangen glühten, und ihre Blicke bohrten sich wie zwei Laserstrahlen in seine Augen. »Du weißt haargenau, was du mir angetan hast, du – übertünchtes Grab, inwendig voller Unflat!«

»Wovon sprichst du überhaupt?«

»Ich spreche von den neun jungen Mädchen, die du erst verführt und dann fallengelassen hast.«

»Spinnst du? Welche neun Mädchen?«

»Die Mädchen, die du zuerst geschwängert und dann schmählich im Stich gelassen hast. Du hast nicht mal genug Geld geschickt, damit sie die armen Würmchen ordentlich ernähren konnten. Du brauchst gar nicht erst zu versuchen, mich anzulügen, Fred Wye. Vater hat mir die Briefe gezeigt, und die Frau von der Staatsanwaltschaft war auch da und hat nach dir gesucht, weil du nicht bezahlt hast.«

»Jetzt hör mir mal zu, Iolanthe, das ist doch völliger Schwachsinn. Laß uns mal ganz von vorn anfangen. Ich weiß nur eins: Ich bin mit Evander und Sky zum Camp gefahren, um zu angeln, und als ich zurückkam, warst du weg. Ich hätte eigentlich wissen müssen, daß dein verrückter Vater mal wieder seine Hand im Spiel hatte. Was waren das für Briefe?«

Iolanthe trank noch einen Schluck Tee und atmete tief ein. »Du warst erst einen Tag weg, und ich hatte gerade unsere Pflanzen gegossen. Die Gardenie, mit der ich mir so viel Mühe gegeben habe, fing endlich an zu blühen, und ich habe mich riesig gefreut, als ich eine neue Knospe fand, die ich dir hätte zeigen können, wenn du zurückgekommen wärst. Ich kann mich so genau an alles erinnern, weil es der letzte wirklich glückliche Moment in meinem Leben war.«

Sie drehte ihre Teetasse auf der Untertasse hin und her und rang um das letzte bißchen Fassung, das ihr noch geblieben war. »Ich wollte gerade die Gießkanne neu füllen, als Vater ohne anzuklopfen hereinstürzte, wie es so seine Art ist. Er war völlig außer sich vor Wut.«

»Wie üblich. Und was dann?«

»Er – ich weiß nicht, ob ich das wirklich – er – er hat mir einen Brief vorgelesen. Er war von einem Mädchen, mit dem du dich heimlich getroffen hattest – ein siebzehnjähriges Mädchen, das in einem Kirchenchor gesungen hat, Vater kannte sie, weil er einmal dort gepredigt hat. Sie hat Vater angefleht, bei dir ein gutes Wort für sie einzulegen, weil sie krank und bettelarm sei, ihre Eltern sie aus dem Haus geworfen hätten und sie sich an niemanden wenden könne. Und weil sie Angst habe, daß ihr Baby – dein Baby, Fred – sterben würde, wenn es nicht bald ein Dach über den Kopf und etwas zu essen bekäme. Es war der herzzerreißendste Brief, den ich je im Leben –«

»Alles erstunken und erlogen! Wie kann ein Mensch nur sowas erfinden! Und der alte Teufel hat natürlich jedes Wort geglaubt, weil er mich schon am ersten Tag, an dem wir uns getroffen haben, nicht ausstehen konnte, wie du verdammt genau weißt. Würde mich nicht wundern, wenn er den verfluchten Brief selbst geschrieben hätte.«

»Das hat er bestimmt nicht, denn zehn Minuten später kam die Frau von der Staatsanwaltschaft vorgefahren und hat nach dir gesucht. Sie hatte sogar einen Haftbefehl dabei. Vater hat ihr die Briefe vorgelesen, einen nach dem anderen, wie Moses die Gesetzestafeln. Und dann hat er aus vollem Hals angefangen zu beten und mich gezwungen, auf die Knie zu fallen und Buße zu tun, weil ich dem Willen meines Vaters zuwidergehandelt und einen Hurenbock geheiratet habe. So hat er dich genannt, und er hatte recht damit. Er hat gesagt, ich soll dich auf der Stelle verlassen und nie mehr wiedersehen, weil die Sünden des Gatten stets auf die Gattin zurückfallen und ich auf immer und ewig in der Hölle brennen müßte, wenn ich auch nur eine weitere Nacht in diesem Haus verbrächte. Und die Frau stand die ganze Zeit neben ihm, hat sich alles angehört und zustimmend genickt. Ich hätte sie am liebsten geohrfeigt.«

»Warum zum Teufel hast du es denn nicht getan? Wer soll diese Briefe denn geschrieben haben?«

»Das weiß ich auch nicht. Der einzige Name, an den ich mich erinnere, ist Muriel Flodge. Sie war auch diejenige, die an Vater geschrieben hat.«

»Flodge? Hochinteressant!« Fred schnaubte. »Weißt du was, das überrascht mich überhaupt nicht. Und kurze Zeit später galopiert Jasper Flodge rein zufällig auf seinem weißen Gaul ins Haus und behauptet, er wolle dich aus den Klauen des verfluchten Hurenbocks retten und in ein exotisches Paradies entführen, wo du für den Rest deines Lebens mein Geld verprassen kannst.«

»Nein, Fred. Es war völlig anders. Jasper ist tatsächlich gekommen, das stimmt, nachdem diese schreckliche Frau weg war und Vater endlich aufgehört hat, mich mit seiner Beterei zu quälen und Jasper mir angeboten hatte, mit ihm zu gehen und ihm den Haushalt zu führen, aber erst sollte ich für meine schrecklichen Sünden büßen, mein stolzes Haupt demütig unter das Joch beugen und mein Herz von jeglichem Gefühl, das ich als Frau noch für dich empfand, reinigen und zu seinen Gunsten auf meine Erbschaft verzichten. Aber ich sagte ihm, daß ich das niemals tun würde, weil ich dich liebe und ewig lieben werde, egal was du auch getan hast, selbst wenn ich dich in diesem Leben niemals wiedersehen würde.«

Daraufhin brach sie zusammen, verbarg ihr Gesicht in ihrer Serviette und zitterte wie Espenlaub. Peter hätte Mrs. Howard, so wie er sie kannte, auf etwa vierzig Jahre geschätzt, doch inzwischen wurde ihm klar, daß diese Frau höchstens Ende zwanzig sein konnte, und Fred Wye war auch nicht viel älter. Ohne den buschigen Bart sah er vermutlich sogar ziemlich attraktiv aus. Evander mußte demnach der ältere Bruder sein, und Schuyler Tilkey ein Fossil von etwa fünfundvierzig. Wahrscheinlich hielten sie Professor Shandy für Methusalem höchstpersönlich.

Keiner sprach. Alle saßen unbeweglich da, versuchten, die weinende Frau nicht anzusehen, und waren erleichtert, als sie sich die Tränen abwischte, ein letztes Mal schniefte und mit ihrer Geschichte fortfuhr. »Schließlich sagte Vater, ich sei nicht mehr seine Tochter und bräuchte nicht zu denken, daß ich auch nur einen roten Heller von dem Geld sehen würde, das Tante Prunella mir hinterlassen hat, und stürmte unter Ausstoßen aller möglichen Kirchenbannformeln davon. Ich war völlig fertig. Ich wußte nicht, was ich tun sollte, und auch nicht, wohin ich gehen sollte. Meine Beine gaben unter mir nach, ich bin auf den Boden gefallen, die Gießkanne noch in der Hand, und habe angefangen zu weinen. Genau wie jetzt.«

»Kann ich verstehen.«

Ausgerechnet Evander brach das Schweigen. Anscheinend überraschte es ihn selbst am meisten, denn er preßte die Lippen fest zusammen und konzentrierte sich darauf, Gräten in seinem Schellfisch zu orten. Vielleicht hatten die wenigen freundlichen Worte sie etwas getröstet, jedenfalls klang Iolanthes Stimme ein winziges bißchen sicherer, als sie weitersprach.

»Ich weiß nicht, wie lange ich so dagelegen habe. Ich kann mich nur noch daran erinnern, daß Jasper Flodge seinen Kopf zur Tür hereinsteckte und fragte, ob jemand zuhause wäre. Ich wollte nicht, daß er mich so sieht, daher bin ich aufgestanden und habe mich zusammengerissen, so gut ich konnte, und ihm gesagt, er solle hereinkommen. Die ganze Zeit mußte ich immer nur an die arme kleine Muriel Flodge denken, ich glaube, das erste, was ich gesagt habe, war ›Ist sie Ihre Schwester?‹«

Jasper wußte sofort, was ich meinte. Er hat mir erzählt, Muriel sei nur eine entfernte Cousine, die er nicht sonderlich gut kenne, deshalb hätte er auch nicht daran gedacht, sie rechtzeitig vor Fred Wye zu warnen. Du kannst dir vorstellen, wie ich mich gefühlt habe, als er das sagte. Er hat mir den Brief gezeigt, den sie ihm geschrieben hatte, und mir gestanden, er hätte geweint, als er ihn gelesen habe.«

»Ich bin zutiefst gerührt.«

So leicht gab Fred sich nicht geschlagen. Iolanthe wäre sicher lieber bei den Enderbles gewesen und hätte die Windeln des alten Kaninchens gewechselt. Peter wäre am liebsten selbst dort gewesen, denn er hatte nicht damit gerechnet, beim Abendessen schon wieder eine Seifenoper erleben zu müssen. Leider fiel ihm auf die Schnelle keine plausible Ausrede ein, um den Tisch zu verlassen und dem Theater zu entgehen. Es war zu spät, um jetzt noch einzugreifen, er konnte höchstens noch so tun, als gehöre er nicht dazu, und seinen Teller leer essen, obwohl es ihm reichlich schwer fiel, keinen Kommentar zu dem Brief abzugeben, den Flodge angeblich von seiner sogenannten Cousine bekommen hatte.

Fred war nahe daran zu platzen. »Was zum Teufel hat der Kerl bloß damit bezweckt?«

Iolanthe hatte immer noch genug Energie, um zu kontern. »Jedenfalls hat er mich nicht angebrüllt, und du solltest das auch nicht. Jasper hat ungefähr dasselbe gesagt wie Vater, nur netter und ohne die ganze Beterei. Er meinte, je eher ich ginge, desto besser, und bot an, mir zu helfen. Ich habe vergessen, was er sonst noch gesagt hat, aber ich wußte, daß ich fort mußte, denn es war nicht mehr mein Haus. Er schlug vor, ich solle nach oben gehen und packen, er würde mich dann nach Portland bringen. Dort wüßte er eine kleine Pension, in der ich bleiben könne. Ich bräuchte ihm nur das Sparbuch zu geben und ein Dokument zu unterschreiben, dann würde er als Verwalter eingesetzt und könne alles für mich regeln. Also habe ich ihm die Unterlagen vom Sparkonto gegeben, das auf uns beide lief –«

»Um Gottes willen! Was Besseres ist dir nicht eingefallen?«

»Was sollte ich denn machen? Ich habe noch nie im Leben eigenes Geld besessen, bloß das, was du mir immer als Haushaltsgeld gegeben hast. Vater hat immer gesagt, Frauen seien Männern völlig unterlegen und wir sollten uns ihrer größeren Klugheit unterordnen. Und nachdem wir geheiratet hatten, hast du alles in die Hand genommen, Fred, das weißt du selbst am besten. Jasper sagte, da mein Name in dem Sparbuch stünde, sei es völlig in Ordnung, wenn ich Geld von dem Konto nehmen würde. Ich wollte zuerst nicht, aber Jasper hat mir klar gemacht, daß ich schließlich von irgend etwas leben müsse. Ich wußte nicht mal, wie man Geld abhebt, also hat er das für mich erledigt. Auf der Fahrt nach Portland haben wir angehalten, und er ist in eine Bank gegangen und hat ein paar Blankoschecks geholt. Er hat mich gefragt, ob ich etwas essen wolle, aber ich wollte nicht, also sind wir weitergefahren, bis wir schließlich an einem großen alten Haus angekommen sind. Jasper ist hineingegangen und mit einer Frau herausgekommen. Und dann hat er meinen Koffer nach oben getragen und mir gezeigt, wie man den Scheck für die Miete schreibt und gesagt, wir bräuchten jetzt noch mehr Geld, ich sollte noch einen Scheck ausfüllen und zur Bank zu bringen. Dann ist er gegangen. Er sagte, er würde in einer Woche wiederkommen, um nach mir zu sehen, aber er ist nie wiedergekommen.«

»Und was hast du gemacht?«

»Die erste Zeit habe ich nur in meinem Zimmer gesessen und geweint. Es war furchtbar, Fred. Ich wollte dir schreiben, dich anrufen, nicht um mit dir zu reden, ich wollte nur deine Stimme hören und wissen, wo du warst. Aber ich wußte, daß ich auf keinen Fall schwach werden durfte, weil ich sonst auf der Stelle zu dir zurückgekehrt wäre und auf ewig der Hölle anheimgefallen wäre. Wenn es ganz schlimm war, bin ich einfach nach draußen gegangen und so lange herumgelaufen, bis ich so müde war, daß ich nicht mehr denken konnte.«

»Hast du denn gegessen?«

»Das weiß ich nicht mehr, Fred. Wahrscheinlich habe ich das, manchmal jedenfalls, sonst wäre ich sicher verhungert. Ich kann mich erinnern, daß ich versucht habe, mich zum Schlucken zu zwingen und immer diesen dicken Kloß in der Brust gespürt habe. Ich glaube, ich bin erst richtig aufgewacht, als es Zeit war, einen neuen Scheck auszufüllen, um die Miete für mein Zimmer zu bezahlen, und die Bank mir mitteilte, das Konto sei leer. Zuerst habe ich gedacht, ich sei verrückt geworden, aber dann habe ich begriffen, daß die Frau von der Staatsanwaltschaft es abgehoben hat, um den armen Mädchen zu helfen. Ich wußte, daß sie es dringender nötig hatten als ich – wenigstens dachte ich das damals – aber es brachte mich in eine schreckliche Lage. Ich mußte meinen Verlobungsring verkaufen, sonst hätte die Vermieterin mich rausgeworfen.«

»Wie meinst du das, deinen Verlobungsring? Meine Güte, Iolanthe, du hast doch genug Schmuck mitgenommen, als du abgehauen bist. Wo ist denn das ganze Zeug hin?«

»Ich habe überhaupt nichts mitgenommen! Ich mag vielleicht dumm sein, aber eine Diebin bin ich bestimmt nicht! Außer meinem Verlobungsring und meinem Trauring hatte ich nichts dabei. Es ist alles oben in meiner Kommode, in der linken Schublade, wo es immer war. Ich habe nur ein paar Kleidungsstücke mitgenommen. Das war für mich kein Diebstahl, und ich mußte schließlich was anzuziehen haben. Mein ganzer Lebensinhalt warst du, und als Jasper sagte, ich soll gehen –«

»Verdammt noch mal, verstehst du denn nicht, Iolanthe«, Fred kämpfte immer noch um Fassung. »Das bedeutet, daß Jasper in unser Haus eingebrochen ist und unseren Schmuck und unser ganzes Geld gestohlen hat!«

Kapitel 11

Dann muß Jasper den Schmuck wohl gestohlen haben, wenn du ihn nicht gefunden hast. Ich erinnere mich noch daran, daß er meinen Türschlüssel an sich genommen hat, als er meine Koffer holen kam. Für mich sah es aus, als habe er ihn weggeworfen, aber vielleicht hat er auch nur so getan als ob. Als der Mietscheck zurückkam, habe ich ihm geschrieben, aber als Antwort nur einen Brief von jemandem bekommen, dessen Name mir völlig unbekannt war. Darin stand, Mr. Flodge sei auf Geschäftsreise und man könne nicht sagen, wann er zurückkomme. Das war das letzte, was ich von Jasper gehört habe, bis ich diese Woche die *Country Record* aufschlug und die Todesanzeige sah. Ich habe sie vor etwa einem Jahr abonniert, weil ich so schreckliches Heimweh hatte. Eigentlich war die Beerdigung nur ein Vorwand, um zurückzukommen, in Wirklichkeit wollte ich dich sehen. Ich dachte, ich hätte mich inzwischen mit allem abgefunden und wäre abgeklärt genug, um mich nicht lächerlich zu machen.«

Iolanthe griff wieder nach ihrer Serviette und betupfte ihr Gesicht. »Als ich damals feststellen mußte, daß ich völlig mittellos war und keinerlei Rücklagen hatte, wußte ich, daß ich etwas unternehmen mußte, und das hat mich schließlich aus meiner Lethargie gerissen. Da ich keine Ausbildung habe, mußte ich wohl oder übel alles annehmen, was sich mir bot. Zuerst habe ich Doughnuts verkauft, dann habe ich in einem Supermarkt die Regale aufgefüllt, aber das hat mir finanziell so wenig gebracht, das ich davon kaum leben konnte.«

»Verdammter Mist!« Der Kampf zwischen Wut und Mitleid war fast entschieden. »Wenn ich gewußt hätte, daß es dir so mies ging –«

»Aber ich habe es geschafft. Und wenigstens habe ich auf diese Weise viel gelernt. Irgendwann ist mir eingefallen, daß eine Cousine meiner Mutter in Balaclava County lebt. Sie hat Vater immer gehaßt, daher dachte ich, vielleicht hilft sie mir. Ich bin im Bus hingefahren, und sie hat mir einen Job in einer Süßwarenfabrik besorgt. Die Arbeit war schrecklich monoton, und mein Rücken hat von der Fließbandarbeit die ganze Zeit so weh getan, daß ich schließlich kündigen mußte. Also bin ich wieder auf Hausarbeit umgestiegen und habe seitdem davon gelebt. Ich arbeite sehr gern bei den Enderbles, die beiden sind unheimlich nett, und die Tiere sind süß, selbst wenn sie ständig Dreck machen. Aber wenn ich an unser wunderschönes Zuhause denke, oh Fred, du hast mir ja so gefehlt! Und die ganze Zeit bin ich mir wie ein furchtbare Sünderin vorgekommen, nur weil ich so viel an dich gedacht habe.«

»Warum zum Teufel hättest du denn nicht an mich denken dürfen? Du bist schließlich meine Frau, Iolanthe! Dieser gottverdammte verlogene Schweinehund! Er hat uns drei Jahre lang die Hölle auf Erden beschert, nur um sich zu bereichern. Wenn Jasper Flodge nicht schon tot wäre, würde ich ihn auf der Stelle umbringen. Am besten ißt du jetzt was Richtiges. Soll Elva deine Fischsuppe noch mal aufwärmen? Oder möchtest du lieber ein Stück Pie? Du hast doch Elvas Pie immer so gern gegessen.«

»Oh Fred!«

Eigentlich hätte der Held jetzt die Heldin an seine starke Brust drücken müssen. Fred machte tatsächlich Anstalten, genau dies zu tun, obwohl die Blicke aller Anwesenden auf ihn gerichtet waren, doch dann erstarrte Iolanthe plötzlich zur Salzsäule.

»Fred, guck mal da hinten!« flüsterte sie. »Da ist die Frau!«

»Welche Frau?«

Die Frage erübrigte sich. Lucivee Flodge hatte ihren Haarreif abgelegt und versuchte gerade, still und heimlich das Lokal zu verlassen, was wohl das Dümmste war, das sie sich bisher geleistet hatte.

»Meinst du damit, daß sie die Frau ist, die behauptet hat, für die Staatsanwaltschaft zu arbeiten? Iolanthe, bist du dir ganz sicher?«

»Absolut sicher. Meinst du, ich könnte dieses Gesicht je vergessen? Sie hat die ganze Zeit dagestanden, mich angestarrt und angegrinst und genickt, während Vater sich über deine Greueltaten und die drohende Verdammnis ausgelassen hat. Wer ist sie, Fred?«

»Angeblich heißt sie Lucivee Flodge und behauptet, Jaspers Frau zu sein. Verdammt noch mal! Ich kann es nicht glauben! Neun kleine Mädchen soll ich geschwängert haben? Von allen verfluchten Lügen, die mir je im Leben zu Ohren gekommen sind, ist das wohl die – laß mich los, Iolanthe, ich habe mit diesem verfluchten Miststück ein Hühnchen zu rupfen!«

»Bitte, Fred, nicht hier. Sonst wirst du am Ende noch verhaftet.«

Peter konnte nicht länger an sich halten. »Eh – nicht daß ich mich einmischen wollte, es geht mich schließlich nichts an, aber ich an Ihrer Stelle würde dieser Frau nicht allein gegenübertreten. Sie ist so gerissen, daß Sie bestimmt den kürzeren ziehen würden. Sie würde Ihnen wahrscheinlich unter irgendeinem Vorwand einen Prozeß anhängen, schlimmstenfalls könnten Sie sogar im Gefängnis landen. Ich halte es für das Beste, wenn Sie sich so schnell wie möglich einen guten Anwalt nähmen.«

»Oh ja, tu das bitte, Fred«, bettelte Iolanthe. »Ich könnte es nicht ertragen, wenn du ihretwegen noch mehr Probleme bekämest.«

Fred dachte einen Moment nach und zuckte dann mit den Achseln. »Okay, Schatz, wenn du es möchtest. Dann sollten wir auf dem Nachhauseweg noch kurz bei Matt Barrett vorbeischauen.«

»Bei der Gelegenheit könnten wir uns auch nach dem Geld erkundigen, das Tante Prunella mir hinterlassen hat und das Vater mir immer noch vorenthält. Das würde uns vielleicht ein bißchen über den Verlust der Sachen hinweghelfen, die Jasper uns gestohlen hat.«

»Das glaube ich auch. So, und jetzt iß deine Suppe auf, und dann machen wir uns auf den Weg. Sky, würde es dir und Evander was ausmachen, wenn wir den Wagen nähmen und schon vorausführen?«

»Ich bringe die beiden später gern nach Hause«, sagte Peter. »Übrigens kommt meine Frau morgen auch, Mrs. Wye. Ich kann sie anrufen und sie bitten, alles, was Sie noch brauchen, von den Enderbles mitzubringen. Wenn es Ihnen recht ist, kann sie auch schon Mrs. Lomax Bescheid sagen, damit sie sich nach jemand anderem umschaut, der sich in Zukunft um den Haushalt kümmern kann.«

»Oh, das wäre wirklich wunderbar.« Iolanthe sah mit einem Schlag zwanzig Jahre jünger aus. Sie hielt sich mit einer Hand an ihrem Ehemann fest und löffelte mit der anderen gehorsam ihre Suppe. »Siehst du, Fred, ich habe alles aufgegessen. Haben wir noch Lebensmittel im Haus oder soll ich Elva bitten, uns Brot und ein paar Eier fürs Frühstück mitzugeben?«

»Genau wie früher? Mein Gott, ist das schön, daß du wieder da bist, Iolanthe. Haben wir noch was zu essen im Haus, Evander?«

»Ein halbes Glas Pulverkaffee und ein paar alte Cracker, aber der Supermarkt ist noch offen. Wenn ihr mir sagt, was wir brauchen, kann ich gleich einkaufen gehen.«

Für Evanders Verhältnisse war dies ein ziemlich langer Monolog. Iolanthe lächelte ihren Schwager an und schüttelte den Kopf.

»Schon in Ordnung, Evander. Ich erledige das, während Fred mit Mr. Barrett redet.«

»Brauchst du Geld?«

»Nein, ich habe gestern meinen Lohn bekommen. Das klingt bestimmt komisch aus meinem Mund. Bitte bleiben Sie doch sitzen, Professor Shandy. Wie wäre es, wenn Sie und Ihre Frau auf ein Täßchen Tee bei uns hereinschauen würden, bevor Sie zurück nach Balaclava fahren? Ist das Haus sehr unordentlich, Fred?«

»Könnte sehr viel schlimmer sein. Wir machen alle sechs Monate gründlich sauber.«

»Na ja, notfalls könnten wir uns auch raus auf die Terrasse setzen, wenn es nicht regnet. Komm, Liebling. Ich möchte endlich nach Hause.«

Hand in Hand in den Sonnenuntergang. Ein richtiges Happy End, genau wie der Cowboy und die schöne Tochter des Ranchers in den Western, die Peter und seine Freunde immer so mitgerissen hatten, wenn sie als Kinder auf den billigen Plätzen im alten Kino gesessen hatten. Er konnte fast noch das Popcorn riechen. Evander und sein Vetter machten übrigens noch keinerlei Anstalten aufzubrechen. Wahrscheinlich wollten sie Fred und Iolanthe genug Zeit geben, nach Hause zu fahren und es sich gemütlich zu machen, wie es sich gehörte.

Während Evander und Sky auf ihren Kaffee warteten, bat Peter Thurzella, ein Stück Pie für ihn zu reservieren, und ging zum Telefon, um seiner Frau die neuesten Folgen der Seifenoper zu erzählen. Er fühlte sich inzwischen pudelwohl in der altmodischen Telefonkabine, führte ein R-Gespräch und plauderte mindestens eine Viertelstunde mit Helen. Dann fiel ihm sein Pie wieder ein und er trug Helen auf, den Enderbles schonend beizubringen, daß sie in ihrem Haushalt mit größeren Veränderungen rechnen müßten. Er hoffte nur, daß Mrs. Lomax ohne allzu große Schwierigkeiten jemanden finden würde, dem es nichts ausmachte, Kaninchenköttel vom Wohnzimmerteppich zu entfernen.

Es war Rhabarber-Pie, typisch für diese Jahreszeit, die Kruste war vielleicht ein wenig dick geraten, aber ansonsten war nichts daran auszusetzen. Auch die Gesellschaft war ganz angenehm, Evander sagte zwar nichts, brütete aber auch nicht düster vor sich hin. Schuyler Tilkey sprach über Kartoffelanbau und einen hypochondrischen Heuwender, den er einst besessen hatte, beides Themen, die Peter brennend interessierten, ganz im Gegensatz zu dem endlosen Monolog, mit dem Withington ihn überschütten würde, wenn er die Gelegenheit hätte.

Als Peter und die anderen schließlich aufbrachen, saß Withington immer noch allein in seiner Ecke. Seit der Szene mit Lucivee Flodge hatte sich keiner zu ihm gesellt, und die Gläser mit Champagner standen immer noch unberührt und hörten allmählich auf zu moussieren, so daß er schließlich Thurzella zu verstehen gab, sie solle sie abräumen. Es schien zwar unhöflich zu sein, einfach wortlos fortzugehen, doch was sollte Peter ihm sagen? So nickte er ihm zum Abschied bloß zu und schloß sich seinen neuen Bekannten an.

Eines der Highlights von Pickwance, die Peter bisher noch nicht entdeckt hatte, war eine kleine, schäbige, aber anscheinend äußerst beliebte Billardkneipe in einer Seitenstraße, die von der Ecke abzweigte, an der sich Micheles Laden befand. Schuyler Tilkey war inzwischen der Gesprächsstoff ausgegangen, und Evander hatte immer noch nichts gesagt, doch es war ein bißchen früh, um Iolanthe und Fred bei ihrer Wiedersehensfeier zu stören. Peter hatte nichts dagegen, mit den beiden Vettern einzukehren und sich die Zeit mit Poolbillard zu verkürzen.

Peter und Tilkey waren ziemlich gut, aber Evander war ein wahrer Zauberkünstler. Er steckte sie beide mühelos in die

Tasche und mehrere andere dazu. Als niemand mehr mit ihm spielen wollte, legte er ein bravouröses Solo hin, das alle Anwesenden zutiefst beeindruckte und in ehrfürchtiges Staunen versetzte. Alle drei befanden sich in einer angenehm jovialen Stimmung, als Peter seine beiden Passagiere schließlich vor dem großen gelben Haus auf dem Hügel absetzte, zurück zum Gasthof fuhr und auf Zehenspitzen in sein Zimmer schlich, für den Fall, daß Withington ihm wieder sprungbereit unter der Wolldecke in der Lobby auflauerte.

Doch alles ging glatt. Peter schlief den Schlaf des ehrlich Ermüdeten, und als er wieder wach wurde, war der Morgen so wunderschön, daß es ihn nicht gewundert hätte, wenn Aurora persönlich vorbeigeflogen wäre. Thurzellas ebenso hübsche Cousine half heute wieder aus, beide Mädchen trugen rosa Steghosen und Tops mit Rosenmuster, selbst Aurora hätte keine bessere Gewandung wählen können. Sie empfahlen ihren Gästen Waffeln mit Ahornsirup. Wie hätte Peter Shandy diesem verlockenden Angebot widerstehen können?

Die Waffeln waren knusprig, der Schinken war noch knuspriger, der Orangensaft gut gekühlt, der Kaffee gerade heiß genug. Sicher hatte sich die Lerche bereits in die Lüfte erhoben, und die Hügel waren taubenetzt. Er mußte unbedingt daran denken, nach Lerche und Tau Ausschau zu halten, doch das hatte noch Zeit. Peter genoß jeden Bissen seines Frühstücks, nahm dankend an, als man ihm frischen Kaffee anbot, lehnte jedoch die dritte Waffel bedauernd ab, weil seine Hose sich bereits unangenehm um seine Taille zu spannen begann. Er mußte unbedingt nach draußen und einen Spaziergang von ein oder zwei Meilen machen, bevor er sich auf die Fahrt nach Sasquamahoc machte.

Aber was würde passieren, wenn Helen und Catriona bereits ganz früh eintrafen und er nicht da war, um sie zu begrüßen? Vielleicht sollte er doch zuerst nach Sasquamahoc fahren und seinen kleinen Verdauungsspaziergang dort machen. Mit dem

Gefühl, kompetent, entscheidungsfreudig und aus dem Schneider zu sein, wischte sich Peter den Sirup von den Lippen, bezahlte und bat Thurzella, ihrer Großmutter einen guten Morgen von ihm zu wünschen, da sie zweifellos zu sehr mit ihren kulinarischen Geheimnissen beschäftigt war, um mit den Gästen zu plaudern.

Peter fühlte sich gestärkt und für alles gewappnet, was das Schicksal für ihn bereit hielt, wobei es sich durchaus wieder um Tacos mit Muschelfüllung handeln konnte, natürlich nur, wenn Helen die kaum merkliche Rundung über seinem Gürtel nicht bemerkte. Vielleicht konnte er auch unterwegs irgendwo anhalten und sich einen etwas weiteren Gürtel kaufen, mutmaßte er, doch dieser Trick schien ihm dann doch reichlich unmännlich, außerdem würde sich Helen davon ohnehin nicht täuschen lassen.

Und wenn schon! Elva Brights Kochkünste hatten sicher während der langen Trennung auch bei Fred Wye ihre Spuren hinterlassen, trotzdem schien Iolanthe nicht das geringste bemerkt zu haben und hatte sich mit keinem Wort beklagt. Für sie war ihr Mann einfach ihr Mann und damit basta. Man konnte nur hoffen, daß Helen Marsh Shandy ebenso empfand, wenn sie erfuhr, wieviel Geld ihr Gatte für ein Stück bemalte Leinwand auszugeben bereit war, bloß weil er es unbedingt haben wollte, auch wenn er den Grund selbst nicht wußte. Was das Bild betraf, befand er sich in einer ähnlichen Lage wie Parzival (oder war es Galahad?) auf der Suche nach dem Heiligen Gral, er hatte eine Vision, die ihn und sein Scheckheft magisch nach Rondel's Head zog. Peter wünschte sich, es wäre schon halb vier und er und Helen wären dabei, den beschwerlichen Weg zu Miss Rondels verzaubertem Eßzimmer hochzusteigen.

Sie hatten gestern abend verabredet, daß er Schuyler Tilkey auf dem Rückweg nach Sasquamahoc mitnehmen würde. Falls Tilkey nicht um acht Uhr im Gasthof auftauchte, würde er wohl bei den Wyes frühstücken, um Iolanthes Gefühle nicht zu verletzen, und dort warten, bis Peter ihn irgendwann im Laufe des Morgens abholte. Es schien ihm noch etwas früh, um die Familienidylle zu stören. Im Grunde hatte er viel mehr Lust, einen kleinen Abstecher nach Rondel's Head zu machen, aber Miss Rondel hätte dies vielleicht weniger gut gefunden und möglicherweise sogar die Verhandlungen mit ihm abgebrochen. Er beschloß, die wenigen Seitenstraßen des Ortes ein wenig näher zu erkunden und endete schließlich rein zufällig genau vor dem Haus der Wyes.

Heute sah das große alte Haus schon bedeutend weniger verloren aus. Die Fenster waren geöffnet, die große Eingangstür stand einladend offen, über dem Verandageländer hingen Teppiche zum Auslüften, auf der Fensterbank stand ein Steinkrug mit Feldblumen. Evander war draußen und jätete das Unkraut auf einigen Staudenbeeten, auf denen die Zierpflanzen nur mit Glück überlebt hatten. Peter hätte am liebsten Nachbarschaftshilfe geleistet und sich am Unkrautjäten beteiligt, doch die Leute im Inneren des Hauses hatten ihn anscheinend schon gehört und eilten nach draußen, um ihn zu begrüßen.

Schuyler Tilkey trug wieder seine Reisekleidung, die alte Jeans und Flanellhemd, und hatte sich den Beerdigungsanzug in seiner Plastikhülle über den Arm gehängt. Fred trug Skys Reisetasche und einen alten Apfelausstecher aus Gußeisen, der anscheinend als Geschenk für Mrs. Tilkey gedacht war. Iolanthe erkundigte sich, ob Professor Shandy Lust auf eine Tasse Kaffee hätte, bevor er sich auf den Weg machte. Peter bedankte sich für die nette Einladung, sagte, er habe bereits viel zu viel Kaffee getrunken und müsse unbedingt schleunigst los, da Helen und Catriona geplant hätten, bei Sonnenaufgang aufzubrechen, was ihnen zwar höchstwahrscheinlich nicht gelungen war, aber man konnte schließlich nie wissen.

Dann überbrachte er diverse Nachrichten von den Enderbles

und Mrs. Lomax, die allesamt völlig entgeistert gewesen waren, sich jedoch sehr gefreut hatten, daß Mrs. Howard auf so romantische Art und Weise zu Mrs. Wye mutiert war. Sie hofften, daß sie ihre Freunde in Balaclava Junction trotzdem nicht vergessen werde, man Mr. Wye möglichst bald kennenlernen dürfe und daß Mrs. Wye sich keine Sorgen um die Tiere mache, denn die Nichte von Mrs. Lomaxs verstorbenem Gatten studiere Tiermedizin und müsse sich unbedingt noch in diesem Sommer ihr Studiengeld verdienen. Sie sei gern bereit, Hausarbeiten zu verrichten und kein bißchen abgeschreckt von den Problemen, die ein betagtes inkontinentes Kaninchen mit sich bringe.

Mary Enderble hatte ein paar von Mrs. Wyes Sachen gepackt und Mrs. Shandy mitgegeben. Der Rest komme nach, sobald Mary ihn ordentlich verstaut habe, was sehr bald sei, denn ihrem Handgelenk gehe es dank Mrs. Wyes Hilfe schon sehr viel besser. So verging dann doch eine halbe Stunde, bevor sich Peter nebst Fahrgast und Apfelentkerner endlich auf den Weg machen konnte. Selbst Evander machte eine Bewegung, die man als Abschiedswinken hätte auslegen können. Zumindest entschied sich Peter zum Schluß für diese Interpretation und verwarf die Hypothese, daß Evander vielmehr versucht habe auszuholen, um ihm einen Felsbrocken in die Windschutzscheibe zu schmettern.

Die Fahrt verlief glücklicherweise völlig reibungslos. Tilkey war an diesem Morgen offenbar wenig gesprächig. Er sagte kaum etwas, das sie nicht bereits am Vorabend besprochen hatten, gab allerdings einige interessante Kraftausdrücke für Iolanthes Vater von sich. Peter konnte ihm nur von Herzen recht geben, auch wenn er den alten Bibelverdreher noch nie getroffen hatte und auch keine Lust dazu verspürte.

Doch Tilkey hatte auch eine gute Nachricht. Er informierte Peter, daß er kurz vor ihrer Abfahrt zu Hause angerufen und erfahren habe, daß der Schrotthaufen, den sein Sohn unverständlicherweise als Auto bezeichnete, durch irgendein Wunder wieder fahrtüchtig sei und in der Werkstatt, in die sein Vetter ihn mit dem Abschleppwagen verfrachtet hatte, darauf warte, abgeholt und bezahlt zu werden. Diese Nachricht war in der Tat höchst erfreulich, bedeutete sie doch, daß ihn Peter nur irgendwo auf demselben Highway abzuliefern hatte, auf dem er Tilkey ursprünglich aufgelesen hatte, und ihm nur eine gute Reise zu wünschen brauchte, statt ihn zu irgendeiner gottverlassenen abgelegenen Farm zu fahren und ein oder zwei Stunden damit zu verschwenden, durch den Irrgarten aus Landstraßen zu mäandern, die angeblich Abkürzungen zum Highway waren, sich jedoch allesamt als Umweg entpuppten.

Es dauerte nicht lange, bis sie die Werkstatt erreicht und sich auf typisch neuenglische Weise voneinander verabschiedet hatten. Sky Tilkey griff nach Reisetasche und Begräbnisanzug und sagte: »Vielen Dank, daß Sie mich mitgenommen haben.« Peter gab ihm den Apfelentkerner, den Sky im Wagen vergessen hatte, und sagte: »Keine Ursache«, woraufhin sie sich als gute Freunde trennten.

Während der Ex-Fahrgast mutig vorwärtsschritt und sich für die Rechnung des Automechanikers wappnete, ließ Peter den Wagen wieder an und fuhr Richtung Highway. Da er keinen Beifahrer mehr hatte, dem das Herz vor Angst in die Hose fallen konnte, drückte er ordentlich auf die Tube, denn er befürchtete, daß Helen und ihre Freundin tatsächlich noch vor Sonnenaufgang aufgestanden waren. Vielleicht saßen sie ja schon in Catrionas zweihundert Jahre alter Küche, aßen Krapfen und fragten sich, wo in Dreiteufelsnamen er bloß blieb.

Kapitel 12

Natürlich war Peter aufgrund seiner sorgenvollen Überlegungen viel zu früh in Sasquamahoc. Guthrie hatte bis Mittag im College zu tun. Da Peter wenig Lust verspürte, in Guthries Seminar zu sitzen und ihn nervös zu machen oder vor Catrionas Haustür zu hocken und Däumchen zu drehen, suchte er nach einer Hacke und begann, Kletten auszumachen. Seine heimliche, wenn auch wahrscheinlich eitle Hoffnung bestand darin, durch die Entfernung der lästigen Pflanzen den beiden Maine Coon-Katzen einen guten Dienst zu erweisen, so daß ihre buschigen Schwänze und Hosen klettenfrei bleiben würden, wenn der Herbst nahte.

Sobald der erste Frost kam, trockneten die rosagrünen Kügelchen, die im Spätsommer so hübsch aussahen, und nahmen einen häßlichen Braunton an. Die unzähligen kleinen Strahlen erstarrten zu gemeingefährlichen kleinen Angelhaken, die nur darauf warteten, sich in langem, weichem Katzenfell zu verfangen, so daß man ihnen nur noch mit einer Stickschere, begleitet gleichermaßen von Flüchen der Katzen wie der Menschen, zu Leibe rücken konnte.

Vielleicht verknüpften Carlyle und Emerson ebenso wie ihre berühmten Namensgeber Ursache und Wirkung miteinander, vielleicht war es auch purer Zufall, jedenfalls erfreuten sie Peter damit, daß sie ziemlich oft an ihm vorbeistrichen, als wollten sie nachsehen, wie weit er sei. Möglicherweise suchten sie nur Gesellschaft, vielleicht hofften sie aber auch, mit seiner Hilfe ein kleines Lebewesen zu finden, das sie jagen konnten. In diesem Fall verschwendeten sie allerdings ihre Zeit, denn Peter zauberte nur Wurzeln hervor, die steil nach unten wuchsen, als wollten sie irgendwo enden, wo es beträchtlich heißer war als in Sasquamahoc.

Für einen Sonntag war dies eine ziemlich schweißtreibende, schmutzige Arbeit, und Peter sah alles andere als nett und adrett aus, als Catrionas energiesparende Rumpelkiste in den Hof tukkerte, doch Helen gab ihm trotzdem einen Kuß.

»Was ist los, Liebster? Hast du sonst nichts zum Spielen gefunden? Sei ein braver Junge, bring das Häckchen weg und wasch dir Gesicht und Hände. Wohin wollt ihr zwei Männer uns denn zum Mittagessen entführen? Oder haben wir dazu gar nicht mehr genug Zeit? Wann sollen wir bei Miss Rondel sein?«

»Erst um halb vier. Wir haben also ungefähr eine Stunde, siebenunddreißig Minuten und vierzehn Sekunden Zeit zum Trödeln, es sei denn, der Zeiger der Sonnenuhr dort drüben irrt sich gewaltig.«

»Bist du dir bei den vierzehn Sekunden auch ganz sicher? Wir wollen die alte Dame schließlich nicht warten lassen.«

»Vertrau mir, Geliebte. Wir sollten allerdings Guthrie Bescheid sagen, daß wir unsere Expedition starten. Willst du ihn kurz anrufen, Catriona, während ich mich säubere?«

Catrionas langes kastanienbraunes Haar hatte sich wie so oft gelöst. Sie versuchte verzweifelt, es wieder hochzustecken, und sprach durch einen Walroßbart aus Haarnadeln. »Wie wär's, wenn wir mit Kochtöpfen bewaffnet rüber zum College gingen und ihm etwas vortrommelten? Oder macht man das nur während einer Sonnenfinsternis, um das Riesenwinterlieb davon abzuhalten, die Sonne zu verschlingen?« Sie spuckte die letzte

Haarnadel aus und rammte sie in ihren Knoten. »Schon gut, ich ruf ihn an. Hast du die Katzen gefüttert, Peter?«

»Natürlich nicht. Als ich ankam, leckten sie sich schon die Schnurrbarthaare und rülpsten diskret hinter ihren Pfoten. Ich habe daher angenommen, daß entweder Guthrie oder dein Faktotum dies bereits erledigt hätten. Vielleicht sogar beide.«

»Würde mich nicht wundern, die beiden sind unglaublich verfressen. Ihr schrecklichen Biester habt mich bestimmt keine Sekunde vermißt.«

Die Arme voller Katzen, eilte die angebliche Hausherrin zum Telefon. Peter zog sich ins Badezimmer im unteren Stock zurück, in dem es ein wunderbares altes Porzellanwaschbecken gab, das sogar groß genug war, um einer Maine Coon-Katze darin ein Flohbad zu verpassen, falls es denn jemanden gab, der sich dies zutraute. Er kehrte feucht, aber unverkennbar er selbst, wieder zurück, gerade rechtzeitig, um Guthrie Fingal dabei zu überraschen, wie er Helen umarmte.

»Aha! Es heißt nicht umsonst, daß der Ehemann es immer als letzter erfährt. Planst du etwa, mir meine Frau auszuspannen?«

»Oh, du bist schon hier, Peter? Okay, wenn du darauf bestehst, tu ich dir gern den Gefallen. Wir sollten uns übrigens schnellstens auf den Weg machen. Ich habe schon angerufen und reserviert, Millie hat versprochen, uns einen Felsen freizuhalten.«

»Hervorragende Idee«, sagte Catriona. »Hast du übrigens heute morgen die Katzen gefüttert?«

»Aber selbstverständlich. Ich habe ihnen um halb sieben ihr erstes und um viertel vor zehn ihr zweites Frühstück serviert. Was ist denn los, betteln sie schon wieder?«

»Tun sie, aber diesmal bekommen sie nichts. Seid endlich still, ihr Monster. Wenn ihr schön brav seid, bringt Mami jedem von euch eine leckere Muschel mit. Fertig, Helen?«

»Absolut. In welchem Wagen fahren wir?«

»In unserem«, sagte Peter in einem Ton, der keinerlei Widerspruch duldete.

Weder Guthries heruntergekommene alte Möhre mit Vierradantrieb noch Catrionas kleiner Blechkasten hatten für einen Sohn der Felder, der schon seit Äonen gegen Kletten Krieg führte, auch nur den geringsten Reiz. Peter hegte den leisen Verdacht, daß seine Frau und ihre Freundin ebenso dachten, nachdem sie den ganzen langen Morgen eingeklemmt in Catrionas Winzling verbracht hatten, doch er wußte, daß Helen viel zu höflich und Catriona viel zu stur war, um zuzugeben, wie erschöpft sie waren.

Also kletterten die vier in den bequemen Wagen der Shandys, machten es sich auf den gepolsterten Sitzen bequem, holten sich ihre Muscheltacos, nahmen sie mit auf die Felsen, verzehrten sie und waren glücklich und zufrieden. Bis Peter zufällig auf die Uhr schaute und einen Fluch ausstieß, woraufhin alle zum Auto zurückhasteten. Peter und Helen überließen ihre beiden Passagiere den Krallen von Carlyle und Emerson und fuhren auf dem schnellsten Weg nach Rondel's Head.

Sie kamen fast auf die Sekunde pünktlich an. Frances Rondel hatte wohl schon auf sie gewartet, denn sie kam ihnen auf halbem Weg entgegen, als sie noch den Hügel erklommen, und drückte ihr Bedauern aus, daß Mrs. Shandy nicht schon früher gekommen war, bevor der Regen den letzten Lupinen den Garaus gemacht hatte. Helen fand wie immer die richtigen Worte und wählte genau den richtigen Zeitpunkt, um zum geschäftlichen Teil ihres Besuches überzugehen.

»Es macht Ihnen doch hoffentlich nichts aus, durch die Küche ins Haus zu gehen?«

Die Frage war rein rhetorisch. Miss Rondel wartete die Antwort gar nicht erst ab, sondern führte sie gleich durch den dunklen, engen Flur in die helle Küche. Als Peter den leeren Stuhl sah, auf dem zuvor das Bild gestanden hatte, spürte er einen

Moment lang Panik in sich aufsteigen, doch es bestand kein Grund zur Sorge. Sämtliche Bilder befanden sich wohlbehalten im Eßzimmer, und auf dem Kaminsims, direkt neben einem trübseligen Kranz aus Echthaar unter einer Glasglocke, prangte seine große Liebe.

»Oh, Peter!«

Was hätte Helen auch sonst sagen können? Peter griff wortlos nach der Hand seiner Gattin. Dann standen sie beide wie gebannt da, bis Miss Rondel den Zauber brach.

»Wie besprochen habe ich Ihre Nachricht weitergegeben, Professor Shandy. Ich muß allerdings gestehen, daß es nicht leicht war, den Künstler davon zu überzeugen, daß Sie sich ernsthaft für die Bilder interessieren und wirklich eines oder sogar mehrere davon kaufen wollen. Die Summe, die Sie angegeben haben, schien ihm angemessen. Ich hoffe nur, Sie haben Ihre Meinung inzwischen nicht geändert.«

»Oh nein, natürlich nicht! Wo denken Sie hin! Was hältst du für angemessen, Helen?«

Helen schüttelte den Kopf. »Das ist schwer zu sagen. Man könnte genausogut versuchen, ein Preisschild an einen Mondstrahl zu hängen. Weißt du was, Peter, ich schenk dir das Bild. Ich habe immer noch das Geld, das ich für mein Buch über die Wetterfahnen von Praxiteles Lumpkin bekommen habe, und ich kann mir keine bessere Möglichkeit vorstellen, es zu investieren.«

Miss Rondel wirkte mit einem Mal etwas verstört. »Professor, ich hatte Sie so verstanden, daß Sie eintausend Dollar dafür bezahlten wollten.«

»Peter, du Geizhals!« rief Helen.

»Na ja, woher soll ich wissen, was man für ein Bild bezahlt? Ich habe noch nie zuvor ein Bild gekauft, das Angebot war lediglich als eine Art – eh – Einstieg gemeint. Dasselbe hat Dan Stott für das große Ölgemälde von Balaclava Belinda und ihren neun Ferkeln bezahlt.«

»Liebster, man beurteilt ein Gemälde doch nicht nach der Anzahl der Ferkel, die darauf zu sehen sind. Das Bild, das Dan und Iduna gekauft haben, ist eine naturgetreue, zweifellos hübsche Darstellung einer preisgekrönten Sau und ihrer Sprößlinge und stammt von einem Künstler, der sein Handwerk versteht. Aber das hier sind echte Kunstwerke. Miss Rondel, Peter behauptet, die Bilder seien noch nie öffentlich gezeigt worden. Ist das wirklich wahr?«

»Ja, das stimmt. Dann glauben Sie also im Ernst, daß der Künstler Talent hat?«

»Talent ist wohl kaum das richtige Wort. Würde es Ihnen etwas ausmachen, wenn wir uns die Bilder etwas genauer ansähen?«

»Nein, nehmen Sie sich ruhig soviel Zeit, wie Sie brauchen. Ich bin allerdings beim Brotbacken, und mein Teig geht gerade, wenn Sie mich also bitte entschuldigen würden, ich muß unbedingt wieder in die Küche. Falls Sie Fragen haben, finden Sie mich dort.«

»Ich frage mich, wie viele dieser Kostbarkeiten wir uns leisten können«, bemerkte Helen, als sie wieder mit Peter allein war. »Ich will ja nicht maßlos erscheinen, aber dir ist doch wohl bewußt, daß dies hier die Chance deines Lebens ist?«

»Hmja, der Gedanke ist mir auch schon durch den Kopf gegangen«, gab Peter zu. »Siehst du sonst noch etwas, das dir besonders gut gefällt? Ich hatte mir gedacht, wir könnten die Landschaft, falls es sich denn um eine solche handelt, ins Wohnzimmer hängen. Es sei denn, du siehst etwas, das dir noch mehr zusagt. Weißt du was? Laß uns einfach beide kaufen. Es wäre doch nett, etwas Lebhafteres ins Schlafzimmer zu hängen, oder?«

»Allerdings. Wir könnten auch ein Bild für unser Eßzimmer gebrauchen, und das kleine hier würde sich hervorragend über dem Katzenkorb machen.« Helen lachte herzlich. »Am liebsten würde ich alle nehmen, aber wo sollen wir sie unterbringen? Außerdem wäre es eine Schande, wenn wir sie uns alle wegschnappten, bevor sonst jemand einen Blick darauf werfen kann. Sie müssen unbedingt ausgestellt werden. Peter, es ist nicht fair, daß ein Künstler dieses Kalibers unbekannt bleibt. Hat Miss Rondel denn gar keine Andeutung gemacht, um wen es sich handeln könnte? Meinst du, sie hat sie am Ende sogar selbst gemalt?«

»Daran habe ich zuerst auch gedacht, aber ich kann es mir eigentlich nicht vorstellen. Ich glaube nicht einmal, daß sie sich viel daraus macht. Ich hatte den Eindruck, daß sie für jemanden die gute Fee spielt, der psychisch zu labil ist, um einen Mißerfolg zu ertragen, oder auf andere Weise gefährdet ist.«

»Wie meinst du das?«

»Weiß ich selbst nicht so genau. Ich könnte mir beispielsweise vorstellen, daß unser Genie von lauter Kunstbanausen umgeben ist, denen es Spaß macht, alles, was sie nicht verstehen, zu verspotten, herunterzumachen oder gar zu zerstören.«

»Das klingt durchaus plausibel. Leute, die über Ferkel nicht hinaussehen können. Ihr Pech ist unser Glück. Gibt es sonst noch etwas, ohne das dir dein Leben nicht mehr lebenswert erscheint?«

»Ich durfte als erster wählen, jetzt bist du dran. Wie findest du beispielsweise diese rosa Lupinen?«

»Wunderschön, aber – ich weiß nicht so recht. Ein bißchen fad für meinen Geschmack. Ah, aber da ist ein Bild, mit dem ich gut leben könnte!«

»Was ist es denn? Vielleicht ein Sonnenuntergang?«

»Natürlich nicht, Dummerchen. Es ist eine Henne, die ein Ei legt.«

»Wer hätte das gedacht. Und wo ist das Ei?«

»Selbstverständlich noch in der Henne. Gefällt es dir nicht?«

»Doch, wenn ich es mir recht überlege, gefällt es mir sogar sehr.«

Peter begann allmählich zu begreifen. Das Bild stellte nicht einfach nur eine schlichte Bauernhenne dar, die ihrer Bestimmung folgte, sondern die *Empfindung* einer Henne beim Eierlegen. Jetzt dämmerte ihm auch, warum diese Tiere immer so enorm stolz auf ihre Leistung zu sein schienen. Das Modell war zweifellos eine von Miss Rondels hübschen goldenen Hennen gewesen und nicht etwa eine dieser armseligen Kreaturen, die auf Hühnerfarmen in viel zu engen Käfigen freudlos dahinvegetierten und nichts anderes zu picken hatten als bedauernswerte Artgenossen.

Es war ein fröhliches, triumphales Bild. Es erinnerte Peter an den Farmer, der ein Straußenei in sein Hühnerhaus legte und darunter ein Schild hängte, auf dem stand »Schaut euch das hier an, Mädels, und gebt euer Bestes«. Das Gemälde war eine leuchtende Apotheose des Hennentums. Es zeigte eine Henne, die alles gab.

»Du hast wirklich eine hervorragende Wahl getroffen, Helen«, sagte er. »Die Henne müssen wir auf jeden Fall haben.«

Jetzt hatte also jeder von ihnen ein Bild. Doch dann entdeckte Helen ein Lupinenbild, dem sie einfach nicht widerstehen konnte. »Was hältst du von diesem Bild, Peter? Erinnert dich das nicht an Thorkjeld Svenson?«

»Wollen wir denn überhaupt etwas, das uns an Thorkjeld Svenson erinnert?« Peter schaute es sich noch einmal genau an. »Ehrlich gesagt hatte ich schon bei meinem letzten Besuch beschlossen, daß dieses Bild auf meiner Wunschliste an zweiter Stelle steht. Aber ich bin strikt dagegen, es über unser Bett zu hängen.«

»Keine Sorge. Ich dachte eher an unser Eßzimmer.«

»Ganz wie du meinst.« Peter war bereits zu seinem neuesten Liebling weitergegangen, dem größten Bild von allen. »Das hier ist Oliver Wendell Holmes Beschreibung eines Turnerbildes, Helen. ›Im Vordergrund güldner Staub, das Sonnenlicht gelb wie Laub‹. Am liebsten würde ich auf der Stelle hineinsteigen und Heu machen.«

»Kann ich gut verstehen, Liebster, es ist wirklich ein wunderschönes Bild. Aber vergiß bitte nicht, daß es viel zu groß für unser kleines Haus ist. Wo sollten wir es hinhängen?«

»Wer spricht denn von unserem Haus? Ich könnte mir durchaus vorstellen, es dem College zu stiften.«

»Oh. Das ist natürlich etwas anderes. Man könnte es in der Bibliothek über dem Kamin aufhängen, wo im Moment noch das fürchterliche Portrait von Präsident Simms prangt, das irgendein umherziehender Schildermaler um 1927 verbrochen hat.«

»Als Alternative würde sich anbieten, es in meinen Seminarraum zu hängen, damit ich mir nicht immer nur die Mandeln meiner Studenten anschauen muß. Die Morgenseminare tendieren gelegentlich dazu, ein klein wenig unästhetisch zu sein, wenn das ganze verdammte Pack schlaftrunken hereinwankt und sich in trauter Eintracht die Seele aus dem Leib gähnt. Meinst du, fünftausend Dollar wären zu plebejisch für ein Bild dieser Größe?«

»Ich würde es eher als aristokratisch bezeichnen. Mal sehen, was Miss Rondel sagt, wenn sie mit Brotkneten fertig ist.«

Man hätte fast meinen können, Miss Rondel habe gelauscht, denn wie auf Knopfdruck erschien sie plötzlich an der Tür. »Haben Sie noch Fragen?«

»Ja«, sagte Peter. »Wir hätten gern gewußt, ob Sie fünftausend Dollar für dieses große Gemälde mit dem Heufeld für einen angemessenen Preis halten.«

»Ob ich – Professor Shandy, ist das Ihr Ernst?«

»Selbstverständlich. Wir würden es gern dem Balaclava Agricultural College stiften, an dem wir beide tätig sind. Meine Frau ist die Kuratorin der Sammlung Buggins.«

»Ja, das weiß ich. Ich besitze Ihre Geschichte der Familie Buggins, Mrs. Shandy, und auch Ihr wunderbares kleines Buch über Praxiteles Lumpkin, meine Bekannte Catriona McBogle hat mich darauf aufmerksam gemacht. Ich nehme an, Sie wissen, was Sie tun, aber ich muß schon sagen, daß mir fünftausend Dollar reichlich großzügig erscheinen für ein Stück bemalte Leinwand, das nicht einmal groß genug ist, um eine Heumiete abzudecken.«

»Machen Sie sich keine Sorgen«, sagte Helen. »Ich kann Ihnen versichern, daß es ein echter Schnäppchenpreis ist. Ich würde mir nur wünschen, daß Sie Ihren Bekannten oder Ihre Bekannte überreden könnten, die Werke zu signieren. Die Leute möchten immer gern wissen, wie ein Künstler heißt, und Sie können sich vorstellen, wie peinlich es für eine Bibliothekarin ist, sagen zu müssen, daß sie es selbst nicht weiß.«

Das sah sogar Miss Rondel ein. »Ach herrje, daran habe ich noch gar nicht gedacht. Aber hat dieser Mr. Whistler aus Lowell, Massachusetts, seine Gemälde nicht immer mit einem Schmetterling signiert? Vielleicht könnte man in diesem Fall ebenfalls ein Symbol benutzen?«

»Warum nicht?« meinte Peter. »Vielleicht einen Kartoffelkäfer? Oder eine Venusmuschel, die den Kopf aus der Schale steckt?«

Helen bedachte ihn mit einem vielsagenden Blick. »Ignorieren Sie meinen Mann einfach, Miss Rondel. Sie würden ihn sonst nur ermutigen weiterzumachen.«

»Was Insekten betrifft, finde ich persönlich Kartoffelkäfer ganz hübsch«, erwiderte Miss Rondel, ohne eine Miene zu verziehen. »Venusmuscheln sind allerdings weniger mein Fall. Ich bin gern bereit, dem Künstler Ihren Vorschlag mit dem Kartoffelkäfer zu unterbreiten, falls Sie dies wünschen. Ich denke nicht, daß es viel Mühe macht, sie im Nachhinein hinzuzufügen. Allerdings müßten Sie dann noch einmal wiederkommen und die Bilder abholen, wenn sie fertig sind. Ich habe keine Ahnung, wie lange ein Kartoffelkäfer zum Trocknen braucht.«

»Ich gehe nicht davon aus, daß er sehr lange braucht, Miss Rondel. Uns genügt schon ein ganz kleines Exemplar. Falls der Künstler ein anderes Symbol bevorzugt oder vielleicht lieber seine Initialen benutzen möchte, ist uns das ebenfalls recht. Was würden Sie davon halten, wenn wir Sie morgen früh vom Gasthof aus anrufen und herausfinden, wann es Ihnen am besten paßt?«

»Einverstanden. Ich werde auf jeden Fall da sein, ich bin in letzter Zeit meistens zu Hause. Haben Sie inzwischen entschieden, welche Bilder Sie kaufen möchten?«

»Ja, das haben wir.« Peter griff nach seinem Scheckbuch. »Eh – auf wen soll ich den Scheck ausstellen?«

»Meine Güte, schon wieder ein Problem. Kann ich Ihnen das ebenfalls morgen sagen?«

»Selbstverständlich. Hier, ich schreibe kurz die Beschreibung der Bilder auf, die wir ausgewählt haben, und die Summe, die wir zu zahlen bereit sind, damit es nicht zu Mißverständnissen kommt.«

»Sehr aufmerksam von Ihnen, Professor. Ich scheine keine sehr gute Geschäftsfrau zu sein. Darf ich Ihnen ein Glas Wasser anbieten?«

»Eine wunderbare Idee. Wir würden uns sehr freuen.«

Peter wußte, daß Helen sich fragte, warum er wegen eines simplen Glases Wasser so viele Worte verlor. Sie wunderte sich noch mehr, als Miss Rondel mit dem Krug, den Peter ihr geschenkt hatte, das Haus verließ, nachdem sich ihre beiden Gäste an den Küchentisch gesetzt hatten.

»Wo geht sie hin?« murmelte Helen. »Hat sie keinen Wasseranschluß im Haus?«

»Wenn ich mir die Messingarmaturen über dem Waschbekken ansehe, denke ich mir, daß sie durchaus einen Wasseranschluß hat. Aber ihr Trinkwasser holt sie sich trotzdem lieber irgendwo da draußen von ihrer Quelle, die sie vor der übrigen Welt versteckt hält. Ich habe schon davon getrunken, es schmeckt erstaunlich gut.«

»Interessant. Vermutlich hält sie den Ort geheim, damit die Leute nicht herkommen, alles niedertrampeln und zur Plage werden.«

»Hmja, aber ich glaube, daß sie mit der Quelle nebenbei auch ein bißchen Geld verdient. An dem Tag, als ich den Lupinensamen gesammelt habe, hat mir die Gastwirtin zwei Krüge zum Füllen mitgegeben. Dazu einen Umschlag, den ich diskret hier auf dem Küchentisch deponieren sollte. Bei der Gelegenheit habe ich ja mein Bild erst entdeckt. Es stand auf dem Stuhl, auf dem du gerade sitzt. Als Miss Rondel sah, daß ich mich ernsthaft dafür interessierte, hat sie mich gefragt, ob ich noch andere sehen wollte. Und auf diese Art und Weise, meine Liebste, wird Geschichte gemacht.«

»Würde mich nicht wundern, wenn du recht hättest«, gab Helen zu. »Verflixt nochmal, ich wollte, sie würde uns den Namen des Künstlers verraten. Ich würde liebend gern eine Monographie über die Bilder schreiben, jetzt, wo sich das Buch über die Wetterfahnen so gut verkauft, aber wie kann ich das, wenn ich nicht mal seinen Namen weiß? Oder ihren Namen, es könnte ja auch genausogut eine Frau sein. ›Der Kartoffelkäfermaler‹ klingt übrigens gar nicht mal so übel. Jede Wette, daß Catriona einen Krimi daraus machen würde, meinst du nicht? Am besten sagen wir weder ihr noch Guthrie etwas davon und bringen die Bilder erst heil nach Hause. Ist dir eigentlich bewußt, daß du jetzt etwas angefangen hast, was nicht mehr zu stoppen ist, Liebling?«

»Ich würde eher sagen, der Kartoffelkäfer hat etwas angefangen. Ah, da kommt Miss Rondel ja schon. Mach ein möglichst durstiges Gesicht.«

Kapitel 13

Der neue Krug schien Miss Rondel zu gefallen, denn sie lächelte, als sie ihn auf den Tisch stellte. »Wie Sie sehen, kann ich Ihr Geschenk gut gebrauchen, Professor Shandy. Ich dachte, ich würde den alten vermissen, er stammte noch von meiner Urgroßmutter, aber vielleicht war es Zeit für etwas Neues.«

Wenn Frances Rondel wirklich so alt war wie Elva Brights Großmutter, dann hatte ihre Familie aus diesem Krug wirklich alles herausgeholt, was es herauszuholen gab, dachte Peter. Er beobachtete interessiert die kleine Zeremonie, die Miss Rondel um das Wassereinschenken veranstaltete. Nachdem sie den Krug genau auf die Mitte des Tisches gestellt hatte, ging sie in ihre Speisekammer und holte drei schwere alte Glaskelche, außerdem drei abgenutzte, aber perfekt gebügelte Servietten und drei kleine Porzellantellerchen mit einem Goldrand, der im Laufe der Zeit beinahe völlig verblaßt war. Sie plazierte die drei Kelche in einer Reihe vor dem Krug, stellte vor ihre Gäste und sich selbst einen Teller mit einer Serviette auf den Tisch, ging zurück zur Speisekammer, holte einen weiteren Porzellanteller mit vier riesigen Plätzchen und bot das Gebäck zuerst Helen und dann Peter an. Schließlich schenkte sie Wasser ein und reichte ihnen die Kelche.

Peter fragte sich, ob Miss Rondel ein Tischgebet zu sprechen oder ein geheimnisvolles Ritual durchzuführen gedachte, doch sie sagte nur: »Die Plätzchen habe ich heute morgen gemacht. Hoffentlich mögen Sie Ingwer und Melasse. Und jetzt schildern Sie mir bitte, was sich im Gasthof zugetragen hat, Professor Shandy. Ich weiß bisher nur, daß Jasper Flodge an einer Blausäurevergiftung gestorben und mit dem Gesicht in Elva Brights Hühnerfrikassee gefallen ist. Und daß er tatsächlich mit dieser Frau verheiratet war, die sich immer so wichtig macht. Sie werden mich wahrscheinlich für eine schreckliche alte Klatschbase halten, aber man weiß halt gern, was in seiner Heimatstadt vor sich geht, und Sie scheinen mir der einzige objektive Beobachter hier zu sein.«

Wie konnte er ihre Bitte ablehnen? Peter trank einen Schluck Wasser und suchte nach Worten. »Das Gasthaus war in der Tat der – eh – Brennpunkt des Geschehens, und da ich dort Gast bin, war ich notgedrungen irgendwie mit in die Sache verwikkelt. In einen Großteil davon, jedenfalls.«

»Das Tohuwabohu begann ungefähr um die Zeit, als Sie dort eintrafen, nicht wahr?« soufflierte Miss Rondel.

»So scheint es jedenfalls. Wie Sie sich zweifellos erinnern, habe ich Sie am vorigen Montag besucht und Sie gebeten, mir ein paar Bodenproben und Ihren Lupinensamen zu überlassen, was Sie mir netterweise gestatteten. Nach meinem Besuch hier – Grundgütiger, ist das alles wirklich erst vier Tage her? – bin ich auf direktem Wege zum Gasthof gefahren. Zu diesem Zeitpunkt war es bereits später, als ich dachte. Im Speisesaal war nur noch eine Person, ein gewisser Claridge Withington.«

»Ja, ich kenne Claridge. Er ist seit Jahren Stammgast im Bright's Inn.«

»Das hat er mir auch erzählt. Jedenfalls hatte ich mir Hühnerfrikassee bestellt und hatte bereits zu essen begonnen, als ein ziemlicher Koloß, der einen Business-Anzug und eine schrille Krawatte trug, mit Riesentamtam hereingerauscht kam. Als er feststellte, daß nur noch eine Portion Hühnerfrikassee übrig war, auf das die Kellnerin bereits ein Auge darauf geworfen hatte, verlangte er sofort danach und schaufelte es in einem solchen Tempo in sich hinein, als befürchte er, sie könne ihm den Teller jeden Moment wegreißen. Urplötzlich kippte er dann vornüber, ließ die Gabel fallen, machte mit der rechten Hand eine Art Greifbewegung und war schon tot, bevor die anderen Anwesenden auch nur begriffen hatten, was los war. Es war ein furchtbarer Anblick. Mir hat das arme Mädchen leid getan, das uns bediente.«

»Thurzella Cluny, Elvas jüngste Enkelin. Sie ist ein wahrer Engel. Kommt aus einer wirklich großartigen Familie, Jean-Luc ist bestimmt stolz auf sie, wo immer er auch sein mag. Ein so großer Geist und so wenig Zeit. Aber ich will nicht abschweifen. Jasper war also tot. Und was passierte dann?«

Da Helen die Geschichte auch noch nicht kannte, erzählte Peter alles haarklein. Er wiederholte, was er von Withington erfahren hatte, allerdings nicht mit sämtlichen langweiligen Details. Er beschrieb die makabre Szene im Speisesaal, als sie darauf gewartet hatten, daß der Krankenwagen die Leiche abholte. Er erzählte von Lucivee Flodges erstem Auftritt im Restaurant, ihrer Wut über den angeblichen Selbstmord ihres Mannes und von ihrer abenteuerlichen Theorie, daß Flodge sich umgebracht hätte, um sie um ihre Versicherungssumme zu bringen. Wahrscheinlich hatte sie die Beiträge weiter eingezahlt, weil sie hoffte, daß Jasper ihr den Gefallen tun würde, eines Tages vor einen vollbeladenen Lastwagen zu laufen.

Als Peter schließlich seinen Bericht mit einer genauen Schilderung von Lucivees geschmacklosem Versuch beendete, eine Champagnerparty zu schmeißen, um ihre Witwenschaft zu feiern, war sein Glas leer und seine Kehle trocken. Miss Rondel griff nach ihrem neuen Krug und goß ihm ein frisches Glas Wasser ein.

»Was für eine dumme Frau. Elva sagt, ihr richtiger Name sei

Lucy Veronica, obwohl der Spitzname eigentlich besser zu ihr paßt. Lucivee ist hier bei uns ein anderer Name für Luchs. Stammt aus dem Französischen, von *loup cervier*, wissen Sie. Ich habe gehört, daß sie gemeinsam mit Jasper die arme kleine Iolanthe Wye ins Unglück gestürzt haben soll. Stimmt das, Professor?«

»Sieht ganz so aus. Iolanthe hat sie erkannt, als sie versuchte, sich aus dem Speisesaal zu schleichen. Sie war die Frau, die bei ihr auftauchte und sich als Mitarbeiterin der Staatsanwaltschaft ausgegeben hatte. Ich will nicht vorgreifen, Miss Rondel, aber ich glaube, die Wyes wollen Anzeige gegen sie erstatten.«

»Das ist auch ihr gutes Recht. Dann kommt wenigstens etwas Gutes aus der ganzen üblen Sache heraus. Waren Sie dabei, als die beiden sich versöhnt haben, Professor?«

»Ich saß sozusagen in der ersten Reihe. Ich habe bei der ganzen Geschichte übrigens auch eine kleine Nebenrolle gespielt.«

Peter schilderte, wie er gestern auf der Heimfahrt von Sasquamahoc einen gestrandeten Fahrer mitgenommen hatte, der sich als Vetter der Wye-Brüder entpuppte und auf dem Weg zur Beerdigung war, nicht etwa, um den Mistkerl, der Freds Ehe ruiniert hatte, zu betrauern, sondern um mitanzusehen, wie er seine wohlverdiente Strafe bekam. Peter beschrieb das erste Treffen der beiden Eheleute, versuchte zu verhindern, daß es sich allzusehr wie eine Seifenoper anhörte, und präsentierte seinen Zuhörerinnen statt dessen ein viktorianisches Melodram. Dies schien ganz nach Miss Rondels Geschmack zu sein, denn sie bot ihm das letzte Plätzchen und ein weiteres Glas Wasser an.

»Ich kann einfach nicht begreifen«, warf Helen ein, »daß Mrs. Wye, die wir alle als Mrs. Howard kannten, seit mehreren Monaten ausgerechnet bei unseren lieben Freunden und Nachbarn, den Enderbles, arbeitete. Was für ein merkwürdiger Zufall!«

»Manche Menschen würden es als Fügung bezeichnen«, korrigierte Miss Rondel sanft.

Helen trug es mit Fassung. »Damit haben sie wahrscheinlich sogar recht. Wer kann sich da schon sicher sein. Für John und Mary war sie ein wahrer Segen, aber sie sah immer so – traurig aus, als habe sie einen schweren Verlust erlitten. Ich hatte sie schon für eine Witwe gehalten.«

»Und hier haben alle geglaubt, sie wäre mit Jasper Flodge durchgebrannt und auf die schiefe Bahn geraten.« Es war das erste Mal, daß Peter Zeuge wurde, wie Miss Rondel auch nur annähernd die Stimme erhob. »Was für eine schreckliche, grausame Geschichte! Dabei hätte jeder, der auch nur halbwegs bei Verstand war, es kommen sehen müssen. Schließlich hat dieser alte Bibelverdreher ihr vom Tag ihrer Geburt an eingetrichtert, alle Frauen wären hirnlose, sündhafte Kreaturen. Gegen die Kombination eines scheinheiligen Alleswissers wie Absalom Bliven mit einem Gauner wie Jasper Flodge hatte die arme Iolanthe natürlich keine Chance. Die Bibel hat recht, der Buchstabe tötet wirklich. Aber wenigstens hat sie nicht zwanzig Jahre auf dem Kopf im Fluß zubringen müssen, wie die Fee, nach der sie benannt ist. Wahrscheinlich hätte es wirklich noch schlimmer kommen können.«

Helen quittierte die letzte Bemerkung mit einem wohlwollenden Lächeln. »Eins würde mich interessieren, Miss Rondel. Wenn Mr. Bliven wirklich so selbstgerecht und fanatisch ist, wieso hat er dann seine Tochter nach einer Fee aus einer Operette von Gilbert und Sullivan benannt? Oder war es die Idee seiner Frau?«

»Nein, ganz sicher nicht. Die Ärmste hat nicht einmal gewagt, eine eigene Meinung zu haben, ganz zu schweigen davon, sie auch noch zu äußern. Sie ist an einer Gallenblasenruptur gestorben, was nicht weiter verwunderlich ist. Aber um auf Ihre Frage zurückzukommen, Absalom Bliven hatte eine Tante namens Prunella, die einen Holzbaron heiratete und ziemlich viel Geld erbte. Eine wirklich nette Frau. Als sie zu alt war, um selbst zu fahren, hat sie sich immer von ihrem Angestellten in einem großen alten Packard, der früher ihrem Mann gehört hatte, nach Pickwance bringen lassen. Ich habe mich immer sehr gefreut, sie zu sehen, wir mochten sie alle sehr gern. Sie hatte das bezauberndste Lachen, das man sich vorstellen kann, ein bißchen wie das erste Plätschern von Wasser, wenn sich in der Schneeschmelze der nahende Frühling ankündigt. Prunella hat den Namen für die Kleine ausgesucht. Sie war eine leidenschaftliche Verehrerin von Gilbert und Sullivan, wie Sie sicher schon vermutet haben, obwohl ich persönlich mir auch vorstellen könnte, daß sie es teilweise getan hat, um Absalom eins auszuwischen. Sie war der Meinung, daß er weder als Pastor noch als Neffe viel taugte, aber ihr Mann war tot und ihr einziger Sohn im Krieg gefallen, daher hatte sie sonst niemanden mehr. Und Familie ist nun einmal Familie. Absalom Bliven hatte natürlich keine Lust, sich wegen eines Säuglings mit seiner reichen Tante anzulegen. Er glaubte natürlich, er würde Prunellas Geld erben. Es war ein ziemlicher Schlag für ihn, als sie schließlich starb und er herausfand, daß sie alles Iolanthe vermacht hatte, und zwar so gut abgesichert, daß er keine Chance hatte, sich auch nur einen einzigen Penny davon unter den Nagel zu reißen.«

»Bisher hat er sehr gut zu verhindern gewußt, daß seine Tochter etwas davon bekommt«, sagte Peter.

Miss Rondel war überrascht. »Aber wie ist das möglich? Es sei denn, er hat irgend etwas manipuliert, was ihm durchaus zuzutrauen wäre. Und seine Bosheit und Sturheit rechtfertigt er dann mit scheinheiligem Geschwätz.«

»Hmja, ich fürchte, diesmal hat er es nicht ganz so leicht. Mr. Bliven wird nämlich sehr bald ein Schreiben von einem Anwalt erhalten, das er so schnell nicht vergißt. Fred Wye wirkte gestern abend im Gasthof ziemlich wütend, als die Rede auf das unterschlagene Erbe kam, nachdem er und seine Frau die diversen Mißverständnisse endlich aufgeklärt hatten.«

»Das wurde auch langsam Zeit. Ich habe mir über diese Ehe schon ziemlich viele Sorgen gemacht. Iolanthe war so ein unschuldiges Mädchen und so unendlich verliebt in Fred. Fred ist ein lieber, anständiger Kerl, aber er hatte immer schon die Neigung, schnell aufzubrausen. Und sofort danach tat es ihm dann schon wieder leid. Der arme Junge, er hat es wirklich knüppeldick abbekommen. Und Iolanthe hat endlich gelernt, auf eigenen Füßen zu stehen, was ihr wahrscheinlich nie gelungen wäre, wenn man sie nicht hinaus in die Welt geschickt hätte, wo sie mutterseelenallein für sich selbst sorgen mußte. Vielleicht wird jetzt endlich alles gut. Die beiden sind noch jung genug, um eine Familie zu gründen, was ich ihnen sehr wünschen würde. Fred wird den Rest seines Lebens damit verbringen, Iolanthe auf Händen zu tragen, und sie wird die glücklichste Frau in ganz Maine sein. Bitte bestellen Sie den beiden, daß ich fest mit ihrem Besuch rechne.«

»Gern. Mrs. Howard – eh – Mrs. Wye hat uns gebeten, auf eine Tasse Tee vorbeizuschauen, bevor wir abreisen. Sie konnte es anscheinend kaum erwarten, sich wieder um Fred und das Haus zu kümmern. Meinen Sie, sein Bruder wird weiter dort wohnen?«

»Was Evander tut, kann man nie so genau voraussagen, aber ich sehe eigentlich keinen Grund, warum er nicht dort bleiben sollte. Es gibt keine anderen Geschwister, das Haus und die Mine gehören beiden Brüdern zu gleichen Teilen, und die beiden standen sich schon immer sehr nahe. Ich weiß nicht, was während der letzten Jahre aus Fred geworden wäre, wenn Evander ihm nicht den Rücken gestärkt hätte.«

»Das hätte ich gar nicht gedacht. Ich hatte eher den Eindruck, daß Fred der Stärkere wäre.«

»Da sind Sie nicht der erste, doch sie sind beide ziemlich zähe Burschen. Evander ist allerdings bei weitem unabhängiger, Fred braucht unbedingt jemanden, den er lieben kann und der ihn ebenfalls liebt. Iolanthes angeblicher Betrug hat ihm schwer zugesetzt, ich könnte mir sogar vorstellen, daß er nie wieder einer Frau vertraut hätte. Ihn mit Lucivee Flodge in Zusammenhang zu bringen, scheint mir mehr als absurd.«

»Mir erscheint die ganze Geschichte reichlich bizarr«, sagte Helen. »Kaum zu glauben, daß ein mieser kleiner Gauner so viel Leid verursachen konnte, nur weil er eine Heiratsurkunde gefälscht hat.«

»Jasper hat die Urkunde ebensowenig gefälscht wie die Vollmacht.« Miss Rondels Stimme klang absolut überzeugt. »Er war ein schlimmer Junge, das habe ich schon gemerkt, als er bei mir die dritte Klasse besuchte, aber er hatte nie viel Phantasie. Er war gar nicht scharfsinnig genug, um sich eine derart komplizierte Verschwörung auszudenken. Und selbst wenn er es geschafft hätte, die Dokumente hätte er trotzdem nicht fälschen können. Der Grund dafür ist ziemlich simpel: Er konnte weder lesen noch schreiben. Jasper Flodge war ein absoluter Analphabet. Er war nicht einmal in der Lage, seinen eigenen Namen zu schreiben, er kritzelte einfach irgend etwas Unleserliches.«

»Grundgütiger!« sagte Peter. »Wie ist er denn damit durchgekommen?«

»Genau wie viele andere auch. Analphabet zu sein bedeutet noch lange nicht, dumm zu sein, wissen Sie. Bei Jasper war es meiner Meinung nach eine Mischung aus Dyslexie und Faulheit. Zahlen konnte er lesen, er hatte ein gutes Gedächtnis und war auch nicht auf den Kopf gefallen, obwohl man ihn wohl am ehesten als gerissen bezeichnen konnte. Die meisten Leute haben von seiner Störung nichts bemerkt. Er behauptete einfach, er hätte seine Brille vergessen oder etwa ähnliches, und bat irgend jemanden, ihm vorzulesen, was er wissen wollte. Aber eine Lehrerin kann man nicht so leicht täuschen.«

»Wie viele Schüler aus leidvoller Erfahrung bestätigen können«, stimmte Peter zu. »Dann halten Sie Lucivee für die Drahtzieherin?«

»Nein, bestimmt nicht. Vielleicht unterschätze ich sie, aber meiner Meinung nach besitzt auch Lucivee nicht den Scharfblick, die Logik und die nötige Selbstkontrolle, um sich einen so komplizierten Schwindel auszuhecken. Wir müssen uns klarmachen, Professor, daß der Erfolg vollständig auf dem psychischen Druck basierte, den das ewige Predigen des Vaters auf seine Tochter Iolanthe ausübte. Immerhin hat er ihr eingeredet, jeder Frau, die sich dem Willen Gottes nicht unterwerfe, drohe Hölle und Verdammnis.«

»Womit wohl eher der Wille Absalom Blivens gemeint war«, warf Helen ein.

»Sehr richtig. Absalom war absolut gegen Iolanthes Heirat mit Fred Wye. Was niemand verstanden hat, denn Fred war und ist ein zuverlässiger Mann mit festen Prinzipien, der fähig und willens war, Iolanthe ein weit besseres Leben zu bieten, als sie bisher gewohnt war. Ob Absaloms Abneigung etwas damit zu tun hat, daß Fred als guter Geschäftsmann nie zulassen würde, daß Absalom sich an dem Erbe seiner Tochter bereichert, kann man wohl nur vermuten, aber ich war nicht die einzige, die im Hinblick auf diese Frage eine ziemlich zynische Sichtweise vertrat. Jedenfalls hat sich Iolanthe zum ersten Mal in ihrem Leben gegen ihren Vater aufgelehnt und einfach den Mann geheiratet, den sie liebte. Wahrscheinlich hatte sie ziemliche Schuldgefühle, auch wenn es ihr nicht bewußt war, weil sie gegen die Prinzipien verstoßen hatte, die man ihr ein Leben lang eingetrichtert hatte. Meinen Sie nicht auch, Mrs. Shandy?«

»Bitte nennen Sie mich doch Helen. Ja, ich bin ganz Ihrer Meinung. Iolanthe wäre nicht normal, wenn sie sich nicht irgendwie schuldig gefühlt hätte. Und das würde auch erklären, warum sie Jaspers schmutzigen Lügengeschichten überhaupt glauben konnte. Die ganze Geschichte klingt fast so, als stamme sie aus einem Schauerroman. Gibt es hier jemanden, der Sheridan Le Fanu liest?«

Miss Rondel zuckte mit den Achseln. »Lucivee Flodge bestimmt nicht.«

»Dann sollten wir uns allmählich nach einer dritten Person umsehen«, sagte Peter, »die den ganzen Schwindel sorgfältig geplant hat, bei der Durchführung jedoch keine aktive Rolle spielte.«

Ihre Gastgeberin wirkte ein wenig belustigt. »Das ›wir‹ war wohl rein rhetorisch gemeint, Professor. Wirklich jemmerschade, daß Sie nicht da sein werden, um uns als Experte zur Seite zu stehen. Catriona hat mir einige Ihrer Fälle geschildert, besonders die erstaunliche Geschichte mit den Wetterfahnen.*«

»Glauben Sie bloß nie, was eine Romanschriftstellerin Ihnen erzählt. Man braucht nur die Anhaltspunkte und Spuren zusammenzutragen und auszuwerten. Aber einfach so zum Spaß sollten wir uns den Fall doch noch einmal genau ansehen. Fred Wye erwähnte gestern abend, und zwar bevor Iolanthe dort auftauchte, daß sein Freund Ed Whitbread, wer immer das sein mag –«

»Der Assistent des Gerichtsmediziners.«

»Vielen Dank. Also, er sagte, Whitbread habe ihm mitgeteilt, daß bei Jasper Flodge Zyanidvergiftung als offizielle Todesursache festgestellt worden sei, wie wir bereits wissen, allerdings gibt es noch keinen Hinweis darauf, wie ihm die Substanz verabreicht wurde. Es gab einiges Gerede darüber, daß Elva Bright die einzige Person gewesen sei, die Gelegenheit gehabt hätte,

* »Wenn der Wetterhahn kräht«, DuMont's Kriminalbibliothek Bd. 1063

sein Hühnerfrikassee zu vergiften, doch es fehlt jedes Motiv. Außerdem hat Mrs. Bright einen so tadellosen Ruf, daß man ihr so etwas nie zutrauen würde.«

»Das will ich doch schwer hoffen! Weiter sind die Ermittlungen noch nicht gediehen?«

»Nein, anscheinend kauft die Polizei Lucivee Flodge die Selbstmordtheorie ab. Die Beamten haben sich die Bankauszüge und einige Geschäftsunterlagen angesehen, die sie ihnen zur Verfügung gestellt hat. Sieht ganz so aus, als sei Jaspers Kredit tatsächlich erschöpft gewesen, so daß er allen Grund zur Verzweiflung hatte. Man ist sogar bereit, Mrs. Flodges lächerliche Theorie, Jasper hätte sie um die Versicherungssumme bringen wollen, als Motiv für den Selbstmord zu akzeptieren. Sie kann beweisen, daß sie die fälligen Beiträge eingezahlt hat. Als sie mit ihren reizenden Ausführungen fertig war, schien man einhellig der Meinung zu sein, daß jemand, der dumm genug war, sich mit dieser Person einzulassen, tatsächlich lieber einen schnellen Tod gewählt hätte, als vor ihr zu Kreuze zu kriechen und sie um Geld zu bitten.«

»Das wundert mich gar nicht.«

Miss Rondel hatte ihre locker gefalteten Hände auf den Tisch gelegt. Peter fiel auf, daß die Finger keinerlei Anzeichen von Arthritis wie Knoten oder Deformationen zeigten, wie man sie bei Menschen ihres Alters sonst häufig sehen konnte. »Die Selbstmordtheorie kommt den Leuten ganz recht, wissen Sie. Hier bei uns passiert zwar auch hin und wieder ein Mord, genau wie überall sonst im Land, aber die meisten Fälle lassen sich schnell aufklären. Betrunkene fangen einen Streit an, und plötzlich greift einer nach dem Messer. Ein Ehemann kommt nach Hause und erwischt seine Frau mit einem anderen im Bett, schnappt sich sein Gewehr und schießt. Einfache, brutale Verbrechen, Mord aus Leidenschaft, schlimm genug, aber immerhin nachvollziehbar.«

Sie faltete ihre Serviette wieder auseinander, strich mit den Fingern über den Rand und schien in der vertrauten Bewegung des Webens Trost zu finden. »Gift ist lautlos und heimtückisch. Ein Mensch kann daran sterben, ohne zu wissen, woran oder wie. Er weiß nicht, wer ihm das Gift verabreicht hat, er merkt nicht einmal, daß er es schluckt. Die Vorstellung ist äußerst beunruhigend, daher ist es ein ziemlicher Schock, wenn ein Mensch, den man kennt, an einem Ort vergiftet wird, den man immer für sicher gehalten hat. Ich kann mir zwar nicht vorstellen, daß Lucivee Elva einen Gefallen tun wollte, als sie behauptete, Jasper habe sich selbst vergiftet, aber ohne sie hätte der Gasthof wahrscheinlich schließen müssen.«

»Der Meinung bin ich auch.«

Peter beschrieb, wie er das Restaurant am Abend nach Jasper Flodges dramatischem Ableben vorgefunden hatte. Er erzählte von Elvas unberührtem wunderbarem Braten und schilderte, wie Thurzella den Tränen nahe war und wie die Gäste plötzlich wieder ins Lokal geströmt waren, nachdem Lucivee behauptet hatte, Jasper Flodge habe sich umgebracht, um ihr, seiner Gattin, eins auszuwischen. Die simple Tatsache, daß niemand nach dem Genuß des Bratens gestorben war, hatte die Leute davon überzeugt, daß mit dem Essen im Gasthof genau wie sonst alles in bester Ordnung war. Das Melodram am vorigen Abend hatte vor einem vollen Haus stattgefunden, daher bestand kein Grund zur Sorge, daß die Gäste heute abend ausbleiben würden.

»Aber die Wyes werden sicher nicht kommen«, prophezeite Helen. »Iolanthe wird Fred bestimmt das leckerste Essen vorsetzen, das man sich überhaupt vorstellen kann.«

»Und er wird ihr alles über den Prozeß erzählen, den sie gegen Absalom Bliven wegen Erbschleicherei führen werden«, fügte Peter hinzu. »Fred hat gestern abend angedeutet, daß er außerdem beabsichtigt, Ansprüche auf den Nachlaß von Jasper

Flodges geltend zu machen, um so seine Chancen zu wahren, etwas von dem Schmuck und dem Geld zu retten, das Flodge gestohlen hat. Würde mich nicht wundern, wenn Fred noch einen Schritt weiter ginge und gegen Lucivee Anzeige wegen gemeinschaftlicher Ausführung einer Straftat erstatten würde.«

»Trotzdem wissen wir immer noch nicht, wer die ganze Sache angezettelt hat«, meinte Miss Rondel. »Das stört mich am meisten. Ich habe mein ganzes Leben in dieser Stadt verbracht und dachte immer, ich wüßte alles über die Leute hier und könnte einschätzen, zu welchen Taten und Untaten sie fähig sind. Und dann kommt plötzlich eine Situation wie diese und schlagartig ist alles anders. Jasper Flodge war ein frecher kleiner Junge, und er wurde auch nicht sympathischer, als er erwachsen wurde. Ich kann mir nur allzu gut vorstellen, daß er bereitwillig mitgemacht hat, als es darum ging, Fred Wye um sein Geld zu bringen und Iolanthes Leben zu zerstören, nur weil sie ein ideales Opfer war. Aber ich kann mir absolut nicht vorstellen, daß Jasper Selbstmord begangen hat. Er war viel zu sehr von sich selbst überzeugt, er war sicher, daß er sich aus allem herausschwindeln konnte, wenn er in Schwierigkeiten geriet. Und was die Zyanidkapsel betrifft, hätte er nicht einmal gewußt, wo man so etwas bekommt. Die Dinger werden schließlich nicht in der Drogerie verkauft, wie wir wissen.«

»Eh – jemand meinte, Elva Brights Ehemann hätte sie möglicherweise als eine Art Souvenir aus Kriegszeiten aufbewahrt.«

»Ach ja? Ich kann mir sehr gut vorstellen, von wem diese Theorie stammt. Der arme Claridge Withington hatte noch nie eine eigene Meinung, er plappert immer nur nach, was er irgendwo aufgeschnappt hat, ohne darüber nachzudenken, was er von sich gibt. Lucivee Flodge scheint es darauf anzulegen, sich so unbeliebt wie überhaupt möglich zu machen. Ich frage mich, ob sie nur wütend ist, weil Jasper Flodge mittellos starb, oder ob sie uns etwas vorspielt, um die Aufmerksamkeit von seinen

Schwarzgeldern abzulenken. Ich glaube, es ist nicht ungewöhnlich für Unternehmer, Gelder an den offiziellen Büchern vorbeilaufen zu lassen. Ich kann mir sehr gut vorstellen, daß Jasper sich bereitwillig auf einen derartigen Betrug eingelassen hätte, aber jemand hätte die Bücher für ihn umschreiben müssen, genauso wie er jemanden brauchte, um diese ungeheuren Briefe über Fred Wye zu verfassen. Wahrscheinlich war dies die eigentliche Verbindung zwischen ihm und seiner Frau, falls Lucivee tatsächlich mit ihm verheiratet war. Sie war sicher die einzige, der er vertraut hat.«

Miss Rondel goß sich den letzten Rest Wasser aus dem Krug ein. »Was die Geschichte betrifft, daß Elva Jean-Lucs Zyanidkapsel behalten hat, kann ich Ihnen versichern, daß es sich um blanken Unsinn handelt. Das Allerletzte, was Jean-Luc gewollt hätte, wäre eine Erinnerung an all das, was er in Europa erdulden mußte, ganz zu schweigen von einem tödlichen Gift, das vielleicht zufällig in die Hände eines seiner Familienmitglieder fallen könnte. Er liebte Elva und die Kinder aus tiefstem Herzen. Sie waren sein Leben, seine einzige wirkliche Hoffnung auf Unsterblichkeit.«

Jetzt zitterte ihre Stimme sogar ein wenig, das erste Anzeichen von Schwäche, das Peter bei ihr bisher wahrgenommen hatte. »Ich bin zutiefst bestürzt über die Ereignisse. Ich habe sogar schon erwogen, mich der Bundespolizei anzuvertrauen, aber dazu sind sicher eindeutigere Beweise erforderlich, als ich sie liefern könnte. Wahrscheinlich bleibt mir nichts anderes übrig, als zu Hause zu bleiben, mich auf meine Webarbeit zu konzentrieren und darauf zu warten, wann die nächste Bombe einschlägt. Aber ich möchte Ihnen mit meinen düsteren Gedanken nicht den Tag verderben. Ich werde dem Künstler Ihren Vorschlag mit den Kartoffelkäfern unterbreiten und morgen früh auf Ihren Anruf warten.«

Kapitel 14

»Was für ein Tag!« Helen ließ sich auf den Beifahrersitz fallen und fächerte sich mit den Händen Luft zu. »Ich habe das Gefühl, als hätte man mich ausgewrungen und zum Trocknen aufgehängt. Erst diese unglaublichen Bilder, dann Wasser aus einer heiligen Quelle aus den Händen der Hohepriesterin. Oder geht am Ende noch die Phantasie mit mir durch?«

Peter suchte den richtigen Schlüssel aus seinem Schlüsselbund heraus und steckte ihn in das Zündschloß. »Woher soll ich das wissen? Ich dachte immer, Bibliothekarinnen wären an solche Dinge gewöhnt.«

»Das habe ich auch bisher gedacht, aber diese Frau ist völlig anders. Weißt du zufällig, wie alt sie ist?«

»Hmja, sie ist mit Mrs. Brights Großmutter zur Schule gegangen.«

»Du meinst Mrs. Bright vom Gasthaus?«

»Richtig. Falls Withingtons Geschichte stimmt, hat Mrs. Bright, die in Wirklichkeit Madame Soundso heißt und einen höchst aristokratisch klingenden französischen Nachnamen besitzt, der so lang ist, daß ich ihn wieder vergessen habe, einen Helden der französischen Resistance geheiratet, der aus Frankreich herausgeschmuggelt wurde, nachdem ihn die Nazis verhaftet und gefoltert hatten, und nur noch ein psychisches Wrack war. Das muß schätzungsweise um 1945 gewesen sein, sie war damals erst süße sechzehn, und er war zwanzig Jahre oder mehr älter als sie und wollte unbedingt nachholen, was er bisher in seinem Leben versäumt hatte. Ihr erstes Kind kam einige Monate zu früh zur Welt, könnte man sagen, aber alles verlief reibungslos. Jean-Luc, so scheint man sich einig zu sein, war ein netter Kerl, besaß ein ererbtes Vermögen und war ein geborener Geschäftsmann. Er vergötterte seine Frau und seine Kinder. Falls ich mich nicht gewaltig irre, ist Michele, seine älteste Tochter, so um die vierzig. Und ihre Mutter, die ungefähr wie vierzig aussieht, ist in Wirklichkeit mindestens sechzig. Demnach müßte Miss Rondel eigentlich schon auf die Hundert zugehen, meinst du nicht?«

»Ehrlich gesagt, finde ich es völlig unmöglich, ihr Alter zu schätzen«, meinte Helen. »Man hat den Eindruck, als sei sie schon immer da gewesen, völlig zeitlos, wie ein Fels. Ihrer geraden Körperhaltung und den kraftvollen Bewegungen nach zu urteilen, könnte man sie für sechzig bis siebzig halten, wenn da nicht das merkwürdige Gefühl wäre, Mutter Erde persönlich gegenüberzustehen. Wie machen die Leute das hier bloß?«

»Indem sie zeitlebens aktiv und allseits interessiert bleiben und die richtigen Gene haben, eine bessere Erklärung fällt mir auch nicht ein. Übrigens ist Miss Rondel von Beruf Weberin.«

»Das hätte ich eigentlich sofort sehen müssen. Was sollte sie auch anderes sein? Höchstens vielleicht Spinnerin?«

»Oder Atropos, die den Faden durchschneidet?«

»Das würde Miss Rondel nie tun, dazu ist sie viel zu nett. Was webt sie denn Schönes?«

»Sie hat Michele das Weben beigebracht, und Michele hat einen Laden im Dorf, in dem sie ihre gemeinsamen Arbeiten verkauft. Ich wollte ihn dir ohnehin morgen früh zeigen, auch wenn wir bisher schon genug Geld ausgegeben haben.«

»Pah, Humbug! Wir wissen doch, daß du es genießt, gelegentlich fürstliche Großzügigkeit walten zu lassen. Außerdem teilen wir uns die Kosten für die Bilder.«

»Sagt wer?«

»Sage ich, wenn du's unbedingt wissen willst. Ich weiß nicht, wie du darüber denkst, aber im Nachhinein tut es mir leid, daß wir nicht auch noch das Portrait von Miss Rondel genommen haben.«

»Welches Portrait von Miss Rondel?«

»Schatz, du hast es zehn geschlagene Minuten lang unentwegt angestarrt. Das kleine Bild mit der verdrehten alten Zeder, die aus dem Felsen herauswächst.«

»Das soll ein Portrait von Miss Rondel gewesen sein?«

»Aber selbstverständlich. Es sieht genauso aus wie sie. Damit meine ich natürlich ihr Wesen, nicht ihr Aussehen. Ich wollte schon etwas in der Richtung sagen, als wir im Eßzimmer waren, aber dann schien es mir doch ein bißchen zu persönlich. Miss Rondel möchte sich möglicherweise nicht von dem Bild trennen und der Künstler vielleicht auch nicht. Ich würde es jedenfalls auf keinen Fall hergeben, wenn es mir gehörte.«

»Wenn es dir wirklich so gut gefällt, fragen wir sie morgen danach. Vielleicht überläßt sie uns ja noch einen Kartoffelkäfer.« Peter warf einen Blick auf die Uhr im Armaturenbrett. »Grundgütiger, ist es wirklich schon so spät? Ich hatte ja keine Ahnung, daß wir so lange dort waren. Du mußt ja halbverhungert sein!«

»Oh, ich werde versuchen, bis zum Gasthof durchzuhalten. Ziehen wir uns zum Abendessen um?«

»Kommt ganz darauf an. Du hast doch hoffentlich daran gedacht, eine Baseballkappe mit Tierfutterreklame und ein sauberes Flanellhemd mitzubringen?«

»Parbleu, ich vergaß! Ist die Etikette hier so streng?«

»Nicht unbedingt. Mrs. Bright ist recht tolerant, was die Kleiderordnung betrifft. Ihre Enkelin, die als Serviererin bei ihr arbeitet, liebt enge Hosen und weite Tops. Je nachdem, wie ritterlich man sich gerade fühlt, könnte man ihren Stil als Prinz Eisenherz-Look bezeichnen. Ich weiß wirklich nicht, wohin das alles noch führen wird, anscheinend rast die Welt in einem Handkarren auf den Abgrund zu.«

»Na und? Was gut genug für Marie Antoinette war, ist auch gut genug für mich. Ist die Enkelin hübsch?«

»Alle jungen Mädchen sind hübsch, ganz egal, wie idiotisch sie sich anziehen. Sie heißt übrigens Thurzella. Du wirst sie ja selbst bald kennenlernen, dann kannst du dein eigenes Urteil fällen.«

»Wie Ihr meint, Euer Hochwohlgeboren. Bleibt mir noch Zeit, mich kurz zu duschen? Ich fühle mich nach der langen Fahrt und den Muscheltacos ein wenig unfrisch.«

»Fürwahr, Weib, wir können selbstverständlich nicht zulassen, daß Ihr im Zustand fortgeschrittener Unfrische der versammelten Gesellschaft beiwohnt. Würde sich ein Wäschekorb in diesem Gefährt befinden, könnte ich Euch darin ungesehen in Eure Kemenate schmuggeln. Möchtest du dich vor den Sitz kauern und im Auto warten, bis ich einen passenden Korb aufgetrieben habe?«

»Die Antwort auf diese Frage ist ein eindeutiges Nein. Die alte Möhre, in der Cat herumgurkt, kommt einem Wäschekorb gefährlich nahe. Ich zupfe mir nur schnell meinen Schleier zurecht und eile zur Treppe. Du hast doch hoffentlich nicht vergessen, meine Reisetasche aus Cats Wagen zu nehmen?«

»Wo denkst du hin? Sie befindet sich im Kofferraum, und ich werde sie bereitwillig für dich nach oben tragen. Wenn das keine Gattentreue ist!«

»Mehr kann man von seinem Mann wirklich nicht verlangen. Dieses blaue Hemd steht dir übrigens hervorragend, Peter. Hast du noch genügend Wäsche zum Wechseln? Soll ich nach dem Essen ein paar Sachen für dich waschen? Bei dem Wetter müßten sie eigentlich morgen früh wieder trocken sein.«

»Meinst du, es lohnt sich noch? Wir fahren doch morgen schon nach Hause, oder?«

»Gute Frage. Wie lautet die Antwort?«

»Warum warten wir nicht einfach ab und sehen morgen weiter?«

»Schon verstanden. Ich kümmere mich um deine Hemden. Dem Himmel sei Dank für pflegeleichte Wäsche. Wie lautet unsere Zimmernummer?«

»Drei. Die Treppe hoch, am Ende des Flurs links abbiegen. Hier hast du den Schlüssel.«

Helen eilte von dannen. Peter schloß den Kofferraum auf, vergewisserte sich, daß dem Lupinensamen nichts fehlte, und nahm die Reisetasche seiner Frau heraus. Sie war aus einem geblümten Gobelinstoff und nicht größer als die Handtaschen, die viele Frauen mit sich herumtragen. Darin befanden sich wahrscheinlich wie üblich Nachthemd, Morgenmantel, Pantoffeln, frische Unterwäsche, Kosmetikartikel, ein bequemer Rock nebst Bluse, ein schlichtes, hübsches Kleid mit dazu passenden Schuhen, außerdem höchstwahrscheinlich ein Abendkleid und für alle Fälle auch noch eine Federboa. Und alles sah makellos sauber und glatt aus, wenn sie es herausnahm. Helen Marsh Shandy war zweifellos die genialste Taschenpackerin von ganz Balaclava County – höchstwahrscheinlich sogar die weltbeste Taschenpackerin überhaupt, obwohl sie natürlich den Vorteil hatte, eine sehr kleine Konfektionsgröße zu besitzen.

Helen hatte die Tür für Peter aufgelassen und war bereits halb ausgezogen, als er ihr die Tasche reichte. »Hervorragend. Offenbar bekommt man in diesen Breiten als Gast kein Duschhäubchen. Gott sei Dank habe ich für alle Fälle selbst eins mitgebracht. Du kannst ruhig schon in den Speisesaal gehen, ich komme gleich nach.«

»Mitnichten, Verehrteste. Ich werde an Eurer Seite ausharren, oder würde dies zumindest tun, wenn die Dusche ein wenig geräumiger wäre. Aber in dieser Naßzelle hat außer einer normalgroßen Person nur noch ein kleiner Frosch Platz. Da Bright's Inn keine Ausschankgenehmigung besitzt, kann ich den Abend eigentlich auch mit einem kleinen Aperitif aus meinen Privatvorräten beginnen. Möchtest du auch ein Schlückchen?«

»Nein, danke. Ich versuche, mich zu beeilen.«

Helen war beim Duschen und Ankleiden ebenso effektiv wie beim Packen. Sie war bereits geduscht, gekämmt, geschminkt und fertig angezogen, als Peter seinen Drink ausgetrunken und kurz über die Ereignisse des Tages, vor allem das Gespräch mit Miss Rondel, nachgedacht hatte. Seine Gattin hatte sich in eine reiseerprobte cremefarbene Hemdbluse mit passendem Rock geworfen und trug dazu helle Ledersandalen.

Es war sicher ungewöhnlich, daß eine Frau wie Miss Rondel zwei wildfremden Menschen, von denen sie einen gerade erst kennengelernt hatte, so vorbehaltlos ihr Vertrauen schenkte. Helen hatte natürlich von Anfang an einen Stein im Brett, weil sie eine langjährige Freundin von Catriona McBogle war, mit der anscheinend auch Miss Rondel irgendwie bekannt war. Da Catriona nach Jahren des Umherwanderns in ihre Heimat zurückgekehrt war und den alten Familiensitz in Sasquamahoc wieder bezogen hatte, sahen sich die beiden möglicherweise recht häufig. Spätestens nach ihrem letzten Abenteuer, als sie gemeinsam mit Helen und einer anderen Freundin mit dem Boot hinaus aufs Meer gefahren waren, um Wale zu beobachten, hatte Catriona sicher auch die Shandys erwähnt. Außerdem hatten sämtliche Zeitungen und Fernsehnachrichten in Maine über den Fall berichtet. Es gab da noch bedeutend mehr, das Cat hätte erzählen können, und als professionelle Geschichtenerzählerin ließ sie sich eine derartige Gelegenheit sicher nicht entgehen.

Auf die eine oder andere Weise mußte Frances Hodgson Rondel also schon eine Menge über Professor Shandys merkwürdige Berufung gehört haben. Ihr Geständnis, an einem Punkt angekommen zu sein, wo sie das Leben in ihrem vertrauten Dorf nicht mehr verstand, war im Grunde ein Hilferuf gewesen, auch wenn es ihr vielleicht nicht bewußt war. Möglicherweise war sie selbst schockiert gewesen, daß sie vor Fremden so offen über ihre Probleme gesprochen hatte. Vielleicht hatte Peter sie beleidigt, weil er nicht sofort darauf eingegangen war. Was auch immer der Grund sein mochte, sie hatte die Tür, die sie selbst geöffnet hatte, verdammt schnell wieder zugeschlagen.

Peter wußte nicht, was er denken sollte, und war auch nicht sicher, ob er es wissen wollte. Drachentöten gehörte nicht unbedingt zu seinen Lieblingsbeschäftigungen. Er war ein ganz gewöhnlicher Akademiker mittleren Alters, der sich von seiner Lehrtätigkeit ausruhen wollte und wenig Lust verspürte, mit einem Speer bewaffnet für andere in den Kampf zu ziehen. Trotzdem mußte er zugeben, daß ihn das Geheimnis von Rondel's Head interessierte. Er spülte sein Whiskeyglas aus, stellte es auf die winzige Ablage über dem mit grünlichen Streifen verfärbten weißen Porzellanwaschbecken und führte seine Frau zum Speisesaal.

Anscheinend hatte bis vor kurzem noch großer Betrieb geherrscht. Wie er befürchtet hatte, waren sie so spät gekommen, daß nur noch wenige Gäste da waren. Claridge Withington hockte allein an seinem Tisch in der Ecke. Evander Wye saß auf der anderen Seite des Raumes und kehrte allen den Rücken zu. Ein Pärchen, an das Peter sich vage erinnerte, ging gerade hinaus, und eine Touristengruppe machte sich mit unterschiedlichem Geschick über ihre gekochten Hummer her. Alle hatten sich rot-weiß karierte Stoffservietten umgebunden. Elva Bright duldete offenbar keinen modernen Schnickschnack wie Papierservietten oder, Gott bewahre, Plastiklätzchen. Thurzella schwirrte mit einem großen Aluminiumtablett durch die Gegend und sammelte schmutziges Geschirr von den gerade erst verlassenen Tischen ein. Sie war mehr als erfreut, ihre Last absetzen zu dürfen und die Shandys zu einem frisch gedeckten Tisch zu führen.

»Wie schön, daß Sie kommen konnten, Mrs. Shandy. Schade, daß Sie nicht etwas früher hier waren. Der Hummer ist inzwischen alle, aber es ist noch was von unserem köstlichen Lammcurry da. Es ist ein Rezept meiner Urgroßmutter. Sie hatte es von einem Schiffskoch, der es aus Indien mitgebracht hat. Aber wenn Sie Angst haben, der Curry könnte Ihnen vielleicht zu scharf sein, kann meine Großmutter Ihnen auch gern eine lekkere kleine Makrele braten.«

»Wir haben kein bißchen Angst vor dem Lammcurry Ihrer Großmutter«, versicherte Helen. »Zumindest ich nicht. Wie steht's mit dir, Peter?«

»Wer nicht wagt, der nicht gewinnt. Schlimmstenfalls bekommt man Blähungen oder ein bißchen mehr Speck um die Taille. Wenn es irgendwie möglich ist, hätten wir allerdings auch gern einen kleinen Salat. Und ich würde gern einen Eistee dazu trinken. Wäre das auch nach deinem Geschmack, Helen?«

»Absolut. Sie machen den Tee doch mit Zitrone, nicht? Und er ist doch hoffentlich nicht vorgesüßt?«

»Wo denken Sie hin? Daran würde Gran nicht mal im Traum denken, sie macht ihn immer ganz frisch und unsere Gäste können ihn nach ihrem eigenen Geschmack süßen. Ich bin sofort wieder da, ich muß nur schnell das schmutzige Geschirr wegbringen.«

»Die ist ja richtig niedlich«, bemerkte Helen, nachdem sich die Schwingtür zur Küche hinter dem Mädchen geschlossen hatte. »Ist das Thurzella?«

»Richtig geraten.«

»Und der Mann da hinten in der Ecke, der die ganze Zeit versucht, Blickkontakt mit dir aufzunehmen, ist Mr. Withington, der Vielredner?«

»Schon wieder mitten ins Schwarze getroffen. Und der Mensch, der uns den Rücken zudreht, ist Iolanthes Schwager Evander. Entweder ist er sauer oder er will Fred und Iolanthe heute abend taktvollerweise allein lassen. Normalerweise sitzt er immer so, daß er mir finstere Blicke zuwerfen kann. Zumindest bis gestern abend, als sein Vetter Schuyler Tilkey, das ist der Mann, den ich von der Straße aufgelesen habe, mich gebeten hat, bei ihnen am Tisch Platz zu nehmen. Ah, da kommt ja auch schon unser Curry. Vielen Dank, Thurzella. Wenn er so schmeckt wie er duftet, muß er absolut köstlich sein.«

»Das ist er auch, Professor, das können Sie mir ruhig glauben. Bon appetit, wie mein Großvater immer sagte. Das klebrige Zeug in dem Schälchen ist Mums selbstgemachtes Mangochutney. Falls es Ihnen schmeckt und Sie Lust haben, etwas davon mit nach Hause zu nehmen, Mrs. Shandy, könnten Sie vielleicht ein Glas in Mums Laden kaufen. Rufen Sie ruhig nach mir, wenn Sie noch etwas brauchen, ich decke nur noch schnell die Tische fürs Frühstück.«

»Ich glaube, wir sind bestens versorgt«, sagte Helen. »Peter, reichst du mir bitte das Chutney?«

Elva Brights Lammcurry war erstklassig, genau richtig auf den westlichen Gaumen abgestimmt, ohne dabei an Geschmack einzubüßen. Micheles Mangochutney war die ideale Ergänzung. Im Speisesaal kehrte allmählich wieder Ruhe ein. Die gesättigten Hummeresser wuschen sich gerade die Butter ab und rieben ihre Hände mit den Zitronenscheiben sauber, die in den grünen Fingerschalen schwammen. Währenddessen versuchten sie herauszufinden, wer noch genug Platz für ein Dessert hatte, oder ob es klüger war, sich auf den Heimweg zu machen, bevor es so dunkel war, daß sie ihr Motel nur noch mit Schwierigkeiten finden konnten. Die kluge Thurzella löste das Dilemma, indem sie ihnen *bon voyage* wünschte, wie es ihr verstorbener Großvater zweifellos auch getan hätte, und ihnen ein halbes Dutzend Zukkerplätzchen in einer Plastiktüte reichte, damit sie auf der Fahrt etwas zu knabbern hätten. Auf Kosten des Hauses, verstand sich.

Evander Wye wartete, bis die Touristen weg waren, legte sein Geld auf den Tisch und begab sich zur Tür, wobei er es schaffte, gleichzeitig ein finsteres Gesicht aufzusetzen und den Shandys kurz zuzunicken, als er an ihrem Tisch vorbeikam. Sie lächelten und nickten ebenfalls, konnten allerdings nicht erkennen, ob er ihre Höflichkeit registrierte. Er schien nicht in Eile zu sein und hatte die Tür noch nicht erreicht, als Lucivee Flodge in den Raum stürzte.

Peter nahm an, daß die lustige Witwe wieder schnurstracks zu Claridge Withingtons Tisch marschieren würde, doch dann sah er, daß Withington diesmal ein Buch mitgebracht hatte und rechtzeitig sein Gesicht darin vergrub, bevor der inzwischen unwillkommene späte Gast auf die Idee kommen konnte, sich zu ihm zu gesellen. Peter rechnete fast damit, daß Lucivee dem Mann das Buch aus der Hand schlagen und seine ungeteilte Aufmerksamkeit einfordern würde, doch sie blieb mitten im Raum stehen und setzte sich dann an einen der Tische, die Thurzella gerade für die Frühstücksgäste gedeckt hatte.

Auch an diesem Abend trug sie das elegante schwarze Kostüm, das sie bei ihrem ersten Auftritt im Gasthaus angehabt hatte. Die Aktentasche aus Leder hatte sie ebenfalls wieder mitgebracht. Peter schloß daraus, daß sie den Tag in Portland oder Augusta verbracht hatte, um sich über das Vermögen zu informieren, das Jasper Flodge ihr hinterlassen hatte und an das sie anscheinend so fest glaubte. Als Thurzella mit einer weiteren Ladung Geschirr zurückkam, winkte Lucivee sie an ihren Tisch.

»Können Sie mir wohl die Speisekarte bringen?«

Thurzella schüttelte den Kopf. »Das ist eigentlich gar nicht nötig, wir haben sowieso bloß noch Lammcurry. Es sei denn, Sie mögen gebratene Makrele.«

»Ist das alles? Und was ist mit den Hummerschalen da drüben? Da hat doch offenbar jemand Hummer gegessen, oder? Warum kann ich keinen Hummer haben?«

»Weil Sie nicht vorher angerufen und reserviert haben wie die anderen und uns mitgeteilt haben, daß und wann Sie Ihren Hummer essen möchten. Außerdem ist es sowieso zu spät, meine Großmutter räumt schon die Küche auf und bereitet die Brötchen fürs Frühstück vor.«

»Na, das ist ja toll. Dann bringen Sie mir halt Ihren Curry. Meine Güte, bin ich froh, daß ich bald wieder in Portland sein werde.«

»Ich auch«, murmelte Thurzella, als sie die Gläser der Shandys mit Eistee auffüllte. »Hoffentlich zieht sie heute abend nicht schon wieder so eine Show ab. Großmutter ist bald soweit, daß sie ihr eins mit der Pfanne überbrät. Granny ist alles, was sich hier in den letzten Tagen abgespielt hat, unendlich peinlich. So etwas hat es hier noch nie gegeben.«

»Aber es ist doch nicht ihre Schuld«, meinte Helen. »Peter, glaubst du nicht, daß du mit Mrs. Bright reden solltest?«

»Damit sie mich mit der Bratpfanne verprügelt? Meine Großmutter reagierte immer äußerst unwirsch, wenn man sie beim Backen störte.«

»Ich meine doch nicht jetzt sofort, du Dummerchen. Außerdem glaube ich kaum, daß wir heute abend wieder eine theatralische Glanzleistung geboten bekommen. Das Publikum ist zu klein.«

Kapitel 15

Elva Bright war anscheinend mit ihren Brötchen fertig. Sie hatte sich das Haar glattgestrichen und die Schürze ausgezogen und trug wieder ihren Trauring und einen weiteren Goldring mit aufwendiger Fassung und einem erbsengroßen Diamanten. Als sie in ihrem schlichten weißen Kleid durch die Schwingtür trat und zum Tisch der Shandys kam, wirkte sie sehr eindrucksvoll.

»Thurzella sagt, Sie wollten mich sprechen, Professor.«

Damit hatte Peter nicht gerechnet. Lucivee Flodge verfolgte den Auftritt der Gastwirtin mit großem Interesse, was eher dagegen sprach, hier und jetzt auf bestimmte heikle Themen zu sprechen zu kommen. Er schob seinen Stuhl nach hinten und erhob sich.

»Ich möchte Ihnen meine Frau vorstellen. Helen, das ist Mrs. Bright, ihr verdanke ich, daß mein Aufenthalt hier so angenehm ist.«

»Nett, Sie kennenzulernen, Mrs. Shandy. Ich bin sehr froh, daß der Professor sich bei uns wohlfühlt. Schön, daß Sie auch kommen konnten. Nur schade, daß Sie uns so bald wieder verlassen müssen. Ich habe gehört, Sie seien eine Freundin von Catriona McBogle.«

»Ja, Cat und ich kennen uns schon ewig. Sie hat mich gerade erst bei uns zu Hause in Massachusetts besucht, wie Ihnen mein

Mann vielleicht schon erzählt hat. Ihr Curry war übrigens köstlich.«

»Freut mich, daß es Ihnen geschmeckt hat. Thurzella hat Ihnen sicher schon berichtet, daß es sich um ein altes Familienrezept handelt. Vielleicht mögen Sie noch eine Kugel Zitronensorbet, um sich ein wenig abzukühlen?«

»Klingt verlockend. Und Sie machen tatsächlich all die lekkeren Sachen selbst?«

»Ich habe eine Hilfe, die mich manchmal ablöst. Sie wohnt ganz in der Nähe. Und Thurzella kocht auch schon sehr gut, wenn sie sich ein bißchen Mühe gibt. Bright's Inn war schon zu Lebzeiten meiner Großeltern ein Familienbetrieb.«

»Und Sie haben wahrscheinlich noch nie daran gedacht, sich zur Ruhe zu setzen.«

»Oh Gott, wo denken Sie hin? Ich würde mich bestimmt schrecklich langweilen. Ich bin in diesem Gasthof geboren und werde hier wohl auch eines Tages sterben. Aber jetzt hole ich Ihnen erst mal Ihr Sorbet.«

»Einen Moment, Elva.« Lucivee Flodge war aufgestanden, nahm etwas aus ihrer Aktentasche und eilte zum Tisch der Shandys, wo Mrs. Bright noch stand. »Zuerst will ich Ihnen etwas zeigen.«

Es war ein alter, vergilbter, ehemals schwarzweißer Schnappschuß mit umgeknickten Ecken, auf dem ein kleines Mädchen und ein kleiner Junge auf einer ungepflasterten Straße zu sehen waren. Der Junge trug ein paar Bücher an einem Lederriemen, am Arm des Mädchens hing ein kleiner Weidenkorb.

»Ach du meine Güte, wo haben Sie das denn ausgegraben?« fragte die Gastwirtin. »Das bin ja ich, als ich noch mit Jasper zur Schule ging. Wir müssen damals etwa zwölf Jahre alt gewesen sein. Er hat mich oft von der Schule nach Hause gebracht und meine Bücher getragen, weil er wußte, daß bei uns immer ein leckeres Mittagessen auf dem Tisch stand. Eins muß man Jasper lassen, er wußte immer genau, wo es etwas Gutes zu holen gab. Wenn man nicht höllisch aufpaßte, luchste er einem den eigenen Anteil auch noch ab. Daran hat sich auch später nicht viel geändert, finden Sie nicht auch?«

»Sie sollten es ja wohl wissen«, antwortete Lucivee. »Sie waren schließlich eine Zeitlang äußerst gut mit ihm bekannt.«

»Jasper und ich haben uns unser ganzes Leben lang gekannt, wie Ihnen zweifellos bekannt ist. Was Sie allerdings mit ›äußerst‹ meinen, ist mir nicht ganz klar. Falls Sie sich aus irgendeinem Grund mit mir anlegen wollen, Lucy Veronica, oder wie immer Sie auch heißen mögen, spucken Sie es am besten gleich aus. Ich habe die Nase gestrichen voll von Ihren dramatischen Auftritten. Na los, immer frei von der Leber weg, damit wir es hinter uns haben.«

»Oh, eigentlich ist es gar nicht so wichtig. Ich dachte nur, es würde Ihre Freunde interessieren, wie ähnlich Thurzella ihrem Großvater sieht.«

»Woher wollen Sie das wissen? Sie haben doch Thurzellas Großvater noch nie zu Gesicht bekommen.«

»Und ob ich das habe. Ich war sogar mit ihm verheiratet. Kommen Sie schon, Elva, seien Sie doch ehrlich. Jeder wußte, daß Ihre Eltern es so verdammt eilig hatten, Sie unter die Haube zu bringen, daß ihnen sogar ein abgewrackter tattriger Franzose recht war. Zu dem Zeitpunkt hatte bei Ihnen aber schon der Storch angeklingelt, nicht? Und der arme Jean-Luc war natürlich nicht der glückliche –«

»Verlassen Sie auf der Stelle mein Haus!«

Die schallende Ohrfeige, die Elva Bright Lucivee Flodge angedeihen ließ, war wahrscheinlich bis nach Sasquamahoc zu hören. An der Stelle, wo Elvas schwere Ringe die Haut aufgeritzt hatten, zeigten sich ein paar Tröpfchen Blut. Lucivee stand sekundenlang wie vom Donner gerührt da und raste dann zum Telefon neben der Kasse.

»Ich rufe auf der Stelle die Staatspolizei an!«

»Sie können anrufen, wen immer Sie wollen, aber nicht von meinem Telefon aus. Verschwinden Sie auf der Stelle aus meinem Haus, und lassen Sie sich hier nie wieder blicken!«

»Wenn Sie versuchen, mich daran zu hindern, werde ich dafür sorgen, daß Sie Ihre Konzession verlieren.«

»Raus mit Ihnen!«

»Sie sind meine Zeugen!«

»Raus mit Ihnen!«

Der Gesichtsausdruck, mit dem Elva Bright auf Jasper Flodges Witwe zuging, hätte eine ganze Armee in die Flucht schlagen können. Peter, Helen und Thurzella hatten sich hinter sie gestellt. Selbst Withington hatte sich hochgehievt, so daß er halb aufrecht saß, und suchte nach seinem Stock. Lucivee verschwand.

»Ich weiß selbst nicht, was in mich gefahren ist.«

Nachdem der Moment der Wahrheit vorüber war, ließ sich Elva Bright auf einen Stuhl fallen und saß da wie ein Häufchen Elend, die Ellbogen auf den Tisch gestützt, das Gesicht in den Händen vergraben. »Was in aller Welt hätte Jean-Luc wohl dazu gesagt?«

»Thurzella«, sagte Peter leise, »gibt es in der Küche irgendeine Art von Alkohol? Brandy, Sherry, Likör?«

»Verstehe. Einen Moment. Oh, hallo, Evander.«

Thurzella verschwand und war bereits mit einem winzigen Glas und einer Flasche Grand Marnier zurückgekehrt, bevor die Küchentür zu schwingen aufgehört hatte. Peter nahm die Flasche und goß großzügig ein, woraufhin Helen das Gläschen nahm und der Gastwirtin an die Lippen hielt.

»Hier, nippen Sie mal. Es wird Ihnen gut tun.«

Mrs. Bright nippte, hustete, griff nach einer sauberen Serviette, tupfte sich das Gesicht ab, nippte ein zweites Mal und hustete erneut. »Sei so lieb und gieß mir ein Glas Wasser ein, Thurzella. Was war mit Evander Wye?«

»Nichts Besonderes, Großmutter. Ich habe bloß gesehen, wie er hereinkam und sofort wieder verschwunden ist. Vielleicht wollte er draußen telefonieren. Soll ich mal nachschauen?«

»Schaden kann es nichts. Du weißt ja, wie er ist, wenn er eine seiner Launen hat. Ich habe für heute Nacht mehr als genug erlebt.«

»Ich gehe schon«, sagte Peter. Er schaute sich um, konnte jedoch niemanden entdecken.

»Vielen Dank, Professor«, sagte Elva. »Tut mir leid, daß ich Sie in die Sache mit hineingezogen habe. Aber als ich gehört habe, wie diese Teufelin über meinen Gatten gesprochen hat, als wäre er kein richtiger Mann gewesen, und sogar angedeutet hat, daß Jasper und ich etwas miteinander – oh Gott, mir fehlen die Worte. Jean-Luc Mercier de L'Avestant-Portailler braucht weder von mir noch von sonstwem verteidigt zu werden. Er war der beste Ehemann, den man sich vorstellen kann, und seinen beiden Töchtern ein wunderbarer Vater, solange wir das Glück hatten, mit ihm zusammen zu sein, und die beiden können Ihnen dies jederzeit bestätigen. Thurzella kommt übrigens tatsächlich auf ihren Großvater, wie ich nicht ohne Stolz sagen darf, und ihre Mutter ebenfalls. Meine andere Tochter schlägt mehr nach meiner Familie, aber dafür kann sie natürlich nichts. Egal, ob ich mein Haus schließen muß oder nicht, wenn diese Hexe je wieder versuchen sollte, einen Fuß in mein Haus zu setzen, wird sie es bitter bereuen. Bist du sicher, daß du eben Evander gesehen hast, Thurzella?«

»Wenn es nicht Evander war, dann war es wohl ein Gespenst.«

»Jetzt fang du nicht auch noch an, Unsinn zu reden. Ich habe schon genug Probleme, ohne daß Claridge hingeht und überall herumposaunt, in unserem Haus würde es spuken.«

Withington hatte inzwischen seine Ecke verlassen und sich durch den Raum geschleppt. Er lehnte sich gegen die Theke am

Eingang und sah beleidigt aus. »Elva, wie können Sie so etwas sagen? Das würde ich doch niemals tun!«

»Und ob Sie das würden, man braucht Sie nur auf die Idee zu bringen. Aber ich würde sofort wissen, wer das Gerücht ausgestreut hätte, also nehmen Sie sich in Acht, mein Lieber. Außerdem wollte ich Ihnen sowieso noch sagen, daß es mir ganz und gar nicht gefällt, wie meine Privatangelegenheiten überall im Rondel County breitgetreten werden. Was halten Sie davon, sich zur Abwechslung mal in Ihr Schlafzimmer zurückzuziehen und vielleicht ein Buch zu lesen oder fernzusehen statt sich das erstbeste Opfer zu schnappen, das hier durch die Tür kommt, und ihm alles über Lucivee Flodges letzte Schandtat zu erzählen? Wenn ich hier fertig bin, bringe ich Ihnen noch ein Eggnog aufs Zimmer.«

»Einem Mann in meinem Zustand bleibt wohl nichts anderes übrig, als sich mit dem zufriedenzugeben, was man ihm gibt. Daher vielen Dank, Elva, und gute Nacht zusammen.«

Es war kein sehr eleganter Abgang. Withington bewegte sich weder so schnell noch so anmutig wie ein Krebs. Die vier blieben in stillschweigendem Einvernehmen im Speisesaal zurück, bis sie einigermaßen sicher sein konnten, daß Withington außer Hörweite war. Thurzella war geistesgegenwärtig genug, in die Küche zu laufen und noch ein paar Gläser zu holen.

»Trinken Sie doch auch ein Schlückchen, Mrs. Shandy. Es hilft gegen den schlechten Geschmack, den das alles hinterlassen hat. Hier ist Ihr Glas, Professor. Darf ich auch ein Schlückchen haben, Gram?«

»Natürlich. Aber laß es ja nicht zur Gewohnheit werden.«

»Ich weiß. Alkohol ist ein guter Diener, aber ein schlechter Herr.«

»Und laß dir deine Klugheit nicht zu Kopfe steigen. Wenn du sonst nichts mehr zu tun hast, könntest du jetzt eigentlich gut die Spülmaschine ausräumen.«

»Darf ich dann morgen früh ein bißchen später kommen?«

»Ich kann wahrscheinlich eine Stunde ohne dich auskommen, wenn du dich mal richtig ausschlafen möchtest. Alles in allem warst du wirklich recht fleißig. Ich hoffe, ich habe dem armen Claridge eben nicht zu sehr zugesetzt, aber manchmal geht er mir einfach auf die Nerven. Wahrscheinlich werde ich auf meine alten Tage unleidlich. Wo mögen wohl die vielen Polizisten bleiben, die Lucivee mir auf den Hals hetzen wollte, damit sie mich ins Gefängnis schleppen?«

»Wahrscheinlich hat sie nur Dampf abgelassen.« Helen fand wie immer die richtigen Worte, wenn es darum ging, Wogen zu glätten. »Erzählen Sie uns doch ein bißchen über Ihren verstorbenen Mann, Mrs. Bright. Er muß ja ein bemerkenswerter Mensch gewesen sein.«

»Das kann man wohl sagen.«

Auf derart taktvolle Weise ermuntert, begann die Gastwirtin zu erzählen und erholte sich dabei von der schmerzlichen Auseinandersetzung, die sie zum ersten Mal in ihrem Leben dazu gebracht hatte, einen Gast ihres Hauses zu beleidigen. Sie sprach über ihren geliebten Jean-Luc, von seiner Fürsorglichkeit und tiefen Zuneigung zu seinen beiden geliebten Töchtern, von den wunderbaren Männern, die sie geheiratet hatten, von den Enkeln, in denen ihr heldenhafter Gatte weiterlebte, auch wenn es ihm nicht vergönnt gewesen war, sie zu sehen. Sie berichtete von seiner Großzügigkeit gegenüber der Stadt, von den Menschen, deren Leben er durch sein leuchtendes Beispiel bereichert hatte. Als Constable Frank schließlich mit einigen Soldaten der Nationalgarde im Schlepptau erschien, hatten die vier Personen im Speisesaal Lucivees Drohung, die Staatspolizei einzuschalten, längst vergessen.

»Ich habe gehört, Sie hätten hier heute abend eine kleine Auseinandersetzung gehabt«, sagte der Constable. »Wären Sie wohl so nett, uns zu schildern, wie es dazu kam?«

»Aber natürlich. Lange Rede, kurzer Sinn: Lucivee Flodge hat mich eine Hure genannt und ich habe ihr dafür eine Ohrfeige gegeben.«

»Sie hat Sie eine – da hört ja wohl alles auf! War sie betrunken?«

»Das dürfen Sie mich nicht fragen, Frank. Falls sie betrunken war, hatte sie den Alkohol jedenfalls nicht von mir, wie Sie sehr wohl wissen. Gestern abend ist sie hier mit zwei Flaschen Champagner hereingeplatzt, aufgedonnert wie eine Diva, und hat versucht, Jaspers Beerdigung zu feiern, aber niemand wollte mitfeiern. Vielleicht war sie aufgebracht, weil ich keinen Hehl daraus gemacht habe, daß ich derartige Umtrunke in meinem Speisesaal nicht schätze. Ich kann es mir auch nicht erklären, aber sie benimmt sich reichlich merkwürdig, seit sie hier in der Stadt aufgetaucht ist.«

»Und wann genau ist sie hier aufgetaucht, Mrs. Bright?« fragte einer der Männer der Nationalgarde, dessen Name Gilbert war und dessen Onkel Evon sich gelegentlich im Gasthaus ein bißchen nützlich machte, wenn er gerade Lust dazu verspürte.

»Vorgestern, mitten beim Abendessen, genauer kann ich es Ihnen auch nicht sagen. Sie war möglicherweise schon eine ganze Weile in der Stadt, bevor sie zu uns kam. Claridge Withington weiß wahrscheinlich mehr. Er ist in seinem Zimmer, falls Sie sich mit ihm unterhalten möchten.«

»Vielleicht später«, sagte Sergeant Gilbert. »Gehe ich recht in der Annahme, daß dieser gewisse Jasper, den Sie eben erwähnten, der Mann ist, der in die Zyanidkapsel gebissen hat und hier im Speisesaal gestorben ist?«

»Ja. Er saß dort drüben an dem Tisch. Frank weiß schon alles darüber. Könnten wir jetzt vielleicht darauf zu sprechen kommen, warum Sie hier sind?«

»Selbstverständlich. Sie sind wahrscheinlich müde. Warum

schildern Sie nicht einfach selbst, wie es zu dem – eh – Zwischenfall gekommen ist?«

»Nun ja, Lucivee – eigentlich heißt sie ja Lucy Veronica, aber sie nennt sich nicht so – erschien vor einer Weile hier und war anscheinend ziemlich angetrunken. Sie hatte ein altes Foto mitgebracht, das sie beim Herumstöbern in Jaspers Haus gefunden hatte. Sie behauptet, das Haus gehöre ihr, und sucht darin nach all dem Geld und den Dokumenten, die er ihrer Meinung nach irgendwo versteckt haben muß. Auf dem Bild waren Jasper und ich auf dem Nachhauseweg von der Schule zu sehen. Ich muß damals etwa zwölf gewesen sein.«

Elva Bright holte tief Luft. »Ich habe versucht, ihr klarzumachen, genau wie ich es jetzt auch bei Ihnen tue, daß Jasper mich nur aus einem einzigen Grund beachtet hat. Er wußte nämlich, daß er von meiner Mutter etwas Leckeres zu essen bekam, wenn er meine Bücher trug. Bei sich zu Hause bekam er lediglich ein Glas Wasser und vielleicht eine Scheibe Brot mit Melasse, wenn seine Mutter ihren großzügigen Tag hatte, was nicht oft der Fall war und was man ihr kaum verdenken konnte. Der alte Flodge stand meistens an irgendeiner Rennbahn und versuchte, irgendeinem armen Kerl, der dumm genug war, ihm zu glauben, alte Schindmähren anzudrehen. Die meiste Zeit ist es ihm sogar gelungen, Jasper hatte seine schlauen Tricks nicht von ungefähr – der Apfel fällt nicht weit vom Stamm. Aber das interessiert Sie sicher gar nicht.«

»Interessieren tut es uns schon«, sagte der andere Soldat der Nationalgarde, der Armand hieß und dessen Cousine Lurline manchmal in Micheles Laden aushalf. »Aber wir sind heute ziemlich spät dran. Was wollte Mrs. Flodge mit dem Schnappschuß, Mrs. Bright?«

»Ich kann ihr ungeheuerliches Betragen immer noch nicht fassen. Thurzella, Micheles jüngste Tochter, Sie kennen sie ja – war auch hier und deckte gerade die Tische für das Frühstück. Lucivee fing an, sie mit dem Foto zu vergleichen, und behauptet, sie sähe genauso aus wie Jasper als Junge, was natürlich purer Unsinn war. Dann hat dieses Flittchen auch noch gewagt, mir mitten ins Gesicht zu sagen, daß jeder in Pickwance wüßte, daß meine Eltern mich mit dem erstbesten Kerl verheiratet hätten, der bereit war, mich zu nehmen, weil ich angeblich von Jasper schwanger gewesen wäre und sie einen Skandal verhindern wollten.«

»Aber ich dachte immer, Ihr Mann sei ein Adliger oder sowas gewesen.«

»Das war er auch, und er war der edelste Mensch, den man sich vorstellen kann. Ich gebe zu, daß Jean-Luc und ich nicht viel Zeit verloren haben, und ich habe mich dessen nie geschämt. Aber daß diese impertinente Person daherkommt und nach all den Jahren so eine unverschämte Lüge in die Welt setzt – das konnte ich einfach nicht ertragen, also habe ich ausgeholt und ihr eine Ohrfeige verpaßt, damit sie endlich ihr Schandmaul hielt. Falls Sie mich deswegen verhaften wollen, tun Sie es bitte.«

»Mrs. Flodge hat uns am Telefon berichtet, Sie hätten ihr einen Schlag mit einer Waffe versetzt und ihr dabei eine stark blutende Wunde zugefügt.«

»Tatsächlich?« Elva hielt ihre linke Hand hoch und präsentierte den Männern ihren schweren goldenen Trauring und den Verlobungsring mit dem eindrucksvollen Diamanten in der aufwendigen, wenn auch etwas zu breiten Fassung. »Ich bin Linkshänderin, wie Frank Ihnen bestätigen kann. Diese beiden Ringe hat mein Mann mir zu unserer Hochzeit geschenkt. Ich ziehe sie eigentlich nur aus, wenn ich Teig knete oder Fische ausnehme. Wie Sie sehen, ist der Stein ziemlich groß und der Ring sitzt ein bißchen locker. Wahrscheinlich ist er nach unten verrutscht und hat sie an der Wange getroffen.«

»Es war wirklich nur ein Kratzer«, betonte Helen. »Mein Mann und ich waren anwesend, als es passierte. Wir haben ein oder zwei Tröpfchen Blut gesehen, sonst nichts.«

»Können Sie die Angaben Ihrer Frau bestätigen, Mr. – eh?«

»Shandy«, sagte Peter. »Ich bin schon seit Sonntag abend hier. Meine Gattin ist erst heute eingetroffen, und Mrs. Bright kam aus der Küche, um sie zu begrüßen. Wir haben ein wenig geplaudert, als Mrs. Flodge plötzlich mit dem Foto in der Hand an unserem Tisch auftauchte und Mrs. Bright beleidigte, genau wie sie es gerade geschildert hat. Es war das dritte Mal seit Flodges Tod, daß Mrs. Flodge sich hier im Gasthaus unbeliebt machte, und der heutige Auftritt war wohl einfach zuviel für Mrs. Bright. Ehrlich gesagt hatte ich selbst nicht übel Lust, der Dame eine Ohrfeige zu verpassen. Ihnen wäre es wahrscheinlich genauso gegangen, wenn Sie die theatralischen Auftritte miterlebt hätten.«

»Aber Sie haben sich nicht aktiv an den Handgreiflichkeiten beteiligt?«

»Selbstverständlich nicht! Das ganze dauerte ohnehin nur wenige Sekunden. Mrs. Bright wurde von dieser Frau aufs Äußerste provoziert und war über ihre eigene Reaktion zutiefst verstört. Sie hat ihr wirklich nur eine – eh – geknallt.«

»Können Sie das bestätigen, Mrs. Shandy?«

»Natürlich. Wie mein Mann bereits sagte, es war wirklich nur eine Frage von Sekunden. Mrs. Flodges Benehmen war unverzeihlich. Sie hätte sich bei Mrs. Bright entschuldigen müssen, statt ihr die Polizei auf den Hals zu hetzen.«

»Da war sie offenbar anderer Meinung. Und was ist dann passiert?«

»Mrs. Bright hat Mrs. Flodge aufgefordert, ihr Haus zu verlassen und nie wieder zu betreten.«

»Hat sie sie angebrüllt oder zur Tür hinausgedrängt, irgend etwas in der Art?«

»Keineswegs. Mrs. Bright hatte sich inzwischen wieder völlig unter Kontrolle, sie hat ihr lediglich gesagt, sie solle gehen. Mrs. Flodge schrie sie an und drohte damit, daß sie dafür sorgen werde, daß man ihr die Konzession entzöge. Mrs. Bright sagte nur noch einmal ›Raus mit Ihnen‹, woraufhin Mrs. Flodge tatsächlich ging.«

»Waren Sie beide die einzigen Zeugen?«

»Nein«, sagte Peter. »Thurzella war noch dabei, außerdem auch Claridge Withington, den Sie vielleicht kennen. Ich glaube, er ist so etwas wie ein Stammgast, kommt jeden Sommer her und wohnt hier im Haus – wie lange schon, Mrs. Bright?«

»Viel zu lange, habe ich allmählich den Eindruck. Ich müßte mal in meinen alten Gästebüchern nachschauen. Als Claridge anfangs herkam, war er noch bei guter Gesundheit, seither geht es ihm jedes Jahr schlechter, und inzwischen erwartet er mehr Aufmerksamkeit als ich Personal und Zeit habe. Das traurige Ergebnis ist, daß er sich ständig in die Angelegenheiten anderer Leute einmischt und seine Nase tiefer hineinsteckt, als vielen von uns lieb ist. Ich sage am besten gleich, daß er ziemlich eingeschnappt war, nachdem Lucivee gegangen war.«

»Und warum war er das?« fragte Armand.

»Weil ich ihm in aller Deutlichkeit mitgeteilt habe, daß es mir nicht paßt, daß er jeden, der ihm zufällig über den Weg läuft, mit Einzelheiten aus meinem Privatleben überschüttet. Außerdem habe ich ihm zu verstehen gegeben, daß es mir lieb wäre, wenn er sich möglichst schnell in sein Zimmer zurückzöge, was ihm wohl auch nicht gefiel. Da fällt mir ein, daß ich versprochen habe, ihm ein Eggnog zu bringen. Am besten, ich mache es, solange Sie noch hier sind und mir dabei zusehen können, damit Sie auch sicher sein können, daß ich keine Zyanidkapsel hineinwerfe.«

Kapitel 16

Würde es Ihnen etwas ausmachen, die Kaffeemaschine anzuwerfen, wenn Sie schon in der Küche sind?«

Constable Frank, der bisher auf einem der Stühle gesessen hatte, die Mütze bis tief über die Augen gezogen, so daß man nicht erkennen konnte, ob er wach war oder döste, hatte sich aufgerichtet und beteiligte sich wieder an dem Gespräch. »Vielleicht schärft es unser Urteilsvermögen.«

Elva Brights Urteilsvermögen war bereits scharf genug, und ihre Zunge ebenfalls. »Ich hoffe doch sehr, daß Sie die Angelegenheit bald klären, damit ich endlich in Ruhe schlafen kann. Ich betone noch einmal, daß ich es für völlig undenkbar halte, daß Jasper Flodge sich selbst umgebracht hat, ganz gleich, in welchen Schwierigkeiten er auch gesteckt haben mag. Dazu hing er viel zu sehr am Leben. Außerdem hat er sich zeitlebens aus jeder brenzligen Situation herauslügen können. Das fing schon an unserem ersten Schultag an, als er meinen Griffel klaute und behauptete, ich hätte ihn absichtlich in einem Loch im Fußboden verschwinden lassen. Er hätte blind auf sein Glück vertraut, selbst wenn seine Lage noch so ausweglos gewesen wäre.«

Sie ging in Richtung Küche. »So, und jetzt mache ich frischen Kaffee. Ich würde mich freuen, wenn Sie und Ihre Frau auch mitkämen, Professor Shandy. Natürlich nur, wenn Sie nicht zu erschöpft sind.«

Peter und Helen merkten, daß Mrs. Bright Wert darauf legte, daß Zeugen anwesend waren, dic cindeutig auf ihrer Seite standen. Sie konnten daher unmöglich ablehnen.

Die Küche war makellos sauber. Thurzella war nirgends zu sehen, doch auf der blank gescheuerten Arbeitsfläche lag ein Zettel mit der Nachricht »Bis morgen früh, Gran. Ich habe zwei Doughnuts für Daddys Lunchpaket mitgenommen.«

»Ein liebes Kind. Mrs. Shandy, nehmen Sie doch bitte den Hocker, sonst haben wir leider keine Sitzgelegenheit hier. Ich nehme an, Sie haben zu dieser nachtschlafenden Zeit keine Lust mehr auf Doughnuts? Es ist auch noch ein bißchen von dem Zitronensorbet übrig, außerdem haben wir auch noch Madeleines. Mein Mann hat mir beigebracht, wie man sie macht.«

»Eine Madeleine wäre wunderbar.«

Peter nahm auch eine, doch die anderen Männer wollten lieber Doughnuts. Constable Frank war inzwischen hellwach und bereit, mit der Gastwirtin Tacheles zu reden.

»Ich verstehe absolut nicht, warum Sie ständig auf der Mordtheorie herumreiten, Elva. Verdammt nochmal, Sie schaden sich damit doch bloß selbst, und die Polizei geht doch auch von Selbstmord aus.«

Sergeant Gilbert nickte zustimmend. »Mrs. Flodges Theorie ist durchaus einleuchtend. Sie behauptet, daß Flodge in eine dubiose Immobiliengeschichte verwickelt war, versucht hat, die falschen Leute übers Ohr zu hauen, sein ganzes Geld verloren hat und sich dann mit der Mafia angelegt hat. Sie meint, er habe gewußt, daß die Gangster ihn früher oder später umbringen würden, und beschlossen, ihnen zuvorzukommen, bevor irgendein Killer ihn erledigen konnte, und sich noch eine letzte Genugtuung verschafft, indem er sie um die Versicherungssumme brachte, für die sie seit der Trennung Beiträge gezahlt hatte.«

Doch Elva gab nicht auf. »Erinnern Sie mich lieber nicht daran. Sofort nachdem sie hier in der Stadt angekommen war, ist

Lucivee in meinen Speisesaal gerauscht und hat ein Riesentrara darum gemacht, daß Jasper sie angeblich um ihr Geld betrogen habe. Wenn sie so sehr darauf versessen ist, jeden glauben zu machen, daß Jasper völlig mittellos gestorben ist, warum sucht sie dann wie verrückt nach irgendwelchen verborgenen Schätzen? Würden Sie vielleicht die Freundlichkeit besitzen, mir diese Frage zu beantworten?«

»Wirklich eine interessante Frage, Mrs. Bright«, sagte Sergeant Armand, »aber deswegen sind wir nicht hier. Ich denke, wir sollten uns jetzt lieber anhören, was Mr. Withington zu sagen hat, Frank. Und dann sollten wir uns die schweren Verletzungen von Mrs. Flodge ansehen. Sie verbringt doch sicher die Nacht hier in Pickwance, oder?«

»Davon würde ich ausgehen«, erwiderte Elva. »Ich glaube, sie hat eine Wohnung in Portland, aber es scheint mir reichlich unwahrscheinlich, daß sie heute nacht dort schläft, vor allem jetzt, wo sie wieder mal eine Entschuldigung gefunden hat, hier Unheil anzurichten. Höchstwahrscheinlich ist sie in Jaspers Haus, es ist ganz in der Nähe, nur eine Straße weiter. Frank kann es Ihnen zeigen. Sie behauptet stolz, das Haus gehöre jetzt ihr, obwohl es alles andere als ein Prachtstück ist. Kommen Sie danach wieder hierher zurück?«

»Das weiß ich noch nicht«, sagte Gilbert. »Wenn ich Ihnen einen guten Rat geben darf, Mrs. Bright, würde ich mich an Ihrer Stelle morgen früh als erstes mit meinem Anwalt in Verbindung setzen. Mrs. Flodge hat wahrscheinlich vor, Sie wegen Körperverletzung anzuzeigen. Aber so, wie sie sich Ihren Angaben nach in Ihrem Lokal aufgeführt hat, könnten Sie Ihrerseits Anzeige wegen Rufmord, Hausfriedensbruch oder was weiß ich erstatten. Es wäre sicher keine schlechte Idee, Ihren Anwalt zu bitten, ihr einen geharnischten Brief zu verpassen, und dann in Ruhe abzuwarten. Es spricht einiges dafür, daß sie schnell einen Rückzieher macht, weil sie sonst eine Menge Probleme bekommt.«

»Mir ist es lieber, sie hat die Probleme und nicht ich. Aber jetzt sollte ich endlich den Eggnog machen, deswegen sind wir schließlich hier in der Küche. Und jetzt lassen Sie mich besser nicht mehr aus den Augen. Was ich eben über Claridge Withington gesagt habe, war durchaus ernst gemeint. Er ist sehr wohl in der Lage, irgendeinen Unsinn anzustellen, bloß damit's weiter rundgeht.«

Sie schlug ein Ei auf und fügte Milch, Muskat und einen Löffel Sherry hinzu. »Der arme Kerl, wahrscheinlich hat er sonst nichts, was ihm Spaß macht. Hier, nehmen Sie den Eggnog einfach mit. Mir ist im Moment nicht nach Gesellschaft zumute. Gute Nacht, Mrs. Shandy. Und Ihnen wünsche ich natürlich auch eine gute Nacht, Professor Shandy. Wir sehen uns dann morgen früh, wenn mich die Herren hier nicht abgeführt haben.«

»Sie ist wirklich eine ziemlich starke Persönlichkeit, findest du nicht?«

Helen hatte vor dem Abendessen lediglich genug Zeit gehabt, ihr Mehrzweckkleid und die Schuhe auszupacken. Jetzt holte sie das Versäumte nach, hängte das wenige, das sie mitgebracht hatte, auf Kleiderbügel und ließ alles hinter einem Chintzvorhang verschwinden, der als Schrankersatz diente. Ihre Unterwäsche legte sie in eine Schublade und ihren Kamm und die Kosmetiksachen auf den bestickten Läufer auf der Frisierkommode.

»So, das wäre geschafft. Wo sind die Sachen, die ich waschen soll?«

Peter musterte seine Frau amüsiert. »Ich dachte, du wolltest morgen abreisen?«

»Habe ich das gesagt?« Helen wühlte in dem Koffer, den Peter inzwischen immer mehr zu einem Wäschekorb zweckentfremdet hatte, und begann, das Waschbecken im Badezimmer mit dem Inhalt zu füllen. »Das Hemd, das du gerade anhast, muß ich unbedingt auch waschen. Es sieht aus, als hättest du es die ganze Woche getragen.«

»Ich trage es erst seit gestern. Ich wollte eigentlich eins von Guthrie borgen.«

»In Guthries Hemden würdest du glatt ertrinken. Ein Glück, daß Mrs. Bright hier einen Wäscheständer hingestellt hat. Du wolltest doch nicht zufällig heute noch duschen, oder?«

»Darf ich aus deiner Formulierung schließen, daß der Wäscheständer sich in der Naßzelle befindet?«

»Meine Güte, bist du aber schlau. Du hast mir übrigens furchtbar gefehlt.«

»Hmja, wir könnten vielleicht ein kleines Duett spielen, falls du daran gedacht hast, zwei Klaviere einzupacken.«

»Was für eine reizende Idee. Ich wußte doch gleich, daß ich etwas vergessen hatte. Was hast du denn mit der anderen Socke gemacht?«

»Helen, ist die Socke denn wirklich so wichtig für das Thema, das wir gerade erörtern?«

»Falls wir sie nicht finden, wirst du dich morgen früh wahrscheinlich nicht sonderlich gut fühlen, wenn du zum Frühstück mit einem besockten und einem nackten Fuß erscheinst.«

»Glaubst du das im Ernst? Hältst du mich für so modebewußt? Besteht die Krönung meines Lebenswerkes darin, als Beau Brummell von Pickwance Berühmtheit zu erlangen? Wahrscheinlich wirst du mir morgen unablässig damit in den Ohren liegen, daß ich mir endlich eine Baseballkappe mit Tierfutterreklame zulegen soll. Am besten sogar eine mit angenähtem Geweih und der Aufschrift ›Hier kommt der Elch‹. Aha, da haben wir ja die vermaledeite Socke. Anscheinend habe ich sie als Lesezeichen benutzt, den Grund kann ich dir momentan leider auch nicht sagen. Was in Dreiteufelsnamen geht eigentlich da unten vor?«

Vielleicht lag das kastenförmige zweistöckige graue Schindelhaus mit dem Mansardgiebeldach, das seit mindestens einem halben Jahrhundert oder noch länger als Bright's Inn bekannt war, ein wenig nach hinten versetzt zu den übrigen Häusern an der Hauptstraße, weil das Gebäude ursprünglich ein Pesthaus gewesen war, falls Withingtons Geschichte stimmte. Die drei breiten Granitstufen, die zum Eingang führten, schlossen unmittelbar an den Bürgersteig an, wie man es in einer Region erwarten würde, wo im Winter mit starken Schneefällen zu rechnen ist und niemand mehr Schnee schaufeln will als unbedingt nötig. Auf jeder Seite war ein etwa zwei Meter breites Stück unbepflanzt geblieben, und ein gepflastertes Gäßchen, das breit genug war, um zwei Fahrzeugen Platz zu bieten, solange keines von beiden ein Truck war, führte um den Gasthof herum zu einem Parkplatz, der bis zu zwanzig Fahrzeuge faßte.

Die breiten Streifen neben dem Haus und die schmalen Wege, die von der Gasse aus zu den Stufen führten, waren mit einer dicken Schicht aus eigroßen Kieseln aufgefüllt, die unzählige Gezeiten poliert hatten, und ein weißgestrichener, dreißig Zentimeter hoher Holzzaun sorgte dafür, daß sie genau dort blieben, wo sie hingehörten. Das Geräusch, das Peter und Helen hörten, war das Knirschen von Schritten auf den Kieselsteinen.

»Klingt, als hätte der Constable seinen Wagenschlüssel verloren«, kicherte Helen. »Meinst du nicht, du solltest runtergehen und ihm suchen helfen?«

»Ich meine, du solltest dir deine frivolen Bemerkungen schenken und entweder dein Kleid wieder anziehen oder alles andere ablegen. Ich persönlich würde vorschlagen, daß du –«

»Pst! Ich glaube, sie sagen gerade, daß sie den Professor fragen wollen. Warum steckst du nicht einfach kurz den Kopf raus und siehst nach, was los ist? Kann man das Fliegengitter hochschieben?«

»Ich glaube, es ist mit ein paar rostigen Haken befestigt. Meine Güte, die sind ja völlig unbeweglich – so, jetzt hab' ich es. Ich muß nur aufpassen, daß ich das Ding nicht fallen lassen und dem Constable den Schädel damit zertrümmere. Diese alten Holzrahmen sind verdammt schwer.«

Nachdem er sich vergewissert hatte, daß die oberen Haken immer noch fest genug saßen, um als Scharniere zu dienen, drückte Peter den unteren Teil des Fliegenfensters vorsichtig so weit nach vorne, daß er sehen konnte, was sich unten vor dem Haus abspielte. Der Wagen der Staatspolizei parkte immer noch am Straßenrand. Sergeant Gilbert saß auf dem Fahrersitz, hatte die Tür weit geöffnet und sprach in ein Mikrophon, das er in der Hand hielt. Frank marschierte auf dem Bürgersteig auf und ab und scheuchte Fußgänger fort, die Anstalten machten, stehenzubleiben und Maulaffen feil zu halten. Sergeant Armand befand sich innerhalb des Lattenzauns. Er schien etwas Schwarzes zu bewachen, das unmittelbar hinter der von Peter aus rechten Ecke des Gebäudes auf dem Boden lag. Als Frank ein Auto heranwinkte, leuchte mitten im Schwarz etwas Rotes im Scheinwerferlicht auf. Peter zog den Kopf ein und hakte das Fliegenfenster wieder fest.

»Zieh dich schnell wieder an, Helen. Ich glaube, es ist Lucivee Flodge.«

»Peter, nein! Du willst doch damit nicht etwa sagen, daß sie –«

»Irgendwas ist mit ihr. Vielleicht ist sie nur ohnmächtig geworden. Mrs. Bright meinte ja, daß sie ziemlich viel getrunken hatte.«

Helen befürchtete Schlimmeres. Peter auch. Eine Betrunkene, die ein Haus ganz in der Nähe hatte, war höchstens ein lästiges Problem für den Constable oder einen hilfsbereiten Nachbarn, der wußte, wo der Haustürschlüssel versteckt war. Doch wenn ein Angehöriger der Staatspolizei über Funk Meldung machte, bedeutete dies, daß er und sein Partner mit der Situation nicht fertig wurden oder es von vorneherein gar nicht erst versuchten. Beispielsweise, wenn es sich um einen schweren Unfall oder um Mord handelte.

Da Helen bereits sein Hemd eingeweicht hatte, zog sich Peter einen leichten Pullover über sein Unterhemd. »Ich gehe nach unten.«

»Dann komme ich mit. Hast du den Zimmerschlüssel?«

»Ja, in der Tasche. Aber am besten nimmst du deine Handtasche trotzdem mit. Bist du warm genug angezogen, für den Fall, daß wir noch irgendwohin müssen?«

»Wohin beispielsweise?«

»Weiß der Geier.«

Helen nahm die blaßblaue Strickjacke, die sie eben erst in der Schublade verstaut hatte, griff nach ihrer Handtasche, wie Peter vorgeschlagen hatte, und gab ihrem Gatten einen Kuß. »Die arme Mrs. Bright! Hoffentlich ist es nichts Schlimmes.«

Das hing ganz davon ab, wie man schlimm definierte, dachte Peter. Die Eingangstür stand offen, und sie traten hinaus auf die oberste Treppenstufe. Gilbert wies sie mit einer Handbewegung an, nicht weiter zu gehen, und nickte weiter in sein Mikrophon. Als sich ihre Augen an das Mondlicht gewöhnt hatten, konnten sie Lucivee deutlich sehen. Sie lag weder in einer Blutlache, noch ragte ein Messer aus ihrem Rücken, und man konnte auch kein Einschußloch oder irgendwelche Spuren sehen, die auf einen Kampf schließen ließen. Die Frau, die vor kaum mehr als einer Stunde Elva Bright auf so unverschämte Weise beleidigt hatte, schien ganz entspannt auf den Steinen zu ruhen. Ihr teures schwarzes Kostüm war weder zerknittert noch zerrissen, und auch ihre Frisur wirkte tadellos. Die Aktentasche, die sie bei sich gehabt hatte, lag ungeöffnet neben ihrer linken Hand. Sie war mit dem Gesicht nach unten gefallen, man konnte nur einen Teil ihrer linken Wange sehen und eine große, häßliche Wunde an ihrer Schläfe.

»Meine Güte!« Helen wickelte sich enger in ihre Strickjacke. »Mrs. Brights Diamant ist dafür jedenfalls nicht verantwortlich.«

Die Verletzung sah eher aus, als habe eine zornentbrannte Mrs. Bright mit einem Stein zugeschlagen. Peter hatte den Eindruck, daß den anderen ähnliche Gedanken durch den Kopf gingen, und wünschte, es wäre nicht so. »Wo ist Mrs. Bright?« fragte er.

Gilbert, der sein Gespräch beendet hatte und wieder auf den Bürgersteig zurückgekehrt war, sagte es ihm. »Sie ist mit Mr. Withington im Foyer. Wir wären Ihnen sehr dankbar, wenn Sie und Ihre Frau sich wieder ins Haus begäben und ihr Gesellschaft leisten würden. Wir haben Order, niemanden hinein und hinaus zu lassen, bis die Mordkommission hier ist.«

»Die Mordkommission?«

Eigentlich logisch. Lucivee war zweifellos tot und hatte sich schließlich erst vor kurzem wegen schwerer Körperverletzung an die Polizei gewandt. Peter und Helen begaben sich pflichtbewußt zurück ins Foyer. Heute abend brannte kein Feuer im Kamin. Elva Bright und ihr in Ungnade gefallener Gast saßen so weit wie möglich voneinander entfernt in zwei Korbsesseln. Mrs. Bright trug immer noch ihr weißes Baumwollkleid. Withington hatte sich in einen dicken Morgenmantel gehüllt und war in seine Hausschuhe geschlüpft, trug dazu aber noch Anzughose und Socken. Ausnahmsweise schwieg das Orakel, schien allerdings wieder lebhafter zu werden, als die Shandys sich nebeneinander auf das kleine Sofa setzten.

»Was für ein schrecklicher Schock. Nachdem wir – eh – uns getrennt hatten, habe ich eine Weile vor dem Fernseher zugebracht. Dann bekam ich zu meiner großen Überraschung Besuch von Frank Webber und zwei sympathischen jungen Herren von der Bundespolizei. Leider war ich ein ziemlich langweiliger Zeuge.«

Was Peter sich lebhaft vorstellen konnte. Er zog Helen ein wenig näher zu sich heran und wappnete sich für das Unabänderliche. Withington arbeitete sich erwartungsgemäß Silbe für Silbe durch seine Zeugenaussage vor, bis er wieder bei seinem Fernseher angelangt war.

»Ich suchte eine Sendung, die einigermaßen interessant war – ich habe eine dieser Fernbedienungen, müssen Sie wissen, daher ist es ganz leicht – als urplötzlich, wer hätte das gedacht, die Männer erneut bei mir hereinschneiten und wissen wollten, ob ich gesehen hätte, wie jemand draußen herumgeschlichen sei, während sie gemeinsam mit Ihnen und unserer verehrten Gastwirtin in der Küche weilten.«

Er warf Mrs. Bright einen beleidigten Blick zu. »Ich erklärte meinen Besuchern, daß ich nichts bemerkt hätte, weil ich zum fraglichen Zeitpunkt ferngesehen hätte. Ich trage beim Fernsehen nämlich Kopfhörer, müssen Sie wissen, damit der Lärm niemanden stört. Ich bemühe mich stets, mich so rücksichtsvoll wie möglich zu verhalten. Soweit meine Gebrechlichkeit dies zuläßt«, fügte er mit einem weiteren verletzten Seitenblick auf Mrs. Bright hinzu, was sich jedoch als Zeitverschwendung herausstellte, da sie ihn nicht einmal bemerkte. »Bitte entschuldigen Sie meinen Aufzug, Mrs. Shandy. Der Polizist bestand darauf, daß ich Mrs. Bright hier Gesellschaft leiste, damit sie ein wachsames Auge auf mich werfen kann. Es ist höchst ungewohnt für einen bresthaften Menschen wie mich, zum Kreis der Verdächtigen gezählt zu werden.«

Mrs. Bright schien aus ihrer Erstarrung zu erwachen. »Hören Sie endlich auf, sich wichtig zu machen, Claridge. Sie sitzen hier nur deshalb, damit Sie aufpassen, daß ich mich nicht heimlich aus dem Staub mache, und das wissen Sie haargenau. Was ist da draußen überhaupt los, Professor?«

»Hmja, das weiß ich selbst nicht. Sergeant Gilbert hat mit jemandem über Funk gesprochen, mehr kann ich auch nicht sagen. Ich nehme an, er hat einen Krankenwagen gerufen und – eh – was man üblicherweise in solchen Fällen tut. Man hat uns gleich wieder fortgeschickt. Wir sollen hier im Haus auf weitere Instruktionen warten. Hat man Ihnen das auch gesagt?«

»So ungefähr. Ich war noch in der Küche und habe Vorbereitungen für das Frühstück getroffen. Anscheinend gibt es immer noch etwas, was man im Eifer des Gefechts vergessen hat. Ich war gerade in der Vorratskammer und habe nach einem zusätzlichen Krug Ahornsirup gesucht, den ich weggestellt hatte, aber partout nicht finden konnte, als Jemmy Gilbert hereingestürmt kam, als sei der Teufel persönlich hinter ihm her. Er wollte wissen, ob ich jemanden gesehen oder gehört hätte, der sich in der Einfahrt oder auf dem Parkplatz zu schaffen gemacht hätte. Ich sagte, daß ich davon höchstwahrscheinlich gar nichts mitbekommen hätte. Erstens kommen hier ständig Jogger vorbei, und zweitens ist die Vorratskammer absolut schalldicht. Dann habe ich Jemmy gefragt, was denn los sei. Er hat mir mitgeteilt, daß draußen in der Auffahrt eine Frau liegt, und mich gebeten, mit ihm zu gehen und sie mir anzusehen.«

»Das war bestimmt ein ziemlicher Schock für Sie«, meinte Helen.

»Er hat das Faß endgültig zum Überlaufen gebracht, das kann ich Ihnen sagen. Ich habe sofort vermutet, daß es Lucivee Flodge ist. Wahrscheinlich ist sie nach Hause gegangen, hat sich noch ein paar Drinks gemacht und hat dann beschlossen, wieder herzukommen und sich mit mir anzulegen, hat aber ein bißchen zu tief ins Glas geschaut und ihre Kräfte überschätzt und ist zusammengebrochen, bevor sie das Gasthaus erreicht hat.«

»Wäre das denn möglich? Wohnt sie in Ihrer unmittelbaren Nachbarschaft?«

»Oh ja, nur eine Straße weiter, praktisch Rücken an Rücken mit dem Gasthof. Sie braucht im Grunde nur durch ihren Garten und über den Parkplatz zu gehen. Jedenfalls wollte Jemmy

Gilbert, daß ich mit ihm nach draußen gehe und sie mir ansehe. Es war tatsächlich Lucivee, genau wie ich gedacht hatte. Sie trug immer noch das schwarze Kostüm mit dem roten Revers, das Sie ja auch gesehen haben. Ich bat Jemmy und Armand, sie umzudrehen, damit ich ihr Gesicht richtig sehen konnte, aber sie meinten, das verstieße gegen die Vorschriften und sie müßten dazu weitere Instruktionen einholen. Also hat Jemmy mich wieder ins Haus gebracht und Claridge geholt, damit er mich bewacht. Was ist denn los mit Lucivee, Professor? Ist sie immer noch nicht zu sich gekommen?«

Kapitel 17

Peter mußte sich zwingen, Helen nicht anzusehen. »Man hat uns auch nur bis zur Treppe vorgelassen, Mrs. Bright. Wir konnten nicht viel sehen. Hätten Sie etwas dagegen, wenn ich das Kaminfeuer anmachen würde? Meine Frau zittert vor Kälte.«

Vielleicht zitterte sie auch aus einem anderen Grund, aber sie spielte auf jeden Fall mit. »Ich hätte wissen müssen, daß die Strickjacke allein nicht warm genug ist. Peter hat mir erzählt, daß Ihre Tochter wunderschöne handgewebte Sachen verkauft, und versprochen, mir morgen ihren Laden zu zeigen.«

In einer Situation, an der man ohnehin nichts ändern kann, ist ein unverfängliches Gespräch manchmal durchaus tröstlich. Mrs. Bright war dankbar, daß sie endlich das Thema wechseln konnte, und ging sofort darauf ein. So gut es ging, vertrieben sie sich die Zeit vor dem Treibholzfeuer mit den vielfarbigen Flammen, bis sie von dem Geheul einer Polizeisirene und blauen Lichtblitzen wieder aufschreckt wurden. Diesmal widerstand keiner der Versuchung, zum Fenster zu gehen, doch Mrs. Bright tat genau das, was Peters Mutter zweifellos auch getan hätte: Sie zog anstandshalber die Vorhänge zu und ließ nur einen schmalen Spalt zum Durchspähen offen.

Lucivee Flodge war tot. Daran bestand kein Zweifel mehr, denn ihr Körper verschwand in einem langen Plastiksack, wurde auf eine Trage gelegt, die durch die offene Hecktür in den Polizeikrankenwagen geschoben wurde. Als die Türen wieder geschlossen waren und der Krankenwagen vorsichtig losfuhr, hörte Peter die Gastwirtin murmeln: »Der Herr sei uns gnädig.« Er griff nach ihrem Arm, führte sie zurück zu ihrem Sessel und legte ein weiteres Stück Treibholz ins Feuer.

Dann warteten sie wieder, während die Männer draußen anscheinend erfolglos zwischen den Kieseln herumstocherten. Nach etwa fünfzehn Minuten, die ihnen jedoch wie eine Ewigkeit vorkamen, betrat Jemmy Gilbert wieder das Foyer.

»Mrs. Bright, würde es Ihnen etwas ausmachen, für ein oder zwei Minuten mit mir in die Küche zu gehen?«

Es machte ihr eine Menge aus, aber sie hielt sich wacker. »Was wollen Sie denn von mir, Jemmy? Sie sind doch wohl nicht schon wieder hungrig?«

»Nein, noch nicht.« Er war mindestens genauso nervös wie die Gastwirtin, konnte es allerdings weniger gut überspielen. »Also der – der diensthabende Officer«, er versuchte verzweifelt, das Wort Mordkommission zu vermeiden, »also er dachte, wir sollten mal nachprüfen, ob es wirklich möglich ist, daß jemand durch die Gasse laufen kann, ohne daß man ihn hört.«

»Ich habe Ihnen doch eben schon gesagt, daß ich in der Vorratskammer war.«

»Ja, das weiß ich. Aber jetzt sollen wir zusammen in die Vorratskammer gehen, und Sie sollen so ziemlich das machen, was Sie heute abend auch gemacht haben, während ich versuche herauszufinden, ob man hört, wenn draußen jemand vorbeigeht.«

»Das ist doch Unsinn. Man braucht doch bloß die Schuhe auszuziehen und auf Socken zu laufen, wenn man nicht gehört werden will.«

»Genau das habe ich auch gesagt, aber Detective Blake meint, daß nicht jeder Zeit hat, sich die Schuhe auszuziehen. Wir sollen es als Teil unserer Ermittlungsarbeit betrachten.«

»Da es ja ohnehin niemanden interessiert, was ich von dieser Art der Ermittlung halte, bringen wir es am besten möglichst schnell hinter uns.«

Claridge Withington war nicht sonderlich begeistert von seiner Rolle als passiver Zuhörer, daher räusperte er sich ziemlich lautstark. »Ähem! Und was sollen wir anderen machen, Officer?«

»Ich möchte, daß Sie genau da bleiben, wo Sie gerade sind. Es kommt gleich jemand und nimmt Ihre Aussagen auf.«

»Ah ja, unsere Aussagen. Das wird sicher eine interessante Erfahrung, meinen Sie nicht auch, Professor?«

Withington hätte am liebsten gleich wieder losgelegt, doch Jemmy Gilbert machte keine Anstalten, ihm zuzuhören. Er war bereits mit Elva Bright auf dem Weg zur Speisekammer, bevor Withington Zeit hatte, sich ein zweites Mal zu räuspern. Peter bat ihn mit einer Handbewegung, leise zu sein.

»Am besten, wir geben keinen Mucks von uns und spitzen die Ohren.«

Der Grund leuchtete ihm zwar selbst nicht ein, doch es war immerhin eine Möglichkeit, die alte Quasselstrippe vorübergehend mundtot zu machen. Da Mrs. Bright nicht mehr da war, konnten sie eigentlich genausogut einen Blick nach draußen riskieren und herausfinden, was genau sich dort abspielte. Peter ging zu einem der Fenster, zog ohne viel Federlesens den Vorhang auf und schaltete die Tischlampe aus, damit sich ihre Augen an die Dunkelheit gewöhnen konnten.

Sehr viel war nicht zu sehen. Ein gutaussehender Sergeant mit Stiefeln machte den Anfang und lief gut hörbar die Straße hinauf und hinab. Der zweite Beamte trug Turnschuhe. Man konnte seine Schritte zwar hören, doch nur, wenn man genau darauf achtete. Eine Gastwirtin, die in ihrer Speisekammer verzweifelt nach Ahornsirup suchte, hätte ihn höchstwahrscheinlich nicht gehört. Der Dritte im Bunde war ein mutiger Mann, der in dünnen schwarzen Socken seinen Auftritt absolvierte. Hätte er sich nicht zufällig den Zeh gestoßen und »Aua« gerufen, hätte ihn wahrscheinlich niemand gehört.

Damit war dieser Teil der Ermittlungsarbeiten abgeschlossen. Peter versetzte den Vorhang hastig wieder in den Zustand, in dem Elva Bright ihn zurückgelassen hatte, knipste die Lampe an und ging zurück zu dem kleinen Sofa, um seine geliebte Gattin zu trösten, nachdenklich in die Flammen des Kaminfeuers zu starren und sich zu fragen, warum er nicht ein oder zwei Arme voll Treibholz von Rondel's Head mitgebracht hatte. Es hatte mehr als genug davon auf den Klippen gelegen. Anschließend hätte er einen Umschlag auf dem Tisch deponieren können, so daß Miss Rondel nicht gedacht hätte, er nutze ihre kurze Bekanntschaft schamlos aus, um ihr Treibholz zu klauen.

Es war langweilig, untätig herumzusitzen und darüber nachzudenken, wann zum Teufel die Gesetzeshüter endlich aufhörten, draußen herumzurennen, und begannen, die Verdächtigen in die Mangel zu nehmen. Helen hatte den Kopf auf seine Schulter gelegt und war eingeschlafen. Peter war froh, daß sie endlich Gelegenheit hatte, sich ein wenig zu erholen.

Nach dem anstrengenden Tag mußte sie völlig erschöpft sein, immerhin war sie schon unterwegs gewesen, als die Frühaufsteher unter den Vögeln gerade erst mit dem Würmersuchen anfingen. Außerdem hatte sie eine lange Fahrt hinter sich und nur bei den seltenen Pausen Gelegenheit gehabt, sich ein wenig zu rekeln, dann hatte sie mit Catriona und Guthrie ein Picknick veranstaltet, war nach Pickwance gekommen und sofort in den Strudel der Ereignisse geraten. Helen gehörte dringend ins Bett.

Und er ebenfalls, verflixt und zugenäht! Wie in Dreiteufelsnamen hatte er es bloß geschafft, sie beide in diese furchtbare Situation zu bringen? Er überlegte, ob es eine Möglichkeit gab, alles Catriona McBogle in die Schuhe zu schieben, doch da konnte er auch genausogut das Schicksal dafür verantwortlich machen. Man mußte das Leben halt nehmen, wie es war. Peter konnte sich zwar nicht erinnern, wann ihm selbst ebenfalls die Augen zugefallen waren, doch plötzlich saß Elva Bright wieder in ihrem Sessel, und ein großgewachsener Mann, der große Autorität zu besitzen schien, zog einen Stuhl an den Rand der kleinen Gruppe, so daß ihn alle sehen konnten, als er zu sprechen begann.

»Tut mir leid, daß Sie so lange warten mußten. Wahrscheinlich wissen Sie inzwischen alle, daß wir es mit einem ziemlich ernsten Problem zu tun haben.«

Das brauchte er ihnen wirklich nicht zu sagen, doch selbst Withington äußerte sich dazu nicht. »Ich bin Detective Drake von der Staatspolizei, falls es Sie interessiert. Anhand von Papieren, die wir in der Aktentasche fanden, gehen wir davon aus, daß die Frau, die Sergeant Gilbert und Sergeant Armand heute abend vor dem Gasthof gefunden haben, eine gewisse Lucy V. Lach ist, von Beruf Rechtsanwältin, wohnhaft Robinwood Road in Portland. Kann jemand diese Angaben bestätigen? Mrs. Bright?«

Die Gastwirtin zuckte zusammen, als habe sie einen galvanischen Schlag erlitten, doch ihre Stimme klang ruhig und konzentriert. »Die Adresse ist mir nicht bekannt, aber sie steht wahrscheinlich im Telefonbuch von Portland. Es liegt dort drüben auf der Theke. Das V steht für Veronica, das kann ich mit Bestimmtheit sagen, auch wenn es sicher nicht von Bedeutung ist. Lach könnte ihr richtiger Name sein, hier hat sie sich jedenfalls Lucivee Flodge genannt.«

»Warum Flodge? Ist sie irgendwie mit Jasper Flodge verwandt, dem Mann, der hier vorigen Dienstag gestorben ist?«

»Das trifft den Nagel so ziemlich genau auf den Kopf. Vor etwa sechs Jahren kam sie ungefähr jedes Wochenende her und wohnte bei Jasper, in dem Haus genau hinter dem Gasthof.

Manchmal haben die beiden hier gegessen, aber ich muß zugeben, daß ich mich nie sonderlich viel mit ihr beschäftigt habe. Jasper hatte immer irgendeine Frau im Schlepptau, nach ihr kamen noch viele andere. Die Beziehung mit Lucivee hat etwa ein Jahr gedauert, aber ich habe mich erst wieder an sie erinnert, als sie Donnerstag abend hier hereinschneite und behauptete, Jaspers Witwe zu sein. Soll ich Ihnen das Telefonbuch holen?«

»Nein, bleiben Sie ruhig sitzen. Ich wollte nur sichergehen, daß wir über die richtige Person sprechen. Als Sie sie neulich abends wiedersahen, haben Sie sie da eindeutig als die Frau erkannt, die vor sechs Jahren mit Mr. Flodge zusammenlebte?«

»Oh ja. Lucivee hat sich nicht sehr verändert, und sie war auch kein Mensch, den man leicht verwechseln konnte. Ich hatte in der Küche zu tun, als sie hereinkam, aber ich habe jemanden im Speisesaal herumschreien hören und glaubte, die Stimme zu kennen. Ich habe hinausgespäht, um sicherzugehen. Sie trug dasselbe rotschwarze Kostüm wie heute abend. Sie hatte immer schon eine Vorliebe für Schwarz.«

»Was war mit ihrer Handtasche?«

»Ich glaube nicht, daß sie eine Handtasche bei sich hatte. Ich habe nur eine Aktentasche oder etwas in der Art gesehen. Aber vielleicht war es auch eine Handtasche. Mr. Withington kann Ihnen da vielleicht besser weiterhelfen, er hat ein ausgezeichnetes Erinnerungsvermögen. Woran ist sie denn gestorben, hat man es schon feststellen können?«

»Ich nehme an, diese Frage können Sie wohl am besten beantworten, Mrs. Bright.«

Die bunten Flammen tanzten immer noch hinter dem Kaminschirm, doch die Temperatur im Zimmer schien um zwanzig Grad gefallen zu sein. »Wie meinen Sie das?«

»Okay, Mrs. Bright. Unseren Informationen zufolge haben Sie Mrs. Flodge heute abend mit einer Waffe angegriffen und sie gewaltsam von Ihrem Grundstück entfernt.«

»Diese Information haben Sie aus einem Telefongespräch mit Mrs. Flodge, wenn ich mich nicht irre.«

»Ja, das war der Name der Anruferin.«

»Und welche Spuren von Körperverletzung haben Sie gefunden, als sie die Leiche umgedreht haben? Hatte sie vielleicht einen kleinen Kratzer auf der rechten Wange?«

»Kann schon sein. Aber sie hatte außerdem eine schwere Verletzung an der linken Schläfe, die ihr wahrscheinlich mit einem der draußen herumliegenden Steine zugefügt wurde. Wir glauben, die Tatwaffe bereits gefunden zu haben, aber wir werden es erst mit Bestimmtheit wissen, wenn wir den Stein auf Blutspuren, Haare und Gewebe untersucht haben. Und natürlich auf Fingerabdrücke. Wir benötigen Fingerabdrücke von allen Anwesenden.«

»Die können Sie gerne haben. Sie sagten, der Schlag auf die Schläfe sei tödlich gewesen?«

»Genau wissen wir das erst, wenn der Autopsiebericht vorliegt.«

»Verstehe. Können Sie mir vielleicht sagen, wie groß der Stein war?«

»Ich glaube, die Fragen sollte ich stellen, Mrs. Bright.«

»Dann würde ich vorschlagen, die Anwesenden schildern zu lassen, was sich hier wirklich abgespielt hat. Sie waren alle hier im Speisesaal, haben genau gesehen, was ich mit Lucivee Flodge gemacht habe, und waren seitdem die ganze Zeit mit mir zusammen.«

Withingtons Räuspern wurde allmählich langweilig. »Entschuldigen Sie bitte, Elva. Mich haben Sie weggeschickt, wie Sie sich vielleicht erinnern werden.«

»Erst nachdem Lucivee das Gasthaus verlassen hatte, und keinen Moment früher. Thurzella war noch hier, und der Professor und Mrs. Shandy ebenfalls.«

»Wer ist Thurzella?« fragte der Detective.

»Und wie buchstabiert man den Namen?« erkundigte sich Armand, der im Hintergrund Protokoll geführt hatte.

»Genau so wie man ihn spricht«, erwiderte Mrs. Bright ein wenig spitz. »Und Thurzella ist meine Enkelin, Detective Drake. Sie hilft mir in diesem Sommer im Restaurant.«

»Wohnt sie hier bei Ihnen im Gasthof?«

»Nein, am Ende der Straße, in dem großen weißen Haus neben der Kirche. Meine Tochter Michele ist mit Bob Cluny verheiratet, dem Leiter des Sägewerks. Ich habe Thurzella nach Hause geschickt, kurz nachdem Lucivee stinkwütend abgerauscht ist. Vorher hatte sie mir noch angedroht, mich geschäftlich zu ruinieren, aber das hätte sie ohnehin nicht geschafft, genausogut hätte sie behaupten können, sie wolle nach Rom gehen und Papst werden. Aber auch sonst hätte es mich nicht weiter erschüttert, wenn man bedenkt, was in der letzten Zeit alles passiert ist.«

»Wieso sind Sie so sicher, daß Mrs. Flodge den Fall verloren hätte? Stand Ihre Existenz denn nicht auf dem Spiel?«

»Das glaube ich kaum. Irgendwie hätte ich es schon geschafft.« Mrs. Bright bewegte ihre rechte Hand, und der große Diamant, in dem sich das Kaminfeuer spiegelte, funkelte eindrucksvoll. »Der Gasthof ist mein Hobby, nicht mein Lebensunterhalt. Um wieder auf Thurzella zurückzukommen, ich bin mit ihr bis zur Eingangstür gegangen und habe auf der Treppe gewartet, bis ich sicher sein konnte, daß sie heil zu Hause angekommen war. Zu diesem Zeitpunkt lag ganz bestimmt noch keine Leiche im Gäßchen. Thurzella hätte daran vorbeigehen müssen, und wir hätten sie auf jeden Fall beide gesehen. Thurzella entgeht so leicht nichts.«

»Warum haben Sie sie denn schon so früh weggeschickt?«

»Weil sie mit ihrer Arbeit fertig war und ihre Eltern sie zu einer vertretbaren Zeit zurückerwarteten. Das würde Ihnen sicher genauso gehen, wenn Thurzella zufällig Ihre Tochter wäre.«

»Hm. Und Mr. Withington haben Sie ebenfalls fortgeschickt.«

»Ich habe ihm nahegelegt, sich auf sein Zimmer zurückzuziehen. Sie dürfen nicht vergessen, daß ich kein junges Mädchen mehr bin und eine ziemlich anstrengende Woche hinter mir habe. Außerdem ist Jasper Flodge in meinem Speisesaal gestorben und seine angebliche Frau hat mich seither mit ihren diversen Auftritten auf Trab gehalten. Da war sie also wieder, verleumdete mich und meine Töchter in meinem eigenen Haus und log mir frech ins Gesicht. Ich kenne Claridge Withington schon seit langem und wußte aus Erfahrung, daß er diese unverschämte Lüge wie ein Schwamm aufsaugen und es gar nicht abwarten können würde, sie möglichst schnell weiterzuerzählen.«

»Das ist unfair, Elva!«

»Nein, ist es nicht. Tut mir leid, Claridge, ich weiß, daß es nicht sehr nett ist, wenn ich vor Fremden so über Sie spreche, aber ich habe die Nase gestrichen voll davon, wie Sie sich über meine Familie das Maul zerreißen. So geht es schon seit Sie das allererste Mal gekommen sind, und es wird höchste Zeit, daß ich es Ihnen endlich sage.«

Withington zog ein sorgfältig gebügeltes Taschentuch heraus und putzte sich dramatisch die Nase. »Ich danke Ihnen für Ihre Offenheit, Elva. Ich hatte keine Ahnung, daß Sie mich so abstoßend und unerträglich finden. Ich war dumm genug zu glauben, daß ich nach all den Jahren sozusagen zur Familie gehörte.«

»Jetzt fangen Sie bloß nicht wieder an, uns das arme bedauernswerte Opfer vorzuspielen, Claridge Withington. Mein Mann war schon schwer krank, als ich ihn kennenlernte, und es ging ihm verdammt viel schlechter, als es Ihnen je gegangen ist oder gehen wird. Er hat nie auch nur ein Wort über seine Schmerzen verloren, aber das können Sie gar nicht wissen. Er war ja längst tot, als Sie zum ersten Mal herkamen, auch wenn Sie ständig behaupten, Sie wären mit ihm eng befreundet gewesen. Und da

Sie sich ja sonst so gern in seinem Ruhm sonnen, können Sie genausogut endlich anfangen, sich ein Beispiel an ihm zu nehmen.«

»Oh, aber das habe ich doch schon in vielerlei Hinsicht getan, auch wenn dies wohl kaum der geeignete Zeitpunkt zu sein scheint, dies zu erklären. Da Sie hier die Fragen stellen, Detective Drake, glauben Sie, daß ich Ihnen irgendwie helfen kann?«

»Das weiß ich noch nicht.« Der Detective klang ebenfalls so, als sei er am Ende seiner Geduld angelangt. »Zuerst bräuchte ich noch Mrs. Brights Zeugenaussage für die Unterlagen. Sie werden sie anschließend unterschreiben müssen, Mrs. Bright, daher versuchen Sie bitte, so klar und präzise wie möglich zu sein. Wären Sie so freundlich, mit Sergeant Gilbert und mir in den Speisesaal zu gehen? Die anderen kommen später auch noch an die Reihe. Sergeant Armand bleibt an der Tür stehen, falls es irgendwelche Probleme geben sollte.«

Elva Bright preßte ihre Lippen zu einem schmalen Strich zusammen und folgte Detective Drake in den Speisesaal. Peter warf Armand einen Blick zu, zuckte mit den Achseln und legte ein paar Scheite Treibholz nach.

Kapitel 18

Die Besprechung im Speisesaal dauerte nicht lange. Elva Brights Gesicht sah noch genauso versteinert aus wie zuvor.

»Jetzt wollen sie mit Ihnen sprechen, Mrs. Shandy.«

Das war alles, was die Gastwirtin sagte. Helen zog die Augenbrauen hoch, strich ihren Rock glatt und begab sich in den improvisierten Vernehmungsraum. Da sie erst am späten Nachmittag angekommen war, wußte sie natürlich kaum etwas und faßte sich anscheinend mehr als kurz. Das Gespräch dauerte kaum zehn Minuten.

»Würden Sie bitte als nächster hineingehen, Mr. Withington?«

»Tatsächlich? Ich dachte schon, ich käme als letzter an die Reihe.«

Trotz seines Einspruchs hielt Withington seinen Spazierstock bereits gezückt, um sich auf das beschwerliche Aufstehen vorzubereiten, seit Elva Bright das Zimmer verlassen hatte. Er hievte sich schneller als gewöhnlich aus seinem Sessel und verschwand mit der für seinen Zustand größtmöglichen Eile im Speisesaal.

Entweder hatte man den Frauen Sprechverbot erteilt oder sie hatten schlichtweg nichts mehr zu sagen. Helen streichelte Mrs. Brights Hand und lächelte ihr kameradschaftlich zu. Die Gastwirtin erwiderte das Lächeln, doch es kostete sie einige Mühe. Schließlich lehnte sie sich in ihren Weidensessel zurück und schloß die Augen. Wahrscheinlich war sie völlig erschöpft.

Withington würde für seine Mitteilungen sicher einige Zeit brauchen. Peter stellte sich schon auf eine weitere Phase der Langeweile ein, doch das Warten war weit weniger schlimm als erwartet, vor allem, weil er es schaffte, ungefähr zehn Minuten lang einzudösen. Dem selbsternannten Orakel gelang es, den Beamten zweiundzwanzig Minuten und dreizehn Sekunden lang auf die Nerven zu gehen. Withington sah überaus zufrieden aus, als er wieder auf der Bildfläche erschien, bog um die Ecke und begab sich auf sein Zimmer, ohne sich von den anderen zu verabschieden.

Jetzt war nur noch Peter Shandy übrig. Er wußte ziemlich genau, was Drake fragen würde, und hatte schon alle Antworten parat. Natürlich entwickelte sich das Gespräch nicht ganz so wie erwartet, doch im großen und ganzen hatte er richtig gelegen. Als man ihn danach fragte, erklärte er, warum er nach Pickwance gekommen war und was er hier getan hatte. Er sah keinen Grund, die Bilder zu erwähnen, die er und Helen zu kaufen gedachten, schilderte dafür aber lang und breit, wie er auf Miss Rondels Grundstück Lupinensamen gesammelt hatte und was er sich von den Zuchtversuchen in den Treibhäusern des Balaclava Agricultural College versprach.

Nachdem er seine Glaubwürdigkeit unter Beweis gestellt hatte, befragte man ihn nach den näheren Umständen von Jasper Flodges Tod, dem Besuch der Frau, die von sich behauptete, Flodges rechtmäßig angetraute Gattin zu sein, ihrem geschmacklosen Auftritt am Abend vor der Beerdigung und der völlig grundlosen und unmotivierten Attacke, die sie kurz vor ihrem eigenen Tod heute abend gegen Elva Bright geritten hatte.

»Das gibt doch alles keinen Sinn«, sagte Drake. »Warum hat Mrs. Flodge sich Ihrer Meinung nach heute abend derart aufgeführt, Professor Shandy? War sie vielleicht einfach nur wütend, weil ihre Party ins Wasser gefallen war?«

»Ich glaube, es war sehr viel mehr«, erwiderte Peter. »Mrs. Flodge mag vielleicht eine fähige Anwältin gewesen sein, dazu kann ich nichts sagen, aber als Person wirkte sie auf mich ziemlich unkonzentriert und wirr. Am ersten Abend hat sie beispielsweise Withington gegenüber damit geprahlt, daß sie Jasper Flodges Haus und sein ganzes Vermögen geerbt habe. Einige Minuten später stand sie plötzlich auf und verkündete lautstark vor allen Gästen, Jasper Flodge habe nur deshalb im Beisein von Zeugen Selbstmord begangen, weil er sie um die Versicherungssumme bringen wollte, für die sie seit Jahren die Beiträge entrichtet habe – wahrscheinlich in der stillen Hoffnung, daß ihn jemand um die Ecke bringen würde, bevor sie zu alt war, das Geld zu verprassen. Er muß übrigens ein ganzes Stück älter gewesen sein als sie, doch das tut wohl nichts zur Sache.«

»Das kann man nie wissen«, meinte der Detective. »Hat sie etwas über das Motiv für den angeblichen Selbstmord gesagt?«

»Sie behauptete, er habe Probleme mit der Mafia gehabt. Er habe sein ganzes Geld in irgendein zwielichtiges Geschäft gesteckt und sollte aus dem Weg geräumt werden, weil er nicht in der Lage war, seine angeblichen Schulden zu bezahlen. Keine Ahnung, ob die Geschichte stimmt oder nicht. Danach hat sie wohl die ganze Zeit in seinen Sachen herumgestöbert, in der Hoffnung, irgendeine Art von Vermögen zu finden, schien dabei aber nicht sonderlich erfolgreich zu sein. Wenn Sie meine Meinung hören wollen, mit der ich natürlich völlig falsch liegen könnte, hat sie heute abend einsehen müssen, daß Flodge tatsächlich mittellos war, und beschlossen, diese unerfreuliche Tatsache mit ein wenig Erpressung zu kompensieren.«

»Aber warum Mrs. Bright? Was hätte sie denn von ihr bekommen können?«

»Eine Menge, falls Withingtons Geschichte auch nur halbwegs stimmt. Er behauptet, der verstorbene Jean-Luc Mercier de L'Avestant-Portallier, so lautet Mrs. Brights vollständiger Familienname, obwohl sie verständlicherweise aus Geschäftsgründen ihren Mädchennamen weiterbenutzt, sei ein wohlhabender Mann gewesen. Angeblich hat er nicht nur eine Art Einkommen aus Frankreich bezogen, wo er im Zweiten Weltkrieg in der Resistance kämpfte, sondern sein Geld zudem so geschickt in Aktien angelegt, daß er und seine Frau schon bald in der Lage waren, ihren Eltern den Gasthof abzukaufen und in ein äußerst erfolgreiches Unternehmen zu verwandeln.«

»Wie das? Seine Frau sagt, er sei schwerbehindert gewesen.«

»Geistig war er völlig in Ordnung. Er wußte, daß er nicht alt werden würde und konzentrierte sich aus diesem Grunde darauf, seine Frau und die beiden gemeinsamen Kinder finanziell abzusichern. Beide Töchter sind glücklich verheiratet, haben nette Kinder und interessante Berufe. An der Übernahme des Gasthofes sind sie vermutlich nicht interessiert. Ich halte es für wahrscheinlicher, daß ihn eine der Enkelinnen weiterführen wird, doch auch das tut eigentlich nichts zur Sache. Ich wollte damit lediglich sagen, daß Mrs. Bright wahrscheinlich recht hatte, als sie sagte, das Gasthaus sei nur ihr Hobby.«

»Und wie kommen Sie auf Erpressung?«

»Was Lucivee Flodge vorhatte, war ziemlich offensichtlich. Sicher hat Mrs. Bright Ihnen bereits erklärt, warum sie der Frau eine Ohrfeige gegeben hat.«

»Sie gab als Grund an, Mrs. Flodge habe ein Foto herumgezeigt, mit dem sie beweisen wollte, daß Mrs. Flodges angeblicher Gatte der Vater von Mrs. Brights Kindern gewesen sei. Hört sich das etwa nach Erpressung an?«

»Meiner Meinung nach gibt es dafür nur zwei Erklärungen. Entweder Mrs. Flodge war völlig übergeschnappt oder sie wollte Mrs. Bright auf diese Art zwingen, ihr Geld zu geben, um einen Skandal zu verhindern.«

»Glauben Sie, Mrs. Bright hätte die Frau eher umgebracht als ihr Geld zu geben?«

»Ich glaube nichts dergleichen und möchte dies noch einmal in aller Deutlichkeit betonen. Es gab nicht den geringsten Grund für einen Skandal. Mrs. Bright schämt sich kein bißchen dafür, daß sie schon schwanger war, als sie ihren Mann heiratete. Nach allem, was ich gehört habe, war es eine Liebesheirat, und an der tiefen Zuneigung der beiden Partner hat sich auch später nichts geändert. Er war ein wunderbarer Ehemann und Vater und ein geachtetes Mitglied der Gemeinde. Schade, daß es nicht mehr Männer wie ihn gibt.«

»Aber Sie scheint nichts dagegen zu haben, daß dieser Withington hier herumlungert.«

»Er wohnt jedes Jahr einige Monate als Pensionsgast in einem ihrer Zimmer. Dafür sind Gasthäuser schließlich da, oder nicht? Ich könnte mir vorstellen, daß sie ihn ursprünglich als Pensionsgast aufgenommen hat, weil sie aufgrund seiner Behinderung das Gefühl hatte, Jean-Luc sei wieder da. Leider ist Withington nicht aus dem Holz geschnitzt, aus dem die Helden sind, und dies scheint mit zunehmendem Alter und zunehmender Behinderung nicht besser geworden zu sein. Vermutlich fällt es einer gutherzigen Frau schwer, einem Stammgast ein Zimmer zu verweigern, nur weil er so eine Nervensäge ist, daß sie seine Gegenwart kaum erträgt. Ich kann mir absolut nicht vorstellen, daß sie Withingtons Suppe vergiften würde, um ihn loszuwerden. Was die Lügengeschichte betrifft, Jasper Flodge sei der Vater von Elva Brights Kindern gewesen, und den Versuch, Thurzella Cluny als Beweis dafür zu benutzen, so kann ich dazu nur sagen, daß es nicht stimmt.«

Drake war nicht sehr glücklich über diese Wendung des Gesprächs. »Wieso können Sie da so sicher sein, Professor Shandy? Soweit ich weiß, haben Sie ihn doch nur gesehen, als er mit dem Gesicht in einem Teller Hühnerfrikassee lag.«

»Ganz im Gegenteil. Ich saß an einem Tisch ganz in seiner Nähe, wo ich genau sehen konnte, wie er aß. Es war so ein faszinierendes Schauspiel, daß ich meine Augen kaum abwenden konnte. Ich bin sicher, daß Flodge nicht einmal gemerkt hat, daß ich ihn anstarrte, er war viel zu sehr damit beschäftigt, wie ein Wolf sein Essen herunterzuschlingen. Ich habe noch nie jemanden so schnell so viel essen sehen. Als er vornüber kippte, nahm ich an, er habe sich an etwas verschluckt, doch er gab keinen Ton von sich. Thurzella, die zufällig gerade den Nebentisch abräumte, versuchte ihn an den Haaren hochzuziehen, riß ihm aber statt dessen nur das Toupet ab. Das war zuviel für sie, also habe ich ihn aufgerichtet und versucht, die Sauce abzuwischen. Dabei habe ich festgestellt, daß er tot ist.«

»Und was geschah dann?«

»Mrs. Bright benachrichtigte die Polizei und den Krankenwagen. In der Zwischenzeit blieben Withington und ich bei dem Toten. Ich hatte also Gelegenheit genug, seine Gesichtszüge genau zu studieren. Er hatte nicht die geringste Ähnlichkeit mit Thurzella. Und auch nicht mit ihrer Mutter. Die beiden sehen sich nämlich so ähnlich, daß man sie für Zwillinge halten könnte. Ich bin sicher, daß Mrs. Bright ein Foto von ihrem Mann hat. Sie sagt, daß Michele und Thurzella ihm sehr ähneln. Jean-Luc, wie sie ihn nennt, muß ein attraktiver Mann gewesen sein, selbst in seinem erbarmungswürdigen Zustand.«

»In Ordnung, Professor, das läßt sich nachprüfen. Wie lange dauerte es, bis der Krankenwagen eintraf?«

»Sehr viel länger, als mir lieb war. Mindestens eine halbe Stunde, wenn nicht mehr. Mrs. Bright hat sogar noch einmal angerufen, um herauszufinden, warum er so bloß lange brauchte.«

»War sie die ganze Zeit mit Ihnen zusammen?«

»Nein, sie brachte Thurzella nach Hause und blieb lange genug, um den Eltern des Mädchens zu erzählen, was passiert war.

Aber sie war bereits einige Zeit zurück, als der Krankenwagen endlich eintraf.«

»Ach ja. Woher hatte Flodge Ihrer Meinung nach das Zyanid?«

Peter schüttelte den Kopf. »Da muß ich leider passen. Wußten Sie übrigens, daß Flodge die Angewohnheit hatte, Mandelextrakt zu trinken?«

»Wie bitte? Warum zum Teufel sollte er so etwas trinken?«

»Um seinen Alkoholpegel aufrecht zu erhalten, wie Mrs. Bright und der Fahrer des Krankenwagens einstimmig erklärten. Angeblich ist er so oft wegen Trunkenheit am Steuer belangt worden, daß man ihm eine längere Haftstrafe und Führerscheinentzug auf Lebenszeit angedroht hat, wenn er nicht endlich die Finger vom Alkohol läßt. Er hat anscheinend seinen eigenen Kompromiß gefunden, indem er eine kleine Flasche mit Mandelextrakt bei sich trug und gelegentlich ein Schlückchen davon trank, wenn er sich unbeobachtet fühlte.«

»Warum ausgerechnet Mandelextrakt? Normalerweise ist es doch immer Vanille- oder Zitronenextrakt.«

»Flodge hatte eine ausgesprochene Vorliebe für Mandeln. Mrs. Bright sagte, er habe Mandeln in jeder Form gegessen: ganz, gehackt, gerebelt, auf Pasteten, als Marzipankartoffel, ganz egal wie. Nachdem wir festgestellt hatten, daß er nach Bittermandeln roch, habe ich seine Taschen durchsucht und tatsächlich eine Flasche mit einem Rest Mandelextrakt gefunden. Ich habe das Glas nicht berührt und die Flasche genau an der Stelle gelassen, wo sie sich befand. Ich nehme an, man hat sie im Polizeilabor untersucht, aber genau weiß ich es natürlich auch nicht.«

»Ich werde das nachprüfen lassen«, sagte Drake. »Wahrscheinlich war tatsächlich nur Mandelextrakt in der Flasche. Blausäure wirkt nämlich so schnell, daß man kaum genug Zeit hat, die Flasche wieder zu schließen und zurück in die Tasche zu stecken. Und im Hühnerfrikassee war die Substanz offenbar nicht.«

»Das glaube ich auch nicht. Flodge bekam die letzte Portion, die noch da war. Ich selbst habe die zweitletzte gegessen und keinen Schaden davongetragen, wie Sie sehen.«

»In Ordnung, Professor. Ich glaube, das ist momentan alles. Übrigens kommen Sie mir irgendwie bekannt vor. Haben wir uns schon mal getroffen?«

»Ich glaube, wir – eh – sind uns vor ungefähr einem Jahr in Hocasquam begegnet.«

»Teufel auch, jetzt erinnere ich mich wieder. Sie sind der Freund von Guthrie Fingal, der ihm geholfen hat, die Wetterfahne vom College wiederzufinden.«

»Ich war nur einer unter vielen«, meinte Peter bescheiden.

»Da ist Guthrie aber anderer Meinung. Ihre Frau und diese Miss McBogle, die so verrückte Bücher schreibt, waren auch in die Sache verwickelt, wenn ich mich richtig erinnere.«

»Stimmt. Catriona hat uns übrigens gerade besucht und ist heute mit meiner Frau zurück nach Maine gefahren. Helen und ich wollten uns eigentlich morgen wieder auf den Heimweg machen, aber ich fürchte, wir müssen unsere Pläne ändern, oder irre ich mich?«

»Es wäre mir in der Tat lieber, wenn Sie noch etwas länger bleiben könnten, falls es Ihnen nicht allzuviel ausmacht.«

»Gern, wenn wir Ihnen damit irgendwie weiterhelfen können. Wir rufen einfach zu Hause an und sagen der Nachbarin, die sich um unsere Katze kümmert, daß wir noch ein oder zwei Tage bleiben.«

»Es wird wohl mehr als nur ein oder zwei Tage dauern«, gab Drake zu bedenken. »Da Sie ein Freund von Guthrie sind, will ich Ihnen ganz ehrlich sagen, daß ich über die Situation alles andere als glücklich bin. Zwei Todesfälle in einer Woche, beide am gleichen Ort, das ist schwer zu verkraften, selbst wenn es sich in dem einen Fall um Selbstmord handelt und der andere ein Unfall gewesen sein könnte oder zumindest als solcher getarnt war. Junge Leute sind heutzutage ziemlich unberechenbar, zumindest einige. Nehmen wir beispielsweise diese Theresa oder wie sie heißt.«

»Thurzella.«

»Okay, Thurzella. Sie hätte durchaus zurückkommen können, nachdem Mrs. Flodge ihre Großmutter und ihre Mutter derart beleidigt hatte, und sie mit einem Stein erschlagen können.«

»Das kann ich mir nicht vorstellen«, sagte Peter. »Und noch weniger kann ich mir vorstellen, daß Mrs. Bright etwas mit den Morden zu tun hatte.«

»Wieso sind Sie da so sicher, Professor?«

»Nennen wir es einfach Instinkt. Ich will damit nicht sagen, daß sie nicht in der Lage wäre, unter bestimmten Umständen jemanden umzubringen, beispielsweise wenn ein Gangster, der mit einem Messer bewaffnet ist, ihre Enkelin vergewaltigen will. Aber heimlich Gift in ein Essen zu mischen, das man selbst zubereitet hat, und dann einem Gast des Hauses im Speisesaal zu servieren, wäre nicht nur niederträchtig, sondern auch dumm. Und Mrs. Bright ist keines von beiden.«

»Aber sie hat Mrs. Flodge tätlich angegriffen.«

»Tätlich angegriffen ist dafür wirklich nicht das richtige Wort. Sie hat Mrs. Flodge eine Ohrfeige gegeben, und zwar mit gutem Grund. Falls irgend jemand je eine Ohrfeige verdient hat, dann diese unverschämte Person. Wie meine Frau Ihnen sicher gesagt hat und Sie wahrscheinlich selbst bereits gemerkt haben, war der brutale Übergriff, von dem Mrs. Flodge bei ihrem Anruf in ihrer Dienststelle gesprochen hat, nichts weiter als ein winziger Kratzer, der durch den Stein in Mrs. Flodges Ring verursacht wurde. Das kann leicht passieren, sagt meine Frau. Die Finger eines Menschen verändern sich nämlich, sie können ein wenig anzuschwellen oder schrumpfen, je nachdem, was man gerade tut, was man gegessen hat, wie warm oder kalt es ist, wie spät es ist, ob gerade Vollmond ist oder was weiß ich. Bei Frauen fällt dies meist eher auf als bei Männern, weil sie viel häufiger Ringe tragen. Daher kann es sein, daß man einen Ring, der normalerweise genau paßt, unter bestimmten Umständen nicht mehr vom Finger bekommt, wenn der Finger auch nur ein kleines bißchen dicker ist als sonst, daher tragen die meisten Leute ihre Ringe bewußt etwas lockerer. Und genau deshalb kam es zu dem Kratzer in Mrs. Flodges Gesicht.«

»Sehr wissenschaftlich, Professor. Aber was ist mit dem Stein, mit dem sie erschlagen wurde?«

Kapitel 19

Das ist ein anderes Problem«, sagte Peter. »Sind Sie ganz sicher, daß die Verletzung, an der Mrs. Flodge gestorben ist, sich auf der linken Seite ihres Kopfes befindet?«

»Ja, absolut sicher.«

»Der Kratzer, der von dem Ring stammte, befand sich aber auf der rechten Seite?«

»Und?«

»Mrs. Bright ist zufällig Linkshänderin. Daher kam es auch zu der Verletzung mit dem Ring. Ehe- und Verlobungsringe werden bei uns normalerweise an der linken Hand getragen, was ich Ihnen sicher nicht eigens zu erläutern brauche. Mrs. Bright stand genau vor Mrs. Flodge, als sie ihr die Ohrfeige gab, der Kratzer befand sich also logischerweise auf der rechten Wange. Um dem Opfer den tödlichen Schlag versetzt haben zu können, müßte sie entweder genau hinter Mrs. Flodge oder rechts von ihr gestanden haben.«

»Sie hätte den Stein genausogut werfen können.«

»Aber nur wenn sie Mrs. Flodge draußen vor dem Gasthaus gesehen, einen großen Stein griffbereit im Haus gehabt, unbemerkt das Fliegenfenster geöffnet und den schweren Stein so geschickt und kraftvoll geworfen hätte, daß sie unter den ungünstigen Lichtverhältnissen ihr Opfer genau an der richtigen Stelle getroffen hätte.«

Drake wollte Einspruch erheben, doch Peter schnitt ihm das Wort ab. »Außerdem war Mrs. Bright der unerfreuliche Zwischenfall unendlich peinlich. Sofort nachdem sie sich zu der Ohrfeige hat hinreißen lassen, hat sie sich zutiefst geschämt, derart die Kontrolle verloren zu haben. Selbst wenn sie die Gelegenheit gefunden hätte, unbemerkt nach draußen zu schleichen und Mrs. Flodge mit einem Stein zu erschlagen, kann ich mir beim allerbesten Willen nicht vorstellen, daß sie zu einer solchen Tat fähig gewesen wäre. Dazu ist sie viel zu sehr Dame.«

»Verdammt nochmal, Mrs. Flodge ist tot. Irgend jemand muß sie ja wohl umgebracht haben.«

»Selbstverständlich, da sind wir völlig einer Meinung. Allerdings würde ich Ihnen vorschlagen, anderen Spuren nachzugehen.«

»Welchen beispielsweise?«

»Vielleicht sollten Sie versuchen herauszufinden, ob es Zeugen gibt, die irgend etwas, und sei es auch noch so unbedeutend, beobachtet haben, nachdem Mrs. Flodge wütend, aber so gut wie unversehrt den Gasthof verlassen hat. Wie ich bereits erwähnte, war Mrs. Bright zu diesem Zeitpunkt am Boden zerstört. Der Gasthof besitzt keine Ausschankgenehmigung, aber ich dachte mir, daß es vielleicht in der Küche Sherry oder Likör zum Kochen gab, und bat Thurzella, ihrer Großmutter etwas zu trinken zu holen. Auf dem Weg zur Küche sah sie zufällig nach draußen ins Foyer und sagte: ›Hallo, Evander‹.«

»Evander? Sie meinen doch wohl nicht zufällig Evander Wye, Freds Bruder, der in der Turmalinmine arbeitet?«

»Ich kenne sonst niemanden, der Evander heißt. Er gehört zu Mrs. Brights Stammgästen.«

»Er war auch schon ein paar Mal Gast in unserem Gefängnis, falls Sie davon noch nicht gehört haben sollten. Was wollte er denn?«

»Keine Ahnung. Mrs. Bright bat Thurzella, ihn zu fragen, was er wolle. Also ging sie hinaus ins Foyer, aber es war keiner mehr da. Die Tür nach oben war verschlossen, außerdem qietscht sie immer wie wahnsinnig, wenn ich sie auf dem Weg zu meinem Zimmer aufmache. Ich kann mir kaum vorstellen, daß er nach oben gegangen sein könnte, ohne daß ich ihn gehört hätte. Theoretisch besteht natürlich die Möglichkeit, daß Thurzella halluziniert hat oder daß der Geist von Evanders Urgroßvater, der angeblich im Seuchenhaus gestorben ist, hier herumspukt. Wenn es wirklich Evander Wye war, muß er ziemlich gut zu Fuß sein, um sich so schnell aus dem Staub machen zu können, daß ich ihn verpaßt habe. Ich habe hinter der Theke und in der Telefonkabine nachgesehen und mich auch sonst sorgfältig umgeschaut, weil es Mrs. Bright zu beunruhigen schien, daß Evander dort auftauchte, obwohl das Restaurant bereits geschlossen war.«

»Das kann ich sogar verstehen«, meinte der Detective. »Ich habe einiges über Evander gehört, als ich noch Streife fuhr. Manchmal wurde er nach ein paar Drinks über den Durst ganz schön übermütig. Gibt es außer der Eingangstür noch eine andere Möglichkeit, das Haus zu verlassen?«

»Nicht durch die Küche. Er hätte durch den Speisesaal gehen müssen, wo wir ihn bestimmt gesehen hätten. Aber ich kenne mich in dem Haus nicht besonders gut aus. Withingtons Zimmer befindet sich zwar im Erdgeschoß, aber ich glaube nicht, daß es einen Ausgang nach draußen hat. Wye hätte natürlich mühelos aus einem der Fenster springen können, sie liegen nicht sonderlich hoch. Aber dazu hätte er das Fliegengitter aufhaken und offen lassen müssen. Außerdem hätte man sicher gehört, wenn er unten auf den Kieseln angekommen wäre. Falls er wirklich hier gewesen ist, muß er die Eingangstür benutzt haben.«

Drake nickte. »Davon haben die anderen bisher noch nichts gesagt. Am besten unterhalte ich mich auch noch mit Thurzella. Obwohl ich mir kaum vorstellen kann, daß Bob Cluny sehr erfreut wäre, wenn ich jetzt noch bei ihm hereinschneie und sie aufwecke. Kommt sie morgen früh ins Gasthaus?«

»Ich glaube schon, weiß aber nicht genau, wann. Ihre Großmutter hat ihr erlaubt, richtig auszuschlafen, damit sie sich ein bißchen von dem schrecklichen Abend heute erholen kann. Ich könnte mir vorstellen, daß halb zehn eine gute Zeit ist, dann sind die meisten Frühstücksgäste fort. Falls es überhaupt Gäste gibt. Ich habe keine Ahnung, welche Auswirkungen die Ermordung von Mrs. Flodge auf Mrs. Brights Restaurant hat. Merkwürdigerweise hat ausgerechnet Mrs. Flodge mit ihrem Gekasper Mrs. Bright herausgepaukt, nachdem Flodge den Löffel abgegeben hatte.«

»Was Sie nicht sagen! Wie das?«

»Hmja, einen Tag nach seinem Tod fuhr ich nach Rondel's Head, um dort Lupinensamen zu sammeln, wie Sie bereits wissen. Ich kam gegen Abend zurück, machte mich ein wenig frisch und ging nach unten, wo ich feststellte, daß Withington und ich die einzigen Gäste waren. Zuerst dachte ich, meine Armbanduhr ginge nach und ich sei viel zu spät dran, doch das war nicht der Grund. Normalerweise hätte um diese Zeit Hochbetrieb geherrscht, daher schloß ich, daß es ein Problem gab. Die arme Thurzella war buchstäblich den Tränen nahe, als sie meine Bestellung entgegennahm. Dann schneite urplötzlich Lucivee Flodge herein. Sie kam gerade aus Portland oder behauptete dies zumindest, setzte sich zu Withington an den Tisch und fing ein lebhaftes Gespräch mit ihm an. Ein oder zwei Personen wagten sich aus reiner Neugier doch noch herein, und kurze Zeit später war das Restaurant genauso voll wie sonst. Da stand Mrs. Flodge plötzlich auf und verkündete lauthals, Jasper habe Schwierigkeiten mit der Mafia gehabt und sich bewußt vor Zeugen das Leben genommen, weil er sie um ihre Versicherungssumme bringen wollte.«

»Die beiden müssen ja ein merkwürdiges Paar abgegeben haben«, meinte Drake. »Flodge scheint ein unangenehmer Zeitgenosse gewesen zu sein.«

»Oh, Flodge war ziemlich widerwärtig, wenn alles stimmt, was ich während der letzten Tage gehört habe. Guthrie Fingal hat mir von den Problemen erzählt, die Flodge ihm vor einigen Jahren eingebrockt hat, und gestern abend hat sich hier ein richtiges Melodram abgespielt, zu dessen Opfern eine unschuldige Frau gehörte, deren Leben man fast zerstört hätte. Es wird Sie interessieren, daß es sich dabei unter anderem um einen Fall schweren Diebstahls handelt, von dem die Polizei noch nichts weiß. Heute abend ist es für eine umfassende Schilderung der Einzelheiten zu spät, aber wenn Sie wollen, können wir uns gern morgen darüber unterhalten.«

»Und ob ich das will. Hatte Mrs. Bright etwas mit diesen Fällen zu tun?«

»Nein, aber der Zwischenfall trug sich gestern abend hier im Speisesaal zu, und sie kam aus der Küche, um das Happy End mitzufeiern.«

»Sie würden uns also davon abraten, sie als Hauptzeugin festzunehmen?«

»Damit würden Sie meiner Meinung nach einen schwerwiegenden Fehler begehen. Mrs. Bright ist in dieser Stadt hochgeachtet. Man kann ihr nichts, aber auch gar nichts nachweisen, Sie werden sie daher unmöglich festhalten können und Sie können froh sein, wenn Ihnen danach nicht auch noch eine fette Klage auf Schadensersatz ins Haus steht. Ich würde vorschlagen, Sie lassen heute nacht einen Posten hier und fangen mit den Ermittlungen an, wenn es hell wird und Sie sehen können, was Sie tun.«

Der Detective seufzte. »Ich wollte, ich wüßte, was ich als nächstes tun soll. Aber wenigstens brauchen wir uns nicht mehr damit zu beschäftigen, wie Flodge ums Leben gekommen ist.

Heute nachmittag hat Mrs. Flodge unserem Lieutenant ein Tagebuch und mehrere Briefe übergeben, die sie unter den Habseligkeiten ihres Mannes gefunden hatte. Daraus ist einwandfrei zu ersehen, daß Flodge finanziell am Ende war, seine Schulden nicht begleichen konnte und deshalb unter Druck gesetzt wurde. Er hatte vor, sich umzubringen, weil er keine Lust hatte, untätig herumzusitzen und auf einen gedungenen Mörder zu warten.«

»Das ist ja hochinteressant«, sagte Peter. »Und wer hat das Tagebuch geführt?«

»Oh, er selbst. Es ist einer dieser Vormerkkalender, in denen man sich jeden Tag Notizen und dergleichen machen kann. Mrs. Flodge hat seine Handschrift identifiziert. Außerdem hat sie die Echtheit seiner Unterschrift anhand der Heiratsurkunde und zweier Briefe, die er ihr geschrieben hat, nachgewiesen.«

»Dann sollten Sie mit Ihren Ermittlungen an genau dieser Stelle ansetzen. Ich würde Ihnen vorschlagen, alle Unterlagen, die Mrs. Flodge Ihnen gegeben hat, zusammenzupacken, vor allem den Terminkalender mit den handgeschriebenen Notizen, damit nach Rondel's Head fahren und sie Miss Frances Rondel zeigen.«

»Sie meinen die alte Dame mit den Riesenlupinen? Was hat die denn mit Flodge zu tun?«

»Sie hat meiner Frau und mir gestern nachmittag erzählt, daß sie Jasper unterrichtet hat, als er noch ein Kind war. Anscheinend war er in vielen Punkten recht schlau, doch er hat nie Lesen und Schreiben gelernt. Er war entweder ein hoffnungsloser Legastheniker oder schlichtweg faul. Meistens konnte er die anderen mit seinem phänomenalen Gedächtnis, seiner Bauernschläue und seiner Schlagfertigkeit täuschen. Seine Frau behauptete, sie hätte jahrelang seinen Papierkram erledigt, selbst als sie längst genug davon hatte, ihm und den Damenbekanntschaften, die er nachts mit nach Hause brachte, morgens das

Frühstück zu servieren, und sei schließlich zurück nach Portland gezogen.«

»Herr des Himmels! Dann sind die Briefe und das Tagebuch also nichts anderes als Fälschungen?«

»Ich bin relativ sicher, daß sowohl Miss Rondel als auch jeder gute Handschriftenexperte Ihnen dies bestätigen wird«, erwiderte Peter. »Mrs. Flodge muß seit dem Ableben ihres Gatten einen Großteil ihrer Zeit damit zugebracht haben, einen hübschen Stapel Beweismaterial zusammenzustellen. Ich bezweifle allerdings sehr, daß sie ahnte, daß sie selbst ebenfalls in Gefahr schwebte. Sie schien ihrem Gatten recht ähnlich zu sein, verschlagen und anmaßend, aber längst nicht so intelligent, wie sie selbst dachte. Würde mich nicht wundern, wenn Sie herausfänden, daß beide ihre Befehle von einer dritten Person erhielten, die klug genug war, sich im Hintergrund zu halten. Dieser Drahtzieher hat ihnen wahrscheinlich die Rollen eingebleut, die sie zu spielen hatten, und als Lohn für seine kluge Planung den Löwenanteil der Beute eingestrichen. Aber das sind natürlich nur Vermutungen. Und von der Geschichte, die Mrs. Flodge sich über die Mafia zusammengesponnen hat, glaube ich kein einziges Wort.«

»Was macht Sie da so sicher, Professor?«

»Das ewig gleiche Muster. Der Modus operandi, wenn Sie so wollen. Guthrie Fingal hat mir einiges über Flodges Methoden erzählt. Die Sache mit den Wyes, die gestern abend hier im Gasthof ihren Höhepunkt fand, und Mrs. Flodges mißlungener Versuch, heute abend Mrs. Bright zu erpressen, stimmen in vielen Punkten überein. In beiden Fällen ging es um einen großen Batzen Geld, der sich im Besitz der jeweiligen Familie befand und an den man heranzukommen gedachte, indem man eine verwundbare Person unter Druck setzte. Vielleicht hat Mrs. Flodge die Instruktionen ihres Auftraggebers mißverstanden oder war der irrigen Ansicht, sie könne mit Mrs. Bright allein fertig werden. Vielleicht hat man sie auch bewußt in eine tödliche Falle gelockt. Aber auch das ist natürlich rein hypothetisch. Tatsache ist, daß jemand auf sie gewartet hat, um sie zum Schweigen zu bringen, als sie zurück zum Gasthof kam oder dorthin gelockt wurde. Warum ausgerechnet ein Stein als Tatwaffe benutzt wurde, müssen Sie und und Ihre Kollegen herausfinden.«

»Momentan bin ich nicht in der Verfassung, irgend etwas herauszufinden«, stöhnte Detective Drake. »Meine Güte, ich kann nicht mal mehr klar denken. Gibt es sonst noch Morde, von denen Sie mir erzählen möchten?«

»Allerdings. Wenn Jasper Flodge sich selbst umgebracht hat, bin ich Draculas Großmutter. Er stolzierte in den Speisesaal wie ein Pfau, tat so, als gehöre ihm der ganze Laden, kommandierte Thurzella herum und wollte wissen, was es zu essen gab. Es war schon ziemlich spät, im Restaurant hatte offensichtlich Hochbetrieb geherrscht, man war kurz davor zu schließen, und die Küche war zu diesem Zeitpunkt bereits so gut wie aufgeräumt. Flodge schien keine Lust auf Hühnerfrikassee zu haben, bis Thurzella ihm mitteilte, daß nur noch eine Portion übrig sei, die sie selbst gern essen würde. Daraufhin wollte er sie natürlich unbedingt haben.«

»Netter Mensch.«

»Das kann man wohl sagen. Guthrie hat übrigens erwähnt, daß Flodge seit Jahren bei den Landwirtschaftsausstellungen hier sämtliche Wettessen gewonnen hat. Wohl kaum ein Hobby, das man bei einem Genie des Verbrechens erwarten würde. Vielleicht hat Flodge ja mit der Zyanidkapsel Russisch Roulette gespielt, aber davon hat man ihm wirklich nichts angemerkt.«

»Sehr interessant.« Die Bemerkung wurde durch ein herzhaftes Gähnen ein wenig verzerrt. Peter konnte den Mann gut verstehen.

»Tut mir leid, daß ich Ihre Selbstmordtheorie zerstört habe. Ich bin genauso erschöpft wie Sie, und meine Frau ist schon in aller Herrgottsfrühe aufgebrochen und war den größten Teil des Tages unterwegs. Sie muß unbedingt ins Bett.«

»Ich habe Mrs. Shandy bereits gesagt, daß sie ruhig auf ihr Zimmer gehen kann, wenn sie möchte.« Drake klang ein wenig beleidigt.

»Sie wollte Mrs. Bright nicht allein lassen. Und Sie wissen ebenso gut wie ich, daß Mrs. Bright erst aufgibt, wenn das letzte Gewehr abgefeuert ist und der Rauch sich verzogen hat.«

»Da könnten Sie recht haben. Die arme Frau, sie steckt wirklich in Teufels Küche. Eigentlich sollte ich kein Mitleid mit Tatverdächtigen haben, aber ein Cop ist auch nur ein Mensch. Haben Sie schon irgendwas für morgen vor?«

»Ich habe meiner Frau versprochen, daß ich ihr morgen früh Michele Clunys Laden zeige, und später sind wir bei Fred Wye und seiner Frau zum Tee eingeladen. Außerdem würden wir gern irgendwann im Laufe des Tages Miss Rondel besuchen, aber wir können es sicher so einrichten, daß wir nicht gleichzeitig mit Ihnen dort sind.«

»Sie sind wirklich sehr nett, Professor. Dann sehen wir uns vielleicht morgen früh.«

Kapitel 20

Am nächsten Morgen würde im Gasthaus wohl alles mit einiger Verzögerung stattfinden. Peter und Helen wurden zwar beide wie üblich schon früh wach, gaben jedoch vor zu schlafen, um die anderen nicht zu stören, und dösten immer wieder ein, bis es allmählich lächerlich wurde. Sie kamen erst gegen neun nach unten in den Speisesaal und stellten erstaunt fest, daß Elva Bright höchstpersönlich an ihren Tisch trat, um die Bestellung aufzunehmen. Sie hatte ihr übliches freundliches Wirtinnenlächeln aufgesetzt, doch es wirkte ein wenig verkrampft.

»Guten Morgen zusammen. Ich hoffe, Sie haben trotz allem einigermaßen gut geschlafen. Sicher wundern Sie sich, mich hier zu sehen, aber heute kocht meine Hilfe Gladys und ich übernehme die Bedienung.«

»Wo ist denn Ihre hübsche Enkelin?« erkundigte sich Helen.

»Jeanine ist gestern nachmittag zurück nach Portland gefahren. Ihre Eltern sind hergekommen und haben sie wieder abgeholt, was mich unter den gegebenen Umständen sehr erleichtert hat. Schade, daß Thurzella nicht auch mitgefahren ist, es hätte meinem anderen Schwiegersohn eine Fahrt erspart. Bob und Michele waren nämlich auch der Meinung, Thurzella habe ein bißchen Ruhe nötig, bis die ganze Angelegenheit hier geklärt ist, was ich gut verstehen kann. Wenn ich könnte, würde ich am liebsten auch von hier verschwinden. Aber das ist schließlich nicht Ihr Problem. Darf ich Ihnen meine Buchweizenküchlein mit Blaubeerensirup empfehlen? Es ist ein Spezialrezept von mir. Nur aus Blaubeeren, mit einer Zitronenscheibe und einer Prise Zimt gekocht. Falls Sie es lieber süß mögen, können Sie noch ein bißchen Ahornsirup dazugeben.«

»Klingt hervorragend«, sagte Peter. »Was meinst du, Helen?«

»Sind die Pfannkuchen eher groß oder klein?«

»Da richten wir uns ganz nach unseren Gästen. Wir führen alle Größen, von Kinderportion bis Wagenrad.« Sie schien diesen Spruch schon oft aufgesagt zu haben, aber das dazugehörige strahlende Lächeln verschwand danach sofort wieder von ihrem Gesicht.

»Dann hätten wir gern zwei kleine Pfannkuchen, und dazu Orangensaft und Kaffee, bitte.«

»Auch Würstchen? Sie sind hausgemacht.«

»Gut, aber nur eins. Man kann Ihnen wirklich schwer widerstehen, Mrs. Bright. Peter, meinst du nicht, wir sollten schnell Miss Rondel anrufen, während wir auf die Pfannkuchen warten? Sie erwartet bestimmt, daß wir uns bei ihr melden.«

»Gute Idee. Ich kümmere mich darum. Meine Pfannkuchen machen Sie am besten ein bißchen größer, Mrs. Bright. Und für mich bitte auch ein Würstchen. Mach dir keine Sorge, Helen, wir werden es wieder abtrainieren, wenn wir die Klippe erklimmen, die Miss Rondel als ihre Auffahrt bezeichnet.«

Mrs. Bright war schon auf dem Weg zur Küche, als sie sich noch einmal umdrehte. »Ich sollte Sie wohl besser warnen, Professor. Es kann gut sein, daß Ihnen im Foyer jemand auflauert. Heute morgen waren ziemlich viele Reporter hier, was vermutlich zu erwarten war. Die ersten kamen schon gegen sechs, als ich noch nicht mal richtig angezogen war. Ich mußte das Fenster zur Straße öffnen und ihnen zurufen, sie müßten leider warten und bräuchten nicht etwa mit einem kostenlosen Frühstück zu rechnen. Dann habe ich Gladys angerufen. Sie kam auf der Stelle, die gute Seele. Gladys hat Kaffee gemacht, den wir den Leuten dann angeboten haben, aber ich hatte nicht die geringste Lust, mich mit dummen Fragen löchern zu lassen. Glücklicherweise hörte Claridge den Lärm und stand auf. Er war uns eine echte Hilfe, das muß man ihm lassen. Er hat sich dann um die Reporter gekümmert, wahrscheinlich ist er immer noch draußen mit ihnen zugange. Weiß der Himmel, was er ihnen noch erzählt, aber inzwischen ist mir ohnehin alles egal.«

Es waren immer noch einige unbekannte Gesichter da, alles Presseleute. Sie saßen an den Tischen im Speisesaal, einige verzehrten das Frühstück, das Mrs. Bright ihnen gemacht hatte und für das sie auch würden bezahlen müssen, die übrigen tranken Kaffee auf Rechnung des Hauses. Peter ertappte sich bei dem Gedanken, daß der Speisesaal ohne die Wye-Brüder irgendwie leer wirkte.

Withington saß in einem der Korbsessel und fühlte sich sichtlich wohl. Direkt neben ihm stand ein kleiner Tisch, auf dem ein Tablett mit Frühstücksresten prangte. Eine junge Frau mit einem Notizblock auf den Knien leistete ihm Gesellschaft, während ein Fotograf seine Kamera auf ihn gerichtet hielt. Er zog eine ziemliche Schau mit der Morgenzeitung ab und deutete auf eine Schlagzeile mit der Meldung MORDEPIDEMIE IM ALTEN SEUCHENHAUS, ZWEI TOTE IN EINER WOCHE. Hervorragende Werbung für das Gasthaus, dachte Peter zynisch.

Der uniformierte Beamte am Eingang ließ niemanden ohne Polizeimarke oder Presseausweis durch, und die Schaulustigen auf dem Bürgersteig wußten dazu eine Menge zu sagen. Beim ersten Mal war Elva Brights Gasthaus durch den unerwarteten Auftritt von Lucivee Flodge gerettet worden, doch es war ziemlich unwahrscheinlich, daß sie auch dieses Mal ungeschoren davonkommen würde, zumal gerade Lucivee das zweite Opfer war. Zwei makabere Todesfälle so kurz nacheinander konnten selbst den treuesten Gästen das Essen abgewöhnen.

Mit etwas Glück und Geschick gelang es Peter, durch das Foyer zu gehen und sich in die Telefonkabine zu begeben, ohne daß ihn die Reporterin und der Fotograf belästigten. Miss Rondel wartete in der Tat bereits auf Professor Shandys Anruf und klang ein klein wenig verärgert, weil er sich erst so spät meldete. Peter bat um Verzeihung und gab als Entschuldigung an, Helen und er seien erst in den frühen Morgenstunden ins Bett gekommen. Vielleicht wußte Miss Rondel ja noch nicht, daß Jasper Flodges Witwe letzte Nacht unmittelbar vor dem Gasthaus umgebracht worden war?

Sie nahm die Neuigkeit relativ gelassen auf. »Ach du liebe Zeit, die arme Elva tut mir leid. Diese dumme, törichte Person, aber manche lernen es leider nie. Würden Sie bitte Elva von mir ausrichten, daß sie mich wissen lassen soll, ob ich ihr irgendwie helfen kann? Wo ist Thurzella?«

»In Portland, bei ihrer Cousine. Ihr Vater hat sie gestern abend hingefahren.«

»Bob Cluny ist ein vernünftiger Mann. Ein junges Mädchen sollte sich nicht mit so schrecklichen Dingen belasten. Wir übrigens auch nicht, aber Erwachsene sind bei solchen Dingen härter im Nehmen, denke ich. Haben Sie und Ihre Frau immer noch vor, heute nachmittag bei mir vorbeizuschauen?«

»Wenn Sie uns noch sehen wollen.«

»Aber selbstverständlich. Ich habe schon alles vorbereitet. Der Künstler hat grünes Licht für unsere Transaktion gegeben. Ich nehme an, wir brauchen eine Quittung oder so etwas? Ich kann Michele fragen, sie weiß, was man da machen muß. Sie ist doch nicht etwa auch nach Portland gefahren?«

»Davon hat Mrs. Bright nichts gesagt. Ich habe den Eindruck, daß die Familie versucht, die ganze Geschichte so weit wie möglich herunterzuspielen. Ich wollte eigentlich heute morgen mit meiner Frau Michele Clunys kleinen Laden besuchen. Aber da fällt mir ein, daß sie ja vielleicht beschlossen hat, ihr Geschäft heute gar nicht zu öffnen.«

»Kann ich mir nicht vorstellen«, erwiderte Miss Rondel. »Sie ist viel zu klug, um einem Zwischenfall, der zwar höchst bedauerlich ist, mit der Familie Bright jedoch nur am Rande zu tun hat, eine Bedeutung beizumessen, die ihm nicht zukommt.«

Dies schien Peter eine ziemliche Untertreibung zu sein, doch er hatte keine Lust, die Angelegenheit mit Miss Rondel zu erörtern. »Wann paßt es Ihnen am besten?« schien ihm zu diesem Zeitpunkt die vernünftigste Frage.

»So gegen Mittag? Ich könnte vielleicht einen kleinen Lunch vorbereiten, wenn Ihre Frau nichts dagegen hat.«

»Das hat sie ganz sicher nicht, und ich würde mich auch sehr freuen. Allerdings sollte ich erwähnen, daß Mrs. Brights Köchin gerade unser Frühstück in Angriff genommen hat. Machen Sie sich also bitte keine Umstände.«

»Bei mir gibt es ohnehin immer nur kleine Portionen. Bestellen Sie Michele schöne Grüße von mir. Und richten Sie ihr aus, daß die restlichen Schals fertig sind, sie kann sie abholen, sobald sie Zeit hat. Dann bis heute mittag.«

Miss Rondel legte auf, ohne sich mit langen Verabschiedungen aufzuhalten. Peter spähte aus seiner Kabine und mußte zu seinem Schrecken feststellen, daß Withington gerade einen Fotografen auf ihn aufmerksam machte. Es blieb ihm daher nichts anderes übrig, als ein gedankenverlorenes Gesicht aufzusetzen und möglichst zielstrebig weiterzugehen, nachdem er die Kabine verlassen hatte.

Was gar nicht so einfach war, wie er bald feststellen mußte. Der Fotograf war bereits zur Stelle, als Peter aus der Kabine trat, und hielt ihm die Kamera direkt vor die Nase, während die Reporterin ihn mit Fragen bombardierte. Peter war diese Situation nicht fremd. Er wußte, daß Einschüchterungen keinen Sinn hatten und man sich seinen Ärger besser nicht anmerken ließ. Am besten behielt man einen kühlen Kopf und ließ sich nicht aus der Ruhe bringen.

»Tut mir leid, Miss. Ich bin nur wegen der Lupinen hier. Mr. Withington ist über alles, was hier geschieht, bestens informiert. Er kann Ihnen daher sehr viel besser Auskunft geben als ich. Meine Frau und mein Frühstück warten im Speisesaal auf mich, Sie müssen mich daher leider entschuldigen.«

Der diensthabende Polizist reagierte verständnisvoll und ließ Peter als einzigen in den Speisesaal. Mrs. Bright hatte anscheinend von der Küche aus alles beobachtet. Als sie ihn kommen sah, war sie sofort mit den Buchweizenpfannkuchen zur Stelle. Helen bekam kleine, Peter wie gewünscht große, dazu gab es einen Krug mit dunkellila Sirup und frischen Kaffee.

»Das sieht zwar köstlich aus, aber wahrscheinlich hätten wir es besser nicht bestellt«, meinte Peter, als er sich setzte. »Miss Rondel hat uns nämlich zum Mittagessen eingeladen.«

Die Lippen der Gastwirtin zuckten belustigt. »Da machen Sie sich mal keine Sorgen. Miss Fran hält nicht viel von üppigen Mahlzeiten. Sie können von Glück sagen, wenn Sie einen Löwenzahnsalat und ein Glas Wasser bekommen. Apropos Wasser, wären Sie wohl so lieb und bäten sie, meine Krüge wieder aufzufüllen, Professor? Wenn es Ihnen nicht zuviel Mühe macht?«

»Kein Problem, Mrs. Bright. Wir haben gestern bei ihr auch von dem Wasser getrunken. Ich habe Helen auf der Heimfahrt von der versteckten Quelle auf Miss Rondels Grundstück erzählt. Schade, daß man das Wasser nicht bis hierher zu ihrem Gasthof leiten kann, Mrs. Bright.«

»Oh. Sagen Sie so etwas lieber nicht, Professor. Und erwähnen Sie es um Himmelswillen nicht in Gegenwart von Miss Fran. Jetzt wo Jasper Flodge tot ist, wird der armen Miss Fran hoffentlich keiner mehr damit in den Ohren liegen, daß sie ihm ihr Grundstück verkaufen soll.«

»Grundgütiger! Warum sollte sie denn so etwas tun?«

»Das ist genau der springende Punkt. Sie hatte es ja auch gar nicht vor. Aber er hatte sich nun mal in den Kopf gesetzt, das alte Farmhaus abreißen zu lassen und ein riesiges Hotel auf Rondel's Head zu errichten. Ein sogenanntes Erholungscenter. Das hätte natürlich bedeutet, daß unsere Stadt die Quelle an einen Haufen Fremde verloren hätte, aber das interessierte Jasper nicht die Bohne. Es ist wirklich schrecklich, wenn man einen Menschen sein Leben lang kennt und immer wieder versucht, nachsichtig mit ihm zu sein, und dann plötzlich so etwas Schreckliches hört, und sich eingestehen muß, daß dieser Mensch durch und durch niederträchtig ist und sich daran nie etwas ändern wird. Aber ich will Sie nicht mit meinem Geschwätz langweilen. Am besten, ich gehe zurück in die Küche und helfe Gladys bei den Vorbereitungen für das Mittagessen, falls überhaupt Gäste kommen. Essen Sie heute abend hier bei uns?«

»Ich denke schon«, sagte Helen. »Wahrscheinlich werde ich zur Abwechslung früh zu Bett gehen, aber momentan kann ich es kaum erwarten, mir den Laden Ihrer Tochter anzusehen. Peter hat mir erzählt, daß es dort die wunderbarsten Sachen zu kaufen gibt.«

»Da fällt mir ein, daß ich Miss Rondel versprochen habe, Mrs. Cluny auszurichten, daß die Schals fertig sind und nur noch abgeholt zu werden brauchen. Ich habe ihr nicht angeboten, die Sachen mitzunehmen, weil ich nicht wußte, was die beiden für – eh – Arrangements miteinander getroffen haben.«

»Das ist auch nicht nötig«, meinte Mrs. Bright. »Michele fährt bestimmt lieber selbst hin. Sie sitzt furchtbar gern mit Miss Fran zusammen und unterhält sich mit ihr übers Weben. Das war schon immer so. Seit sie alt genug war, um allein mit dem Fahrrad hinzufahren, hat sie Miss Fran besucht, so oft sie Gelegenheit dazu hatte, und sich dort ein Glas Wasser aus dem alten gelben Krug einschenken lassen. Einige Leute hier denken, daß es an dem Krug lag. Was Jasper Flodge sicher zum Brüllen gefunden hätte, wenn er sein Ziel erreicht hätte, aber –« Sie hielt mitten im Satz inne. »Was rede ich wieder für einen Unsinn! Ich sollte lieber meine Arbeit tun, statt herumzuschwatzen wie ein alter Papagei. Sind Sie sicher, daß ich Ihnen nicht doch noch etwas Leckeres bringen soll?«

»Ganz sicher«, sagte Helen. »Das Frühstück war köstlich, aber jetzt sollten wir uns doch besser die Zähne putzen und losfahren. Erinnern Sie sich noch an die französischen Märchen von Frau Gans und der schwarzen Katze aus der Green Street? Als sie einmal Blaubeerkuchen gegessen haben?«

Helen hatte die Begabung, immer genau das Richtige zu sagen. Einen Moment lang erhellte ein strahlendes Lächeln Mrs. Brights Gesicht. »Und ob ich mich erinnere! Mein Mann hat den Mädchen immer die Geschichten von Mrs. Goose vorgelesen, als sie noch klein waren, zuerst auf Englisch und dann auf Französisch. Sie waren völlig verrückt nach Madame l'Oye. Ihm haben sie zu verdanken, daß sie zweisprachig sind. Und glücklicherweise haben sie es mit ihren Kindern ganz genauso gehalten. Ich selbst habe die Sprache leider nie richtig gelernt, aber Jean-Luc und ich haben uns trotzdem wunderbar verstanden. Nein, Professor, stecken Sie Ihr Geld wieder weg. Dieses Frühstück geht auf Kosten des Hauses. Ich wünsche Ihnen einen schönen Tag. Wir sehen uns, wenn Sie wieder zurück sind.«

»Vielen Dank, das ist wirklich sehr nett von Ihnen«, erwiderte Peter. »Ich hoffe, daß ich Ihnen endlich auch einen schönen Tag wünschen kann. Es wird allmählich höchste Zeit, daß sich alles zum Guten wendet.«

»Momentan scheint Hoffnung das einzige zu sein, was mich noch aufrecht hält. Warum so furchtbare Dinge geschehen müssen, ist mir einfach unbegreiflich, aber kommt Zeit, kommt Rat, wie es so schön heißt. Das hat meine Tante Verbena oft gesagt. Sie hat uns immer auf dem Akkordeon vorgespielt, wenn wir sie besucht haben. Ihre Stimme klang zwar wie das Pfeifen einer Lokomotive, aber sie hat schrecklich gern gesungen, und wir haben nie versucht, sie daran zu hindern. Es wäre wahrscheinlich ohnehin hoffnungslos gewesen. Tante Verbena war keine Frau, die sich kampflos geschlagen gab.«

»In diesem Punkt sind Sie Ihrer Tante ziemlich ähnlich«, sagte Helen.

Die Presseleute waren inzwischen alle verschwunden. Withington saß allein im Foyer, geduldig wie ein Reiher, der nur darauf wartet, daß zufällig ein armer Fisch in Reichweite seines Schnabels schwimmt. Die Shandys konnten aus Gründen der Höflichkeit nicht an ihm vorbeigehen, ohne kurz mit ihm zu plaudern und sich lobend darüber auszulassen, wie gut er sich mit der Presse geschlagen hatte. Doch schon bald beriefen sie sich auf ihre blauen Zähne, die unbedingt geputzt werden mußten, und den dringenden Termin, den sie unbedingt einhalten mußten, und eisten sich wieder los. Als sie mit frisch geputzten und mit Zahnseide gepflegten Zähnen wieder nach unten kamen und ihm ein strahlendes Lächeln schenken wollten, war Withington anscheinend in seinem Sessel eingeschlafen. Sie weckten ihn nicht und verabschiedeten sich auch nicht von ihm.

Als Peter und Helen in Micheles Laden traten, fanden sie die Meisterweberin im Gespräch mit einer Kundin vor. Sie bedachte ihre neuen Kunden mit dem üblichen rituellen Nicken und Lächeln und ließ sie in Ruhe in den Regalen herumstöbern. Helen war völlig in ihrem Element und hatte in Nullkommanix eine hübsche Krawatte für Peter, einen Satz Tischsets für die Stotts und ein merkwürdiges Kleidungsstück für Catriona herausgesucht, das entweder eine Jacke, eine Weste oder etwas war, das Peters Großmutter als Überwurf bezeichnet hätte. Doch das war erst die Spitze des Eisberges. Als der Stapel auf der Theke immer höher und Michele Clunys Lächeln immer breiter wurde, begann Peter allmählich die Geduld zu verlieren.

»Was in aller Welt willst du denn bloß mit all den Sachen anfangen?«

»Unseren Freunden und Verwandten zu Weihnachten schenken, Schatz. Meinst du, deiner Nichte Alice würde dieser Angoraschal gefallen? Er ist zwar wunderschön und unglaublich weich, aber Angora haart leider immer ziemlich stark.«

»Bei sechs Chihuahuas im Haus kann Alice ein paar Haare mehr bestimmt gut brauchen«, meinte Peter. »Kauf den Schal ruhig. Möchtest du denn nicht auch für dich selbst etwas kaufen?«

»Da fragst du noch? Bist du so lieb und hältst einen Moment meine Tasche? Ich muß unbedingt dieses himmlische Kostüm anprobieren. Ich habe noch nie eine so erlesene Farbkombination bei dieser speziellen Webart gesehen. Ist das Ihr Werk, Mrs. Cluny?«

»Miss Fran hat den Stoff gewebt, und ich habe das Kostüm gemacht. Falls es Ihnen nicht paßt, könnte ich Ihnen ein anderes genau nach Ihren Maßen nähen. Es sei denn, Sie finden etwas, das Ihnen noch besser gefällt.«

Doch es gab nichts, das Helen noch besser gefiel. Außerdem paßte das Kostüm wie angegossen, es schien eigens für sie und niemand anderen gemacht worden zu sein. Es lag Peter Shandy fern, sich zwischen seine Gattin und deren Kreditkarte zu drängen, er ermunterte sie sogar, auch den hübschen Schal zu nehmen, der zu dem Kostüm gehörte, und schlug vor, ihr die Sachen zum nächsten Murmeltiertag zu schenken.

»Wie reizend von dir, Liebling. Ich könnte sie gut beim Freudenfeuer tragen. Murmeltiertag ist bei uns in Balaclava ein sehr wichtiges Fest«, erklärte Helen der verblüfften Michele Cluny, die genauso beeindruckt aussah wie die meisten Verkäufer, die zufällig Zeugen der glücklicherweise eher seltenen Einkaufsräusche der Shandys wurden.

Das Wort »Murmeltier« aktivierte aus irgendeinem Grund Peters Gedächtnis. »Ich soll Ihnen von Miss Rondel ausrichten, daß die Schals fertig sind und abgeholt werden können, sobald Sie die Zeit dazu finden. Helen und ich sind heute zum Essen bei ihr eingeladen, und sie hat uns gebeten, gegen Mittag bei ihr zu sein. Was meinst du, Liebste, sollten wir uns nicht langsam auf die Socken machen? Es ist schon halb zwölf.«

Kapitel 21

Ein Glück, daß du dich in dem Laden so gut unter Kontrolle hattest«, bemerkte Peter, als er seinen mühevoll errungenen Lupinensamen in die äußerste Ecke des Kofferraums schob, um Platz für Helens unzählige Päckchen und Tüten zu schaffen. »Wenn wir die Bilder auch noch untergebracht haben, ist der Wagen randvoll.«

»Mach dir keine Sorgen, Schatz. Fast alles, was ich gekauft habe, läßt sich platzsparend zusammendrücken. Mit Ausnahme meines Kostüms, aber das legen wir einfach oben auf die Bilder. Michele Clunys Preise sind zwar gepfeffert, aber das Kostüm ist jeden Penny wert. Es gehört zu den Kleidungsstücken, die man jahrelang immer wieder anziehen kann, ohne sich daran satt zu sehen.«

Typisch Helen, dachte Peter. Für sie war ein Kleidungsstück erst eingetragen, wenn sie es mindestens zwei oder drei Jahre lang häufig angezogen hatte. Doch momentan hatte sie anderes als ihre Garderobe im Kopf.

»Peter, was hat Mrs. Bright deiner Meinung nach heute morgen gemeint, als sie das mit dem Krug gesagt hat?«

»Ich hatte mich schon gefragt, wann du wohl darauf zu sprechen kommen würdest. Was meinst du wohl, wie alt Mrs. Bright ist?«

»Schwer zu sagen. Wenn ich eben nicht ihre Tochter gesehen

hätte, würde ich sagen, kaum älter als vierzig. Und wenn ich Thurzella nicht kennen würde, hätte ich Mrs. Cluny höchstens auf etwa dreiundzwanzig geschätzt. Heiratet man hier eigentlich extrem früh oder wie erklärst du dir das?«

»Falls Withington die Wahrheit sagt, hat Mrs. Bright mit sechzehn geheiratet, aus – na ja, technischen Gründen sozusagen. Soweit ich gehört habe, haben beide Töchter das College besucht und daher wahrscheinlich erst geheiratet, als sie schon zwanzig oder noch älter waren. Und um das Ganze noch interessanter zu machen, hat mir Mrs. Bright auch noch erzählt, daß Miss Rondel zusammen mit ihrer Großmutter die Schulbank gedrückt hat.«

»Das kann doch nur ein Witz sein.«

»Sie würde niemals Witze über Miss Rondel machen. Selbst bei der vorsichtigsten Schätzung müßte Miss Rondel inzwischen mindestens neunzig Jahre oder noch mehr auf dem Bukkel haben, aber sieh sie dir doch an! Gelenkig wie eine Katze und taufrisch wie eine Rose.«

»Wahrscheinlich meinst du die kleinen alten Buschröschen, deren Blütenblätter von Anfang an welk und faltig aussehen. Aber sie duften sehr viel stärker als die neuen Hybriden, und sie sind unglaublich langlebig. Wann sehen wir diesen mysteriösen Krug endlich? Hat dein Freund Withington dir denn noch alles Wissenswerte darüber erzählt?«

»Nein, erstaunlicherweise hat er ihn bisher mit keinem Wort erwähnt. Ich selbst kann dazu nur sagen, daß besagter Krug ein ganz gewöhnliches irdenes Artefakt war, gelb mit braunen Streifen, wie man sie vor Jahren in fast jedem neuenglischen Farmhaus finden konnte. An dem Tag, als ich den Lupinensamen gesammelt habe, sah ich zufällig die Scherben eines dieser Krüge auf Miss Rondels Küchentisch. Als ich Mrs. Cluny am Mittwoch davon erzählte, hat sie völlig die Fassung verloren.«

»Peter Shandy, das glaubst du doch selbst nicht! Eine Frau wie Mrs. Cluny verliert niemals die Fassung. Sie ist die Ruhe in Person.«

»Wie du meinst. Dann hat sie also nicht die Fassung verloren. Aber sie hat sie nur mit Mühe bewahrt. Wärst du mit dieser Formulierung einverstanden?«

»Selbstredend, Liebling, die Formulierung sei dir erlaubt. Gehe ich recht in der Annahme, daß du mit dieser etwas umständlichen Umschreibung andeuten willst, daß der Krug dazu benutzt wurde, Wasser aus der verborgenen Quelle zu holen? Und daß Miss Cluny im Gegensatz zu ihrer Mutter glaubt, der Krug besitze gewisse geheimnisvolle Kräfte, die sich auf das Wasser übertragen? Vergleichbar mit denen des Jungbrunnens, den der legendäre Ponce de Leon niemals fand, weil er dummerweise an der falschen Stelle suchte. Erinnert mich an Kipling.«

»Tatsächlich?«

»Allerdings. Hast du ›Venus Annodomini‹ gelesen?«

»Merkwürdigerweise habe ich das tatsächlich. Du beziehst dich nicht vielleicht zufällig auf den Satz: ›Sie hatte sich so sehr an ihre Jugend gewöhnt, daß sie sich nicht von ihr trennen konnte‹?«

»Der Vollständigkeit halber könnte man noch einen anderen Satz hinzufügen. ›Sie war so unvergänglich wie die Berge. Nur nicht ganz so grün‹«, schlug Helen vor. »Das würde erklären, warum Mrs. Bright so jung aussieht, aber widerlegen, daß nicht das Gefäß die geheimnisvolle Wirkung besitzt, sondern das Wasser. Sie ist alt genug, um es besser zu wissen. Was hältst du von der ganzen Sache?«

»Nun ja, falls der Krug wirklich verzaubert gewesen sein sollte, habe ich dummerweise fünfundsiebzig Dollar plus Steuern an einen unverzauberten vergeudet und ihn Miss Rondel als Ersatz für ihren zerbrochenen geschenkt. Weißt du, Helen, es ist durchaus möglich, daß die Quelle in Rondel's Head eine hohe Konzentration an Mineralien besitzt, die möglicherweise für hervorragendes Wachstum und extreme Langlebigkeit verantwortlich sind. Dies würde auch erklären, warum die Menschen hier alle so gesund aussehen, warum Miss Rondels Lupinen so riesig sind, obwohl sie an einer Stelle wachsen, an der sie normalerweise überhaupt nicht überleben könnten, und warum ihre Hennen Eier so groß wie Straußeneier legen. Kein Wunder, daß sie leicht belustigt wirkte, als ich Bodenproben mitnahm, statt das Wasser zu untersuchen. Dein Gatte ist ein Hornochse, Liebste.«

»Ganz wie du meinst, Schatz. Ich persönlich finde dich eher süß. Was wird sie uns wohl zum Mittagessen kredenzen?«

»Wahrscheinlich ein einsames Salatblatt und eine Schwarzaugenbohne.«

»Klingt realistisch. Andererseits habe ich so eine Ahnung, daß Mrs. Wye uns bestimmt einen eindrucksvollen High Tea servieren wird. Stell dir bloß vor, daß sie die ganze Zeit genau gegenüber von uns auf dem Crescent gewohnt hat und wir nicht einmal wußten, wer sie war.«

»Algernon wird sie vermissen«, sagte Peter.

»Und sie ihn zweifellos auch. Aber wahrscheinlich ist sie überglücklich, endlich wieder in ihrer eigenen Küche stehen zu können, nach allem, was sie hat durchmachen müssen. Kannst du dir vorstellen, wie ihre Kindheit ausgesehen haben muß? Diesem heuchlerischen Unhold von Vater ausgeliefert, der sie auf Schritt und Tritt mit glühendem Schwefel und kaltem Wasser überschüttete und ihr ständig mit Hölle und Teufel drohte? Er hat sie *bestohlen*, Peter! Er hat ihr nicht nur ihr rechtmäßiges Erbe vorenthalten, er hat sogar versucht, ihr Leben zu stehlen. Der Kerl ist keinen Deut besser als Jasper Flodge.«

»Zur Strafe sollte er von wilden Hilfspfarrern zu Tode gepredigt werden.«

»Wie kannst du es wagen, mir ein Zitat von Sydney Smith aufzutischen, wenn ich gerade stinksauer bin? Der Mann ist wie ein wildes Tier.«

»Davon sind die Wälder voll, Geliebte.«

»Was soll denn das schon wieder bedeuten? Du glaubst doch wohl nicht, daß Fred Wye seine Frau verstoßen wird?«

»Nein, das kann ich mir beim besten Willen nicht vorstellen. Er müßte jetzt eigentlich wissen, wie gefährlich es ist, jemanden vorschnell zu verurteilen. Ich dachte eher an Evander.«

»Ist das der Bruder, der sich vollaufen läßt und dann einen Streit vom Zaun bricht?«

»Er hat nur diesen einen Bruder, soweit ich weiß. Ich kenne zwar keine Einzelheiten, aber in der Stadt erzählt man sich, daß mit Evander Wye nicht gut Kirschen essen sei. Ich habe noch mit niemandem darüber gesprochen, Helen, und ich hoffe, du wirst es auch nicht. Dienstag morgen, als ich nach Rondel's Head gefahren bin, um Lupinensamen zu sammeln, habe ich eine merkwürdige kleine Szene beobachtet. Ich habe meinen Wagen unten am Weg geparkt, und ein Stück weiter oben stand ein blauer Pick-up. Als ich daran vorbeiging, habe ich oben am Haus einen Mann rufen hören ›Dann werde ich es eben tun, aber es wird Ihnen todsicher nicht gefallen‹.«

»Ach herrje.«

»Dann flog etwas an meinem Ohr vorbei und prallte gegen den Stamm einer Gelbbirke. Ich hatte keine Lust, dem Mann als Zielscheibe zu dienen, daher habe ich mich hinter dem großen Felsblock versteckt, der dir gestern vielleicht aufgefallen ist, und gewartet, bis er weg war. Als er an dem Felsblock vorbeikam, konnte ich ihn genau sehen. Es war der Mann, der mir schon beim Frühstück im Speisesaal aufgefallen war. Als er weg war, habe ich mir die Birke genauer angeschaut. Es war ein Stein, ein glattes Granitstück von der Größe einer Walnuß, das so tief in den Baum eingedrungen war, daß ich beim Versuch, es zu entfernen, die Klinge meines Taschenmessers abgebrochen habe.«

»Oh, Peter! Dann muß er ja furchtbar hart geworfen haben. Aber er hat nicht absichtlich auf den Baum gezielt, oder?«

»Wenn ich bedenke, daß ich unmittelbar nach dem ersten Treffer einen zweiten Knall gehört habe und auf dem Rückweg einen weiteren Baum mit einem Steingeschoß vorfand, das genauso tief eingedrungen war und sich ungefähr auf der gleichen Höhe befand wie das erste, bin ich fast versucht zu sagen, daß es sehr wohl absichtlich gewesen sein muß. Ich kann dir die beiden Bäume gleich zeigen, wenn du magst.«

»Und Thurzella hat Evander im Foyer gesehen, unmittelbar nachdem Mrs. Bright mit Mrs. Flodge aneinandergeraten war und sie aufgefordert hatte, das Haus sofort zu verlassen. Kurze Zeit später wurde Mrs. Flodge mit einem Stein getötet, der ebenfalls nicht viel größer war als eine Walnuß. Macht dich das nicht stutzig, Peter?«

»Natürlich macht es das. Ich habe mich sogar schon gefragt, ob ich nicht vielleicht wichtige Informationen zurückhalte, weil ich der Polizei nichts von dem Zwischenfall erzählt habe. Aber Mittwoch habe ich mit den Wyes zu Abend gegessen. Ich habe gesehen, wie Evander sich als erster auf Iolanthes Seite gestellt hat. Dann hat er mit Fred, ihrem gemeinsamen Vetter und mir noch Poolbillard gespielt, und wir haben uns recht gut verstanden. Wenn jemand werfen und zielen kann, heißt das noch lange nicht, daß er ein Mörder ist. Verflixt nochmal, Helen, ich hätte den Baum genauso gut treffen können. Ich hätte sogar Lucivee Flodge treffen können, wenn sie mir im falschen Moment in die Schußlinie gelaufen wäre. Das kann sogar ein Kind, es muß nur einigermaßen werfen und zielen können. Selbst jemand, der normalerweise sogar ein Scheunentor verfehlt, kann Glück haben und zufällig den absoluten Treffer landen. Ich kann doch unmöglich mit so einer Story zur Polizei rennen.«

»Ich verstehe dich, Schatz. Aber meinst du nicht, du solltest den Zwischenfall wenigstens Miss Rondel gegenüber zur Sprache bringen? Nach allem, was ich bisher gesehen habe, scheint sie hier in der Stadt eine ziemliche Autoritätsfigur zu sein.«

»Ich werde es mir durch den Kopf gehen lassen. Aber am besten bringen wir es erst zur Sprache, wenn wir das mit den Bildern geregelt haben.«

»Und unsere Schwarzaugenbohne verspeist haben. Es ist deine Entscheidung, Liebling. Es ist mir unangenehm, daß wir kein Geschenk für die Gastgeberin haben. Außer eine Tasche voller Geld.«

Peter begann zu lachen, und Helen tat es ihm nach. Sie lachten immer noch, als sie sich an den beschwerlichen Aufstieg machten, nahmen sich jedoch nicht die Zeit, nach Steinen in Birkenstämmen Ausschau zu halten, da sie ohnehin ein wenig spät dran waren. Miss Rondel empfing sie am Ende des Weges, setzte die Henne ab, die sie auf dem Arm gehalten hatte, und führte sie ins Haus.

»Pünktlich wie die Maurer, wie ich sehe. Und Sie sind wirklich sicher, daß Sie die Bilder kaufen wollen?«

»Und ob«, sagte Peter, »völlig sicher. Helen, du hast doch alles Nötige mitgebracht?«

»Ich habe zehn Schecks über je tausend Dollar dabei. Das schien mir für eine derartige Summe die einfachste Lösung zu sein. Ich brauche sie nur noch einmal in Ihrer Gegenwart zu unterschreiben, Miss Rondel, dann können Sie sie entweder selbst einlösen oder dem Künstler geben. Falls die Gesamtsumme über zehntausend liegen sollte, müssen wir den Rest halt irgendwie zusammenkratzen.«

»Falls die Summe über zehntausend liegen sollte, wird die Person, die ich vertrete, höchstwahrscheinlich der Schlag treffen.« Miss Rondel beging nicht den Fauxpas, über ihren eigenen Witz zu lachen, doch ihre Stimme klang fröhlich. »Sie haben ja gar keine Ahnung, was für ein Wunder Sie mit Ihrer spontanen Begeisterung für die Werke eines völlig unbekannten Künstlers bewirkt haben. Und mit der Summe, die Sie allein für das Vergnügen zu zahlen bereit sind, diese Bilder in Ihrem Haus aufzuhängen. Das Geld selbst ist eigentlich gar nicht so wichtig wie die Tatsache, daß Sie bereit sind, so viel dafür zu bezahlen. Sie haben damit einem Menschen, der sich seit langem mit Selbstzweifeln und Depressionen herumquält, ungeheuren Aufschwung gegeben. Mit Geld kann man viel verändern, wissen Sie, und Sie haben mit Ihrem Geld jemanden aufgerüttelt, der einen ordentlichen, gut gezielten Tritt brauchte, um endlich aktiv zu werden.«

Jetzt lachte Miss Rondel doch. »Ich rede ziemlichen Unsinn, aber ich hoffe, Sie haben mich trotzdem verstanden. Und jetzt lassen Sie uns zum geschäftlichen Teil übergehen. Ich soll Ihnen mitteilen, daß Ihr Angebot viel zu hoch ist und Sie die vier Bilder, die Sie sich ausgesucht haben, für die Summe von fünftausend Dollar haben können, was mir persönlich immer noch äußerst großzügig erscheint. Ich würde Ihnen den guten Rat geben, den Vorschlag ohne große Diskussion anzunehmen – zum Wohle aller Beteiligten, wobei ich nicht zuletzt auch an mich denke. Ich glaube nicht, daß mir die Rolle als Agentin auf Dauer gefällt. Aber warum gehen wir nicht einfach ins Eßzimmer? Ich dachte, Sie hätten vielleicht Lust, Ihr Mittagessen zwischen den Bildern einzunehmen.«

»Eine hervorragende Idee. Und was für ein wunderschöner Tisch!« rief Helen. »Ihr Geschirr gefällt mir sehr.«

»Frühes Versandhaus, Sears Roebuck. Setzen Sie sich am besten hierher, Professor, damit Sie Ihr Lieblingsbild gut im Blick haben.«

Das Essen war nicht ganz so spartanisch wie Elva Bright prophezeit hatte. Peter fand es etwas einschüchternd, umgeben von derartigen Meisterwerken ein halbes feinzerhacktes Ei auf einem Salatbett zu verzehren. Er bezweifelte stark, ob er die andere Hälfte unter diesen Umständen überhaupt geschafft hätte. Miss Rondels Superhennen nahmen ihre Aufgabe anscheinend überaus ernst.

Miss Rondel hatte das Eigelb mit feingehacktem frischem Schnittlauch und einem Hauch Zitronenmelisse vermischt und mit einem Dressing verfeinert, das Peter noch von seiner Großmutter zu kennen glaubte. Dazu gab es selbstgebackenes Vollkornweißbrot und Wasser aus der angeblichen Wunderquelle. Peter konnte sich nichts Köstlicheres vorstellen.

Immer wenn er das Bild anschaute, das er sein eigen nennen würde, sobald Helen ihr feingehacktes Vogel-Rock-Ei verzehrt und die Schecks unterschrieben hatte, fühlte er sich wie ein stolzer Vater, der schon bald sein erstes Kind aus dem Krankenhaus nach Hause tragen durfte. Zumindest kam es ihm so vor. Aber eigentlich fühlte er sich noch mehr an das Gefühl erinnert, das er verspürt hatte, nachdem er viele lange Monate mit der sorgsamen Pflege von Rübensetzlingen verbracht hatte und schließlich die Früchte seiner Arbeit ernten konnte. Damals war ihm die Zucht des ersten Balaclava Buster, *Brassica napobrassica balaclaviensis*, geglückt. Inzwischen diente seine Riesenrübe überall dort, wo man Rüben kannte und liebte oder auch nur einigermaßen schätzte, Millionen Kühen und Paarhufern als Futtermittel. Peter hätte das Mahl am liebsten noch mehr in die Länge gezogen. Er spürte, daß es Helen ebenso ging. Auch Miss Rondel schien ihren Besuch zu genießen.

»Mir ist da eben ein Gedanke gekommen, Miss Rondel«, meinte Helen, als sie den richtigen Zeitpunkt für gekommen sah. »Vielleicht ist Ihr mysteriöser Schützling nach dem Verkauf der Bilder eher bereit, seine Werke in einer renommierten Galerie auszustellen. Eine von Catrionas Freundinnen besitzt eine Galerie, vielleicht könnten Sie sich einmal alle zusammensetzen und sich darüber unterhalten, wie es sich am besten bewerkstelligen läßt. Cat hat mir erzählt, daß sie Sie gern besuchen würde, bevor sie ihr nächstes Buch anfängt.«

»Das würde mich sehr freuen. Der Verkauf der Bilder scheint bei unserem Künstler tatsächlich einiges bewirkt zu haben. Die Vorstellung, seine Werke auszustellen, erscheint ihm nicht mehr ganz so furchterregend, eine Einstellung, die ich nur unterstützen kann. Je schneller ich aus diesem Geschäft aussteigen kann, desto besser. Michele und ich haben viele neue Ideen und wir brauchen dieses Zimmer hier unbedingt als Arbeitsraum. So, wollen wir nun zum geschäftlichen Teil kommen? Haben Sie etwas mitgebracht, worin wir die Bilder einpacken können?«

»Daran habe ich leider nicht gedacht«, sagte Helen. »Cat und ich sind einfach spontan losgefahren. Ich habe nicht im Traum damit gerechnet, daß wir hier Bilder kaufen würden.«

»Macht nichts, ich habe ein paar alte Bettlaken vom Gasthof, die Elva mir mal gegeben hat. Michele und ich benutzen sie im Arbeitsraum als Staubschutz. Sie können gern ein paar leihen und bei Ihrem nächsten Besuch wieder mitbringen, was hoffentlich recht bald sein wird.«

»Das ist wirklich sehr nett von Ihnen.«

Helen unterschrieb bereits die Schecks. Miss Rondel nahm sie mit einem Nicken in Empfang und ging die Laken holen, während Helen den Tisch abräumte und Peter die von ihnen ausgewählten Bilder von der Wand nahm. Miss Rondel kehrte mit den Tüchern zurück, machte sich ans Einpacken der Bilder und legte dabei wie erwartet großes Geschick an den Tag.

»Und jetzt möchte ich, daß Sie mir genau erzählen, was sich in Pickwance abgespielt hat. Ich habe gehört, Iolanthe Wye sei wieder zu Hause. Ihren Vater sollte man ins Gefängnis stecken. Und Sie beide sind heute nachmittag bei ihr und Fred zum Tee eingeladen?«

»Stimmt genau. Ich glaube, sie erwartet uns so gegen drei.«

»Gut, dann haben wir ja genug Zeit. Kommen Sie doch mit

in die Küche, dann kann ich die Sachen schnell abspülen, während wir uns unterhalten. Nein, nein, ich brauche wirklich keine Hilfe. Das Porzellan stammt noch von meiner Mutter. Wenn etwas davon zu Bruch geht oder beschädigt wird, ist es mir lieber, wenn ich selbst daran schuld bin.«

Kapitel 22

Miss Rondel stellte unzählige Zwischenfragen, daher dauerte es eine geraume Zeit, bis sie die ganze Geschichte erzählt hatten. Als das Geschirr gespült war, die Bilder im Kofferraum der Shandys verstaut waren und sie die Neugier ihrer Gastgeberin befriedigt hatten, war es bereits nach halb zwei. Helen und Peter bedankten sich erneut und machten Anstalten, sich zu verabschieden, doch Miss Rondel schien andere Pläne zu haben.

»Oh nein, ich komme mit. Warum setzen wir uns nicht zusammen auf den Rücksitz und unterhalten uns weiter, Helen?« Miss Rondel benutzte inzwischen ihre Vornamen, was Peter und Helen bei ihr natürlich aus naheliegenden Gründen nicht taten. »Peter kann fahren. Ich denke, ich bleibe zum Abendessen bei Elva. Jemand wird mich schon heimfahren.«

Ihre Absicht war offensichtlich. Sie wollte vor der ganzen Stadt demonstrieren, daß es nach wie vor völlig ungefährlich war, in Elva Brights Gasthof zu essen. Miss Rondel machte sich nicht die Mühe, ihr verblichenes Baumwollkleid zu wechseln, ihre Frisur in Ordnung zu bringen oder die vielen anderen Dinge zu erledigen, die Frauen normalerweise unbedingt tun müssen, bevor sie sich in Gesellschaft begeben. Warum sollte sie auch? Sie wußte, wer sie war, und das genügte ihr. Zuguterletzt griff sie nach einer handgewebten Tragetasche und schloß die Tür ab, für den Fall, daß Touristen sich hierher verliefen.

»Früher brauchte hier niemand seine Tür abzuschließen«, bemerkte sie. »Aber heutzutage kann man nie wissen. Manchmal habe ich das Gefühl, daß ich schon viel zu lange lebe und mich eigentlich von dieser Welt verabschieden sollte. Aber es gibt immer noch so viele Dinge, die ich vorher machen möchte. So, Helen, und jetzt erzählen Sie mir alles über Ihre Arbeit am Familienarchiv der Buggins. Ich hatte einen Großonkel, der eine Buggins geheiratet hat. Sie hieß Bethseda.«

»Bethseda Elvira.« Helen wußte zwar alles Wissenswerte über Bethsedas Vorfahren, doch kaum etwas über ihre Ehe. Sie unterhielt sich mit Miss Rondel über Ahnenforschung, bis sie Pickwance erreichten und vor dem Haus der Wyes auf dem Hügel anhielten. Iolanthe und Fred standen schon auf der Veranda und warteten darauf, die Shandys zu begrüßen. Als sie sahen, daß Miss Rondel mitgekommen war, wirkten sie überrascht und sichtlich stolz.

»Miss Fran, wie lieb, daß Sie uns besuchen kommen!«

Iolanthe Wye sah schon wieder mindestens fünf Jahre jünger aus. Ihr Haar fiel in weichen Locken, ihr Gesicht war dezent geschminkt. Sie trug ein rüschenbesetztes rosa Kleid, das wohl zu den Kleidungsstücken gehörte, die sie bei ihrer überstürzten Flucht zurückgelassen hatte und die Jasper Flodge offenbar nicht für stehlenswert gehalten hatte. Am Ringfinger ihrer linken Hand prangte ein Goldring mit einem rosafarbenen Turmalin. Sie bemerkte Helens bewundernden Blick und lächelte.

»Den hat Fred mir zu unserem ersten Hochzeitstag geschenkt. Ich habe ihn vor etwa einer Stunde wiedergefunden, als ich die Speisekammer aufräumte. Ich hatte ihn an dem Morgen ausgezogen, weil ich Plätzchenteig ausgerollt habe, und ihn sicherheitshalber in einem Marmeladenglas deponiert. Und genau dort lag er drei Jahre später immer noch und wartete nur darauf, endlich herausgenommen und getragen zu werden.«

»Sie bekommt bald einen noch viel schöneren, wenn sie entschieden hat, was ihr am besten gefällt«, sagte Fred.

»Ich brauche gar keinen anderen Ring, Liebling. Dieser hier ist mir unendlich viel wert.«

Vielleicht hätte Iolanthe am liebsten ganz für sich allein ein paar Tränen der Rührung vergossen, aber dazu war sie eine zu gute Gastgeberin. »Ich habe Eistee gemacht. Falls jemand lieber heißen Tee möchte, kann ich auch schnell den Kessel aufsetzen. Fred und ich dachten, Sie würden an so einem wunderschönen Tag vielleicht gern hier draußen auf der Veranda sitzen. Außerdem hatte ich noch keine Zeit, unser Wohnzimmer auf Vordermann zu bringen. Es dauert bestimmt eine Ewigkeit, bis das Haus wieder so ist, wie es sein sollte. Ich weiß auch nicht, was dieser große Tolpatsch hier die ganze Zeit gemacht hat, als ich weg war.«

»Ununterbrochen darauf gewartet, daß du zurückkommst.« Fred Wye versetzte seiner Gattin einen etwas unschicklichen kleinen Klaps, fing einen Blick von Miss Rondel auf und errötete. »Ich nehme an, man erwartet von mir, daß ich jetzt mit dem Teewagen anrolle. Okay, bin schon unterwegs.«

»Kann ich helfen?« Peter wurde es langsam unangenehm, untätig herumzustehen.

»Klar, Pete. Kommen Sie mit. Sie können alles aufheben, was ich zerdeppere.«

»Bringt den großen Lehnstuhl für Miss Fran mit«, rief Iolanthe den Männern nach.

»Aber das ist doch nicht nötig«, protestierte Miss Fran. »Ich sitze viel lieber in eurem Korbschaukelstuhl. Ich erinnere mich noch daran, daß ich in genau diesem Stuhl gesessen habe, als Fred noch einer meiner Schüler war und seine Mutter noch lebte.«

»Wahrscheinlich haben Sie ihr all die schrecklichen Sachen erzählt, die ich in der Schule ausgefressen habe.« Fred war ausgesprochen aufgekratzt. »Kommen Sie, Pete, nichts wie weg, bevor die Frauen sich endgültig gegen uns verbünden.«

Die beiden Männer gingen zusammen ins Haus. Iolanthe gelang es, den Blick von ihrem Mann loszueisen und sich wieder Miss Rondel zuzuwenden. »War er wirklich so ein ungezogener Junge, Miss Rondel?«

»Er war einfach schrecklich! Fred war der einzige Schüler, mit dem ich nicht fertig geworden bin. Ich kann gar nicht aufzählen, was er alles angestellt hat. Sobald ich ihm den Rücken zudrehte, machte er irgendeinen Unfug und brachte die Klasse zum Lachen. Aber wenn ich mich umdrehte, saß er da, als könne er kein Wässerchen trüben. Ich konnte beinahe sehen, wie ihm Engelsflügel aus den Schultern sprossen. Einmal brachte Fred einen langhaarigen Hamster mit und ließ ihn genau in dem Moment laufen, als der Schuldirektor zusammen mit dem Schulrat zur Tür hereinkam. Ich glaube, das war der Tag, an dem ich endgültig beschloß, daß es höchste Zeit für meine Pensionierung war.«

»Haben Sie Ihre Entscheidung je bereut?« fragte Helen.

»Nie. Ich wollte immer schon mehr Zeit für meine Webarbeit haben. Ich bin froh, daß ich damals sofort gehandelt habe, daher sollte ich Fred eigentlich dankbar dafür sein, daß er mich zu diesem Schritt gezwungen hat. Wenn er ein wenig mehr wie sein älterer Bruder gewesen wäre, hätte ich es wahrscheinlich nicht übers Herz gebracht zu gehen. Wo ist Evander eigentlich, Iolanthe?«

»Er arbeitet in der Mine. Er wird bestimmt enttäuscht sein, daß er Sie verpaßt hat. Es ist komisch, ich kann mir einfach nicht vorstellen, daß Fred der Frechdachs und Evander der Musterschüler gewesen sein soll.«

»Das kann ich sogar verstehen, aber ich kann Ihnen versichern, daß Fred ein kleiner Teufel war und Evander ein wahrer Engel.«

Helen Shandy war überrascht. Das paßte so gar nicht zu dem, was Peter ihr über den Mann erzählt hatte, der Steingeschosse in Bäume bohrte. »Hat Evander nie einen Hamster mit zur Schule gebracht?«

»Evander hätte dem Tier in diesem Fall wahrscheinlich vorher beigebracht, stramm zu stehen und die Fahne zu grüßen«, antwortete Miss Rondel. »Er war mit Abstand das intelligenteste Kind, das ich je unterrichtet habe. Es war ein richtiges Privileg. Der Junge hat mit Begeisterung gelernt. Ich mußte mir ständig besondere Aufgaben für ihn ausdenken, damit er etwas zu tun hatte. Leider war das der schlimmste Fehler, den ich je im Leben gemacht habe.«

»Wieso das denn?«

»Sie wissen ja, wie Kinder sind. In den Augen seiner Mitschüler war Evander ein Streber. Natürlich haben sie mir gegenüber kein Wort davon verlauten lassen, aber außerhalb des Klassenzimmers haben sie den armen Jungen gepiesackt und ihn Waschlappen und Lehrers Liebling genannt. Die Jungen haben weniger laut getönt, weil sie wußten, daß Evander Wye ihnen haushoch überlegen war, falls es zu einer echten Auseinandersetzung kommen sollte, doch die Mädchen waren gnadenlos. Ich nehme an, das kam daher, daß er geistig schon viel zu weit war, um sich körperlich von ihnen angezogen zu fühlen. Worte können grausame Waffen sein, und Evander war ein sensibler Junge und fühlte sich schrecklich verletzt. Er wurde immer einzelgängerischer und entwickelte sich zu einem – ich glaube, heute bezeichnet man so jemanden als Macho. Schließlich brach er die Schule ab, arbeitete in der Mine und fing an, seine Abende in Billardkneipen zu verbringen. Dabei hätte er mit seinem brillanten Verstand soviel machen können. Aber bitte erwähnen Sie das Fred gegenüber nicht. Er liebt seinen Bruder, und es schmerzt ihn, daß Evander so wenig aus seinen Fähigkeiten macht.«

Das Klirren von Silber gegen Glas und leises Fluchen kündigten die Ankunft des Teewagens an. Es war ein überaus eindrucksvolles Exemplar aus Mahagoniholz mit aufwendigen Schnitzereien, für das mancher Sammler viktorianischer Möbel seinen kleinen Finger gegeben hätte. Peter und Fred hoben ihn unversehrt über die Schwelle, und Iolanthe wappnete sich für ihre Rolle als Gastgeberin.

Neben einem riesigen Kristallkrug mit Eistee gab es üppige Erdbeeren mit Stielen und eine Schüssel mit braunem Zucker zum Hineinstippen, warme Buttermilchplätzchen, süße Butterstückchen mit eingestempelten Gänseblümchen, und zwei Sorten Konfitüre in Gläsern auf einem silbernen Ständer, mit einem praktischen Griff in der Mitte zum Weiterreichen. Außerdem lockten kleine Biskuitkuchen mit Zitronencremefüllung und ein unglaublich eleganter Schokoladenschichtkuchen mit Mokkaglasur und Walnußhälften. Die Gäste konnten sich wirklich nicht beklagen.

Fred klappte mehrere kleine Beistelltische auf und plazierte sie an strategisch wichtigen Stellen. Iolanthe verteilte die üppig mit Gold und Malereien verzierten Porzellanteller, die bestickten Leinenservietten, die glänzend polierten silbernen Kuchengabeln und die langstieligen Löffel für den Eistee. Der Tee wurde in Kristallkelchen gereicht, die mit einem Zweig Minze und einem Zitronenstückchen am Rand dekoriert waren. Fred ging mit dem riesigen Krug von einem Gast zum anderen und goß Tee ein, weil er nicht wollte, daß Iolanthe sich anstrengte. Während Peter sich Erdbeeren, ein Plätzchen und ein Biskuitküchlein vom Servierwagen nahm, konnte er sich den Gedanken nicht verkneifen, wie schade es doch war, daß der längst verstorbene Doktor Samuel Johnson nicht mit von der Partie war. Er hätte diese Teeparty bestimmt genossen.

Während der Teewagen seine Runde machte, wurde das Gespräch zunehmend oberflächlicher und beschränkte sich schließlich in der Hauptsache auf nichtssagende Feststellungen wie »Was für ein wunderbarer Tag!«, »Das sind die leckersten Erdbeeren, die ich in diesem Jahr gegessen habe.«, »Wie in aller Welt haben Sie es geschafft, daß die Plätzchen so locker geworden sind, Iolanthe?« und »Ich weiß zwar, daß es unverschämt ist, aber könnte ich vielleicht noch ein Biskuitküchlein haben?« Als man schließlich den Schokoladen-Mokka-Walnußkuchen in Angriff nahm, konnte selbst Miss Rondel nicht widerstehen und ließ sich ein winzig kleines Stückchen reichen.

Ein Sperling und eine Spottdrossel kamen herbeigeflogen, um nachzuschauen, was es Gutes zu essen gab, und erhielten gleich ein halbes Plätzchen, das einer der Gäste nicht mehr essen konnte, weil er schlichtweg zu satt war. Man bot weitere Köstlichkeiten an, doch alle waren rundum zufrieden. Diejenigen, deren Gürtel zu eng saß, lockerten ihn ein wenig. Man erwog einen kleinen Verdauungsspaziergang im Garten zur Verbrennung überflüssiger Kohlehydrate, doch niemand wollte mit gutem Beispiel vorangehen. Alle fühlten sich wie verzaubert und wollten die wunderbare Stimmung nicht zerstören. Niemand freute sich daher, als eine lange, glänzende, teuer aussehende, schwarze Limousine langsam die Einfahrt in Richtung Haus hochfuhr. Fred Wye reagierte sogar ausgesprochen verärgert.

»Was zum Teufel hat das denn schon wieder zu bedeuten? Wahrscheinlich jemand von der Mine. Ich wollte eigentlich gerade anfangen, ein bißchen aufzuräumen.«

»Ich mach' das schon«, sagte Iolanthe. »Geh lieber nachschauen, wer es ist.«

»Peter und ich könnten doch –«

Weiter kam Helen Shandy nicht. Die Limousine legte noch einen Zahn zu und kam in einem Kieselschauer vor der Treppe zum Stehen. Der Fahrer des Wagens schoß wütend aus seinem Gefährt.

»Oh Gott!« stöhnte Iolanthe. »Es ist Vater.«

Fred stellte sich mit gespreizten Beinen und verschränkten Armen auf die oberste Treppenstufe, wie Horatius bei der Verteidigung der Tiberbrücke. Er sprach kein Wort, aber man hätte ihn ohnehin nicht gehört, selbst wenn er es versucht hätte.

Iolanthes Vater war ein kräftiger Mann, großgewachsen, breitschultrig und mit einer donnernden Stimme gesegnet, die zu seiner Erscheinung paßte. Er war in voller Fahrt, was er sagte, machte zwar wenig Sinn, war jedoch unüberhörbar. Er fuchtelte mit einem Blatt Papier vor der Nase seines Schwiegersohnes herum. Fred wich nicht von der Stelle. Sobald sich die Gelegenheit bot, brüllte er zurück.

»Hören Sie sofort auf zu schreien und verschwinden Sie von meinem Grundstück, oder ich rufe die Polizei und lasse Sie verhaften!«

»Untersteh dich! Wie kannst du überhaupt wagen, in diesem Ton mit mir zu reden? MIT MIR! Was soll diese bodenlose Unverschämtheit überhaupt bedeuten? Antworte mir gefälligst, wenn du dich traust!«

»Und ob ich mich traue! Falls das der Brief ist, den Matt Barrett auf meinen Wunsch an Sie geschickt hat, dürfte eigentlich kein Zweifel am Inhalt des Schreibens bestehen. Iolanthe erstattet Anzeige gegen Sie wegen Veruntreuung des Vermögens, das sie von ihrer Großtante geerbt hat, von dem Sie wahrscheinlich unter anderem den Straßenkreuzer gekauft haben, in dem Sie hier angerollt sind. Es sei denn, Sie haben in der Zwischenzeit noch jemanden übers Ohr gehauen. Wir erstatten gemeinsam Anzeige gegen Sie wegen unrechtmäßiger Bereicherung und seelischer Grausamkeit gegen Ihre Tochter, Zerstörung unserer Ehe und allem, was Matt sonst noch einfällt, und dafür, daß Sie gemeinsam mit diesem Mistkerl Jasper Flodge versucht haben, unser Vermögen an sich zu reißen und unser Leben zu ruinieren. Was Ihnen beinahe sogar gelungen wäre, Sie verfluchter Verbrecher!«

»Ich bin nur meiner Pflicht als treusorgender Vater und verantwortungsbewußter Geistlicher nachgekommen und habe versucht, meine Tochter aus den Fängen eines notorischen Sünders zu befreien, um sie vor den Flammen der Hölle zu bewahren.«

»Und ihr damit die Hölle auf Erden bereitet, Sie bösartiger alter Mistkerl. Sie haben sie einer Gehirnwäsche unterzogen, von dem Tag an, als sie geboren wurde. Und sie in einen Nervenzusammenbruch getrieben und ihr gesamtes Geld gestohlen. Es war Ihnen völlig egal, ob ihre Tochter verhungert wäre oder nicht. Was für ein treusorgender, liebevoller Vater Sie doch sind, Sie verfluchter Pharisäer! War das in deinem Sinne, Iolanthe?«

»Ganz und gar, Fred. Ich schäme mich, diesen elenden Heuchler zum Vater zu haben.«

»Richte nicht, Tochter, auf daß du nicht gerichtet wirst.«

»Du bist hier derjenige, der gerichtet wird, Vater. Und verurteilen wird man dich auch. Du hast Fred und mir drei Jahre Höllenqual beschert, und jetzt bekommst du selbst einen kleinen Vorgeschmack darauf, wie es ist, wenn einem der Boden unter den Füßen weggezogen wird. Fred hat völlig recht. Du hast dich an Tante Prunellas Geld bereichert.«

»Als Erbschaftsverwalter steht mir ein jährliches Gehalt zu.«

»Zum Teufel mit Ihnen«, sagte Fred. »Seit Iolanthe volljährig ist, steht Ihnen kein einziger Cent mehr zu. Damals lief Ihr Amt als Erbschaftsverwalter aus, aber sie haben wohl vergessen, ihr gegenüber diese Kleinigkeit zu erwähnen, oder?«

»Was mich betrifft, so habe ich nur meine Pflicht erfüllt. Sie hätte sowieso nichts verstanden. Frauen sind intellektuell gar nicht in der Lage, komplizierte finanzielle Zusammenhänge zu begreifen.«

Das war zuviel für Miss Rondel. »Ganz im Gegenteil, Mr. Bliven. Frauen sind Männern intellektuell absolut ebenbürtig, nicht nur was das Begreifen komplizierter finanzieller Zusammenhänge betrifft, sondern auch was die Entlarvung von Schwindlern angeht. Falls man mir Gelegenheit geben sollte, vor Gericht gegen Sie auszusagen, werde ich dies mit Freuden tun. Normalerweise bin ich kein rachsüchtiger Mensch, aber ein niederträchtiger Schurke, der sich als Mann Gottes ausgibt, in Wirklichkeit aber mit dem Teufel im Bunde steht, muß ernten, was er gesät hat.«

»Das sagen Sie mir, Miss Rondel? Mir, einem Mann der Kirche?«

»Sehr richtig. Ihnen, einem Heuchler und Halunken. Warum haben Sie sich mit Jasper Flodge zusammengetan und beschlossen, die Ehe Ihrer Tochter zu zerstören, als ihr Mann ein paar Tage angeln gefahren war? Vermutlich hat es Ihnen nicht gepaßt, daß Sie bald die Kontrolle über Iolanthes Erbe verlieren würden. Fred Wye ist ein guter Geschäftsmann, es war nur eine Frage der Zeit, wann er beginnen würde, sich die rechtliche Lage genauer anzusehen. Er hätte sicher bald herausgefunden, daß Sie Ihre Tochter seit geraumer Zeit hintergingen und das Vermögen, das ihr zustand, geplündert hatten. Hätte er die Wahrheit herausgefunden, hätten Sie die Kontrolle über das Vermögen verloren, und wären möglicherweise sogar im Gefängnis gelandet.«

»Lächerlich!«

»Ganz im Gegenteil. Sie sind ein eitler, selbstsüchtiger Mann, Mr. Bliven, und ein Tyrann noch dazu. Sie konnten den Gedanken nicht ertragen, daß Ihre Tochter das ganze Geld für sich allein haben sollte, wo Sie selbst kaum noch genug zum Leben hatten. Sie mußten Ihre Kanzel verlassen, weil die Leute genug hatten von Ihren ewigen Phrasen und Einschüchterungen, und können jetzt keine neue Anstellung mehr finden. Da Sie außerdem ein ziemlich dummer Mensch sind, sahen Sie keinen Ausweg aus der Grube, die Sie sich selbst gegraben hatten – bis Sie sich schließlich mit Jasper Flodge einließen. Jeder hier wußte von Jaspers Gemeinheit und Verschlagenheit, aber Sie haben in ihm wahrscheinlich die Antwort auf all Ihre Gebete gesehen. Sie kamen also mit ihm ins Geschäft. Als Gegenleistung dafür, daß er Ihnen half, Iolanthe von ihrem Ehemann zu trennen, damit Sie das arme Mädchen ein für alle Mal um das Erbe ihrer Großtante prellen konnten, durfte Jasper sich alles nehmen, was er heraustragen konnte, bevor Fred zurückkehrte. Und den Diebstahl schoben Sie dann Iolanthe in die Schuhe. So war es doch, oder etwa nicht?«

»Ich sehe keinen Grund, mich gegen eine derartig lächerliche Anschuldigung eines aufdringlichen, senilen alten Weibes zu verteidigen.«

»Ihre Beschimpfungen helfen Ihnen jetzt auch nicht mehr, Mr. Bliven. Ich bin davon überzeugt, daß eine so geschickt eingefädelte Tat nur das Werk von zwei Wölfen im Schafspelz sein konnte.«

»Miss Rondel, jetzt gehen Sie wirklich zu weit. Ich verlange von Ihnen, daß Sie diese Behauptungen beweisen.«

»Dummes Zeug. Jetzt fangen Sie bloß nicht damit an! Ihre Rolle bestand darin, Iolanthes Liebe zu Fred zu vergiften, indem Sie ihr mehrere Briefe vorlasen, die angeblich den Beweis enthielten, daß er neun erfundene junge Mädchen geschwängert haben sollte und schuftig genug war, sie und ihre neun erfundenen unehelichen Kinder im Stich zu lassen. Die Briefe stammten natürlich allesamt aus Ihrer Feder.«

»Das ist nicht wahr. Sie sind mit der Post gekommen.«

»Alle neun auf einmal am selben Tag? Versuchen Sie bloß nicht, sich damit herauszureden, daß Jasper sie geschrieben hätte. Jasper konnte nämlich weder lesen noch schreiben.«

»Er –«

Damit hatte sie ihm den Wind aus den Segeln genommen. Wahrscheinlich war es das erste Mal in seiner Laufbahn, daß ihm nichts mehr einfiel. Miss Rondel packte die Gelegenheit beim Schopf.

»Danach sind Sie wie geplant vorgegangen, haben Ihre Tochter mit Ihren Phrasen und Drohungen überschüttet und so lange eingeschüchtert, bis sie nicht mehr wußte, was sie tat. Sie war so aufgewühlt und verletzt, daß sie sofort aufgab, als Jasper Flodge auftauchte, ihr mit seinen Lügen zusetzte und ihr versprach, sie zu beschützen und ihr dabei zu helfen, ihren grausamen Gatten zu verlassen und ein neues Leben anzufangen. Nachdem Jasper Iolanthe dazu gebracht hatte, eine gefälschte Vollmacht zu unterschreiben, und sich ihr Sparbuch und ihren Hausschlüssel angeeignet hatte, setzte er sie einfach in einer Pension in Portland ab und kam zurück, um ihren Schmuck zu stehlen.«

Sie hielt inne und wartete auf eine Reaktion, die jedoch ausblieb. »Mich würde wirklich interessieren, Mr. Bliven, wann Ihnen bewußt wurde, wieviel Ihr Komplize bei der ganzen Sache für sich herausschlug. Haben Sie beschlossen, Jasper Flodge zu vergiften, weil Sie schließlich dahinterkamen oder weil er versuchte, Sie zu erpressen, ihm noch mehr Geld zu geben?«

Kapitel 23

Ich habe Jasper Flodge bestimmt nicht vergiftet!«

Bliven war ins Schwitzen geraten, sein gestärkter weißer Kragen begann die Form zu verlieren, und seine Stimme zitterte. »Ich weigere mich, diese lächerliche Befragung noch weiter über mich ergehen zu lassen. Iolanthe, du bist nicht länger meine Tochter!«

»Das ist das Netteste, was ich je von dir gehört habe. Ich wünschte mir nur, es wäre wirklich wahr.«

Iolanthe drehte ihrem Vater den Rücken zu und begann, die gebrauchten Teller auf den Teewagen zu stapeln. Fred und die Shandys eilten ihr zu Hilfe. Miss Rondel stand einfach da und fixierte den entlarvten Schurken, bis er wie ein begossener Pudel die Verandastufen hinabgeschlichen und wieder in sein teures Auto gestiegen war, das er mit dem Vermögen, das er so treulos verwaltet hatte, erstanden hatte.

»Es tut mir furchtbar leid, daß wir Sie in die ganze Sache mit hineingezogen haben.«

»Das macht doch nichts«, sagte Peter. »Wir freuen uns, daß wir hier waren und Ihnen ein wenig Rückendeckung geben konnten. Irgend etwas mußte ja passieren, und da ist es immer besser, man bringt es rasch hinter sich. Jetzt steht Ihnen jedenfalls keine unangenehme Konfrontation mehr bevor.«

»Den siehst du erst bei der Verhandlung wieder.« Fred legte

den Arm um seine Frau. »Nun lächele doch bitte wieder, Liebling. Ich hoffe, du hast nichts dagegen, wenn ich Matt Barrett bitte, einen Haftbefehl zu erwirken.«

»Das würde ich sehr begrüßen. Mach genau das, Schatz. Obwohl ich es Matt am liebsten selbst sagen würde.«

»Dann laß uns doch einfach zusammen hingehen. Möchte noch jemand ein Stück Kuchen, bevor ich alles wieder in die Küche rolle?«

Helen Shandy sprach als erste. »Ich wollte, ich könnte, aber wahrscheinlich müssen Sie mich ebenfalls wegrollen, wenn ich noch einen weiteren Bissen zu mir nehme. Außerdem erwartet uns Mrs. Bright zum Abendessen. Wie wir es schaffen sollen, auch nur das geringste zu essen, ist mir zwar mehr als schleierhaft, aber es ist unser letzter Abend und wir wollen sie auf keinen Fall enttäuschen.«

»Schade, daß Sie nicht noch ein bißchen länger bleiben können«, sagte Iolanthe.

»Oh, wir kommen bestimmt zurück. Auf dem Rückweg zeigen wir Catriona McBogle unsere große Entdeckung, und das sollte eigentlich einige Resonanz finden. Sie haben doch nichts dagegen, Miss Rondel?«

»Mich dürfen Sie da nicht fragen, Helen. Die Bilder gehören jetzt Ihnen. Ich freue mich, daß sie Ihnen gefallen. Es ist höchste Zeit, daß sie jemand anschaut. Ist nicht genau das der Sinn und Zweck eines Bildes?«

»Wer hat die Bilder denn gemalt, Helen?« erkundigte sich Fred.

»Das kann Miss Rondel Ihnen besser sagen als ich, aber ich bin mir nicht sicher, ob ihr gerade danach ist, Fred. Ich weiß nur, daß hier in diesem Ort ein hochbegabter Künstler lebt, und Peter und ich hatten das Glück, vier wunderbare Bilder zu einem geradezu lächerlichen Preis erstehen zu können.«

»Tatsächlich? Ich bin zwar kein neugieriger Mensch, aber ich wäre Ihnen sehr dankbar, wenn Sie mir zumindest andeutungsweise sagen könnten, was Sie dafür bezahlt haben.«

»Fred!« Seine Frau schnappte nach Luft. »Sowas fragt man doch nicht!«

»Es interessiert mich einfach. Ich habe noch nie jemanden getroffen, der ein Gemälde gekauft hat. Wieviel kostet so ein Bild – wenigstens ungefähr?«

»Zwischen ein paar Dollars und mehreren Millionen, je nachdem, wie gut es ist, und was die Käufer zu zahlen bereit sind. Es gibt in den Museen und Privatsammlungen viele Bilder, für die ich persönlich keinen Pfennig bezahlen würde, aber diese hier sind etwas ganz Besonderes. Doch das ist eine lange Geschichte. Peter hat sie entdeckt und sofort gesehen, wie großartig sie sind, dabei interessiert er sich normalerweise gar nicht für Kunst. Wir hätten gern mehr bezahlt, doch dem Künstler erschien unser Angebot zu hoch, falls Sie sich das vorstellen können. Am Ende haben wir alle vier für nur fünftausend Dollar bekommen.«

»Das nennen Sie billig?«

»In diesem Fall ist es sogar spottbillig. Sobald der Künstler erst einmal mit einer Galerie zusammenarbeitet, werden sich die Preise für seine Bilder wahrscheinlich verdoppeln. Wenn die Kunsthändler in New York ein Talent wie dieses entdecken, ist so gut wie alles möglich.«

»Wer hätte das gedacht. Sind Sie so nett und helfen mir, das Ding durch die Tür zu hieven, Pete? Falls Sie sich zu so etwas überhaupt noch herablassen, jetzt wo Sie unter die Kunstsammler gegangen sind. Wenn das die Jungs in der Billardkneipe erfahren!«

»Verraten Sie es Ihnen besser nicht. Sie halten mich sonst bestimmt noch für einen Weichling.«

»Ganz im Gegenteil. Sie werden alles versuchen, um möglichst schnell auch eins von den Bildern zu ergattern, bevor die

Preise steigen. Ich übrigens auch. Sie haben nicht zufällig eins von den Bildern dabei?«

»Doch, aber sie sind alle verpackt und unter Helens Weihnachtseinkäufen begraben. Es würde wer weiß wie lange dauern, sie auszupacken und wieder zu verstauen. Sie können sich die Bilder ansehen, wenn Sie uns besuchen. Ich weiß, daß die Enderbles Iolanthe schrecklich vermissen werden, und sie wird sich vielleicht auch freuen, die beiden und ihre kleinen Ungeheuer wiederzusehen, so lange sie nicht wieder hinter Algernon herräumen muß. Ich komme nur ungern auf das leidige Thema zurück, Fred, aber es gibt einen Punkt, in dem Ihr ehemaliger Schwiegervater, wenn wir ihn einmal so nennen wollen, tatsächlich die Wahrheit sagt, und ich muß zugeben, daß mir das zu denken gibt.«

»Und mir erst. Ich kann mir nicht mal vorstellen, daß dieser fürchterliche Mensch je die Wahrheit sagen könnte.«

»Es hat mit den Briefen über Ihre angeblichen – eh – Verfehlungen zu tun, die Jasper Flodge so umsichtig verschwinden ließ und vernichtete, nachdem sie ihren Zweck erfüllt hatten. Ich weiß nicht, ob Iolanthe in der psychischen Verfassung war, sie sich genauer anzusehen, nachdem ihr Vater fortgegangen war und bevor Jasper eintraf, aber immerhin besteht die Möglichkeit, daß sie einen Blick darauf geworfen hat. Die Briefe waren höchstwahrscheinlich handgeschrieben. Jasper hat sie nicht verfaßt, da er Legastheniker war. Bliven hätte es nicht gewagt, denn seine Tochter hätte seine Schrift mit Sicherheit erkannt, egal wieviel Mühe er sich auch gemacht hätte, sie zu verstellen. Viele Menschen glauben zwar, das sei ganz leicht, aber es klappt fast nie. Und schon gar nicht, wenn der Schreiber ein Mann mittleren Alters ist, der versucht, die Schrift von neun unverheirateten jungen Frauen nachzuahmen.«

»Vielleicht war es Jaspers Frau?«

»Kann sein, daß sie ein oder zwei Briefe geschrieben hat. Sie lebte damals noch mit Jasper hier in Pickwance, glaube ich, doch sie hat den größten Teil der Woche in Portland verbracht. Ich bezweifle keine Minute lang, daß sie die Vollmacht gefälscht hat, mit der Jasper Iolanthes Konto leergeräumt hat. Aber ich kann mir nicht vorstellen, daß Mrs. Flodge sämtliche Briefe geschrieben haben soll. Sie war so eine extravagante Persönlichkeit, daß sie bestimmt extreme Schwierigkeiten hatte, ihre Handschrift zu verstellen.«

»Wollen Sie damit sagen, daß noch eine vierte Person darin verwickelt war?«

»Genau so scheint es, Fred. Miss Rondel mag anderer Ansicht sein, aber ich kann mir einfach nicht vorstellen, wie in Dreiteufelsnamen Mr. Bliven Flodge das Gift verabreicht haben soll. Ich war im Speisesaal, als Flodge starb, wie Sie ja wissen, ich hatte sozusagen die ganze Zeit einen Logenplatz. Kann sein, daß Mr. Bliven einen verrückten Zahnarzt gefunden hat, der Flodge anästhesierte und ihm einen hohlen Zahn einpflanzte, der darauf programmiert war, eine tödliche Dosis Blausäure abzugeben, sobald der Mann den letzten Bissen Hühnerfrikassee im Mund hatte, aber glauben kann ich es nicht. Ich würde Ihnen gern helfen, die Sachen fortzuräumen, wenn ich nur wüßte, wo sie hingehören.«

»Das ist doch wirklich nicht nötig, Pete. Iolanthe wird jeden Moment hier sein und nachschauen, was uns so lange aufhält. Und welchen Schluß können wir aus Ihren Überlegungen ziehen?«

»Seit drei Tagen zerbreche ich mir schon den Kopf darüber, wer Jasper Flodge wohl ermordet haben könnte. Haben Sie wirklich vor, einen Haftbefehl gegen Iolanthes Vater zu erwirken?«

»Mir bleibt wohl nichts anderes übrig. Es ist weniger das Geld, Pete. Aber ich kann einfach nicht ertragen, was er Iolanthe angetan hat. Ich muß allerdings zugeben, daß ich gern etwas von dem vielen Geld zurückbekommen würde, das ich ausgegeben habe. Ich habe nämlich lange versucht, Iolanthe ausfindig zu machen, nachdem Jasper Flodge hier einige Monate später mit einer anderen Frau im Schlepptau auftauchte. Der alte Bock, sechzig Jahre alt und immer noch ein Schürzenjäger. Wenn er zwanzig Jahre jünger gewesen wäre, hätte ich ihn einfach zusammengeschlagen. Er hat doch tatsächlich behauptet, er hätte Iolanthe zum Flughafen von Portland gefahren, damit sie mit ihrem Vetter Willie nach Boston fliegen konnte. Dabei hat sie überhaupt keinen Vetter namens Willie und furchtbare Angst vor dem Fliegen. Jasper wußte, daß er log, und ich auch, aber genutzt hat es mir nichts.«

Fred Wye schnaubte wie ein Wildpferd. »Ich habe sogar versucht, mit meinem Schwiegervater zu reden, aber das war das Dümmste, das ich je getan habe. Er ist über mich hergefallen, hat mich als Kinderschänder beschimpft und mir mit der Polizei gedroht. Ich mußte machen, daß ich wegkam, sonst wäre ich ihm wahrscheinlich an die Gurgel gegangen. Jedenfalls schien er nicht zu wissen, wo sie war. Oder wollte es nicht wissen, was ich ihm sogar glaube. Ich habe Detektive engagiert, aber auch das hat mich keinen Schritt weitergebracht. Ich habe sogar eine Zeitlang einen auf Jasper angesetzt, aber das hat mir nur ein weiteres Loch in mein Bankkonto gerissen. Sie können mir glauben, Pete, wenn Evander sich nicht so um mich gekümmert hätte, wäre ich entweder verrückt geworden oder hätte mich umgebracht. Aber was zum Teufel rede ich da überhaupt, schließlich ist jetzt alles gut und wir sind wieder zusammen. Iolanthe fragt sich bestimmt schon, wo wir so lange bleiben. Wirklich jammerschade, daß Sie morgen schon abreisen. Ah, da kommt meine bessere Hälfte ja schon und sieht nach dem Rechten.«

Die bessere Hälfte zupfte ihren Gatten am Ohrläppchen und gab ihm ein Küßchen auf die Wange. »Was treibt ihr beiden denn hier so lange? Wir hatten schon befürchtet, ihr hättet euch in der Küche verirrt. Ich störe eure Herrenrunde nur ungern, aber Miss Rondel wird langsam unruhig.«

»Wahrscheinlich möchte sie zum Gasthof und Mrs. Bright einen kurzen Besuch abstatten, bevor sie sich auf den Heimweg macht«, erklärte Peter. »Fred und ich haben gerade vereinbart, daß wir uns unbedingt möglichst bald in Balaclava Junction treffen sollten. Algernon vermißt Sie bestimmt sehr, Iolanthe.«

»Das süße alte Kaninchen. Ich würde gern weiter mit den Enderbles in Kontakt bleiben. Sie werden dir sicher auch gefallen, Fred. Sie waren wirklich sehr nett zu mir.«

Peter spürte, daß er die beiden Eheleute jetzt lieber allein lassen sollte, und begab sich daher wieder auf die Veranda. Er versicherte Miss Rondel, daß sie losfahren würden, sobald sich ihre Gastgeber voneinander losgeeist hätten und nach draußen kämen, um sich von ihnen zu verabschieden. Schließlich kamen sie tatsächlich, verlegen, ein wenig zerzaust und nicht gänzlich abgeneigt, ihre Gäste zu entlassen. Alle betonten, was für ein angenehmer Nachmittag es doch gewesen sei und daß man sich bald wieder treffen solle, bis Miss Rondel schließlich entschieden auf den Wagen der Shandys zuging und die Teegesellschaft beendete.

»Das war wirklich schön.« Miss Rondel sprach aus, was alle fühlten. »Ich hoffe, Fred und Iolanthe haben bald ein Kind, ich finde es immer so schade, wenn alte Familien aussterben. Iolanthe war noch ein Baby, als ihre Mutter starb. Claire war eine geborene Howard. Ihre Schwester Margaret kam her, um zu helfen, aber als sie erst einmal erkannte, auf was sie sich eingelassen hatte, brannte sie mit einem Vertreter für Lexika durch. Absaloms Schwester Virginia lebte schon die ganze Zeit im Haus, sie hat sich dann um Iolanthe gekümmert, aber dummerweise tauchte noch ein Vertreter auf. Inzwischen war Iolanthe fast mit der High School fertig, und Virginia hatte die Nase gestrichen voll von Absaloms Schikanen, also ist sie ebenfalls durchgebrannt, und keiner hat es ihr übel genommen.«

»Dann blieb Iolanthe ganz allein mit ihrem Vater zurück?« sagte Helen.

»Ja, aber sie hat immer ziemlich viel Zeit mit ihrer Großtante verbracht. Prunella war mit dem Besitzer einer Installationsfirma verheiratet und nach seinem Tod eine steinreiche Frau ohne eigene Kinder. Absalom hätte sie nur zu gern möglichst schnell unter die Erde gebetet, aber sie konnte ihn nicht ausstehen und hat ihn nie in ihr Haus gelassen. Sie war klug genug, Iolanthe kein Geld zu geben, als sie noch lebte, aber sie hat ihr immer hübsche Kleider aus Versandhauskatalogen bestellt. Wenn es nach dem Geschmack ihres Vaters gegangen wäre, hätte sie in Sack und Asche herumlaufen müssen. Doch dank Prunella war sie das bestangezogene Mädchen in ihrer Klasse.«

»Und wahrscheinlich auch das hübscheste.«

»Ganz bestimmt. Die Jungs wären ihr samt und sonders nachgelaufen, wenn sie nur Gelegenheit dazu gehabt hätten. Aber natürlich hat Absalom alle davongejagt. Er hatte schon einen Mann für Iolanthe ausgesucht, irgendeinen Schwächling namens Heber Soundso – es gibt ja Menschen, deren Nachnamen sich niemand merken kann –, der furchtbare Katzenmusik auf der kaputten alten Orgel fabrizierte und vor seinem geliebten Herrn Pastor auf den Knien rutschte. Absalom hatte sich wohl vorgestellt, daß seine Tochter und ihr erbärmlicher Gatte schön brav zu Hause bleiben und für ihn schuften würden, während er mit vollen Händen das Geld ausgeben konnte, das ihm Prunella seiner Meinung nach hinterlassen würde. Aber eines Abends nahm irgendein netter Mensch Fred Wye zum Gemeindefest mit, bei dem Iolanthe die Gäste bediente, und schon war's passiert.«

Helen lächelte. »Wie lange hat es gedauert, bis Fred ihr einen Heiratsantrag machte?«

»Ich weiß es zwar nicht ganz genau, aber drei Wochen später trug sie bereits seinen Ring, und innerhalb von sechs Monaten waren sie verheiratet. Wenn es nach Fred gegangen wäre, hätten sie noch früher geheiratet. Doch Prunella, die schon seit einiger Zeit krank war, starb ein paar Tage, nachdem sie die Verlobungsanzeige in die Zeitung gesetzt und ein kleines Fest gegeben hatte, zu der sie sowohl Margery als auch Virginia eingeladen hatte, um sicherzugehen, daß Absalom nicht kommen würde. Natürlich wollte Iolanthe das Andenken ihrer Großtante mit einer angemessenen Trauerzeit in Ehren halten und vermutlich auch ihre Aussteuer zusammenstellen. Bei der Hochzeit machten sie es genauso, Virginia war die Brautjungfer und Margerys Mann war der Brautführer. Die Hochzeit fand hier im Haus statt, und der Methodistenpfarrer traute das Paar. Ich wollte Ihnen nur ein paar Hintergrundinformationen geben, denn ich sehe, daß Sie im Begriff sind, sich mit den Wyes anzufreunden. Ich dachte, am besten erfahren Sie gleich die ganze Geschichte, bevor Sie zu viele andere Versionen hören. Ich hoffe, ich lebe noch lange genug, um das Baby zu sehen.«

Wenn man die durchschnittliche Lebenserwartung der Menschen hier in dieser Gegend bedachte, die Mordopfer einmal ausgenommen, sah Peter keinen Grund, warum die Wyes sich vorschnell in das Abenteuer der Elternschaft stürzen sollten. Aber es war Zeit, daß er auf das eigentliche Thema zu sprechen kam.

»Vielleicht sollten sie anfangen, das Wasser aus Ihrer Wunderquelle zu trinken.«

Er wünschte, er hätte etwas weniger Provozierendes gesagt, aber Miss Rondel nahm es ihm anscheinend nicht übel. »Ein sehr vernünftiger Vorschlag, Peter. Ich werde dafür sorgen, daß Iolanthe gleich morgen einen Krug erhält. Nicht etwa, daß ich meiner Quelle besondere Heilkräfte zuspreche, aber es gibt Leute, die daran glauben – oder wenigstens so tun als ob. Ich hoffe nur, Elva erwartet nicht von mir, daß ich zum Abendessen bleibe.«

Inzwischen hatten sie den Gasthof erreicht, und Peter hielt vor der Eingangstür an. »Warum hüpft ihr beiden nicht einfach nach draußen, und ich fahre den Wagen hinters Haus?«

»Nein«, sagte Miss Rondel. »Wir fahren mit und gehen durch den Hintereingang ins Haus. Ich möchte Elva gern sehen, aber ich möchte auf keinen Fall nach dem üppigen Nachmittagstee noch etwas essen. Außerdem sitzt Claridge Withington bestimmt wieder im Foyer oder im Speisesaal, und ich habe keine Lust, mich mit ihm zu unterhalten.«

»Kann ich gut verstehen«, brummte Peter. »Er ist genauso unterhaltsam wie ein schmerzender Zahn.«

»Er ist sehr viel schlimmer als ein schmerzender Zahn. Er hat einmal etwas getan, das ich ihm niemals verzeihen werde.«

»Grundgütiger! Er wird doch wohl nicht – eh –« Peter kam ins Schwimmen. Die Vorstellung von Miss Rondel in den Armen eines lüsternen Claridge Withington war mehr, als er ertragen konnte. Doch es sollte noch schlimmer kommen.

»Sie werden mich vielleicht für verrückt halten, aber es war einfach – ach herrje, ich kann so etwas nicht gut erzählen. Michele hatte mir einige Sachen gebracht, die ich benötigte, das Ganze liegt einige Jahre zurück, wissen Sie, und hatte Claridge im Wagen mitgenommen. Damals konnte er noch besser laufen als heute und wollte unbedingt die Lupinen sehen. Ich habe ihm einen Gartenstuhl unten am Abhang aufgestellt, und er schien ganz zufrieden zu sein, allein dort zu sitzen, während Michele und ich uns im Haus aufhielten und das Geschäftliche regelten. Nach einer Weile hielt ich es für höflich, Claridge ein Glas Wasser zu bringen, also ging ich mit dem Krug in der Hand den Hügel hinunter. Da sah ich ihn sitzen, er hatte ein Schießgummi um die Finger gewickelt, riß Samen aus den Lupinenblüten und beschoß damit die Schmetterlinge. Ich sah zwei Trauermäntel, einen wunderschönen gelben Schwalbenschwanz, einen Monarch und einen Perlmutterfalter, die alle tot auf dem Boden lagen.«

Peter hätte fast die Kontrolle über den Wagen verloren.

Das Ende der Verbrecherjagd war nicht sonderlich aufregend. Withington konnte natürlich nicht wegrennen. Er konnte weder die äußerst effektive Schleuder und den kleinen Vorrat eigroßer Steine noch die Zeugin wegdiskutieren, die eigentlich nur mit dem Handy ihren Gatten im Billardsaal hatte erreichen wollen, statt dessen aber aufgrund eines technischen Fehlers mitangehört hatte, wie ein alter Trottel aus dem Gasthof versucht hatte, irgendeine verheiratete Frau zu überreden, ihn draußen vor dem Haus auf der dunklen Seite der Einfahrt zu treffen. Zufällig lag Withingtons Schlafzimmerfenster auf dieser Seite des Hauses. Als die Nachbarin später die vielen Polizisten dort sah, dachte sie sich, ihre Entdeckung könne vielleicht von Interesse sein.

Noch erhellender waren die Aussage des Architekten, der das Erholungscenter beschrieb, das Withington in Rondel's Head zu erbauen gedachte, nachdem er Miss Rondel erst einmal aus dem Weg geschafft hatte, und die sorgfältigen Aufzeichnungen, mit denen er jeden Schritt festgehalten hatte, der ihr Ableben beschleunigen sollte. Ganz zu schweigen von dem Testament, mit dem er seine wahre Identität als ihr einziger lebender Verwandter und Alleinerbe enthüllte. Das Testament sollte am Nachmittag des dritten Tages nach der Beerdigung entdeckt werden, und zwar unter ihrer Winterunterwäsche in der untersten Schublade ihrer Kommode. Ein echter Profi dachte eben an alles.

Der Roman über das perfekte Verbrechen, den Withington sich ausgedacht hatte und in dem ein Superhirn seine Untaten hinter der Fassade eines netten alten Opas verbarg, zu dem jeder kam, der Rat und Trost brauchte, war so unglaublich langweilig, daß die Detektive und Handschriftenexperten, die sich notgedrungen damit beschäftigen mußten, wahrscheinlich regelmäßig wach gerüttelt und mit starkem Kaffee bei Laune gehalten werden mußten. Ein kurzes Überfliegen des handgeschriebenen Textes ergab, daß alles Wichtige vorhanden war, von den frühen Versuchen des perfekten Verbrechers, Guthrie Fingal zu ruinieren, nur um für den weit komplizierteren Plan zu üben, der später bei Fred und Iolanthe Wye so hervorragend geklappt hatte, bis die unausweichliche Beseitigung des rebellischen Handlangers alles ruiniert und sie bedauerlicherweise wieder zusammengeführt hatte. Wenigstens konnte Mr. Superhirn stolz darauf sein, mit welch kaltblütigem Geschick er die Zyanidkapsel mitten in Jaspers Hühnerfrikassee geschossen hatte.

Withington hatte dem geplagten Paar noch weitere Unannehmlichkeiten zugedacht, war jedoch leider noch nicht dazu gekommen, sie in die Tat umzusetzen. Constable Frank und einige Männer von der Bundespolizei packten schließlich das Beweismaterial schön ordentlich zusammen und verfrachteten Mr. Superhirn vorübergehend in eine anheimelnde kleine Zelle des hiesigen Gefängnisses. Withington sollte dort bleiben, bis ein dauerhafter Aufenthaltsort für ihn gefunden war.

Withington gebärdete sich immer noch anmaßend, als man ihn abführte. Entweder plante er eine hochdramatische Flucht oder versetzte sich in den Wahn, den verwirrten Staatsanwalt mit seiner brillanten Selbstverteidigung zu verblüffen und den Gerichtssaal frei wie ein Schmetterling zu verlassen, umgeben von jubelnden Geschworenen, wunderschönen Abenteuerinnen, die nichts anderes im Kopf hatten, als ihm ihre Telefonnummern in die Brusttasche seines Jackets zu stecken, und Pressemitgliedern, die ihm Mikrophone unter die Nase hielten und ihn überflüssigerweise baten, etwas zu sagen.

Was die anderen betraf, die mit diesem Fall in Zusammenhang standen, nahm die Gerechtigkeit alles in allem in erstaunlich kurzer Zeit ihren Lauf. Peter, Helen, Miss Rondel, Mrs. Bright und Thurzella wurden von der Staatspolizei gebeten, ihre

Aussage zu Protokoll zu geben. Inzwischen war es kurz vor acht, und alle Beteiligten inklusive Miss Rondel freuten sich auf das Essen, das Mrs. Bright für sie vorbereitet hatte. Verständlicherweise wählten sie einen Tisch, der so weit wie möglich von dem entfernt lag, an dem Claridge Withington so lange zum lebenden Inventar gehört hatte.

Als das Essen serviert wurde, kam Elva höchstpersönlich aus der Küche und setzte sich zu ihnen an den Tisch. Thurzella machte es einen Riesenspaß, ihre Großmutter zu bedienen, als sei sie eine ganz gewöhnliche Touristin. Die Gastwirtin war todmüde, doch unendlich erleichtert, daß man den unangenehmen Fall endlich geklärt hatte.

»Jetzt wissen wir wenigstens, wie die Blausäure in Jaspers Essen gekommen ist. Das muß man sich mal vorstellen! Da sitzt dieser Claridge Withington eiskalt in seiner Ecke und schießt die Kapsel mit einem Gummi quer durch den Raum. Vielleicht traue ich mich irgendwann wieder, Hühnerfrikassee auf die Speisekarte zu setzen, ohne Angst haben zu müssen, wieder einen Toten im Haus zu haben. Ich hoffe inbrünstig, daß es hier nicht noch mehr ungeklärte Fälle gibt.«

»Eh –« Peter blickte nervös von der Gastwirtin zu Miss Rondel. »Es gibt noch eine Sache, die mir sehr zu schaffen macht, auch wenn es mich eigentlich gar nichts angeht.«

Elva Bright seufzte. »Nur Mut, Professor. Fragen Sie einfach, und bringen Sie es hinter sich.«

»Hmja, es war an dem Morgen, als ich den Lupinensamen gesammelt habe. Als ich auf das Haus zukam, stürmte Evander Wye den Weg herunter und rief über seine Schulter: ›Dann werde ich es eben tun. Aber es wird Ihnen todsicher nicht gefallen‹. Es klang ziemlich – eh –«

Miss Rondel lächelte nur. »Evander wirkt manchmal ein bißchen einschüchternd, wenn man ihn nicht kennt. Ich hatte ihm vorgeschlagen, er solle etwas über seine Schulzeit zu Papier bringen. Übereifrig wie ich bin, dachte ich, es könnte wie eine Art Katharsis wirken. Ihn ein wenig von der Wut befreien, die sich in ihm aufgestaut hat. Doch er hatte längst ein ganz anderes Ventil gefunden.«

»Etwa Bäume mit Steinen zu bewerfen?«

»Ach herrje! Hat er etwa schon wieder damit angefangen? Dabei habe ich ihm doch so oft gesagt – Elva, ich glaube, du hast einen neuen Gast.«

Die Gastwirtin schaute sich nicht einmal um. »Thurzella, geh und sag ihm, daß wir geschlossen haben.«

Ihre Enkelin kicherte. »Es ist Evander Wye.«

»Wenn man vom Teufel spricht! Kommen Sie, Evander, nehmen Sie sich einen Stuhl, und setzen Sie sich zu uns. Möchten Sie etwas essen?«

Er schüttelte den Kopf. »Ich habe schon zu Haus gegessen. Ich wollte eigentlich nur – ach was soll's, ich geb's Ihnen einfach.«

Peter und Helen saßen nebeneinander, und Evander legte ein rechteckiges Objekt, das ungefähr so groß wie ein Buch war, vor ihnen auf den Tisch. Es war in ein Stück weißes Papier eingewickelt, das offenbar früher einmal eine Doughnuttüte gewesen war. Helen entfernte die improvisierte Verpackung und enthüllte einen Rahmen aus dunklem Buchsbaumholz, der wiederum in einer Plastikhülle steckte. Darin befand sich ein kleines Wunder. Die Farbe war noch nicht ganz trocken, und das Motiv war nichts weiter als eine kleine unbefestigte Straße, ein flechtenüberzogener Granitfelsen und etwas Verschwommenes, das nicht eindeutig zu identifizieren war.

»Und doch ist alles da«, wunderte sich Helen. »Das Meer, die Quelle, die Klippe, Miss Rondel, das Haus, die Hühner – und Peter. Er ist auch auf dem Bild. Und Sie ebenfalls, Evander.«

Manchmal werden sogar Bibliothekarinnen von ihren Gefühlen überwältigt. Helen schob ihren Stuhl nach hinten, umarmte den errötenden, verlegen grinsenden Künstler und küßte ihn mitten aufs Kinn, weil sie nicht höher reichte. Sofort entschuldigte sie sich.

»Tut mir schrecklich leid. Normalerweise benehme ich mich nicht so, wenn ich jemanden erst kurze Zeit kenne.«

»Macht doch nichts«, sagte Evander. »Mich stört das nicht. Kommen Sie, Miss Fran, ich fahre Sie nach Hause und hole die anderen Bilder ab, die Sie schon die ganze Zeit loswerden wollten. Iolanthe will sie ins Wohnzimmer hängen. Wir haben da ein Loch im Putz, das man nicht sehen soll.«

»So ist das, wenn man reich und berühmt ist«, sagte Peter. »Danke für das Bild.«

»Danke fürs Kaufen. Lassen Sie mich vorher wissen, wenn Sie das nächste Mal kommen, dann bringe ich Ihnen bei, wie man Pool spielt.«

»Wer könnte das besser als Sie? Keine Sorge, Evander, wir sehen uns bestimmt bald wieder. Wir kommen und füllen unsere Wasserkrüge auf, wenn Miss Fran nichts dagegen hat.«

»Nicht das geringste.« Frances Rondel lächelte, und das Gesicht, das Peter Shandy jetzt sah, gehörte einer jungen Frau, die vor Schönheit und Gesundheit strahlte. »Aber Sie dürfen niemandem erzählen, woher Sie das Wasser haben. Die Leute kommen manchmal auf die merkwürdigsten Ideen.«

Nachwort

Seit dem Roman »Wenn der Wetterhahn kräht« (DuMont's Kriminal-Bibliothek Band 1063) aus dem Jahre 1989 hat die Autorin Charlotte MacLeod die Gewohnheit entwickelt, sich als Catriona MacBogle Kurzauftritte in den eigenen Romanen zu erfinden. Mit ihren zwei Katzen, nach den im alten Neuengland kultisch verehrten Denkern Carlyle und Emerson benannt, lebt sie in einem großen Haus in Maine. Einsiedlerische Schreibphasen dort wechseln, wie wir im vorliegenden Band von 1994 (»Something in the Water« im Original) erfahren, mit Reisen, Lesereisen zwecks noch besserer *promotion* ihrer äußerst erfolgreichen Romane und regelmäßig besuchten Krimi-Kongressen – 1992 wurde das Urbild auf der nach dem Autor und Kritiker Anthony Boucher benannten Boucher Conference, kurz Bouchercon, in Toronto besonders geehrt. Diesmal ist sie von Maine nach Massachusetts gereist, um mit anderen Schul- und Collegefreundinnen einige Tage im Hause der Shandys in Balaclava zu verbringen. Helen Shandy und ihre alten Freundinnen sind dabei so aufgeregt wie Schulmädchen, die zum erstenmal bei einer Freundin übernachten dürfen, so daß Ehemann Peter, Professor für Nutzpflanzenzucht an der renommierten Landwirtschaftlichen Hochschule von Balaclava, es vorzieht, angesichts dieser geballten Weiblichkeit das Weite zu suchen. Catriona MacBogle verdankt er auch das Reiseziel – die Wunderlupinen der ehemaligen Lehrerin und jetzigen Weberin Frances Hodgson Rondel, die an Größe, Farb- und Leuchtkraft alle Artgenossinnen weit in den Schatten stellen. Vielleicht schlummert in ihren Samen ein weiteres der Rüben- und Blumenzuchtpatente, denen Professor Peter Shandy beträchtliche Nebeneinkünfte zusätzlich zu seinem Professorengehalt verdankt. Und nicht nur die Lupinen sind außerordentlich – Ms Rondel nennt auch die prächtigsten Hühner, die Shandy je gesehen hat, ihr eigen – ihnen traut man nur Jumbo-Eier mit doppeltem Dotter zu. Und die Besitzerin selbst, die einst mit der Großmutter einer Großmutter zur Schule gegangen sein soll, sieht eher wie sechzig als wie fast hundert aus oder – besser noch – alterslos wie Mutter Erde, wie beide Shandys befinden, als Helen nachgekommen ist. Liegt es vielleicht doch am Wasser des geheimnisvollen Rondelschen Brunnens, um den in der Gegend soviel mysteriöses Wesen gemacht wird? Sollten die Spanier den Jungbrunnen nur aus Versehen in Florida gesucht und verfehlt haben, weil er am andern Ende der Vereinigten Staaten in Maine auf sie wartete?

Doch bis zu Helens improvisierter Reise überstürzen sich die Ereignisse. Peter hat mit freundlicher Erlaubnis der Grundstückseignerin Lupinensamen in säuberlich beschrifteten Tüten gesammelt und verbringt den Abend friedlich in einem kleinen Hotel, das einige Fremdenzimmer, auch für Dauer-Feriengäste, mit einem in der Umgegend renommierten Restaurant verbindet. Shandy ist einer der letzten Gäste des Tages, da er auf dem Rückweg noch die einheimische Vogelwelt beobachtet hat; außer ihm ist noch ein alter Dauergast – der sich schnell als fürchterliche Nervensäge entpuppen wird – und ein unangenehm lauter Vertretertyp anwesend, der sich die letzte Portion Hühnerfrikassee gesichert hat, das er nun mit erschreckender Geschwindigkeit in sich hineinschaufelt. Plötzlich sinkt er mit dem Kopf in seinen Teller, und die sechzehnjährige Kellnerin, die Enkelin der Köchin und Besitzerin, verliert vollends die Nerven, als sie den Gast bei einem Rettungsversuch skalpiert zu haben scheint. Jedenfalls hält sie plötzlich seine Haare entsetzt in der Hand – ein Toupet, wie die erfahrenere Großmutter sie belehrt. Jasper Flodge ist tot, und wenn er nicht Opfer eines sehr plötzlichen natürlichen Todes geworden ist, hat der erfahrene Amateurdetektiv Peter Shandy soeben seinen achten Mordfall von einem Logenplatz aus beobachtet.

Diesmal bedarf es keines wutschnaubenden und morddrohenden Präsidenten Svenson, um ihn mit Ermittlungen zu betrauen. Wenn ihm auf Seite vier ein Mordfall sozusagen frei Haus geliefert wird, um Ernst Blochs Diktum, der Detektivroman falle mit der Leiche ins Haus, abzuwandeln, kann Shandy nicht widerstehen, und es sind jetzt nicht nur die Lupinen und sein Studienfreund Guthrie Fingal von der Forstakademie, die ihn seinen Aufenthalt verlängern lassen. Zwar war der so plötzlich Verblichene so unbeliebt, daß etwaige Beerdigungsgäste nur nachsehen wollen, ob er auch wirklich tot ist, ja, daß auf seiner Beerdigung mit jubelnden kurzberockten Mädchen als Cheerleader gerechnet werden muß, dennoch hinterläßt gerade der Giftmord – Zyanid, wie sich bald herausstellt – ein tiefes Gefühl der Verunsicherung. Ein Toter, der beim Essen sozusagen dramatisch den Löffel abgibt, ist jedem Restaurant abträglich, und so ermittelt Peter unter anderem, um der so äußerst sympathischen Elva Bright zu helfen. Sie hätte ihr Lokal wohl schließen müssen, wäre nicht gleich am nächsten Tag eine unvermutete Witwe aufgetaucht, die den Toten lauthals des öffentlich begangenen Selbstmordes bezichtigt, um sie um den Erlös aus seiner Lebensversicherung zu bringen. Jeder glaubte, Jasper und Lucy V. – vertraulich Lucivee genannt – Flodge seien längst geschieden, nun reklamiert sie sein dubioses Erbe.

Charlotte MacLeod liebt es, auf das Burleske ihrer Handlungen selbst hinzuweisen. Diesmal gelingt es Shandy in einer scheinbaren Nebenhandlung, die sich dann als wichtiger Strang der Haupthandlung erweisen wird, ein hoffnungslos entfremdetes Ehepaar wieder zusammenzuführen. Peter selbst erinnert es teils an die sentimentalen Schlüsse der Western seiner Kindheit, die er und seine Freunde von der Stehgalerie aus ausgebuht hatten, teils an soap operas aus dem Fernsehen, aber auch wieder ans viktorianische Melodram – es fällt der Name des viktorianischen Vorläufers im Krimi-Genre, Sheridan LeFanu: Durch eine Intrige, in der sich jeder Ehepartner als hilfloses Opfer des anderen sah, entzweit, saß Fred Wye von allem Besitz entblößt im ehelichen Haus, während sie sich, ebenfalls von allen Mitteln entblößt, als Dienstmagd verdingen mußte, zumal ihr Vater, ein Sektenprediger von der Hölle-und-Schwefel-Fraktion, jede Versöhnungsgeste von ihrer Seite strikt verbot. So hatte Peter Shandy Iolanthe Wye als Haushalthilfe Mrs Howard in Balaclava kennengelernt, wo sie sich rührend um die Probleme des alt und inkontinent gewordenen Lieblingskaninchens von Professor Enderble, dem Spezialisten für die einheimische Fauna, kümmerte. Diese Bekanntschaft mit Fred und Iolanthe Wye gibt ihm die Position, sie gleichsam zu einem Sühnetermin zusammenzubringen, bei dem dann die scheußliche Intrige ans Licht kommt, die niemand anderer als die Flodges gesponnen haben. Nur – beiden ist nach einhelliger Meinung aller, die sie kennen, eine solche Perfidie viktorianischen Ausmaßes nicht zuzutrauen, ebenso wenig wie der Entwurf des Plans, mit dem Shandys Freund Fingal Guthrie von der Forstakademie betrogen werden sollte – dafür sind beide nicht intelligent genug. Aber wer ist das kriminelle Mastermind, der geniale Planer, dessen Marionette die Flodges sind?

Auch der neueste Balaclava-Roman bietet wieder das, was der um eine ganze Generation jüngere Erfolgsautor und Kritiker William L. DeAndrea an Charlotte MacLeods Werk gerühmt hat: gute Clues, exzentrische Charaktere, Situationen dicht am Unglaublichen, eine sich überstürzende Handlung und viel, viel Gelegenheit zum Lachen.

Volker Neuhaus